dtv

GINA OCHSNER

Die versteckten Briefe

Roman

Aus dem amerikanischen Englisch
von Pociao

dtv

Die Übersetzerin bedankt sich beim
Deutschen Übersetzerfonds, Berlin, für die
großzügige Unterstützung.

**Ausführliche Informationen über
unsere Autoren und Bücher
www.dtv.de**

MIX
Papier aus verantwortungsvollen Quellen
FSC® C014496

Deutsche Erstausgabe 2018
dtv Verlagsgesellschaft mbH & Co. KG, München

Im Original erschien der Roman unter dem Titel
›The Hidden Letters of Velta B.‹ bei
Houghton Mifflin Harcourt Publishing Company, New York.

Gesetzt aus der Berling
Satz: Gaby Michel, Hamburg
Druck und Bindung: GGP Media GmbH, Pößneck
Gedruckt auf säurefreiem, chlorfrei gebleichtem Papier
Printed in Germany · ISBN 978-3-423-28154-6

Für Dace Berzins

Das Universum besteht aus Geschichten,
nicht aus Atomen.

Muriel Rukeyser, »The Speed of Darkness«

1

Dein erster Tag im dritten Schuljahr. Die trockenen Blätter an den Bäumen krümmten sich orange, rot und gelb. Sie knisterten spröde unter unseren Schuhen, als wir die Straße entlanggingen. Je näher wir der Schule kamen, umso langsamer wurdest du. Wir sahen andere Kinder, die auf das Schulgebäude zurannten, dahinter ihre Mütter, die mit Schulranzen, Handtaschen und den obligatorischen Geschenken für die neue Lehrerin jonglierten: gelben Äpfeln, bestickten Taschentüchern, Pralinen. Du hattest keinen Schulranzen. Ich hatte keine Geschenke. Es war unser dritter Versuch in ebenso vielen Jahren, den gefürchteten ersten Tag zu überstehen. Ich hatte eine Pilotenmütze mit extragroßen Ohrenklappen dabei, und die stülpte ich jetzt über deine extragroßen Ohren. Um das empfindliche Knorpelgewebe zu schützen und um den entsetzlichen Lärm auf dem Schulhof zu dämpfen.

Vor dem hölzernen Schultor hast du mich am Ärmel gezupft und dich zu mir umgedreht. »Ich weiß, dass ich anders bin«, sagtest du. »Aber bin ich *zu* anders?«

Die Hänseleien deiner Schulkameraden, die von wohlmeinenden Nachbarn zugefügten Verletzungen. Ich hörte sie in deiner Stimme. Und sagte, meine Hände auf deinen schmalen Schultern: »Maris, du bist erstaunlich und wunderbar gemacht.«

Das ist ein Vers aus den Psalmen, eine meiner Lieblingsstellen. Ich zitierte ihn, weil ich weiß, welche Macht Worte haben. Ich kenne das 1. Buch Mose. Ich habe gelesen, wie Gott jeden einzelnen Grashalm mit zwei kleinen Worten erschuf: *Es werde.* Die Worte – voller Potenzial, voller Möglichkeiten. Eine Geschichte in Worte zu fassen bedeutet, sie geschehen zu machen, und deshalb erzählte ich dir eine Geschichte und behauptete, es sei deine.

Vor langer Zeit, so lange, dass sich kaum noch jemand daran erinnern kann, stieg der Bärentöterjunge aus dem Schlamm des Flusses empor. Seine Ohren waren riesig. Mit Pelz bedeckt und groß wie Fleischpasteten. Mit diesen Ohren konnte er das Rascheln von Feldmäusen drei Länder weiter hören. Sein Gehör war beispiellos. Bärentöter konnte hören, wie sich bei einer Lüge der Herzschlag verändert oder die Stimme zusammenpresst. Er hörte das fröhliche Trillern der Singvögel und wusste, was die Fische im Fluss dachten. Schlau und weise war Bärentöter, obwohl er noch ein Kind war, aber auch stark und mutig. Einmal lauerte ihm im Wald ein Bär auf. Ohne zu zögern, erschlug Bärentöter ihn mit bloßen Händen und riss seinen Kiefer auseinander.

Diese Geschichte ist eine Tür, die sich öffnet. Eine Tür, die sich schließt. Die Worte sind die Scharniere, die sich durch das stete Wiederholen von selbst ölen. Wiederholung ist eine Form von Liebe, deshalb erzählte ich dir diese Geschichte in den magischen, kurzen Jahren deiner Kindheit jeden Abend. *Wie groß waren die Ohren?*, hast du oft gefragt, deine Stimme klein im anwachsenden Dunkel. *Größer als meine?* Du wolltest unbedingt wissen, dass du mit deinem Anderssein nicht allein warst, dass überdimensionale Ohren kein Makel waren, sondern ein Wunder. Ich beugte mich über dich und verwandelte die Geschichte in ein Gleichnis.

Die Worte waren wie die Zähne eines Reißverschlusses, du hast ihn aufgezogen, bist in das dunkle, geräumige Innere der Geschichte gekrochen und hast sie zu deiner gemacht.

Lymphom. Was für ein komisches Wort! Es klingt wie ein Musikinstrument, etwas, das warme, runde Töne hervorbringt, wenn es mit einem weichen Schlegel angeschlagen wird. Jedenfalls zeigte Dr. Netsulis dir, wie man das Morphium verabreicht, und ließ uns in einer weißen Wachspapiertüte mehrere Ampullen da. Er hat sich im Laufe der Jahre kaum verändert: weißer Laborkittel, schneeweißes Haar, langer Bart, dicke Brillengläser, fahrig, aber aufmunternd. Zu mir sagte er: *Angenehme Reise und viele weiße Tage! Wenn Sie Glück haben, bleiben Ihnen sechs Wochen.*

Gestern hast du mich gefragt, ob Krebs wehtut, ob er wirklich wehtut. Ja und nochmals ja. Du sagst, du kannst dich nicht daran erinnern, wie wir mit dir zur Klinik in Madona gerast sind. Du sagst, du weißt nicht mehr, dass du den Ärzten erzählt hast, Hornissen hätten ein Nest aus Stricknadeln in deinen Ohren gebaut, und dass unsere Stimmen rappelten wie Streichhölzer in einer Streichholzschachtel. Was du in deinen Ohren spürtest, fühle ich jetzt in meiner Lunge. Jeder Atemzug ist wie das scharfe, harte Anreißen eines Streichholzes auf der rauen Reibfläche. Dem Himmel sei Dank für das Morphium.

Ein flüssiges Gewicht, das mehr als alles andere, würde ich sagen. Es zieht mich hinab, und ich lasse mich selig in die Tiefe fallen. Das Gewicht ist wie die Bleischürze beim Radiologen. Weißt du noch, wie er dich auf einen Stapel dicker Lexika setzte und die Bleischürze um deinen kleinen Körper legte?

Die Farbe des Unheils, diese Schürze. Und so schwer! Du brauchtest deine ganze Kraft, um deinen fünfjährigen Körper stillzuhalten, damit der Mann die Bilder machen konnte. Ich könnte dir noch mehr über diesen Besuch erzählen: das Staunen, das deine Ohren bei den Radiologen auslösten, wie im Zirkus, die vielen Fragen, die die Ärztin dir stellte, während sie mit dem Finger über den hellbraunen Flaum an deinen Ohrläppchen strich, doch ich denke vor allem an das Gewicht. Morphium fühlt sich an wie sanft schmelzendes Metall in meinem Bauch, es pulsiert in meiner Brust, den Hüften, den Schenkeln und schiebt alles Fühlen in Hände und Füße, die übrigens glühend heiß sind. Ich weiß, ich habe dir gesagt, dass du kein großes Gewese um mich machen, mir keine Schüsseln mit Eiswasser für meine Füße bringen sollst, doch jetzt würde ich das Angebot gern annehmen.

Du hast dich neben mich gesetzt. Schweiß steht dir auf der Stirn und über der Oberlippe. Im Dämmerlicht wirken deine Ohren noch größer. Du hast die Kerze angezündet. Manche Leute halten es für Zeitverschwendung, dass du dich mit achtzehn Jahren entschlossen hast, Klaviere zu stimmen, spekulative Physik zu studieren und Gedichte in der Abstinenzlerzeitung zu veröffentlichen. Ich dagegen sage dir: Ich könnte nicht stolzer auf dich sein.

An den offenen Blasen auf deinen Händen erkenne ich, dass die Erde es dir nicht leicht macht. Du gräbst in der Nähe von Onkel Maris' Grab. Der Boden dort ist besonders hart und uneben, sein Grabstein mit zahlreichen schwarzen Markierungen bedeckt und zur Seite gekippt. Was die Erde nicht will, weist sie zurück. Es ist eine Tatsache, dass etwas von deinem Namensvetter bei uns geblieben ist, und das meine ich nicht in dem sentimentalen Sinn, dass Menschen Erinnerungen horten und diese dann mit dem Menschen verwechseln. Ich meine, dass der Mensch selbst bei uns blieb. Offenkundig, greifbar und noch lange, nachdem er von uns gegangen war. Wir waren gezeichnet, gebrandmarkt.

Heute ist mir klar, dass du das alles seit Langem weißt. Seit du vier warst, mit Ohren so groß wie Suppenschüsseln. Du konntest kaum den Kopf heben, so schwer waren sie, so viel Geschwätz und Lärm sammelten sich darin. Als du älter wurdest, machtest du dir Notizen. Der Boden sprach zu dir, und du konntest nicht anders, als dem langsamen Geschiebe der Steine in der Erde zu lauschen. Du hörtest den Triumph jedes einzelnen dünnen Grashalms, der sich durch den Lehmboden kämpfte, und die rastlosen Träume der Toten. Knöpfe und Reißverschlüsse. Nadeln und Faden, Dinge, die festhalten und verbinden. Davon träumen die Toten des Nachts, schriebst du. Sie lösen die Knochen aus den Gelenken, die Worte aus den Gedanken. Ach, könnten doch die Nadeln der Bäume sie durchbohren, in sie eindringen und den Körper an die Seele heften. Der Zerfall, schriebst du, ist die größte Quelle ihrer Verwirrung. Was sind wir ohne unsere Körper? Das, so schriebst du, ist die Frage, an der sich die Toten aufreiben wie Stahlwolle an einem verrosteten Waschbrett oder die glatt gehobelten Kiefernbretter eines Sargs am Geröll.

Wenn Menschen sterben, so schriebst du, hinterlassen sie einen leeren Sack, den sie mit Worten, Raunen, Fragen, Tratsch und Klagen füllen. Einige leere Säcke sind größer als andere. Onkel Maris, so schriebst du, wünschte sich ein neues Paar Schuhe – gute italienische Lederschuhe mit Zierkettchen –, weil der Weg in den Himmel länger war, als er angenommen hatte. Er ist seit fünfzehn Jahren tot. Und hat immer noch so viel zu sagen. Er ist unsere Heimsuchung, in seiner Abwesenheit gegenwärtig. Da du mehr hörtest als wir, weißt du all dies schon seit langer Zeit. Vielleicht hast du mich deshalb heute Morgen gefragt, ob ich lieber näher bei ihm oder bei meiner Großmutter Velta beerdigt werden möchte.

Begrab mich da, wo die Erde am lockersten ist, antwortete ich. Ich glaube, deine Hände schmerzen; du hältst die Finger leicht gekrümmt, wie jemand, der den ganzen Tag mit einer Schaufel hantiert hat. *Setz dich ein bisschen zu mir, denn es gibt Dinge, die du weißt, und andere, die du nicht weißt,* sagte ich.

Fehler. Ich habe mehr gemacht, als mir zustehen. Als du klein warst und sagtest, du könntest die gedruckten Wörter auf dem Blatt vibrieren oder im Summen der Telefondrähte den Klatsch einer ganzen Woche hören, glaubte ich dir nicht. Als du mir erzähltest, das Problem mit lebendigen Dingen sei, dass sie vergehen, und mit toten Dingen, dass sie eben nicht vergehen, zog ich deine Quellen in Zweifel. »Onkel Maris hat es mir gesagt«, lautete deine Antwort, und ich stülpte die Klappen der Pilotenmütze über deine Ohren und schickte dich ohne Abendessen auf dein Zimmer. Als du mir zum ersten Mal deine Notizen zeigtest, konnte ich nicht glauben, dass du in deinem zarten Alter sie verfasst haben solltest. Ich konnte mir weder den überwältigenden Lärm der Lebenden und Toten vorstellen noch, wie die vielen Geschichten in ihren tausendfachen Variationen dir zusetzten.

Andere Verfehlungen: Unter dem Deckmantel der Liebe Ereignisse und Menschen in Schweigen hüllen. Ich hätte weiter schweigen können, hätte schweigend sterben können. Aber das ist das Komische am Kranksein. Oder vielleicht das Komische an den Medikamenten gegen die Krankheit. Ich habe jeglichen Sinn für Maß oder Bedeutung verloren. Jeder Gedanke, jeder Erinnerungsschnipsel scheint genauso wichtig, ja bemerkenswert zu sein wie der andere. Alles will erzählt werden. Ich hätte es gern für dich aufgeschrieben, aber genauso wie Wolle erst gereinigt und kardiert wird, bevor man sie zu Strängen spinnt, erfordert der Akt des Schreibens ein Ordnen der Fakten und wird so zu einer Übung im Auswählen und Bearbeiten. Ein Kunstgriff. Es ist besser, ich erzähle dir einfach alles, was mir einfällt, und überlasse dir das Sortieren für später, dann kämmst du die überzähligen Fasern aus, verliest die Fehler. Du warst immer imstande, ein Wort und die Räume drum herum zu hören und zu erkennen, was wichtig und wahr ist. Als ich das sagte, wurde dein Gesicht ganz weich und verzog sich zu einem zärtlichen, traurigen Lächeln. »Ach, Mama«, sagtest du und drücktest deine Stirn sanft, ganz sanft gegen meine. Dann hast du dich auf den blauen Holzstuhl gesetzt. Und zugehört.

Dein Großvater war ein umsichtiger, ernster Mensch, gezeichnet von Sorge und stiller Wut. Er hatte viele Menschen begraben, die er liebte, und diese Gräber standen ihm auf der Stirn geschrieben, auf den Unterarmen, den Handgelenken und Händen. Er musste sich lediglich vor einen Spiegel stellen, um an den Fältchen um seine Augen zu erkennen, wie lange sie schon tot waren und an welcher Stelle des Friedhofs ihre Leichen begraben waren. Im Winter 1992 nahm Vater deinen Onkel Rudi, der damals sechzehn war, und mich, vierzehn, mit dorthin. Zu dieser Zeit lag der Friedhof noch viel näher am Fluss als heute. Majestätische Eichen, manche mehr als sechshundert Jahre alt, erhoben sich über den zahlreichen Parzellen an der Straße, und bei den Gräbern am Fluss leuchteten die Erlen rot. Rudi und ich kannten den Friedhof wie unsere Westentasche; wir hatten unzählige Stunden damit verbracht, zwischen den Grabsteinen umherzustreifen, Unkraut zu jäten, das Laub zusammenzurechen oder Vaters Schaufeln und Sensen zu reinigen.

An diesem Tag reichte Vater jedem von uns eine Schaufel. *Grabt*, sagte er. *Na los, grabt*. Und so gruben wir.

Während wir arbeiteten, sprach Vater über Dinge, von denen wir noch nie gehört hatten, Dinge, über die er früher nicht hatte sprechen dürfen. Der Präsident der Sowjetunion, Michail Gorbatschow, hatte 1988 den Bann des Schweigens aufgehoben, doch es vergingen noch mehrere Jahre, bevor viele Letten, darunter auch unser Vater, daran glauben konnten. So erfuhren wir jetzt von ihm, dass Oskars, sein eigener Vater, Totengräber in einem Lager gewesen war. Er und Solveiga, die Großmutter, die ich nicht kennengelernt habe, und mein Vater, damals noch ein kleiner Junge, waren zusammen mit sechzigtausend anderen nach Sibirien deportiert worden, wo sie Zwangsarbeit verrichten mussten. Workuta, ein Arbeitslager im Flussbecken der Petschora, in dem Rohstoffe abgebaut wurden: Dort landeten Oskars, Solveiga und der kleine Eriks, irgendwo jenseits des nördlichen Polarkreises.

Und so war es dazu gekommen: 1947 fand im Osten von Lettland eine Razzia statt. Jeglicher Vorwand wurde benutzt, um Menschen zu verhaften. Ein Mann zum Beispiel hatte den Fehler gemacht, ein »anti-sowjetisches Grinsen« aufzusetzen, und wurde nach Magadan geschickt, ein Ort, den nur wenige überlebten. Ein kleiner Trupp von sowjetischen Soldaten durchsuchte Oskars' Scheune und fand dort eine Bibel. Das genügte. Sie machten ein Feuerchen im Gestrüpp und hätten sie verbrannt, wäre nicht ein Hauptmann eingeschritten, ein Tatar aus dem Ural.

Diesem Hauptmann war der Goldschnitt aufgefallen, Zeichen eines heiligen Buchs. »Wo hast du das her?«, fragte er, während er seinen Blick über die Worte auf den hauchdünnen Blättern schweifen ließ. »Meine Mutter hat es mir geschenkt«, erklärte dein Großvater.

Mit der freien Hand griff der Hauptmann unter den Kragen seiner Uniform und zog ein kleines Medaillon hervor. Michael, der den Drachen erschlägt, glaube ich, oder vielleicht der heilige Georg. Vermutlich hätte dieser Hauptmann einigen Ärger bekommen, wenn seine Vorgesetzten davon erfahren hätten. Doch später habe ich gehört, dass es für sowjetische Soldaten – selbst Generäle – nicht ungewöhnlich war, so etwas zu tragen, diskret, versteht sich. Der Hauptmann küsste sein Medaillon vor Oskars' Augen. »Meine Mutter hat es mir geschenkt«, sagte er und verbarg es wieder unter seinem Hemd. Dann deutete er mit dem Kinn auf Oskars' Schaufel und den lehmigen Boden hinter der Scheune, bevor er sich über seinen Stiefel beugte und in aller Ruhe den Schnürsenkel neu band. So bekam Oskars die Gelegenheit, die Bibel zu vergraben, bevor sie ihn mitnahmen. Trotzdem musste dieser Hauptmann Oskars, Solveiga und den kleinen Eriks in das Arbeitslager schicken und entschuldigte sich, weil er ihnen diese Ungerechtigkeit nicht ersparen konnte. Es galt, eine Quote zu erfüllen; das sowjetische Regime hatte die Angewohnheit, Leute umzusiedeln, um sie zu brechen. Der Hauptmann ließ in seinem Bericht die Bibel unerwähnt und gab Solveiga sogar zusätzliche fünf Minuten Zeit, um ein paar Decken und Küchenutensilien für die lange Reise zusammenzusuchen. Ich erzähle diese Geschichte, um dich daran zu erinnern, dass man in jeder Zeit und an jedem Ort auf unglaubliche Grausamkeit, aber auch auf unerwartetes Mitgefühl stoßen kann.

Dein Großvater Eriks glaubte, dass zwischen Leben und Tod eine heilige Verbindung bestehe. Lediglich ein Atemzug trenne die beiden, und man könne das Leben nicht verstehen, ohne den Tod zu erfahren. Da er die Gräber für die Gefangenen aushob, kannte sich Oskars mit dem Tod in den Minen von Workuta gut aus. Damals war es üblich, die Toten unbekleidet zu bestatten. Man nannte es »sich auf sowjetische Art zur letzten Ruhe begeben«. Gefangene konnten sich den Luxus einer anständigen Beerdigung mit einem schönen Sarg und einer schönen Rede nicht leisten. Manchmal meinten die Wärter, Leichen mit dem Gesicht nach unten durch das Eis oder den Schlamm schleifen zu müssen. Es brach Oskars das Herz. Im Schutz der Dunkelheit zog er den Leichen Lumpen an, die sich irgendwo fanden, und murmelte Passagen aus den Psalmen, obwohl es verboten war und seine Strafe hätte verlängern können. Während seines zwölfstündigen Arbeitstags achtete Oskars auf den Einklang von Hand und Mund. Beim Graben rezitierte er Psalm eins bis hundertfünfzig. Dann begann er wieder von vorne. Und wenn er die Psalmen leid war, sang er eine Daina.

> Warum, o Sonne, zögerst du,
> Warum erhebst du dich so spät?
> Ich hatte hinter dem Hügel zu tun,
> Musste Waisen wärmen.
> Ich wärmte Füße, trocknete Tränen.

Diese Daina sangen Eriks und er auch, als sie Solveiga begruben. Sie starb im Lager, bei der Geburt von Onkel Maris. Immerhin wurden Oskars, Eriks und Maris entlassen, nachdem Oskars seinen »Zehner«, das übliche sowjetische Strafmaß, verbüßt hatte. Mit dreißig Rubeln und einem sogenannten Wolfspass, der sie als ehemalige Häftlinge auswies, schickte man sie ihres Weges.

Als Inhaber eines Wolfspasses bekam man nur sehr schwer Arbeit und hatte keine Rechte. Viele von Oskars' Freunden und Nachbarn fürchteten, selbst in Ungnade zu fallen, wenn sie mit einem ehemaligen Gefangenen und praktizierenden Baptisten verkehrten, und mieden ihn. Damals verdächtigte man Baptisten, auch Stundisten genannt, deutsche Spione zu sein. Natürlich stimmte das nicht, doch sowohl die russischen Orthodoxen als auch die lettischen Lutheraner hielten den baptistischen Glauben für einen gefährlichen Import. Und so wurde Oskars zum Totengräber und Sargtischler in seiner Stadt – es war die einzige Arbeit, die er bekommen konnte. Ihm zur Seite standen seine Söhne Eriks und Maris.

Am Ende versagte Oskars' Herz. Er liebte Butter, und Vater meinte, das Ausheben von Gräbern habe seinen Lebenswillen gebrochen. Die Brüder bauten einen Sarg, maßen die Bretter ab und fügten sie ohne einen einzigen Nagel zusammen. Dann hoben sie das Grab aus. All das erzählte uns dein Großvater Eriks in jenem Winter 1992. Die Wahrheit sei unser Erbe, sagte er, sie werde uns erlösen. Doch damit wir nicht vergaßen, wohin wir gehörten, drückte er jedem von uns eine Schaufel mit Eschenholzgriff in die Hand. Seit diesem Tag verbrachten wir jede Minute, die wir nicht in der Schule waren, auf dem Friedhof. Schon damals konnte Rudi schnell und gut graben.

Von mir kann ich das nicht behaupten. Ich wurde von seltsamen Sehnsüchten geplagt, die ich weder benennen noch beschreiben kann, und war eine miserable Hilfe, wenn ich meine Schaufel ruckartig und unbeholfen in den harten Lehmboden stieß. Ganz anders Vater. Die Schaufel war wie eine natürliche Verlängerung seines Arms. Seine Art zu graben war ein sanfter, ungebrochener Kreislauf, wie ein Lied, das zu einem Gebet geworden war.

Und er hatte wirklich viel zu tun. Du wirst es in keiner Zeitung lesen, aber in den Monaten nach dem Zusammenbruch der Sowjetunion wurden Stadt und Land von einer Reihe seltsamer und tragischer Todesfälle erschüttert. Eine Dichterin aus Lubana erwachte aus einem Traum, in dem sie eine Wölfin gewesen war, biss ihrem Mann in den Hals und tötete ihn in ihrem gemeinsamen Bett. Kurz darauf wurde der Saxophonspieler einer Klezmertruppe wahnsinnig und brachte seine Kollegen um – alle sieben –, bevor er sich selbst mit dem Saxophon erschlug. Das war um die Zeit, als die Steuer fällig wurde. Einige Wochen später, kaum war die Aiviekste eisfrei, ging ein Bauingenieur nackt zum Schwimmen, baute sich danach eine Flugmaschine und stürzte aus großer Höhe in den Tod. Bald darauf erlag seine trauernde Witwe dem unergründlichen Drang, sich vor den Zug zu werfen, der zwischen Daugavpils und Minsk verkehrt.

Als Totengräber erfuhr dein Großvater Eriks immer als Erster von diesen Ereignissen, über das schwarze Telefon in unserer Küche. Zu Sowjetzeiten hatten sie an unsere Tür geklopft, wenn jemand zu beerdigen war, doch nach dem Zusammenbruch kamen die Befehle vom neuen Leiter und Besitzer des Friedhofs, Herrn Zetsche. Zwar hatte keiner von uns ihn jemals zu Gesicht bekommen, doch eilte ihm der Ruf voraus, großzügig zu sein. Er war ein deutschstämmiger Geschäftsmann und hatte eine überaus wohlhabende Lettin geheiratet: Ihre Familie besaß eine Zuckerfabrik und Grundstücke in der Nähe des Luban-Sees. Herr Zetsche hatte den Telefonanschluss auf eigene Kosten legen lassen. Du findest es vielleicht lustig, aber wir fühlten uns geehrt und privilegiert, ein Telefon zu haben: Alle anderen in der Stadt mussten auf der Post einen Antrag stellen, wenn sie angerufen werden oder selbst telefonieren wollten. Im Winter 1992/93 klingelte das Telefon immer öfter. Eines Tages wegen einer überarbeiteten Korrektorin, die einen Nervenzusammenbruch gehabt und sich erhängt hatte. Am frühen Morgen weckte dein Großvater deinen Onkel Rudi und mich – alle Mann an die Schaufeln.

Schon damals hatte ich das Gefühl, dass wir unsere Sache

gut machen mussten, egal wie schlecht sie angesehen war. Unsere Arbeit verband uns mit den Lebenden und den Toten, mit den Dingen unter und über der Erde. Wenn ich deinen Großvater bei der Arbeit beobachtete – wie er das Holz abschmirgelte, ein, zwei oder gar drei Mal Maß nahm, um sicherzugehen, dass die Verbindungsstücke einwandfrei passten, oder Löcher in den Sarg bohrte, für diejenigen, die darum gebeten hatten –, fand ich oft, dass er ein heiliger Mann war, der einen heiligen Beruf ausübte. An dem Tag, als die Korrektorin begraben wurde, sahen wir eine Gruppe von Frauen, von Kopf bis Fuß in Schwarz gekleidet, und einen Zug von Männern mit schwarzen Hüten auf den jüdischen Teil des Friedhofs zugehen. Der Sarg aus Kiefernholz, mit einem gewölbten Deckel und Griffen an allen Seiten, muss sehr schwer gewesen sein, denn alle paar Schritte blieben die Sargträger stehen und stellten ihn kurz ab, um zu verschnaufen.

In größeren Städten hatten Juden ihre eigenen Friedhöfe, aber unsere Stadt war so klein, dass wir alle zusammen beerdigt werden mussten. Na ja, einer neben dem anderen. Die Gräber der Juden waren von den übrigen durch ein niedriges Steinmäuerchen getrennt. Es diene dazu, den Juden das Gefühl von Sicherheit und Schutz zu vermitteln, erklärte Vater. Sie seien wie die Zigeuner, immer auf dem Sprung, stets darauf vorbereitet, weiterzuziehen, und wenn sie verschwanden, ließen sie keinerlei Spuren zurück, nicht einmal ihre Toten. Doch in den dreißig Jahren, in denen er sich nun um den Friedhof kümmere, so erzählte Vater nicht ohne Stolz, sei kein einziger Grabstein, nicht mal ein Kieselstein oder Grashalm, angerührt worden.

Nachdem sie das Grab erreicht hatten, ließen die vier Männer den Sarg an Seilen hinab. Dein Großvater hatte ihnen seine Hilfe angeboten, doch sie wussten, dass er Baptist war, und lehnten ab. Also blieben wir diskret im Hintergrund, falls uns doch jemand brauchte, egal wozu. Am Abend, als alle fort waren, harkte Vater die Sandwege zwischen den Gräbern, damit der Geist der Korrektorin nicht den Fußspuren der Lebenden zurück zum Haus folgen konnte.

Du darfst nicht vergessen, dass die meisten Menschen, auch ich, Ahnungslose sind. Wir machen den Mund auf, und ein gewaltiges Durcheinander aus lärmendem Unverstand strömt heraus. Als ich fünfzehn war, wusste ich kaum etwas über lettische Juden. Rudi noch weniger. In den Geschichtsbüchern, die wir im Gymnasium lasen, kamen Juden so gut wie gar nicht vor, das machte sie umso exotischer und faszinierender für mich. Wir hatten von einem jüdischen Mann in Daugavpils gehört, dem ein Visum für Israel verweigert worden war, und der sich deshalb aus einem Fenster im fünften Stock stürzte. »Juden müssen sehr traurige Menschen sein – wenn sie sich auf diese Weise umbringen«, spekulierte ich eines Abends, als Rudi und ich in unsere Betten krochen.

»Sie haben kein eigenes Land, deshalb sind sie so traurig«, sagte Rudi und strich sich mit dem Finger über den spärlichen Flaum über der Oberlippe und am Kinn. Rudi, der zwei Schulklassen über mir und nur noch ein halbes Jahr von der Abschlussprüfung entfernt war, hatte sich unzählige Ansichten und Pseudofakten angeeignet. Zum Beispiel meinte er, Juden seien in großen Städten wie Daugavpils nicht wohlgelitten, weil sie mehr Geld hätten als alle anderen. Dabei waren die Juden in unserer kleinen Stadt genauso arm dran wie wir. Rudi zufolge waren die Juden an der Arbeitslosigkeit in Lettland schuld. Und die aus Russland eingewanderten Juden waren die schlimmsten, weil sie sich nicht einmal die Mühe machten, Lettisch zu lernen. Ich persönlich fand das nicht so schlimm, aber viele, darunter auch Vater, behaupteten, die russische Sprache klinge furchtbar. Deine Großmutter war derselben Meinung. *Ich mag den Russen einfach nicht*, erklärte sie, und die Art, wie sie den Vokal im Wort »mag« dehnte, spiegelte das Ausmaß ihrer Abneigung wider.

Damals hatte ich einen Hang zu Melancholie und Dramatisierung. Beim Geschirrspülen saugte ich die Wangen nach innen, um so verhärmt auszusehen wie ein Dichter, der von einem hochfliegenden Gedanken ergriffen ist. Beim Kartoffelschälen starrte ich mit leerem Blick auf die Straße vor dem Fenster. Jetzt kann ich dir davon erzählen, und wir können zusammen über mein albernes Gehabe lachen, Auswüchse pubertärer Fantasien und Langeweile, aber damals war es mir wichtig, exakt die richtige Pose zu treffen.

Meine einzige Freundin Jutta Ilmyen teilte damals mein Faible für Tragödien, Dramen und Schwärmerei. Sie sprach oft von Selbstmord und der Sinnlosigkeit des Lebens, verdrehte die Augen gen Himmel und seufzte. Sie wohnte gegenüber von uns und sah Gerüchten zufolge verdächtig deutsch aus, obwohl sie in Wirklichkeit eine Jüdin war, deren Wurzeln irgendwo in Weißrussland lagen. Das Haus, in dem sie wohnte, hatte sieben Monate lang leer gestanden, nachdem seine Besitzer von einem auf den anderen Tag nach Australien ausgewandert waren. Im achten Monat waren die Ilmyens mit ihren vielen Koffern, einem eleganten Diwan aus Rosshaar und einem schlappohrigen Esel namens Babel eingezogen.

Frau Ilmyen sprach ganz passabel Lettisch und sagte immer *labdien*, guten Tag, zu uns, wenn wir uns auf der Straße begegneten. Sie behauptete, man habe ihrer Familie die lettische Staatsbürgerschaft automatisch gegeben, weil sie schon mehrere Jahrzehnte vor der Besatzung und der Annexion in Lettland gelebt hätten. Über Herrn Ilmyen wussten wir sehr wenig: Er übersetzte wichtige Gesetzestexte für eine Kanzlei irgendwo in Daugavpils. Er hatte viel zu tun, weil viele Letten aus Australien, Kanada und den Vereinigten Staaten zurückgekehrt waren, um Grundstücke zurückzufordern, die unter der sowjetischen Besatzung widerrechtlich verstaatlicht worden waren. Deine Großmutter hatte so ihre Zweifel, was Herrn Ilmyens Status als Lette oder seine politische Überzeugung anging. Aber sie bewunderte Frau Ilmyens Sinn für Mode, und deshalb durfte ich Jutta besuchen. Bei ihnen zu Hause war alles exotisch und besser: Die Spitzenvorhänge vor ihren Fenstern waren viel eleganter vergilbt als das Musselin vor den unsrigen. Und obwohl ich wusste, dass der Regen mit derselben Intensität auf unsere Häuser prasselte, hatte ich das Gefühl, dass er erheblich melodischer durch ihre Dachrinne rauschte. Während es bei uns nur wenige Bücher gab, besaßen sie Dutzende, und gelegentlich, wenn das Nachmittagslicht seitlich ins Zimmer fiel, leuchteten die goldenen Buchrücken auf und verströmten den Geruch nach altem Leder. In einem Schränkchen, in dem Herrn Ilmyens Schachmedaillen auf schwarzem Velours ausgestellt waren, stand auch ein besonderer silberner Leuchter. Das war das Großartige an den Ilmyens – sie waren alle klug. Mindestens die Hälfte der Schachmedaillen in Herrn Ilmyens Schrank gehörten Frau Ilmyen und einige sogar Jutta.

Außerdem waren die Ilmyens nett. Einmal fiel ich gegen ihren Zaun und schrammte mir die Hand auf. Frau Ilmyen, die halbtags in der Klinik arbeitete, stürzte mit Verbandszeug aus dem Haus. Noch ehe ich richtig losheulen konnte, hatte sie die Wunde gereinigt und verbunden. Und wenn Vater sich bei einem seiner seltenen Anfälle von Depression so betrank, dass er nicht mehr aufrecht stehen konnte, bettete Herr Ilmyen ihn auf leere Mehlsäcke und karrte ihn vom Fluss zu uns nach Hause. »Herr Ilmyen ist ein sehr guter Mensch«, sagte Vater in solchen Nächten, während er die Arme um seinen Oberkörper schlang und wie ein beduseltes Pendel hin und her schwang. »Obwohl er Russisch spricht.« Aber am Morgen, wenn er mit grässlichen Kopfschmerzen aufwachte, führte er diese nicht auf den Alkohol zurück, sondern darauf, wie Herr Ilmyen ihn auf den Küchenboden gekippt hatte. Er hegte eine unterschwellige Abneigung gegen Herrn Ilmyen, die, wie mir Rudi erzählte, mehr damit zu tun hatte, dass dieser, sobald die Sowjets abgezogen waren, Anspruch auf einen der besseren Fischgründe am Fluss erhoben hatte und Vater sich mit dieser bitteren Tatsache nicht so recht hatte abfinden können.

Ich nahm an, dass Jüdischsein so etwas wie eine Berufung sei und jedermann mit den richtigen Papieren und mühevoller Kleinarbeit einer werden konnte. Judentum war der wichtigste Beruf von allen, denn die Juden waren von Gott auserwählt. Das wusste ich, weil ich das Alte Testament gelesen hatte, und überall in diesem Buch sah es so aus, als sorgte Gott für die Hebräer. Er schleuderte Blitze und bestrafte die Heiden sogar mit Hämorrhoiden. So viel Aufmerksamkeit wünschte ich mir auch von einem Gott, der das Wasser teilte, damit sein auserwähltes Volk über trockenen Grund gehen konnte. Wenn ich eine Wüste zu durchqueren hätte wie die alten Hebräer, hätte ich dasselbe haben wollen wie sie: eine unverkennbare Führung in Gestalt von Wolkensäulen am Tag und Feuer bei Nacht. Trotzdem wusste ich, dass Jude sein kein Zuckerschlecken war. Juden waren etwas Besonderes – etwas so Besonderes, dass sie dafür leiden mussten. Und je mehr sie litten, desto besonderer wurden sie. Wie anstrengend! Wie dramatisch!

Ich verlangte von Jutta, mir zu zeigen, wie man Jude wurde, und sie versuchte es tatsächlich. Als Erstes holte sie an einem verregneten Nachmittag ein hebräisches Gebetbuch aus dem Regal ihres Vaters. Schon nach wenigen Sekunden sah ich meine Dummheit ein. Nicht nur, dass die Buchstaben über das Blatt schwirrten wie Vögel in seltsamen Käfigen, Jutta bestand auch noch darauf, dass ich sie in umgekehrter Reihenfolge las, also von rechts nach links. Und als wäre das nicht verwirrend genug, hatte ihren Worten zufolge jeder Buchstabe eine bestimmte symbolische Bedeutung. Manche Anordnungen von Buchstaben hatten mehr Symbolkraft als andere, und einige Leute, so behauptete sie, suchten ihr ganzes Leben nach der richtigen Anordnung. »Was wollen sie denn anordnen?«, fragte ich. Und Jutta blinzelte, als hätte ich gerade etwas Unvorstellbares gefragt. »Gottes wahren Namen«, seufzte sie ehrfürchtig.

Ohne es zu ahnen, bestärkte mich Mutter in meiner Bewunderung für die Ilmyens und in meinem Wunsch, wie sie zu sein. Jeden Abend, wenn Rudi und ich ins Bett geklettert waren, beugte sie sich über uns, und statt ein Gebet zu sprechen oder uns einen Gutenachtkuss zu geben wie andere Mütter, flüsterte sie: »Rudi, Inara, werdet Genies.« Das tat sie jeden Abend, weil sie jeden Morgen um halb sechs aufstehen musste, um mit dem Bus nach Daugavpils zu fahren, wo sie als Putzfrau für ein paar ältere Männer arbeitete, die mehr Dinge und mehr Geld besaßen als wir, und weil sie überzeugt war, dass sie all das durch Intelligenz erlangt hatten. Die klügsten Leute in unserer Stadt waren die Ilmyens, daher entschied ich, dass der kürzeste Weg zur Genialität und damit zu Mutters Liebe und Anerkennung darin bestand, Jutta zu beobachten und zu lernen, wie ein Genie zu denken. Wenn ich im Herzen jüdischer würde, wenn ich irgendwie für meine Schmerzen leiden könnte und so für

Gott ein kleines bisschen besonderer würde, wäre das ein weiterer Pluspunkt. Deshalb lernte ich am Abend vor einer wichtigen Schulprüfung immer mit Jutta. Wir konjugierten alle regelmäßigen und unregelmäßigen deutschen Verben oder wiederholten den Stoff der Geschichtsstunden von Herrn Gepkars. *Die Steine, Kinder!* Dann wandten sich unsere Unterhaltungen hoffnungslos tragischen Fragen zu, etwa wie die Chancen eines Kleinstadtmädchens wie mir in der Liebe standen – ein Teenager mit unreiner Haut, breiten Hüften und etwas zu eng beieinanderstehenden Augen. »Ach, Inara, mach dir nicht so viele Gedanken«, sagte Jutta. »Trag ein bisschen Lippenstift auf und vergiss nicht: Jungs mögen pralle Busen. Also, Brust raus!« Und dann übten wir den richtigen Gang, indem wir mit herausgestreckter Brust den schmalen Korridor auf und ab staksten – in Juttas Abendschuhen, die nicht gerade hohe Absätze hatten, aber auch nicht ganz flach waren, während Frau Ilmyen von der Küche aus Kommentare auf Russisch beisteuerte. »Stellt euch vor, ihr wärt Schwäne, die über das Wasser gleiten. Gleiten, Mädchen, gleiten.«

Das gefiel mir: praktische Ratschläge von einem echten Genie. Jutta war die Schwester, die ich mir immer gewünscht hatte, eine Vertraute, die mich verstand, akzeptierte und gelegentlich berichtigte, wenn ich etwas Dummes gesagt oder getan hatte, was vermutlich öfter der Fall war, als ich glaubte.

Während du am anderen Ende des Friedhofs die Grabsteine geschrubbt hast, besuchte mich Frau Zetsche – Mildi. Sie musste durch den Garten gehen und die Tür zum Schuppen selbst aufstoßen, was ihr ganz offensichtlich missfiel. Sie schätzt Etikette. Das hat vermutlich mit ihren Verbindungen zum Reitverein zu tun. Warum sie kam? Wir sind nicht verwandt und gehören verschiedenen gesellschaftlichen Schichten an. Vor deiner Geburt habe ich für sie geputzt, und deshalb fühlte sie sich vermutlich genötigt, mir ihre Aufwartung zu machen. Sie ist eine empfindsame Seele und quält sich mit irgendetwas, glaube ich. Sie ist auf der Suche nach Absolution. »Habe ich das Richtige getan?«, fragte sie. Ein Leben voll Kummer und Leid sprach aus diesen Worten. Um die Wahrheit zu sagen: Die Zetsches bilden die Mitte des Knotens, aus dem unsere Stadt und unsere Familie besteht.

Du weißt ja, ein Knoten ist ein Gewirr, ein Durcheinander. Du kannst nicht an einem Ende ziehen, ohne das andere zu stören. Trotzdem sagte ich: *Ja, es ist genug.*

Frau Z. hat mir schon immer ein bisschen leidgetan. Die Gefühle deiner Großeltern für die Zetsches waren nicht ganz so leicht zu fassen. Sie seien von guter Abstammung, aus gutem Haus, hatte meine Mutter gesagt. Außerdem hatte Frau Z. einen Deutschen geheiratet. Das wertete sie automatisch in den Augen meiner Eltern auf, die vor allem Deutschen immer großen Respekt hatten. Dein Großvater sehnte sich nach deutschen Autos, ja, er begehrte sie, obwohl es Sünde ist. Deine Großmutter träumte von den mit Tannenzapfen verzierten langen Ketten einer Kuckucksuhr, dem dunklen Vogelhäuschen, aus dem zu jeder vollen Stunde ein leuchtend gelber Vogel herausschaut und »Kuckuck« ruft. Die Deutschen, so glaubten deine Großeltern, seien vernünftige, praktisch denkende Menschen und leichter zu verstehen als die Russen. Deutsche hätten vielen vertriebenen Letten nach dem Krieg geholfen, das sei keine Kleinigkeit. Deshalb war Mutter sichtlich aufgeblüht, als Frau A. von der Post uns erzählte, die Zetsches hätten sich nach Grundstücken erkundigt, die zum Verkauf standen.

Das erste Mal kamen die Zetsches in einem BMW, das

zweite Mal in einem Mercedes, das dritte Mal in einem Audi. Im Winter 1993, als sintflutartige Regenfälle niedergingen, machten sie ziemlich Eindruck mit ihren schönen, blitzblank polierten Wagen. Während sie größeren Schlaglöchern auswichen, spiegelten sich in der glänzenden Karosserie unsere Gesichter, mit einer Mischung aus Ehrfurcht und Neid. Wo wollten sie hin? Sich die vielen Grundstücke ansehen, die zum Verkauf standen. In Scharen verließen die Letten die kleineren Städte, um in Riga oder sogar in Schweden und Irland ihr Glück zu versuchen. Veltas und Ferdinands' altes Gutshaus lag flussaufwärts. Würden die Zetsches in unmittelbarer Nähe unseres Familiengrundstücks bauen? Was für Nachbarn würden sie sein? Von Herrn Zetsche kannten wir lediglich den Klang seiner blechernen Stimme aus dem schwarzen Telefon. Und sosehr Mutter auch alles Deutsche bewunderte, ich glaube, sie fürchtete sich ein bisschen vor den Zetsches. Zumindest bis wir sahen, wie sie vor der Post aus ihrem Wagen stiegen.

Klein. Sie waren unglaublich klein. Wir hatten noch nie so kleine Menschen gesehen. Alle Proportionen waren perfekt, nur in Miniaturgröße. Ich glaube, Frau Zetsche trug Kinderschuhe, und Herr Zetsche war nicht größer als ein Meter zwanzig, und das in maßgefertigten Halbschuhen aus Leder, mit hohen Absätzen. Sie eilten von einem Grundstück zum nächsten, und es stellte sich heraus, dass die Gerüchte stimmten: Sie kauften alles, was nicht niet- und nagelfest war, und wollten noch im selben Monat in ein Herrenhaus ziehen. Dieses Haus war wohl der Grund, weshalb Mildi mich heute besucht hat. Sie brachte einen Ordner mit Papieren, die ich gern in deinen Händen wüsste. Sie sind wichtig. Vielleicht möchtest du sie vergraben, das nämlich hat unsere Familie immer mit Dingen getan, die wirklich wertvoll oder kostbar waren. »Habe ich das Richtige getan?«, fragte sie. Was ich hörte, war: *Ist es genug*? Ich sah in ihre traurigen Augen und sagte: »Ja, es ist genug.«

Du kanntest das Gutshaus nie so wie ich. Und ich kannte es nie so wie meine Mutter. Ich konnte es nicht so kennen wie Velta. Jede Stadt, jedes Dorf und jeder Weiler hat mindestens eins dieser uralten Steinhäuser mit Strohdach, einsam, verriegelt und verrammelt. Hinter Eichen und Farnkraut verborgen, verströmen sie den unwiderstehlichen Zauber des Zerfalls, befeuern Mythen und Spekulationen. So war es auch mit unserem. Nördlich vom Fluss gelegen, ringsum von einem dichten Wald aus Erlen, Kiefern und Birken umgeben, erinnerte es an ein Tier, in Schilfgras, Zweigen und Flussschlamm lagernd, das nur ungern ans Licht kommt.

»Geht nicht in diese Wälder«, hatte Mutter uns oft gewarnt. »Seltsame Klagen und Flüsterstimmen sind da über dem Wasser«, sagte sie mit aufgerissenen Augen und leiser Stimme. »Das Geistermädchen steigt aus dem Fluss. Und das bedeutet, dass bald jemand ertrinken wird. Das Wasser will sich immer ein Leben holen.« Wenn ich das hörte, lief es mir kalt den Rücken hinunter. Deinen Onkel Rudi hingegen bestärkte es nur in seinem Entschluss, zu erkunden, wovon er sich fernhalten sollte.

Rudi war davon überzeugt, dass das alte Gutshaus aus Holz erbaut und lediglich von Sturheit, kollektiver Erinnerung und ein wenig Putz zusammengehalten wurde. Beim Bau war kein einziger Ziegelstein verwendet worden, den Putz aber hatte man mit so vielen Schichten rostfarbener Farbe überstrichen, dass er trotz der bitterkalten Winde und des strömenden Regens immer noch hell wie Eisenoxid glänzte. Während unserer heimlichen Ausflüge war ich nicht die zwölf- oder dreizehnjährige Inara mit der unreinen Haut und dem strähnigen Haar, das weder blond noch braun war, sondern eine der legendären »Weißen Strumpfhosen«, eine baltische Scharfschützin, Femme fatale und Widerstandskämpferin, die die Sowjets das Fürchten gelehrt hatte.

Neben mir ging dein Onkel Rudi mit seiner unvermeidlichen Steinschleuder und einer auf den Rücken geschnallten Rübenrakete, so groß wie eine Bazooka, eine von Onkel Maris' Erfindungen. Was wir auch vorhatten oder zu entdecken hofften – immer wurden wir enttäuscht: Auf den Fenstern im Erdgeschoss hatte sich der Staub aus drei Jahrzehnten abgesetzt, sodass sie nur einen begrenzten Einblick in fast leere Zimmer boten, mit einigen wenigen Möbelstücken und einem Spinnrad, das mit einem Laken verhüllt war. Ein Ofen reichte vom Fußboden bis an die Decke, und die braunen glasierten Fliesen waren im Laufe der Zeit nachgedunkelt. Ich stellte mir Öllampen vor, die in der Dämmerung angezündet wurden, eine Feuerstelle, die warmes Licht verbreitete, flackernde Schatten an den Wänden, die durchdringende Klage einer Oboe, die sich durch die offene Tür bis zu den dunklen Teichen ergoss. Gemälde von Frauen beim Heumachen, einen Dachboden voller Schiffstruhen und herumspukender Gespenster. Herrlich belangloses Zeug.

In allen drei Schornsteinen nisteten Krähen, und das Dach hing ein bisschen schief. Die kleinen, halb ovalen Fenster im zweiten Stock sahen aus wie Augen, die schläfrig die Wälder und den Fluss beobachteten. Doch das tat der Pracht des Portals mit seinen zwei stattlichen Säulen aus Granit keinen Abbruch, der weiten runden Auffahrt oder dem, was einst ein prächtiger Wassergarten gewesen sein musste. Hinter dem Haus wuchsen Lilien und Schilfgras in gleich großen kreisrunden dunklen Teichen. Im mittleren erhob sich wie ein eleganter Pfeil im schleimigen Auge eines

Stiers eine Venusstatue aus falschem Marmor. Kopf und linker Arm fehlten, und um ihre Fesseln hüpfte ein Chor quakender Frösche.

Mutter wollte uns nicht in der Nähe dieses Hauses wissen. Es sei schmutzig, sagte sie. Nicht nur wegen der staubigen Fußböden oder der blinden Fenster. Junge Liebespaare suchten es gelegentlich für ihre Stelldicheins auf, da war Mutter sich sicher, weil sie Kerzen in leeren Konservendosen und andere Hinweise auf unanständige Vorkommnisse gefunden hatte.

»Was ist ein Stelldichein?«, fragte ich sie manchmal und machte nach, wie sich ihr Mund um das Wort herum verzog. Ich fragte nach, obwohl ich wusste, dass meine Frage sie genauso aufbrachte wie die Schweinereien, die die Paare hinterließen. Diese Schweinereien, folgerten wir, veranlassten Mutter, das Anwesen aufzusuchen. Einmal folgten wir ihr in einiger Entfernung, vorsichtig, damit keine Zweige knackten, und immer darauf bedacht, die Schneise, die ihr Körper geschlagen hatte, nicht zu verlassen. Wir sahen, wie sie eine Seitentür aufstieß. Durch die schmutzigen Fenster beobachteten wir, wie sie Schubladen aufzog und sogar einige Holzdielen anhob. Wir verfolgten, wie sie mithilfe von Dampf vorsichtig lange Tapetenstreifen von der Wand löste und von den diversen Lagen Zeitungspapier abzog, die als Bindemittel und Isolierung dienten. Wir konnten es kaum fassen: Mutter schändete das Haus, von dem sie uns so unbedingt fernhalten wollte. Ich glaube, da erst wurde uns bewusst, dass dies das alte Gutshaus sein musste, das früher ihren Eltern Velta und Ferdinands gehört hatte. Vielleicht suchte sie die Zeitungsartikel, die ihr Vater geschrieben hatte. Vielleicht klebte das Gedicht, das ihn ins Lager gebracht hatte, noch an einer Wand des alten Hauses. Vielleicht war das der Grund, warum Mutter, der Privatsphäre über alles ging, keine Skrupel hatte, eine Lage Zeitungspapier nach der anderen von den Wänden zu schälen, zusammenzurollen und sich unter die Bluse zu stecken.

Rudi und ich stellten ähnliche Nachforschungen an. Wir gruben hinter den dunklen Teichen; wir gruben neben Steinmauern, die mit Efeu und verklumpten Stockrosen bewachsen waren. An einem Herbsttag, als der Wind vom Fluss traurig seufzend die Birken zur Erde bog, begaben wir uns wieder einmal auf Entdeckungsreise. Rudi fand eine Schachtel mit Gewehrpatronen. Ich eine Blechdose. Sie hatte die rostige Farbe abgefallener Tannennadeln, war so groß, dass ein dicker Stoß Papiere oder auch ein Familienalbum darin Platz gehabt hätte, fühlte sich schwer an wie etwas Heiliges oder Geheimnisvolles und schien sehr wertvoll zu sein. Ich brach das Schloss auf und löste den verklemmten Deckel. Keine Bücher, keine Fotos. Nur ein Stapel Briefe, mit Metzgerschnur zusammengehalten. Ich verbarg die Dose unter meinem Mantel; irgendwie war mir wohl klar, dass sie der Schatz war, nach dem Mutter gesucht hatte. Zu Hause nahm ich sie mit in den Keller und setzte mich im Schein einer Kerze ins Dunkel. Manche Briefe waren auf dicke Pappe geschrieben, andere auf hauchdünnes Papier. Manche auf Deutsch, andere auf Lettisch. Ich wühlte alle durch, blieb bei einem Rezept für Kümmelbrot hängen und anschließend bei dieser mit blauer Tinte geschriebenen Geschichte:

> Ich werde meine dunkle Parabel zusammensteppen.
> Ich nähe eine neue Haut
> Mit meinem scharfen Schnabel.
> Ich werde meine Wörter nach Dunkelheit ordnen.

Ich werde eintreten.
Ich werde mich zunähen, Silbe um Silbe.
Was, wenn das meine Geschichte wäre?

Der einsame Igel hebt seine spitze Nase zu den Sternen empor. Kalt ist seine Nase, noch kälter sind die Sterne. Er wird erfrieren, wenn er länger so verharrt, auf der Suche nach dem Namen seiner wahren Liebe, der zwischen diesen Lichtpünktchen geschrieben stehen muss. Er kann nicht gut lesen; dies sind die falschen Sterne. Sie buchstabieren keine Namen, die er wiedererkennt, und ihm ist kalt, so kalt. Er zittert, und seine Stacheln stehen nach allen Seiten ab. Er weiß nicht, dass auch andere Igel leiden. Einsamkeit ist letzten Endes ansteckend. Alle stehen an unterschiedlichen Stellen des Waldes, die spitzen Nasen den Sternen zugewandt. Ein kleiner Igel fängt an zu schniefen, schluchzt. Ein zweiter stimmt ein. Bald ist der ganze Wald ein einziges Schniefen, und auf den vielen spitzen Nasen gefrieren viele Tränen.
»Das ist doch wirklich dumm«, sagt ein Igel, dem inzwischen so kalt ist, dass seine Worte wie Eisbröckchen zu Boden fallen. »Warum soll jeder von uns allein leiden? Warum kuscheln wir uns nicht aneinander? Dann sterben wir wenigstens zusammen.«
»Ja, das machen wir!«, riefen die anderen Igel, und wenig später hatten sie einander gefunden und zu einem großen Haufen Fell und Stacheln zusammengerollt. Zu ihrer Überraschung starben sie nicht. Im Gegenteil, es wurde ihnen ziemlich warm, als sie sich so zusammendrängten und festhielten. Manche schafften es sogar, ihre wahre Liebe zu finden, deren Namen sie inmitten der Sterne nicht hatten erkennen können. Und so wäre alles gut ausgegangen für die Igel, hätten sie sich weiter aneinander gekuschelt und ganz, ganz stillgehalten. Doch Igel haben spitze Stacheln, und so wurde das kleinste Beben, das flüchtigste Zittern zu einer endlosen Qual.

An dieser Stelle war der Brief einmal und dann noch einmal zusammengefaltet worden. Velta hatte ihn mit zitternder Hand geschrieben.

Es ist bitter, riefen sie, zusammen zu sein, und es ist bitter, allein zu sein.

Dann las ich ein anderes Blatt mit einer ganz anderen Handschrift.

Ein Mädchen stand neben dem Bett seiner Mutter, sein Händchen tastete nach der gerunzelten Stirn.
»Ich muss nur ein bisschen schlafen«, sagte die Mutter immer zu dem Mädchen. »Ich bin so müde.«
»Na los«, sagte die Mutter. »Na los, geh und lass mich allein.«
Ein Stein lag auf der Brust der Mutter. Sie hatte nicht darum gebeten, aber irgendwer hatte ihn trotzdem dorthin gelegt.

Ein Stein wuchs im Magen der Tochter. Sie hatte nicht darum gebeten, aber irgendwer hatte ihn trotzdem dorthin gelegt. Er drückte gegen ihre Lunge; sie konnte nicht atmen. Er drückte gegen ihren Hals; sie konnte nicht sprechen. Na los, wollte sie sagen. Na los, zerquetsch mich.

Warum hatte Velta ausgerechnet über Igel geschrieben? Wem gehörte die Handschrift auf dem anderen Blatt? Ich vermutete, dass Mutter es wusste. Warum also zeigte ich ihr die Briefe nicht? Nicht einmal jetzt habe ich eine Antwort darauf. Ich denke, die Vorstellung, ein Geheimnis zu haben, gefiel mir. Ich schäme mich, zuzugeben, wie viel Freude es mir machte, Mutter die Dose vorzuenthalten, die ich unter meiner Matratze versteckt hielt. Vermutlich erzähle ich dir davon, weil es nützlich ist, sich daran zu erinnern, dass jeder von uns eine seltsame Mischung aus Widersprüchen ist. Das macht uns zu einem Geheimnis, auch für uns selbst. Es versetzt uns in die Lage, andere zu überraschen.

Ich wünschte, du hättest deine Großmutter Biruta gekannt, als sie noch im Vollbesitz ihrer Kräfte war: unberechenbar wie das Wetter und genauso stark. Kaum jemand konnte ihrer Energie standhalten, geschweige denn etwas entgegensetzen. Sie war weder groß noch besonders muskulös. Ihre Stärke war von der kompakten, zähen Art. Sie konnte zwanzig Kilometer laufen, ohne eine Pause zu machen. Sie konnte drei Eimer Kartoffeln schälen und sich anschließend einen Berg Wäsche vorknöpfen. Nie ließ sie sich Müdigkeit anmerken.

Wenn sie liebte, dann mit einer Leidenschaft, die jegliches Maß überstieg. Sie liebte es, ihre Abstinenzler-Monatsschrift in die Tasten der alten grünen Olympia aus Deutschland zu hämmern. Sie liebte es, im Damenverein der Abstinenzler den Vorsitz zu führen. Beides hatte sie ins Leben gerufen, weil dein Großvater zum Nachdenken gern hinunter an den Fluss ging. Will sagen, er traf sich mit Herrn Ilmyen oder Herrn Arijisnikow auf eine Tasse Tee. Will sagen, sie betranken sich wie russische Seeleute. Das machte dein Großvater drei Nächte nacheinander, und in der vierten Nacht hatte deine Großmutter eine Erleuchtung.

Auf der Stelle gründete sie den Damenverein für Abstinenzler und ernannte sich selbst zur Vorsitzenden. Es war ein einsamer Posten, und im ersten Jahr hatte sie lediglich zwei weitere Damen überzeugen können, ihrem Verein beizutreten. Frau Stanka Iwaska, die auf dieser Welt wenige Freunde hatte und sich jeder Organisation angeschlossen hätte, die ihr Kaffee mit Zucker versprach, war sofort dabei gewesen. Die andere Dame war Frau Ilmyen.

Mutter hatte Frau Ilmyen, die eine höhere Schulbildung genossen hatte und dies zudem mit Zeugnissen belegen konnte, schon immer heimlich bewundert. Frau Ilmyen wusste auch besser als jede andere Frau, wie man sich schminkt, und sie besaß zwei Paar schöne Schuhe. Jetzt, nachdem Frau Ilmyen dem Damenverein für Abstinenzler beigetreten war, wuchs die Bewunderung deiner Großmutter noch mehr. Und als ich eines Abends, während wir unseren Kohl kochten, erwähnt hatte, dass die Ilmyens Schachmeister waren, standen wir fünf Minuten später vor ihrer Tür.

Herr Ilmyen kniff überrascht die Augen zusammen. Mutter legte mir die Hände auf die Schultern. »Inara ist, wie Ihnen sicher aufgefallen ist, nicht besonders klug, aber könnten Sie ihr trotzdem Schach beibringen?«

Herrn Ilmyens Augen verschwammen hinter der Brille. »Alles ist möglich«, antwortete er und blickte zu den Wolken empor. Und da wurde mir klar, dass alles, was mir Jutta bislang über das Leiden der Juden erzählt hatte, wahr sein musste, denn ich sah, dass die Bitte meiner Mutter seine Qualen soeben ins Unermessliche gesteigert hatte.

Wir haben meine Sachen durchgesehen und Veltas Briefe gelesen.

Man pflanzt junge Bäume nicht mit derselben Schaufel, mit der man ein Grab aushebt.
Man flickt einen Pullover nicht mit derselben Nadel, mit der man ein Leichentuch näht.

Ein seltsamer Ratschlag, da hast du recht, aber vielleicht eignet er sich für deine Abstinenzlerzeitung.

Und jetzt das: dein *Buch der Wunder*. Als du den dicken

Leinenband aufgeschlagen hast, flog aus einer Staubwolke eine Motte auf, mit durchsichtigen gelben Flügeln flatterte sie hoch und höher. Ich hielt es für ein Zeichen, dass in diesem Buch aus losen Fäden und bröckelndem Buchbinderleim noch Leben steckte, plötzliche Höhenflüge und ungeahnte Möglichkeiten. Dass du dich nicht mehr daran erinnern kannst, ist mir ein Rätsel. Hast du wirklich so viele deiner hart erkämpften Entdeckungen vergessen?

Eisen in unserem Blut, Kohlenstoff in unseren Knochen, hast du geschrieben, wir sind aus demselben Stoff wie die Sterne. Der Mond löst sich etwa vier Zentimeter jährlich von seiner Leine, weil, wie du schriebst, auch der Mond frei umherschweifen muss. In deiner sauberen Schönschrift berichtetest du von den Toten, ihren Träumen, ihrer Verwirrung. Herr Bumbers, der früher an den Bushaltestellen entlang der Fernverkehrsstraße Äpfel verkauft hatte, erzählte dir, dass sein Körper verkümmerte und schrumpelte wie eine verfaulende Frucht. Herta Osolins, die Schneiderin, die sich auf Änderungen spezialisiert hatte, erzählte, im Augenblick des Todes seien Unmengen von Wasser durch jede Faser ihres Körpers geströmt, als wäre er ein loses Kleidungsstück in der Trommel einer riesigen Waschmaschine, so einer, wie sie sie zu Lebzeiten nie besessen hatte. Herr Dumonowski, ein netter Mann, der zu Sowjetzeiten in der Brotkooperative gearbeitet hatte, sagte, er sei auf einem Steinboden aufgewacht. Er habe Donner gehört. Sein ganzer Körper habe gezittert. Lida Kaulfeds, die in den goldenen Jahren ihrer Jugend Primaballerina gewesen war und Zigaretten geliebt hatte, beschrieb einen entsetzlich heißen Ofen. Die Knochen seien ihr im Körper vertrocknet. Ihr Körper habe sich erst in Papier, dann in Asche verwandelt. Danach sei sie zu Staub zerfallen.

Um den Lärm zu dämpfen, um Ordnung in das Wirrwarr so vieler Bücher und mit Fakten überfrachteter Arbeitsblätter in der Schule zu bringen. Zu entkommen. Dafür brauchtest du das Buch. Du hast die erste Woche des dritten Schuljahres überstanden, und wir blickten der zweiten hoffnungsfroh entgegen, als Fräulein Dzelz, deine Lehrerin, dich an einem herrlichen Septembertag mit einem Bogen Fleischpapier nach Hause schickte. Darauf solltest du eine starke Eiche zeichnen und an ihren Ästen Ovale für jedes Paar Urgroßeltern, für Tanten, Onkel, Cousins, Eltern und Geschwister unterbringen. Du studiertest den Baum und die ovalen Schildchen und fragtest: »Welchen Namen soll ich in das Kästchen für Vater schreiben? David oder Joels? Es ist nicht Platz genug für beide, und leer lassen will ich es auch nicht.« Da war es, dein Dilemma, so sauber aufgetischt wie Geometrie: ein Junge, zwei Väter. Einer abwesend, der andere präsent.

In die Mitte der Baumkrone hast du ein Porträt von dir mit bunter Kreide gezeichnet. Dein Kopf, groß wie eine Pflaume, die Ohren wie Tuben, in die Klangspiralen einströmten, Kreise über Kreise. Und in den Kreisen schwammen Aale, dunkle Noten aus dunklen Dainas, die Mäkeleien der Eulen, der Rat deiner Großmutter: Setz die Pilotenmütze auf! Für den gewöhnlichen, erträglichen Lärm wähltest du beruhigende blaue und grüne Kreide. Doch die Worte deiner Klassenkameraden, *Missgeburt! Ungeheuer!*, waren gezackte weiße Blitze, die die Kreise durchbohrten und dein Innenohr punktierten. Und die kleinen Rosinenaugen, die du für dich gezeichnet hast, waren so traurig, so unerträglich klein und traurig, dass ich sofort begriff, was zu tun war.

Ich beriet mich mit Fräulein Dzelz, und dann wurde beschlossen, dass du mit Ausnahme besonderer Schulveranstaltungen zu Hause bleiben solltest. Du würdest alles, was dir in den Kopf kam oder dich beschäftigte, in das Buch schreiben. Wir waren froh, dich bei uns zu haben. Alles, was du wissen musstest, konnten dir Großvater, Großmutter, Onkel Rudi, Stanka, Joels, Dr. N. oder ich beibringen. Gemeinsam erstellten wir einen Lehrplan, wie man keinen zweiten auf der Welt findet. Und natürlich fingen wir mit den Ohren an.

Grillen haben ihre hinter den Knien. Wale tragen ihre auf den breiten Lippen; Klangwellen fließen von dort durch einen saitenartigen Nerv zum Gehirn. Du lerntest, dass bestimmte Härchen auf dem Körper einer Spinne als Ohren fungieren; jedes einzelne Haar spricht auf ein ganzes Klangspektrum an, wenn es erzittert.

Du verzeichnetest, wie laut eine Sekunde war und wie schwer sie auf dem gespannten Pergament deines dünnen Trommelfells lag. Das Hörvermögen bestimmter Pflanzen, insbesondere Hibiskus und Clematis, ist außergewöhnlich, weil sie nichts anderes als Ohrmuscheln sind, ganz Ohr. Die Ohren sind der einzige Teil des menschlichen Körpers, der niemals zu wachsen aufhört.

Das wussten wir allerdings schon. In den ersten paar Jahren deines Lebens maßen und zeichneten wir das Wachstum deiner Ohren auf – Dr. Netsulis in seinem Laborbericht, deine Großmutter Biruta in ihrer Vereinszeitung. *Groß*, schrieb sie in einem Monat. *Größer*, im nächsten. Als sich der Flaum in ein richtiges Fell verwandelte, beendete deine Großmutter ihre unerschrockene Berichterstattung. Ihr Stolz auf dich: grenzenlos. Du warst ein Fleisch gewordener Mythos. Doch auch sie entging nicht dem gesunden Menschenverstand, ebensowenig wie den Hänseleien im Elvi-Markt oder an der Schaukel auf dem Schulhof. Letztere parierte sie in ihrer Kolumne »Freundliche Ratschläge«:

Wenn Sie schon nicht höflich sein können, dann bleiben Sie zumindest vage.

Und Wörter! Wie gern du sie gesammelt hast.

GNARL: brummen; fauchen
GNAT: Schnake; geflügeltes kleines Insekt
KNIT: stricken, Bildung von Knoten und deren Aneinanderreihung
KNOT: Knäuel, Verflechtung von Teilen; etwas, das sich nicht leicht lösen lässt; Komplikation
KNURL: rändeln; aufrauen; riffeln

Du hattest diese Wörter in dem Englischwörterbuch entdeckt, das deine Großmutter dir zu deinem neunten Geburtstag geschenkt hatte. Wochenlang hast du über dem Wort *knot* gebrütet. Verflechtung oder Verknüpfung, schriebst du, also ist ein Knäuel eine Komplikation. Die Stärke eines Knäuels ergibt sich aus seinen verhedderten Strängen. Wenn man versucht, sie zu entwirren, verliert das Knäuel seine Unversehrtheit. Das hast du rot unterstrichen. Die Buchstaben G und K in diesen englischen Wörtern faszinierten dich. Sie sind da, auch wenn man sie nicht hört, und das allein ist wichtig; ohne diese stummen Konsonanten können die Wörter etwas völlig anderes bedeuten. Menschen sind auch so, schriebst du. Manche sind laut, andere still, aber alle sind notwendig, um das Ganze zu verstehen.

Laut. Dein Großonkel war unglaublich laut, deine Großmutter nannte es schillernd, extravagant oder lebendig. Im Allgemeinen nahm man hauptsächlich sein Mundwerk wahr. Er benutzte es gern. Es hatte ihm von klein auf Prügel eingetragen, Prügel gehörten zu seinem Leben. Offenbar genoss er die besondere Aufmerksamkeit, manchmal bat er sogar mit seinem schiefen, zahnlückigen Grinsen um mehr. »Was ist bloß los mit dir?«, fragte Vater, wenn er zu den unmöglichsten Zeiten plötzlich vor unserer Tür stand, ein Tuch an den Mund gepresst oder mit bandagiertem Kopf. Ich glaube, was los war, hatte mit seinem linken Bein zu tun, das er irgendwo in den zerklüfteten Bergen Afghanistans eingebüßt hatte. Unter den Sowjets war es üblich, Menschen, die sich für sowjetische Angelegenheiten nicht besonders interessierten – vor allem Letten, Esten und Litauer –, die schmutzigsten Kriege ausfechten zu lassen. Wie auch immer, Onkel Maris hat der Sowjetarmee nie verziehen, dass sie ihn in jenes gottverlassene Land geschickt hatte. Auch dem Feldarzt, der ihm das Bein abgenommen hatte, verzieh er nicht. Er verzieh nicht einmal sich selbst, dass er auf Krücken ging. Dein Onkel Rudi und ich lernten rasch, ihn niemals nach seiner Zeit in der Armee zu fragen.

Wir freuten uns immer, wenn Onkel Maris zu Besuch kam. Er musste lediglich mit einem breiten Lächeln seine Zahnlücken zeigen, und schon konnte Mutter ihm nichts mehr abschlagen. Onkel Maris durfte die Füße auf den Tisch legen, im Haus rauchen und sich über der Küchenspüle rasieren, wenn er das wollte, denn wenn er lächelte, lächelte die ganze Welt mit ihm. Das wiederum lag daran, dass er nach dem Verlust seines Beins in Afghanistan als Kritiker der Regierungspolitik eine gewisse Berühmtheit erlangt hatte. Mutter fand, dass er zu viel Eifer an den Tag legte. Aber er hatte ein gutes Herz. Und er war, wie Mutter uns gern ins Gedächtnis rief, einer der besten Vitaminverkäufer in ganz Ostlettland. Wie Onkel Maris so schlau und fleißig geworden war, wusste sie nicht, außer dass ein hartes Leben, wie sie manchmal sagte und dabei auf ihre knallroten Hände blickte, sogar dem Dümmsten Erleuchtung bringen konnte. In jenem Winter 1993, als ich deinem Großvater beim Graben auf dem Friedhof half, dachte ich sehr viel darüber nach, dass gewöhnliche Arbeit zu außergewöhnlichen Erkenntnissen führen kann, zumindest aber zu schlichter, schnörkelloser Weisheit.

Eines Abends, im selben Winter, in dem die Zetsches in die Stadt kamen, klopfte es an unserer Tür.

»Maris!«, riefen unsere Eltern, als sie öffneten, und ihre Stimmen überschlugen sich geradezu. Rudi und ich starrten unseren Onkel sprachlos an: Krücken unter den Achseln und an das Schienbein gelehnt, wie ein Paar treuer Hunde, zwei kleine Koffer.

»Steht da nicht rum wie Ölgötzen!«, schrie Mutter uns an, und Onkel Maris hob eine Schulter in unsere Richtung und strahlte.

»Inara! Kaum zu glauben – du bist ja eine richtige Frau geworden! Und Rudi! Was für ein Mannsbild!« Der Onkel spielte auf Rudis Schnurrbart an, dessen Entstehung ein ganzes Jahr in Anspruch genommen hatte. Rudi wurde knallrot, schnappte sich Onkel Maris' Koffer und trug sie hastig ins Haus.

Das Essen an diesem Abend war eine große Sache. Mutter bereitete einen Aal in seinem eigenen Fett mit Steinpilzen und Lauch zu. Ausnahmsweise gab es keinen Kohl. Und obwohl Mutter seit vier Wochen Vorsitzende des Abstinenzlervereins war, drückte sie gnädigerweise ein Auge zu, als Onkel Maris die Schnapsgläser auf dem Tisch aufreihte und eine Flasche Bisongraswodka aufmachte. Wir stießen auf den Aal an – mehrmals. Und mit jedem Toast wurde der Aal prächtiger. Als wir ihn aufgegessen hatten, holte Vater, ohne Mutters gerunzelte Stirn zu beachten, eine Flasche von seinem selbst gebrannten Wodka. Vater hatte eine baptistische Erziehung genossen, und Baptisten in Lettland tranken prinzipiell keinen Alkohol. Wie er Rudi und mir erklärte, war Trinken keine Sünde, Trunkenheit dagegen schon. Wenn Vater deprimiert war oder sein Bruder Maris zu Besuch kam, machte er sich jedes Mal eifrig daran, zu erforschen, wo genau die Grenze zwischen den beiden Zuständen verlief.

Vater schlug an sein Glas, das Zeichen für einen Toast, und Onkel Maris hob die Flasche. »Eine Geschichte, jetzt erzähle ich euch eine Geschichte.« Das liebten wir, Onkel Maris' verbale Arabesken, faszinierende Konstruktionen voller schrecklicher Einzelheiten, Vermutungen und Fantasien, und alle mit einer derart bombastischen Begeisterung vorgetragen, dass uns seine Inbrunst überwältigte, auch wenn wir am Wahrheitsgehalt zweifelten.

»Vor langer Zeit hielten die Krähen eine geheime Tagung ab. Damals waren Krähen so groß und kräftig wie Rinder. Mit drei mächtigen Schlägen ihrer glänzenden schwarzen Flügel konnten sie von einem Ende der Welt zum anderen fliegen. Sie trafen sich gern in großen Wäldern und erzählten einander Geschichten. Aber sie waren hochmütig, und deshalb musste Gott sie bestrafen. Er zerstreute sie über alle Wälder der Welt und stutzte ihre Flügel, sodass sie nicht mehr richtig fliegen konnten und von Baum zu Baum hüpfen mussten. Zu allem Überfluss erschuf Gott dann auch noch die Menschen und ließ zu, dass sie sich vermehrten. Doch die Menschen konnten nicht fliegen, nein, sie konnten nicht einmal von Baum zu Baum hüpfen, daher beschlossen die Krähen, die Menschen, wo immer sie waren, wegen ihrer Unbeholfenheit mit Krächzen und Schreien zu verspotten.«

Ich nickte. Ich wusste, dass Mutter, die für Religion nichts übrig hatte, aus diesem Grund immer Fischgräten in Form eines Kreuzes über unserer Hintertür befestigte. Weil Krähen Gott von ganzem Herzen hassten, so behauptete sie, und das Kreuz oder ein Gewehr die einzigen Dinge seien, vor denen sie sich fürchteten.

Onkel Maris leerte sein Schnapsglas und beugte sich vor. »Aber die lettischen Krähen sind die schlimmsten. Sie dürfen nicht auf Lettisch krächzen – nur auf Russisch –, und deswegen kreischen sie noch lauter, aus schierer Wut.«

»Eine gute Geschichte«, sagte Vater.

»Eine wahre Geschichte«, korrigierte ihn Onkel Maris und zog ein Stück Papier aus der Tasche. »Sprache ist Leben.«

»Was ist das?«, fragte Mutter naserümpfend.

»Das, meine Liebe, ist eine Petition. Wir fordern ein Referendum für neue und verbesserte Sprachgesetze. Der Erziehungsminister und alle im Parlament sollen hören, wie sehr wir Letten unsere Sprache lieben, wie sehr wir sie beschützen und bewahren wollen. Schließlich ist eine Sprache, die nicht gesprochen wird, eine tote Sprache.« An dieser Stelle warf Maris seinem Bruder einen Blick zu. »Als wären wir tot.« Nun wandte sich Maris an Mutter. »Denk an Rudi und Inara.«

Schließlich nahm Onkel Maris Rudi und mich ins Visier. »Lasst mal hören! Was wisst ihr über unsere Geschichte? Na los!« Rudi sah mich an, und ich sah ihn an. Dann räusperte ich mich und plapperte nach, was Herr Gepkars gesagt hatte. Es fing bei den Steinen an und endete mit den Schweden. »Die Steine, Kinder, die Steine!«, rief ich melodramatisch im reinsten Puschkin-Russisch. »Sie sind so alt, so robust. Sie haben eine vertikale Geschichte Lettlands aufgezeichnet, und deshalb beginnt jegliche Diskussion über Lettland mit unseren Steinen. Vergessen wir nicht die Stabilität des Baltischen Schilds, dieses präkambrischen …«

»Halt!« Onkel Maris steckte sich einen Finger ins Ohr und wackelte damit. »Das ist nett, hat aber mit Geschichte nichts zu tun.« Dann nickte er Rudi zu. »Jetzt du.«

Rudi stand auf, langsam, ganz langsam. Herr Gepkars hatte einen Buckel. Er tappte so langsam auf die Tafel zu, dass er, hätte man ihn nach Stunden bezahlt, inzwischen Millionär wäre. Und das machte Rudi jetzt nach, indem er um den Küchentisch schlurfte und einen lahmen Vortrag darüber hielt, wie tiefgreifend und großartig die auf der Sowjetisierung beruhenden Veränderungen in unserem Land seien und wie ruhmreich die Errungenschaften dieser Epoche. Gelegentlich schlug Herrn Gepkars' Heuchelei von gelangweilter Gleichgültigkeit in Verwirrung um, als drohte in der Wiedergabe dieser alten Leier so etwas wie Bedeutung zum Vorschein zu kommen. Auch das konnte Rudi vermitteln, während er die ganze Zeit einen imaginären Stein auf dem Rücken trug. Es war eine tadellose Darbietung.

Ich kicherte.

Mutter warf mir einen scharfen Blick zu. »Du solltest Inaras Schulnoten in Lettisch sehen. Im letzten Schuljahr ist sie fast durchgefallen. Und wir sprechen Lettisch!«

»Aber es ist nicht ihre Schuld, wenn Lettisch als Unterrichtssprache hier im Osten des Landes nur die halbe Zeit gesprochen wird. Wieso richten wir uns noch immer nach den Russen? Das hier ist Lettland!« Onkel Maris stieß seine Krücke auf den Boden. »Wenn die Leute unbedingt Russisch sprechen wollen, gut – aber dann sollen sie nach Russland gehen.« Er griff nach seiner Petition und schwenkte sie über dem Kopf. »Und wenn ein neues Referendum ihnen Beine macht, umso besser.«

Vater rieb sich den Nasenrücken.

»Die Zeiten ändern sich«, fuhr Onkel Maris fort. »Und die Menschen müssen sich mit ihnen ändern oder weiterziehen.«

Mutter verbiss sich eine Antwort. Vermutlich erinnerte sie sich an ihre Schulzeit. Sie hatte mir erzählt, wie der Lehrer zwischen den Pulten auf und ab gegangen war, Fragen gestellt und den Schülern einen Stoß versetzt hatte, damit sie antworteten. Wenn Mutter drankam, war sie so nervös gewesen, dass sie auf Lettisch antwortete. Dann hatte der Lehrer sie mit einem Riemen auf die Unterarme geschlagen – so ermunterte man die Kinder damals, nur noch Russisch zu sprechen. Wenn wir sie nach den Narben fragten, lachte sie und sagte, sie passten gut zu ihren vielen anderen, und sie hege keinen Groll. Du aber, das weiß ich, verstehst, wie es ist, wenn ein Mensch so etwas mit sich herumschleppt und Unrecht, egal wie klein oder groß, mit der Zeit größer wird.

Was unser Onkel jetzt vorschlug, erschien selbstverständlich und richtig: Es war an der Zeit, dass unsere Sprache jene fremde ersetzte, die man in unsere Kehlen gestopft hatte. Und an Rudis leuchtenden Augen erkannte ich, dass er sich jedes Wort und jede Geste von Maris einprägte. Wie unser Onkel glaubte er, man könne ethnische und politische Schwierigkeiten ebenso fest verschnüren wie ein Paket, das dann bei Frau A. auf der Post abgegeben wird, und so die Probleme unseres Lebens sauber lösen.

Onkel Maris blieb eine Woche bei uns, und dann wurden aus einer Woche zwei. Er schlief auf dem Sofa und hatte daneben die Koffer mit den vielen Vitaminflaschen aufeinandergestellt. Jeden Morgen stand er auf, sobald Mutter das Haus verlassen hatte, um zur Arbeit zu fahren. Er kleidete sich im Dunkeln an und heftete sorgfältig eine rote Plastiknelke an sein Revers, als Aufruf zur Einheit, wie er sagte, und als Erinnerung daran, wie viel Blut bereits für die gute Sache vergossen worden war. Dann ging er, die mit Vitaminflaschen gefüllten Koffer an die Griffe der Krücken gehängt, zur Bushaltestelle. Erst spät abends kam er wieder, lange nachdem Vater den Friedhof abgeschlossen hatte. Seine Strategie sei es, erklärte er Rudi, zuerst die am weitesten entfernten Städte abzuklappern und sich anschließend zu unserer Stadt zurückzuarbeiten, als zöge er die Zugleine eines Netzes straff. Er machte seine Arbeit gut, häufig verkaufte er an einem Tag einen ganzen Koffer voller Vitamine. Und er war unermüdlich. Er blieb bis in die Nacht auf und diskutierte mit Rudi und Vater über Politik, die Zukunft Lettlands oder Pläne für eine neue Erfindung.

Was man auch über deinen Namensvetter sagen mochte, müßig war er nie. Mit Vorliebe veränderte und verbesserte er bereits patentierte und geschützte Erfindungen. Er behauptete, einen Defibrillator entworfen zu haben, doch seine Arbeit daran endete mit einem katastrophalen Reinfall. Volle drei Minuten verließ uns dein Onkel, um den Engeln einen Besuch abzustatten. Er kam beflügelt zurück, wie er sagte. Andere Erfindungen waren echte Volltreffer.

So machte er gute Geschäfte mit seinen Anti-Faulheits-Armbändern. Das Gerät schmiegte sich wunderbar um Fußknöchel oder Handgelenke und erzeugte leichte, »völlig harmlose« elektrische Schläge, wenn sich der Körper längere Zeit nicht bewegt hatte. Frauen mittleren Alters trugen sie gern, auch wenn sich später herausstellte, dass manche Stromstöße keineswegs so harmlos waren, wie unser Onkel behauptet hatte.

Er entwickelte einen Vitaldrink, den er »Vitalität« nannte und dessen Zutaten so geheim waren, dass nicht einmal er selbst sich exakt daran erinnern konnte, welche genau es waren. Wie auch immer, ich glaube, dass der eigentliche Grund seines Besuches bei uns Geldnot war. Erstaunliche Dinge zu entwickeln erfordere erstaunliche Materialien, erklärte er deinem Großvater eines Abends. Dieser konnte Onkel Maris nie etwas abschlagen. Auch nicht die Bitte um Geld, das er brauchte, um Sprungfedern, Leder und Leisten zu kaufen. Er war dabei, Schuhe mit dicken Sohlen zu entwerfen. Dieser komische kleine Deutsche habe ihn damit beauftragt, erzählte er.

»Wer?«, fragte Vater.

»Was?«, fragte Mutter.

»Habt ihr hier ein Echo?« Der Onkel blickte zur Decke empor.

Schuldbewusst verstummten Mutter und Vater.

»Na, dieser Mann«, fuhr der Onkel fort. »Der all die Grundstücke aufkauft. Er ist klein und will hohe Schuhe.«

Du hast Schach schon immer geliebt. Als du drei warst, schnitzte dein Stiefvater Schachfiguren aus weißem Eichenholz. Er hobelte ein Brett schön glatt, zeichnete die quadratischen Felder ein und färbte es. Du spieltest stundenlang. Ich glaube, du hast verstanden, dass Schach ein strategisches Spiel ist, klar und logisch. Ein stilles Spiel, es beruhigte dich so sehr, dass du häufig nicht einmal deine Pilotenmütze mit den Ohrenklappen tragen musstest. Worum geht es dabei?, fragtest du einmal deinen Großvater. Oh, es geht um Liebe, antwortete er, ohne den Blick von Oskars' Bibel zu heben. Der König auf der einen Seite will die Königin auf der anderen heiraten, doch zuerst muss er mit dem anderen König verhandeln. Nein, nein, wandte deine Großmutter ein. Es geht um Macht und Politik. Das eine Königreich will alles haben, was das andere hat. Die Felder sind Grundstücke. Deshalb kämpfen beide Seiten so lange, bis keine Schachfiguren mehr übrig sind.

Es war im Winter '93, als Onkel Maris und die Zetsches in die Stadt kamen und ich versuchte, das Spiel zu lernen. Für mich sah das Brett aus wie weißes Ackerland, das von schwarzen Wasserläufen durchsetzt war. Unter jedem weißen Feld konnte ein geheimer Schatz vergraben sein, und unter den schwarzen lauerte bestimmt der Tod. Ich weigerte mich, den Springer auf ein schwarzes Feld zu stellen, und schützte, sobald ich konnte, meinen König mit den Türmen. Du kannst dir vorstellen, was für eine miese Spielerin ich war. Und doch brachte mir das einen persönlichen Vorteil ein. In weniger als einer Woche sollte im Gemeindesaal das regionale, für jeden zugängliche Schachturnier stattfinden. Ich konnte also viel Zeit mit Jutta verbringen.

Alle redeten davon – sogar Leute, denen Schach völlig egal war –, denn schon lange hatte im Gemeindesaal nicht mehr etwas so Bedeutsames stattgefunden. Jeden Nachmittag brachte mir Jutta Eröffnungszüge bei, die Gambits, Königsindisch oder Nimzowitsch-Indisch, und erklärte mir immer wieder, wie wichtig es sei, die zwei mittleren Schlüsselfelder zu kontrollieren. Dann übten wir verschiedene Schachmatts – Grecos Matt, Ersticktes Matt, Blackburnes Matt, Anastasia-Matt –, bis Jutta befand, ich könne mit den anderen Anfängern und sogar mit einigen Fortgeschrittenen mithalten. Wir übten jeden Nachmittag, während Frau Ilmyen wegen der neuen Sprachgesetze lettische Grammatik lernte. Frau Ilmyen arbeitete als Krankenschwester in einem Krankenhaus in Balvi und in einem hier in der Stadt, aber sie sagte, um befördert zu werden, müsse sie die Lettischprüfung ablegen. Falls Jutta irgendetwas davon beunruhigte, so ließ sie es sich nicht anmerken. Das beweist, wie gut sie im Leiden war, sie konzentrierte sich ganz auf die weißen und schwarzen Schachfiguren. Jede Figur, sagte sie, sei wie ein Buchstabe im hebräischen Alphabet, jede Kombination von Zügen oder Figuren buchstabiere Wörter mit unterschiedlichen Bedeutungen, bilde Sätze. Doch je länger ich auf das Brett starrte, desto undeutlicher wurde es, Felder und Figuren verschwammen vor meinen Augen. Eines Tages, nur eine Woche vor dem großen Turnier, als ich schon dachte, ich würde nie einen genialen Moment in meinem Leben haben und das sei eben meine Art des Leidens, hatte ich Jutta plötzlich schachmatt gesetzt. Sie war so nett, mich in dem Glauben zu lassen, ich hätte es allein geschafft. »Sieh an, sieh an!«, strahlte Herr Ilmyen hinter seiner Brille, während er das Brett inspizierte, und als ich mich später an ihm vorbei durch die Haustür zwängte, klopfte er mir auf die Schulter.

Eines Abends saß Onkel Maris mit deinem Großvater und einer zwischen den Kissen verkeilten halb geleerten Flasche auf dem Sofa, sie sahen sich russische Sensationsnachrichten an. Vom Beifahrersitz eines schlingernden Übertragungswagens aus hielt die Kamera die verheerendsten oder grausigsten Ereignisse des Tages fest, zumeist Verkehrsunfälle mit unglücklichen Fußgängern, die niedergemäht worden waren.

Als die Kartoffeln fertig waren, deckte ich den Tisch, und Mutter rief die Männer zum Abendessen.

»Ihr betrinkt euch doch nicht etwa, oder?« Sie schickte ein grimmiges Grinsen zu Onkel Maris, ihre schiefergrauen Augen waren hart wie Feuerstein.

»Ach, Biruta, reg dich ab.« Onkel Maris lachte. »Auch Säufer sind Menschen. Junge Männer betrinken sich, weil sie nicht wissen, wer sie sind; alte Männer, weil sie es wissen.« Onkel Maris hielt in jeder Hand eine Flasche mit Vitaminen. Während er sprach, schüttelte er die Flaschen und betonte jedes Wort mit einem rhythmischen Rasseln.

»Ich habe Jutta Ilmyen heute beim Schach geschlagen«, flüsterte ich Mutter zu, in einem unbeholfenen Versuch, das Gespräch auf sicheren Boden zu führen.

»Oh, Inara!«, sagte Mutter mit leuchtenden Augen.

Onkel Maris klopfte mit der Gabel auf den Teller. »Erzähl … wer sind diese Ilmyens?«

»Niemand«, sagte Rudi.

»Nachbarn«, sagte ich.

»Aber keine Letten?«

»Na ja …« Vater wich aus.

»Warum gehst du so oft dahin?«, wollte Onkel Maris wissen.

Ich verdrehte die Augen und seufzte. »Sie gehören Gottes auserwähltem Volk an, will heißen, sie sind etwas Besonderes, will heißen, Experten in der Kunst des Leidens. Und außerdem sehr klug.«

»Wenn sie wirklich so etwas Besonderes und so klug sind, wieso sind dann Herrn Ilmyens Jackettärmel an den Ellbogen so abgewetzt?«, meldete sich Rudi zu Wort.

Onkel Maris grinste. »Tja, kratz an einem Russen«, sagte er. Es war eine alte Redewendung, so alt, dass ich sie gar nicht im Ganzen kannte, doch im Kern ging es darum, dass unter dem dünnen Lack eines ethnischen Russen oder eines Russisch sprechenden Menschen Dinge lauern konnten, die viel schlimmer waren als das Russischsein an sich. Was für Dinge das waren, wusste ich nicht. Meinem Onkel konnte niemand lettisch genug sein.

»Sie sind keine Russen«, sagte ich schließlich. »Sie sind Russisch sprechende Juden.«

»Na prima, jüdische Kommunisten – die sind mir die liebsten«, sagte Onkel Maris. »Mit ihren Problemen und ihrem Leid alle anderen belästigen. Und wie sie das immer hinkriegen – als wären sie die Einzigen, die leiden.« Onkel Maris warf einen Blick auf sein leeres Hosenbein.

»Ach, sie sind ganz in Ordnung«, sagte Mutter. Später, als wir das Geschirr spülten, machte sie eine Menge Krach, als wären die Teller und Gläser unartige Kinder, die sich nur durch energisches, mehrmaliges Eintauchen und Schrubben bändigen ließen.

Es war Anfang April. Jeden Tag schien die Sonne ein bisschen länger und brachte uns nach und nach die Vögel zurück. Ich nahm den kräftigen, natürlichen Geruch von tauendem Schlamm wahr. Die Erde atmete wieder, und am frühen Morgen, wenn Dunst über den Feldern hing, sammelten Rudi und ich Würmer für unsere mitternächtlichen Aalfang-Expeditionen. An der Aiviekste ist der April ein guter Monat zum Fischen, weil der Himmel ununterbrochen weint, und das scheint den Aalen zu gefallen. Wir wollten so viele wie möglich einlegen oder räuchern. Onkel Maris liebte Aal, und wir hofften, dass er seinen Humor, der sich seit seiner Ankunft von Tag zu Tag mehr verflüchtigt hatte, wiederfinden würde, wenn wir genügend davon auf Lager hatten.

Auch Mutter war gereizt: Sie warf Maris böse Blicke zu und schnüffelte in seine Richtung, um an seinen Ausdünstungen abzuschätzen, wie viel er an diesem Tag schon getrunken hatte. Wir vermuteten, dass ihm entweder die Anzahl der Unterschriften auf seiner Petition nicht genügte oder seine Vitaminverkäufe zu wünschen übrig ließen, denn eines Tages erklärte er, nun habe er lange genug die Umgebung abgeklappert, und es sei an der Zeit, seine Ware in unserer Stadt zu verkaufen. Eines Montags nahm er Rudi mit – als moralische Unterstützung. Sie fuhren mit dem Bus zu den Häusern hinter der Schule und klopften an die Türen der Letten, die – wie er Rudi sagte und Rudi dann mir – leicht auszumachen waren, da Letten ihre Häuser so bauten, als wollten sie bleiben, während Ukrainer, Juden und Zigeuner die ihren aus allem zusammenschusterten, was ihnen in die Finger kam, weil sie auf das Äußere keinen Wert legten. Onkel Maris machte sich keine großen Hoffnungen auf gute Verkäufe in unserer Stadt, in der es so viele Ausländer gab (»Die sind so kniepig, dass sie beim Furzen quietschen!«), doch aus irgendeinem Grund fühlte er sich bemüßigt, es trotzdem zu versuchen, heftete sorgfältig die Plastiknelke an sein Revers und überprüfte immer wieder, ob sein vergilbtes Petitionsschreiben noch da war. Mit Rudi im Schlepptau stapfte er durch die Seitenstraßen und wurde überall abgewiesen – und das, noch ehe er die Möglichkeit hatte, seine ausgefeilten Argumente zu den Einbürgerungsgesetzen vorbringen zu können. Am Freitag, dem Tag vor dem großen Schachturnier, hatte er sich bis ans Ende unserer Straße vorgekämpft und beschloss, den Ilmyens einen Besuch abzustatten.

»Nimm wenigstens die Nelke ab«, riet ihm Vater. »Sie hat ihre Farbe verloren, und außerdem muffelt sie.«

Onkel Maris lächelte nur. Er faltete das vergilbte Petitionsschreiben zusammen und steckte es gewissenhaft in die Brusttasche, dann schleppte er sich, so schnell er konnte, auf seinen Krücken über die Straße.

Wir versammelten uns vor der Tür und beobachteten das Ganze. Da es Freitagabend war, hatten die Ilmyens die Rollos heruntergelassen. Trotzdem öffnete Herr Ilmyen die Tür, noch ehe Onkel Maris die Stufen erreicht hatte.

»Guten Abend, mein Herr«, grüßte Onkel Maris mit einer schwungvollen Verbeugung. »Ich bin Inaras Onkel, Maris Kalnins.«

»Ich weiß, wer Sie sind«, entgegnete Herr Ilmyen in einwandfreiem Lettisch und schob die Brille auf der Nase nach oben.

»Dann haben Sie vielleicht Interesse daran, Ihrem Körper etwas Gutes zu tun. Vitamine sind wichtig für eine gute Gesundheit.«

»Am Sabbat kaufen und verkaufen wir nichts«, erklärte Herr Ilmyen höflich, aber bestimmt.

»Tja, aber vielleicht möchten Sie dazu beitragen, dass die

lettische Kultur wieder mehr geschätzt wird.« Onkel Maris zog die vergilbte Petition aus der Tasche und faltete sie auseinander. »Die lettische Sprache – und natürlich auch die lettische Lebensweise – muss allen heilig sein, die behaupten, Letten zu sein. Kurz gesagt, mein Freund, Sie sollten diese Petition unterschreiben, um Ihre Loyalität gegenüber der lettischen Nation unter Beweis zu stellen. Sie sind doch lettischer Staatsbürger, nicht wahr?«

»Ich bin ein potenzieller lettischer Staatsbürger«, entgegnete Herr Ilmyen.

»Dann sprechen Sie normalerweise Russisch?«

»Unter anderem«, sagte Herr Ilmyen und rückte seine Brille zurecht.

Onkel Maris richtete sich zu voller Größe auf. »Aber die Sprache, mein lieber Freund, ist die Identität. Sie sollten wissen, dass bei einer vor Kurzem durchgeführten Umfrage hundert Prozent der Befragten meiner Meinung waren.«

Herr Ilmyen blinzelte den Onkel an. »Wie viele Befragte gab es?«

»Vier.«

Jetzt warf Herr Ilmyen über Onkel Maris hinweg einen Blick zu unserem Haus herüber, wo wir uns in der Tür duckten. »Guten Abend, mein Herr«, sagte Herr Ilmyen ruhig und schloss die Tür.

Onkel Maris machte auf seinen Krücken kehrt. Wir alle gingen eilig ins Haus und widmeten uns mit übertriebenem Eifer dem Abwasch oder anderen häuslichen Pflichten. Doch an diesem Abend konnten wir noch so fleißig sein oder unsere Fantasie spielen lassen, Onkel Maris' Verwünschungen vor dem Fernseher waren nicht zu überhören. Seine Sprache war so primitiv, so direkt, es war, als würde man einen Nackten betrachten. Und obwohl ich nicht alles verstand, was er sagte, war das Gefühl hinter diesen Worten, das ich als Hass erkannte, wie dunkles Wasser aus einem tiefen, kalten Brunnen.

In der Nacht vor dem großen Turnier schüttete es wie aus Kübeln. Der Regen schloss uns ein und schlug tiefe Dellen ins Dach. Keiner von uns konnte still sitzen, wenn auch aus unterschiedlichen Gründen. Mutter hantierte wütend in der Küche, während sie ein großes Tablett mit *piragi* und eingelegten Pilzen – ihre allerbesten Rußigen Milchlinge – für das große Schachturnier vorbereitete. Sie war in Eile, denn sie musste noch die Kisten aufstellen, die als kleine Schachtische dienen würden, und den Flügel in die Mitte der Bühne rücken. Das war notwendig, um das fragile Gleichgewicht zwischen den beiden Baptistenfraktionen aufrechtzuerhalten. Früher waren sie eine einzige Gruppe von Gläubigen gewesen, doch dann hatte es Streit um den richtigen Platz für Veltas Flügel gegeben: Sollte er auf der linken oder der rechten Seite der Bühne stehen? Weder Appelle an die Vernunft und Ermahnungen noch Zitate aus der Bibel vonseiten der jeweiligen Gruppenleiter konnten die Spaltung verhindern. Inzwischen hielt jede Gruppe die andere für Ketzer, und sie weigerten sich, miteinander zu sprechen. Dieses Verhalten war keineswegs ungewöhnlich. Viele Menschen in unserer Stadt redeten nicht miteinander. Die Arijisnikows, Alijews und Usbeks ignorierten die Familien Li und Lim – Koreaner, die genau wie die Usbeks aus Taschkent stammten. Vielleicht auch aus Buchara. Die neunzehn Mitglieder umfassende Familie Egers verabscheute Zigeuner aus tiefstem Herzen, nachdem diese zu Beginn des neunzehnten Jahrhunderts einem entfernten Verwandten ein Pferd gestohlen hatten. Für diese Art von Hass gab es einen eigenen Begriff: *principa pec,* aus Prinzip, und es bedeutete, dass man, wenn man sich beleidigt oder gekränkt wähnte, ein Anrecht auf seinen Groll hatte, so lange man wollte.

Nach der Abfuhr, die er sich bei Herrn Ilmyen geholt hatte, war Onkel Maris nicht mehr vom Sofa aufgestanden, wo er ununterbrochen trank und mit Vater Fernsehen guckte. Vater, der sich sichtlich nach spektakulären, zahlreichen Todesfällen sehnte, sah immer wieder zum Telefon. »Seit Wochen ist niemand mehr gestorben«, klagte er. »Ich bin ruiniert.« Doch kaum war Mutter zur Hintertür hinaus, nahm Vater einen Eimer und eine Taschenlampe und ging in den Hof. Rudi folgte ihm und suchte gleich darauf Mutters Kohlköpfe nach Würmern ab.

Mutter postierte sich im Foyer des Gemeindesaals hinter einem langen Tisch mit Gebäck und der Spendenbüchse des Abstinenzlervereins. Fast alle Bewohner der Stadt waren zu dem Turnier erschienen: unsere Lehrer, die gesamte Nachbarschaft und die Eltern der jüngeren Schachspieler. Trotz Juttas Unterstützung war ich in der Anfängergruppe. Deshalb zwängte ich mich durch das Gedränge bis ganz nach vorn, wo die anderen Anfänger – zumeist Sechs- und Siebenjährige – nervös vor den mit Stoff überzogenen Kisten saßen, auf denen die Schachbretter standen.

Weit kam ich nicht. Eins der russischen Mädchen aus der Klasse über mir verwirrte mich mit einer Aljechin-Verteidigung und servierte mich umstandslos ab. Die Ersten aus jeder Gruppe maßen sich anschließend mit den Fortgeschrittenen, und später kämpften die jeweiligen Gewinner dieser Runde – darunter Jutta – untereinander, ehe der Sieger gegen den Lokalmatador antrat: Herrn Ilmyen. Bis Jutta ihren Gegner geschlagen hatte – Herrn Gipsis, den Lehrer der vierten Klasse –, hatten alle anderen schon gegessen und saßen jetzt dicht gedrängt auf den Stühlen.

Herr Ilmyen schlurfte die Stufen hinauf und nahm an dem Tisch Platz. Jutta setzte sich ihm gegenüber. Herr Ilmyen nickte Frau Ilmyen zu, die ganz hinten stand; dann fing der Overhead-Projektor an zu summen und warf das Bild eines gigantischen Schachbretts an die Wand. Bei jedem Zug, den Herr Ilmyen und Jutta machten, bewegte Frau Ilmyen Scheiben über das Glas, damit wir das Spiel an der Wand verfolgen konnten.

»Ooooh!«, raunte die Menge, als Jutta den Springer ihrer Königin tief in die Bauernreihe ihres Vaters bewegte.

»Aaah!«, kam die weise Antwort, als Herr Ilmyen seinen Königsbauern nach vorn setzte. Zwanzig Minuten ging das so. Und gerade, als es aussah, als könnte Jutta ihren Vater in einem Anastasia-Matt festsetzen, blockierte Herr Ilmyen mit einem Turm. Jetzt hatten sich beide vorübergehend festgefahren: Jeder Zug, den einer von ihnen machte, würde zum Verlust einer wichtigen Schachfigur führen. Die Menge hielt den Atem an, in Anerkennung dieser unglaublich verzwickten Situation.

In diesem Moment ertönte Mutters Stimme aus dem Foyer, hoch und schrill: »Um Gottes willen, geh nach Hause, du betrunkener Schwachkopf!« Und schon platzte keuchend Onkel Maris herein, sein Gesicht von der Farbe Roter Bete, und seine Plastiknelke wippte auf und ab, als hätte sie ein eigenes Herz. In der Hand hielt er das vergilbte Petitionsschreiben, das er jetzt über dem Kopf schwenkte.

»Sie gehören nicht hierher!«, schrie er Herrn Ilmyen an. Den Zuschauern stockte der Atem. Solche Dinge kann man vielleicht denken, aber sie in aller Öffentlichkeit vor Gott und der Welt herauszuposaunen ist etwas ganz anderes.

»Mein lieber Freund.« Herr Ilmyen ergriff einen Bauern und hob ihn in die Luft. »Hier ist unser Zuhause. Wo sollten wir sonst hin?«

»Egal wohin. Sie sind doch Experte im Leiden. Warum sterben Sie nicht einfach? Das könnt ihr Juden doch am besten!« Dann hob Onkel Maris seine Krücke wie einen Speer und schleuderte sie auf die Bühne. Die Krücke flog durch die Luft und landete – nicht zu fassen! – mit einem lauten Misston auf den Saiten des alten Flügels. Drei schreckliche Sekunden lang war es mucksmäuschenstill im Saal, während wir beschämt und stumm dasaßen und die Katastrophe bestaunten: den Flügel, die Krücke, die Worte, Onkel Maris und Herrn Ilmyen.

Schließlich stand Herr Ilmyen auf und strich seine Hosenbeine glatt. »Meine Damen und Herren, damit wünsche ich Ihnen eine gute Nacht«, sagte er auf Lettisch. Es klang so traurig und freundlich – wie etwas, das Menschen nur in einem Film sagten und auch dann nur, wenn sie für lange Zeit fortgingen. Herr Ilmyen legte Jutta die Hand auf die Schulter, dann wandten sich beide der kleinen Seitentür zu, die Frau Ilmyen geöffnet hielt. Nachdem der Bann auf diese Weise gebrochen war, humpelte Onkel Maris mit einer Krücke weniger als sonst zum Vordereingang.

Die Leute prusteten und kreischten durcheinander: »Er muss verrückt sein!«

»Trotzdem, ganz unrecht hat er nicht.«

»Was für ein Wurf!«

»Aber furchtbar schlecht gezielt!«

Ich schlich mich auf der Suche nach Herrn Ilmyen und Jutta zum Hintereingang. Da stand bloß Onkel Maris.

»Hilf mir mal kurz«, sagte der Onkel und stützte sich mit seinem ganzen Gewicht auf mich.

Immer mehr Wolken waren von Osten herangerollt, und jetzt spaltete ein Blitz den Himmel. Als wir uns in Bewegung setzten, schoss das Licht in großen Bögen herab, und der Regen prasselte auf die Straße.

»Du hältst mich jetzt bestimmt für einen schlechten Menschen«, sagte Onkel Maris.

Ich schüttelte den Kopf, aber ich war mir nicht sicher. Meine Augen füllten sich mit Tränen. Unterdessen regnete es so heftig, dass der Rock mir an den Beinen klebte und die Straße sich unter unseren Füßen in reißende kleine Wildbäche auflöste. Bei jedem Schritt füllten sich meine Schuhe mit Schlamm, und ich wollte nur nach Hause. Doch Onkel Maris' Krücke versank immer tiefer im Matsch, und es schien, als würden wir es nie schaffen.

»Du schämst dich für mich. Du wünschst dir, ich wäre nie bei euch aufgetaucht«, fuhr er fort.

»Nein!«, log ich und stemmte mich gegen sein Gewicht. Ich konnte unser Haus in der Ferne sehen und versuchte, schneller zu gehen.

»Willst du wissen, wie ich mein Bein verloren habe?«

»Lieber nicht«, entgegnete ich.

»Ich habe mich auf eine Mine geworfen«, fuhr Onkel Maris unbeirrt fort. »Ich habe den Mann neben mir gerettet, zufälligerweise einen Russen. Und jetzt sag mir, ob ich wirklich so ein schlechter Mensch bin.«

»Du bist kein schlechter Mensch«, sagte ich mit einer Stimme, die ich nicht als meine erkannte.

Onkel Maris beugte sich noch etwas mehr zu mir herüber. »Ich habe dich schon immer gemocht. Rudi ist in Ordnung, aber du bist die Klügere von euch beiden. Jeder sieht, dass du weißt, wie der Hase läuft.« Onkel Maris schwankte, und einen entsetzlichen Augenblick lang hatte ich Angst, dass er mich küssen wollte. Dann fand er mithilfe der Krücke sein Gleichgewicht wieder, krümmte sich und erbrach sich mit einem gewaltigen Schwall über meine Schuhe. »Bitte vielmals um Entschuldigung«, sagte er und wischte sich mit dem Ärmel über den Mund.

Ich löste mich aus seinem Griff und ließ ihn am Rand unseres Vorgartens stehen, wo er hinter Mutters Rosenbusch weiter würgte. In der Küche brannte Licht. Als ich durch die Hintertür eintrat, standen Vater und Rudi am Spülbecken. Sie hatten einen langen Blankaal gefangen, ein ausgewachsenes Männchen, das in seinem Leichtsinn den Fehler begangen hatte, nach unseren in Sardinenöl getränkten kleinen Würmern zu schnappen. Rudi hielt den Aal auf dem Rücken fest. Dann schnitt er ihm mit einem kleinen Küchenmesser die grimmigen Augen aus.

»Wo habt ihr denn den gefunden?«, fragte ich, erstaunt darüber, wie groß er war.

Rudi grinste. »Was glaubst du wohl?«

Ich begriff, dass sie in Herrn Ilmyens Fischgründen gewildert hatten, während er im Gemeindesaal Schach spielte. In diesem Moment kam Mutter durch die Hintertür herein, und in dem Rahmen sah ich Onkel Maris' Silhouette im Vorgarten. Aus seinem Mund sprudelten Geräusche hervor wie ein farbloser Strom aus Wut.

»Er geht. Morgen«, sagte Mutter. Vater gab sich Mühe, seine Scham zu verbergen, indem er den augenlosen Aal musterte. Dann drehte sich Mutter um, warf einen Blick auf meine Füße und rümpfte die Nase. »Zieh dir andere Schuhe und den Mantel an. Wir gehen zu den Ilmyens.«

Als wir dort ankamen, blieb Mutter einen Augenblick auf den Stufen stehen und rang die Hände. Wir hörten Hunde in den Hügeln heulen, ihr tiefes, dumpfes Gebell hallte durch das Dunkel. Schließlich klopfte sie an die Tür, und wenige Sekunden später tauchte Herr Ilmyen auf. Mutter tippte auf das weiße Abstinenzlerabzeichen an ihrem Mantel. »Sie müssen meinem Schwager vergeben, Herr Ilmyen. Er ist ein Idiot, und außerdem trinkt er zu viel. Wenn er trinkt, redet er zu viel, und wenn er redet, gibt er leider Gottes eine Menge Unsinn von sich.«

Herr Ilmyen starrte uns einen Augenblick an, bevor sich sein Blick auf einen Punkt über unseren Köpfen richtete. Dann schwebte Frau Ilmyens Stimme aus der Tiefe der Küche zu uns heraus. »Gehen Sie. Bitte.« Eine einfache, eindeutige Aufforderung. Aus ihrer Stimme klang die Erschöpfung von Generationen, die Leid und Beschimpfungen durch Freunde und Nachbarn hatten ertragen müssen. Wir machten kehrt und trotteten in unsere Küche zurück. Mein Herz war aus Stein, und das Blut darin matt und reglos. Ich tat gar nicht erst so, als hätte ich den großen, irreparablen Schaden verstanden, der im Verlauf dieses kurzen Abends angerichtet worden war. Aber eines begriff ich: Ich hatte Jutta verloren, meine einzige Freundin. Ich glaubte jetzt endlich etwas von dem Leid zu empfinden, das Jutta mir so hartnäckig nahezubringen versucht hatte. Und dann wurde mir bewusst, was für ein Esel ich war – Anspruch auf Leid zu erheben, nachdem unsere Familie sie in aller Öffentlichkeit gerade an das ihre erinnert hatte.

Später setzte sich Mutter auf meine Bettkante. Die Federn quietschten unter ihrer Last. Ich wollte kein Genie sein, und ich wollte auch nicht, dass sie es von mir verlangte. Es war dunkel im Zimmer, doch eine Lücke in den Wolken gab den Blick frei auf einen Streifen Mond, der das Fenster in eine silberne Schachtel verwandelte. Mutter betrachtete ihre Hände. »Nicht weinen, Inara, nichts ist ewig«, sagte sie. »Nicht Liebe, nicht Hass. Weder Freude noch Schmerz.« Sie beugte sich über mich, und ich spürte ihren Atem auf meinem Haar. Dann legte sie ihre rissige Hand auf meine Stirn und küsste mich auf die Wange. Es war das erste Mal seit Jahren, dass sie mir einen Kuss gab.

Als wir am nächsten Morgen aufstanden, verdichtete sich das schimmernde Licht im Westen zu einem dunklen Streifen, der noch mehr Regen verhieß. Onkel Maris war fort. Niemand schien sich zu wundern: Verschwinden konnte er am besten. Außerdem hatte er Mutters Schreibmaschine mitgenommen. Der getippten Nachricht zufolge, die er neben die Spüle gelegt hatte, kam er sich vor wie ein Fuchs, der sich, vom Winter überrascht, gezwungen sah, seinen eigenen Kot zu fressen. Er werde erst zurückkommen, wenn wir alle wieder zur Vernunft gekommen seien, und vielleicht nicht einmal dann. In einem Nachsatz, der an mich gerichtet war, hatte er geschrieben: *Wenn man sich nicht danebenbenehmen darf, was hat dann das Leben für einen Sinn?* Und in einer weiteren Notiz für deine Großmutter: *Ich verspüre einen Anflug von Patriotismus. Riga ruft. Ärgere dich nicht wegen der Schreibmaschine. Alles dient dem übergeordneten Wohl.*

Als deine Großmutter diese zweite Nachricht las, setzte sie sich an den Tisch, vergrub das Gesicht in den Armen und weinte. Sie hätte weiter geweint, hätte nicht in diesem Augenblick die Herduhr geschrillt. »Mist! Die Baptisten!« Mutter schnappte sich ihren Mantel, und ich folgte ihr durch die Hintertür auf die Straße hinaus. Als wir am Haus der Ilmyens vorbeikamen, verlangsamte ich meine Schritte ein wenig, während Mutter weiterging. Die Rollos waren noch immer heruntergelassen. Das Licht im Innern verwandelte sie in Papierlaternen. Dunkle Gestalten bewegten sich hinter dem erleuchteten Gewebe. Ich dachte, wenn ich stehen bliebe, könnte ich das ruhige Leben im Innern betrachten wie einen Film. Doch je länger ich hinsah, desto stärker brannten meine Augen, und mir wurde bewusst, dass ihre Welt ein Buch war, das in einer anderen Sprache geschrieben war und sich mir nicht öffnen würde.

Uns blieben vierzig Minuten bis zur Ankunft der linksseitigen Baptisten. Die Spuren der Katastrophe vom Vorabend lagen unverändert vor uns: umgekippte Stühle, auf dem Boden verstreute Schachfiguren, Teller mit nur halb aufgegessenem Gebäck und auf den Fensterbänken Plastikbecher mit kaltem Kaffee.

Onkel Maris' Krücke steckte noch immer zwischen den Saiten von Großmutter Veltas Flügel. Mutter schleppte einen Mülleimer aus dem Foyer herbei, und ich stieg auf die Bühne. Ich stemmte die Schulter gegen den Flügel und drückte mit aller Kraft dagegen. Das erwies sich als Fehler: Der Flügel setzte sich in Bewegung und rutschte geradewegs über den Bühnenrand. Das Dröhnen war so laut, dass die Krähen kreischten und die Hunde auf der Straße anschlugen. Anschließend breitete sich vollkommene Stille aus. Die Hände in die Hüften gestemmt, betrachtete Mutter das Bild der Verwüstung: zersplittertes Holz, Hämmer, die vom Stimmstock abgerissen waren, zerfetzte Saiten und, halb in den Dielen versunken, der Resonanzboden, größer und schwerer als jeder Grabstein. Schließlich drehte sie sich zu mir um, und in ihren Augen glänzten Tränen. »Ehrlich gesagt habe ich mir nie etwas aus Saiteninstrumenten gemacht.«

Ohne ein weiteres Wort verließen wir den Saal und machten uns auf den Heimweg. Während unsere Füße durch den Schlamm patschten, dachte ich an Onkel Maris und dass er sich in meinem Kopf in zwei verschiedene Menschen gespalten hatte, den Onkel Maris meiner Kindheit, den ich immer lieben würde, und den Onkel Maris, den ich niemals wiedersehen wollte. Er hatte sich in den letzten Monaten verändert, und mir wurde bewusst, dass man diesen Vorgang weder aufhalten noch ihm helfen konnte. Jeder von uns musste seinen Weg gehen, egal wohin er führte.

Das war ein wissenschaftliches Prinzip: Dynamik. Für mich bedeutete es, dass man Dinge wie Liebe oder Hass, wenn sie einmal in Bewegung gekommen waren, nicht aufhalten konnte. Nicht einmal der Flügel war davon ausgenommen. So ist das Leben, sagte Vater immer, wenn wir von unserer Türschwelle aus die traurigen Beerdigungsprozessionen beobachteten. Das Leben rollte unablässig vorwärts, nur der Tod konnte es verlangsamen. Und selbst das, sagte mein Vater, nur vorübergehend. Sogar jetzt fiel der Regen stetig weiter; die Wege schwollen an und flossen dem Fluss zu wie jedes Jahr um diese Zeit.

Und was sollte mit dem geschundenen Flügel geschehen? Stück um Stück lud Vater Klaviatur, Stimmstock, Hämmerchen und Saiten in eine Schubkarre und brachte sie in seinen Geräteschuppen. Den gusseisernen Rahmen, das bei Weitem größte und schwerste Teil, mussten wir zusammen tragen: Mutter und Rudi an einem Ende, Vater und ich am anderen. Wir hoben ihn an, gingen ein paar Schritte und setzten ihn wieder ab, hoben ihn an, gingen ein paar Schritte und setzten ihn wieder ab. Keiner von uns sprach es aus, doch ich weiß, dass wir alle daran dachten, wie sehr wir einem jüdischen Begräbniszug glichen und dass unsere Nachbarn wahrscheinlich hinter den Fenstern standen und uns beobachteten, so wie wir andere beobachtet hatten.

Wir stellten den Rahmen und den Resonanzboden in Vaters Geräteschuppen, wo er alles aufbewahrte, was kaputt war. Die Eisenplatte mit den Saiten, die aus irgendwelchen Gründen nicht gerissen waren (»Ein echtes Wunder«, sagte Mutter immer wieder), lehnte an der Rückwand des Schuppens und sah aus wie ein Webstuhl. Jedes Geräusch, jedes Wort brachte die Saiten zum Summen.

Dafür, dass Mutter behauptet hatte, sie habe nichts übrig für Saiteninstrumente, stattete sie dem Schuppen eine phänomenale Anzahl von Besuchen ab. Vater folgte ihr jedes Mal und versprach, Großmutters Flügel mit dem richtigen Leim und ein wenig Geduld so wiederherzustellen, dass es den Engeln Tränen in die Augen treiben würde.

2

Du hast mir Schmerzmittel mitgebracht. Noch mehr Eis. Und Zeitungen. Deine Großmutter hätte sich vor Freude überschlagen, wenn sie das hier erfahren hätte: Madame Präsident Vaira Vike-Freiberga eröffnete vor Kurzem eine Buchmesse mit einer Daina:

> Ich wurde singend geboren,
> Ich habe singend gelebt,
> Und wenn ich einmal sterbe,
> Steige ich singend zum Himmel empor.

Weil die Präsidentin in Kanada aufgewachsen war und Rudi sich gerade mit deiner Großmutter verkracht hatte, gab er Frau Vike-Freiberga aus Prinzip nicht seine Stimme. Fast alle anderen im Land taten es. Ich glaube, für viele Leute spielte es eine wichtige Rolle, dass sie einen Doktor in Ethnologie hat und so viele Dainas auswendig kennt.

Ich danke dir, dass du mir aus dem Lukas-Evangelium vorgelesen hast. Es hat mir schon immer gefallen, wegen der Berichte über die Wunder: Jesu Speisung der Fünftausend, die Heilung des Besessenen, der sich auf einem Friedhof niedergelassen hatte. Was aß dieser Mensch, während er zwischen Grabsteinen lebte? Aber lass uns lieber nicht zu lange darüber nachdenken.

Du hast einmal gesagt, Jesus sei dein Superheld. Du hast

mich auch gefragt, ob ich glaube, dass Jesus große Ohren hatte. Ich bejahte, weil er all unsere Gebete hört, aber ehrlich gesagt gibt es keine Zeugnisse darüber, wie seine Ohren aussahen. Jedenfalls mochte er Ohren – das weiß ich mit Sicherheit. Zwanzig Mal, ich habe es gezählt, sagte er, wer Ohren hat zum Hören, der höre. Bestimmt erinnerst du dich daran, wie man ihn im Garten Gethsemane gefangen genommen hat. Dort hatte sich eine Menschenmenge versammelt. Einer von Jesu Jüngern, ich glaube Petrus, weil er so ein Hitzkopf war – auch wenn dein Großvater behauptet, die Schriften belegten dies nicht –, zog sein Schwert und schlug einem jungen Knecht des Hohepriesters ein Ohr ab. Jesus heftete das abgetrennte Ohr dem Jungen sofort wieder an den Kopf. Ein Wunder, und das auf dem Weg zu seiner eigenen Kreuzigung. Ich habe mich oft gefragt, wie dieses Ereignis das Leben des Jungen verändert haben mochte; ob die Wiederherstellung eines kleinen Knorpelstücks an seinem Kopf etwas mit seinem Herzen anstellte.

Ich danke dir auch, dass du mir aus deinem *Buch der Wunder* vorgelesen hast.

Keine Hülle schützt den Körper eines lebenden Geschöpfes besser als Schuppen, schriebst du. Die silbrigen Schuppen sind Rüstung und Öljacke zugleich und obendrein hart genug, um Prellungen und Hitzestrahlung zu widerstehen und die Haut des Fisches trocken zu halten. Da weder sein Körper noch die Schuppen Nähte haben, kann ein Fisch jedem Wasserdruck trotzen, ohne zu bersten oder leckzuschlagen. Deshalb können Fische sich in Tiefen aufhalten, die kein Mensch oder Tauchboot erreicht. Noch erstaunlicher, schriebst du, sei der dunkle Streifen, der an der Seite des Fisches von den Kiemen bis zum Schwanz verläuft, die Laterallinie, die niederfrequente Schwingungen registriert. Als Tast- und Hörorgan nimmt diese Linie Bewegung wahr, und wie ein Radar weist sie den Fisch darauf hin, wie nah oder fern andere Objekte sind und ob diese sich bewegen oder nicht. Klang, so deine Schlussfolgerung, sei eine Art von Berührung.

Wir hatten das nach deinen unzähligen Besuchen in der Klinik schon vermutet. Ein Arzt in Balvi zeigte uns Röntgenaufnahmen. Wir sahen die großen Hämmer und Ambosse in deinen riesigen Ohren.

»Er lebt in einer Resonanzkammer; alles wird verstärkt«, erklärte der Arzt. »Und da Klang eine Art von Berührung ist, erzeugen bestimmte Vokale, bestimmte Töne, eine stärkere Schwingung und sind schmerzhafter als andere.« Der Arzt schickte uns mit einem Paar orangefarbener Industrie-Ohrenschützer nach Hause, die du praktischerweise gleich im Bus hast liegen lassen.

Wenn der Wind von Osten blies, konntest du die Glocken in Sankt Petersburg läuten hören. Du hast behauptet, dass die Mönche des Alexander-Newski-Klosters den Tag mit Liedern einleiteten, die fröhlich begannen, sich jedoch von Strophe zu Strophe mehr einer unerträglichen Traurigkeit zuneigten. Dann fingen die Mönche an zu springen, sagtest du, weil Springen die einzige Möglichkeit sei, die Trauer zu überwinden. All das schriebst du auf: wie du die Abstufung der Töne auf der chromatischen Tonleiter hörtest, Halbtöne, Vierteltöne, die nur die Mönche beherrschten. Du hast mir versichert, dass du dich nicht erinnern kannst, am Schlamm des Flussufers gehorcht zu haben, um das leise Glucksen des Wassers zu belauschen, aber du hast festgehalten, mit welcher Geduld das Wasser Untiefen und Küsten formt. Wie geduldig genau? Sandkorn um Sandkorn, Kiesel um Kiesel.

Du hast gelitten wegen deiner Ohren. Es tut mir leid, dass deine Freundin dich hat sitzen lassen. So sind die Mädchen aus der Stadt. Ich glaube, dieses Online-Dating-Portal, *desperate.com*, aufzusuchen war keine gute Idee. Trotzdem, du konntest dir deine Ohren nicht aussuchen, und ich fürchte, sie waren dir eine Last.

Es mag dir kein Trost sein, aber ich kann dir versichern, dass wir alle auf die eine oder andere Weise leiden. Als ich jung war, wurde ich von dem heftigen Verlangen geplagt, zu beweisen, und wenn auch nur mir selbst, dass ich ein kluges Mädchen war. Woran Rudi damals litt, weiß ich nicht. Möglich, dass es der überwältigende Wunsch war, die körperliche Liebe kennenzulernen: Bei seinen Schulkameradinnen hatte er keinen großen Erfolg, nicht einmal mit seinem Fu-Manchu-Schnurrbart. Die Last deines Großvaters? Sein jüngerer Bruder Maris. Eine Qual – dein Großvater schlief sie, weinte sie, aß sie und trank sie, alles wegen Onkel Maris. Das ist eine Art von Liebe: um eines anderen willen zu leiden, um jemanden zu trauern, den man für verloren hält. Ich weiß nicht, ob es eine gesunde Liebe ist, aber Liebe ist es.

Wir könnten sagen, dass es eine Frage der Persönlichkeit war. Sie waren grundverschieden, dein Großvater Eriks und Onkel Maris. Dein Großvater war ein Mann der Erde, jemand, der intensiv spürte – besonders wenn er knietief in einem offenen Grab stand –, wie die Schwerkraft und das Gewicht der Zeit auf den Knochen lasten. »Die Welt ist aus Stein«, sagte er manchmal, wenn er nach einem langen Tag des Grabens nach Hause kam. Ich vermute, dass er aus diesem Grund mit der Zeit ein schweigsamer Mensch wurde. Was kann man angesichts von so viel Schwere sagen? Und ebenso vermute ich, dass Onkel Maris aus diesem Grund ein lauter Mensch war. Onkel Maris füllte die Stille deines Großvaters mit Lärm. Der eine versank immer mehr in der Erde, der andere war ein Himmelsstürmer. Mutter war weniger großzügig in ihrer Beurteilung. Sie sagte, Onkel Maris sei so schwer zu lieben wie ein Igel, da er ein hochmütiges Geschöpf sei, langsam beim Zuhören und schnell in seinem Urteil. Das hätte sie auch gesagt, wenn Onkel Maris keine Szene im Gemeindesaal gemacht hätte, Mutter und Vater waren nur selten einer Meinung. Vielleicht erinnerst du dich daran, wie du einmal gefragt hast, wo du nach dem Tod hinkommen würdest. »In die Erde«, sagte Mutter. »In den Himmel«, sagte Vater. Er war überzeugt, dass die unsichtbaren Dinge – Wahrheit, Zeit, Liebe, Reue, Erinnerung – sich zeigten, wenn man wusste, wie man schauen muss, wirklich schauen. Unsichtbarer Glaube bedarf der Fantasie, lässt sich aber in den geringsten Taten erkennen. Ein Mann, der stehen bleibt, um einem anderen beim Tragen einer Last zu helfen – das sei Liebe. Knie, die während eines Gebets zum Erntedankfest oder aus Verzweiflung den Boden berühren – das sei Glaube. Mutter dagegen fand, Glaube sei eine neuralgische Fehlentwicklung in den Schläfenlappen des Gehirns. Und ein Gefühl wie Liebe einzugestehen oder zu benennen sei eine sträfliche Banalisierung und ein Zeichen von Sentimentalität. An den Wind, an die grausame Intelligenz der Krähen. An den Fluss. Daran glaubte sie. Dass es unmöglich war, die hartnäckigen Flecken von Rote-Bete-Saft aus Leinen zu entfernen. Sie zog die handfeste Welt sichtbarer Dinge vor: Licht, Wasser, Salz, Roggenähren, alles, was Hände greifen und der Körper verstehen kann.

Da sie verstanden hat, wie wenig Zeit mir bleibt, ist Stanka wieder vorbeigekommen, als du bei der Arbeit warst. Sie ist außer sich. Sie soll für ihren Straßenstand – »Werfen Sie einen Blick in die Zukunft, während Sie warten« – Steuern zahlen. Ihre Lösung: Sie will dem Finanzamt per Post einen Fluch schicken, in Form eines Streifens Fliegenpapier, der mit grobem schwarzem Pfeffer bestreut ist. Das wird dem

Empfänger mindestens drei Wochen kolossales Unglück und viele kräftige Niesanfälle einbringen. Übrigens hat sie die ganze Milch ausgetrunken. Ich bin froh, dass ihr beide immer gute Freunde wart. Als du klein warst, hast du mich mal gefragt, warum sie so dunkle Haut hätte – weil sie bulgarische Zigaretten raucht? Damals warst du vielleicht sechs oder sieben. »Nein«, sagte ich. »Sie ist dunkel, weil sie Zigeunerin ist.« Das erkläre ihre Gier nach Milch, die sie trank, wie sie mir einmal erzählte, um wenigstens innerlich weiß zu sein. Trotzdem war sie verflucht, denn sie war »zu weit gegangen«, als sie einen *gadjo* heiratete, einen Nichtzigeuner. Es ist das Schändlichste, was man als Zigeunerin tun kann. Deshalb hielt Stankas Familie, die in Sabile wohnte, einen Tag nach ihrer Hochzeit mit Herrn Pauls Iwaska eine Beerdigung für sie ab und verbrannte all ihr Hab und Gut und sogar die Fotos, auf denen sie zu sehen war. Das wäre nicht weiter schlimm gewesen, aber einen Monat später fuhr Herr Iwaska nach Riga, um dort sein Waldhorn zu spielen, und vergaß zurückzukehren. Aus purer Einsamkeit warf Stanka daraufhin ein Auge auf Onkel Maris.

Ich war der Meinung, Stanka hätte eine echte Chance, denn sie kannte sich aus mit Menschen, die wandern. Deine Großmutter war weniger zuversichtlich, hatte sie doch gehört, wie Onkel Maris über Stanka sagte: »Ist sie nur schmutzig oder immer so braun?« Traurige Tatsache ist, dass Onkel Maris im Lauf der Jahre ein tiefes Misstrauen gegen alles und jedes entwickelte, was aus dem Osten kam, denn der, so behauptete er, sei die Quelle all unserer Probleme. Schließlich haben wir aber gesehen, wie ein bisschen Wasser einen Stein glätten kann. Stanka prophezeite eine Reihe von Gewinnzahlen in der Lotterie, und Onkel Maris erlag ihrem Charme. Stanka hat obendrein stramme Waden, und das war etwas, das Onkel Maris an Frauen schätzte. Sie zahlten die erforderliche Gebühr und ließen sich auf dem Standesamt trauen. Ich vermute, dass sie glücklich waren, obwohl es manchmal schwer zu sagen war. Onkel Maris erlitt im ersten Jahr ihrer Ehe zwei Gehirnerschütterungen. Tätlicher Angriff, nannte es Onkel Maris. Beinharte Liebe, sagte Stanka.

Jedenfalls kämmte sie mein Haar, oder was davon übrig ist, ganz, ganz sanft. Der Kamm ist robust, aus weißem Eichenholz. Du musst ihn ihr nicht zurückgeben. Sie hat ihn hiergelassen, damit du ihn mir ins Grab legen kannst. Als wir deinen Namensvetter bestatteten, legte sie ihm einen Spiegel in die rechte Hand und eine Zigarettenpackung in die linke. Ein Spiegel ist ein Fenster in die nächste Welt, und die Toten halten ihn wie einen Kompass, um sich besser zurechtzufinden. Die Zigaretten? Es gebe nichts Schlimmeres als Muffensausen, sagte sie. Sogar die Toten kriegten es. Und dann erzählte sie mir vom Himmel der Zigeuner. Die Wolken seien aus süßem Brot und die Häuser aus Käse. Niemand müsse je Hunger leiden oder Tränen vergießen. Es gebe orangefarbene kleine Füchse, Pfifferlinge, die wie Aprikosen duften, und Obst im Übermaß. Im Himmel trage niemand Weiß, weil Weiß die Farbe der Trauer ist. Die Lieder seien wie gut geschmierte Rädchen. Sanft drehten sie sich ineinander, daher habe das Singen im Zigeunerhimmel kein Ende.

Warum ich dir so detailliert von etwas erzähle, das wie eine unwichtige Unterhaltung erscheint, die vor deiner Geburt stattgefunden hat? Die kurze Antwort: Es ist eine Möglichkeit, unsere Lieben am Leben zu erhalten, wenn auch lediglich in unserer blühenden Fantasie. Und warum ich Geschichten über Menschen erzähle, die du gut kanntest, und über Ereignisse, die du mit eigenen Augen gesehen hast? Eine Geschichte ist ein Kleidungsstück aus vielen Fäden, von vielen Nadeln gestrickt. Unsere Geschichte ist ein Umhang, der dicker und komplexer ist, als wir glauben. *Wie ein Wandteppich,* sagte ich neulich. Und du: *Nein, eher wie Spitze.* Wir halten ein Stück Spitze in die Höhe und staunen, wie schön das Licht hindurchscheint. Doch diese Schönheit ist einzig den Knoten zu verdanken, die die Lücken zusammenhalten. *So ist unsere Geschichte,* sagtest du, ebenso sehr aus Stille und Leere gemacht wie aus Knoten, den Ankern bekannter Fakten oder Menschen. Welche Knoten halten uns zusammen? Ich könnte sagen, es waren die Zetsches, die unserer Leere Form verliehen. Ich könnte auch sagen, Onkel Maris.

Nach dem verhängnisvollen Schachturnier hörten wir drei Jahre lang nicht viel von ihm. Eine zerfledderte Postkarte aus Tadschikistan. *(Die Wassermelonen hier! Junge, Junge!)* Ein Telegramm aus Murmansk. *(Kalt, kalt.)* Hin und wieder rief Onkel Maris an, und das schwarze Telefon schwoll förmlich an von seinen ausgefeilten, übertriebenen und letztlich jämmerlichen Erklärungen für sein Verhalten. Trotz seines Charmes und seiner Intelligenz, so erklärte mir Mutter einmal, sei unser Onkel Maris ein Mensch, der niemals seinen eigenen Körpergeruch wahrnehmen könne, immer bloß den Gestank der anderen. Deshalb legte sie jedes Mal auf, wenn er anrief.

Währenddessen schafften Rudi und ich mit Hängen und Würgen unseren Abschluss am Gymnasium. Mutters schlimmste Befürchtungen hatten sich bestätigt: Wir waren keine Genies. Im nächsten Herbst fuhren mehrere meiner Schulkameraden, darunter auch Jutta, jeden Morgen mit dem Bus zur Universität. Dort wartete ein herrliches Leben auf sie, dessen war ich mir sicher, so wie ich sicher war, dass ich selbst auf ein dumpfes und schreckliches Dasein zusteuerte. Ohne den Zusammenbruch der Sowjetunion wären Rudi und ich vielleicht auch auf die Universität gegangen. Die höhere Bildung war in jenen Tagen unentgeltlich, oder jedenfalls so gut wie. Doch nun konnten Leute wie wir, mit einem schlechten Notendurchschnitt, nicht mehr studieren. Leute wie wir machten eine Lehre oder arbeiteten in Fabriken – wenn sie Glück hatten. Aber weil wir kein Glück hatten, machten wir uns auf dem Friedhof nützlich, so gut es ging. Und dann schrillte eines Abends das schwarze Telefon an der Wand los: *Iiiiiiiiiih-ooooooh!*

Es war Onkel Maris. Aus Prinzip legte Mutter sofort auf. Er rief umgehend wieder an, und dieses Mal nahm Vater ab. Onkel Maris rief an, um uns zu sagen, dass Rudi in Daugavpils zur Universität gehen würde. Maris hatte bereits alles in die Wege geleitet. »Es ist das Mindeste, das ich tun kann«, dröhnte seine Stimme aus der schwarzen Muschel. Am nächsten Morgen nahm Rudi den Bus nach Daugavpils, und so blieb ich mit Mutter und Vater zurück. Mutter widmete sich ihrer Zeitung. Die fieberhaften Aktivitäten auf dem Grundstücksmarkt verglich sie mit Piranhas, die man in einem mit Fleisch gefüllten Becken ausgesetzt hatte. Nach dem Zerfall der Sowjetunion durften Letten, sofern sie die entsprechenden Papiere vorweisen konnten, Grundstücke zurückfordern, die unter der Besatzung beschlagnahmt worden waren. Seltsamerweise waren die Kataster vieler Bezirksämter von Feuersbrünsten heimgesucht worden, die Unmengen von Dokumenten vernichtet hatten. In Anbetracht fehlender Akten tauchten extrem gut gefälschte Besitzurkunden auf, wie Pilze nach einem feinen Augustregen. Vermutlich war das der Grund, warum Herr Ilmyen, der in einer Anwaltskanzlei in Daugavpils arbeitete, jeden Abend so müde nach Hause kam. Das alles war sehr verdächtig und wurde akribisch in Mutters Abstinenzlerzeitung berichtet.

Vater fand Mutters Interesse an Besitzurkunden und Immobilienverkäufen ungesund. »Wenigstens sind wir immer noch im Besitz des Gutshauses – und wir können es beweisen«, murmelte sie und blickte ihn aus verquollenen Augen an. Ich glaube, da sah sich Vater genötigt, eine kleine Korrektur anzubringen. »In Wahrheit besitzt niemand das Land«, wandte er ein, ein behutsames Bekenntnis, dass unsere Familie die Steuerrückstände für das Gutshaus nicht hatte aufbringen können, sodass es uns gehörte und auch wieder nicht. Wir sind Hausverwalter, ermahnte er uns, Verwalter, und alles, was wir sehen, hat Gott uns vorübergehend anvertraut. Es konnte kein Zweifel an der Betonung bestehen, die er auf das Wort *vorübergehend* legte. »Wenn wir gute Hausverwalter sind, das heißt, wenn wir leicht über dieses Land schreiten, werden wir keine Spuren hinterlassen. Abgesehen natürlich von einem Grabstein«, setzte er hastig hinzu.

Damals machte uns die Haushaltung große Sorgen. Sogar Mutter, eine sparsame Frau, die wusste, wie sie ein einziges Huhn über einen ganzen Monat strecken konnte, merkte mehr als einmal an, der Winter habe scharfe Zähne. Ein Sack Kartoffeln in unserem Keller war verfault, und das Glück beim Pilzsammeln hatte uns auch verlassen. Obwohl Mutter in Rezekne eine zusätzliche Putzstelle annahm, noch mehr Stunden auf Händen und Knien verbrachte, und Vater unablässig neue Gräber aushob, um einen frischen Schub von Selbstmördern zur letzten Ruhe zu betten, wurde das Geld allmählich knapp. In Riga wurde eine Reihe von neuen großen Einkaufszentren eröffnet, und uns erreichten Gerüchte vom plötzlichen Reichtum in den großen Städten, doch derartige Nachrichten fühlten sich an wie ein fernes Feuer: Möglich, dass wir seinen Schein sahen, aber die Hitze spürten wir nicht. Ich begriff, dass ich die

Pflicht hatte, so viele Barsche, Hechte und Forellen wie möglich zu fangen und sie auf alle erdenklichen Arten zu konservieren.

Ich war achtzehn. Keine geübte Anglerin, aber auch nicht die schlechteste. Ich angelte am Nachmittag, wenn das Licht nachließ und die Kälte den Horizont wellte. Um vier, spätestens halb fünf wurde es dunkel, und der Frost setzte ein. Im Schutz dieser Kälte räuberte ich schamlos an Stellen, die, wie ich genau wusste, Herrn A., Stanka, Herrn Li und Herrn Lim gehörten. Ich maß die Stunden nach den Fischen, die angebissen hatten, und fand, dass ich mich ganz gut schlug. Oft fing ich sogar Hechte, gefräßige Tiere, die auf die billigsten Köder hereinfallen.

Gegen Ende März, Anfang April kehrte allmählich das Nachmittagslicht zurück, schwach und blass. Regen und noch mehr Regen. Sintflutartiger Regen, der in biblischen Mengen fiel. Der Fluss schwoll stetig an, bedeckte die steinigen Untiefen, änderte seine Fließrichtung und setzte die sumpfigen Ufer unter Wasser. Perfekte Voraussetzungen, um Aale zu fangen. Doch sosehr ich mich abmühte, kein einziger biss an. Ich beschloss, selbst mehr wie ein Aal zu werden: träge und unscheinbar bei Tag, schnell und schlau in der Nacht. Ich verkroch mich in meinem Zimmer und breitete Veltas Briefe rings um mich aus. Ich fühlte mich nicht mehr so schuldig wegen meines Diebstahls. Meine Achtung vor und meine Liebe für diese Briefe sprachen mich frei. Schließlich vergeben und applaudieren wir auch Archäologen, wenn sie zerbrechliche Artefakte entdecken, vorausgesetzt, diese Entdeckungen finden ihren Weg nach Hause. Und da es sich hier um eine Familienangelegenheit handelte, so sagte ich mir, schadete ich niemandem.

Wasser ist Leben. Im Schlamm, einer trockeneren Art von Wasser, hausen alle dunklen Träume, gut oder böse. Die Schwarze Schlange lebt in diesem Schlamm. Und auch das Geistermädchen. Es schwimmt immer in der Nähe des Flussufers. In seinen Adern fließt Schlamm. Mit seinen blitzenden Augen, so blau wie flammender Schwefel, sucht es nach Kindern, denn nur Kinder können es sehen. Und da es selbst ein Kind ist, will es spielen. Es ruft die Kinder herbei, damit sie mit ihm schwimmen, damit sie kommen, um seine Wasserwelt zu sehen und sich zwischen den Aalen und rutschigen Felsen zu tummeln. Es kennt jedes Kind beim Namen, und wenn es deinen Namen ruft, ist seine Stimme stark und verführerisch wie ein Traum.

Falls Mutter meine Heimlichtuereien auffielen, so ließ sie es sich nicht anmerken. Dringendere Angelegenheiten hielten sie auf Trab. Im April gingen der Witwe Sosnowskis die Antidepressiva aus. Daraufhin kaufte sie im kleinen Elvi-Markt den gesamten Vorrat an Haarfärbemitteln auf, alle drei Flaschen, und färbte sich das Haar lavendelfarben. Drei von Herrn Arijisnikows Ziegen drehten durch. Die Zetsches hatten weitere Grundstücke am Ufer erworben. Während Mutters Finger über die Tasten der neuen Schreibmaschine huschten, verwandelte sie diese Geschichten in klappernde Synkopen, eine Art öffentliches Protokoll, das jeder von uns lesen konnte. Obendrein hatte der verhangene, vom Regen geschwollene Himmel die Männer in den Trunk getrieben, und die Besucherzahlen in Mutters Abstinenzlerverein schossen in die Höhe. Mutter konnte sich des Gefühls nicht erwehren, dass ihre Mühe sich schließlich auszahlte: Endlich nahmen die Frauen in der Stadt den Alkoholkonsum und damit bis zu einem gewissen Grad auch ihre Zeitschrift ernst. Doch Mutters Genugtuung war nur von kurzer Dauer, da Vater in jenem Frühling regelmäßig zur Flasche griff.

Ich muss dir in Erinnerung rufen, dass dein Großvater Eriks meistens einen nüchternen Eindruck machte. Doch gelegentlich ging ihm der Regen auf die Nerven, vor allem, wenn er den Friedhof gefährdete. In jenem Frühjahr wurden Unmengen von Mutterboden – manchmal nur ganz in der Nähe von Alter General, dem berühmtesten Pferd Lettlands – in den Fluss gespült. Dieses Pferd war für seine Tapferkeit während des Ersten Weltkrieges zweimal ausgezeichnet worden, als es unter Janis Kalnins gedient hatte (kein Verwandter von uns), und war so etwas wie das Maskottchen unserer Stadt. Es war einbalsamiert und jahrzehntelang in einem Mausoleum ausgestellt worden. Irgendwann hatten die Konservierungsmittel ihren Zweck nicht mehr erfüllt, und Vater hatte einen extragroßen Sarg geschreinert und ein extragroßes Grab ausgehoben, mit Blick auf den Fluss, wie es sich für einen Helden geziemte. Doch angesichts des steigenden Wasserpegels zweifelte er nun daran, ob das so klug gewesen war.

Zudem bereitete ihm der strömende Regen auch deswegen Sorgen, weil er das Gold von den Grabsteinen der beiden besten Schachspieler der Stadt wusch: Herr Spasski – ein entfernter Verwandter des russischen Schachmeisters – und Herr Sosnowskis. Vor ihrem Tod hatten beide Vater gebeten, eine genaue Aufstellung ihrer Siege und Niederlagen auf dem Grabstein anzubringen. Vater war dem Wunsch nachgekommen und hatte 273-1-17 auf Spasskis und 273-1-17 auch auf Sosnowskis' Grabstein gepinselt. Das wäre kaum der Rede wert gewesen, wären sich Spasski und Sosnowskis nicht so spinnefeind gewesen, dass ihr gegenseitiger Hass sich auf ihre Witwen übertrug, die schon aus Prinzip fest entschlossen schienen, die Fehde fortzusetzen. Die Witwen Spasski und Sosnowskis verbrachten die meiste Zeit damit, spitze Bemerkungen von sich zu geben, als wären sie aus Stricknadeln und Disteln gemacht. Nur gelegentlich hielten sie inne, um gegen Vater zu sticheln und ihn der Faulheit und des Betrugs zu bezichtigen. Vater ertrug ihre vernichtenden Blicke mit der Sanftmut eines Heiligen und beteuerte immer wieder, dass er sein Bestes tue, um den Grabsteinen ihrer Ehemänner die Pflege zukommen zu lassen, die Schachgenies gebühre. Ich wusste, dass es stimmte: In den wenigen Regenpausen kniete er vor den Grabsteinen und blies mit einem batteriebetriebenen Haartrockner – Onkel Maris' letzter Erfindung – heiße Luft auf die Schrift.

Wenn ich in jenen Tagen nicht beim Fischen war, verzog ich mich in den Schuppen und vertiefte mich in Veltas Briefe. Zu meiner Überraschung schien sie von alten Mythen besessen gewesen zu sein. Wölfe. Wasser. Mädchen, die in Krähen verwandelt wurden. Aus eigenem Antrieb flogen diese Mädchen zu ihren Müttern zurück, mit Federn, die so schwarz glänzten wie Ölschlick. Mit ihren spitzen Schnäbeln, scharf wie Ahlen, durchlöcherten sie den Himmel und ließen Dunkelheit und den Wind herein. *Warum tust du das, mein Kind?*, fragten ihre Mütter. Und die Mädchen kicherten und sagten: *Wir haben den Teufel gesehen; die Dunkelheit ist sein Umhang, und der Wind ist sein Fleisch. Jetzt werden wir nie mehr frieren oder hungern. Es wird uns an nichts mehr mangeln.*

Manchmal stieß ich auch auf einen Briefschnipsel meines Großvaters Ferdinands.

Wir arbeiten vierzehn Stunden in der Kälte. Gefrorener Ruß hängt in der Luft wie ein Leichentuch. Die Arbeit in der Mine bricht Körper und Geist des Menschen. Drei Männer ignorierten das Warnschild. Sie kletterten über die niedrige Steinmauer, und die Sirenen heulten los. Sie gingen weiter, und die Wärter

ließen die Hunde von der Leine. Die Männer warfen sich gegen den Stacheldraht. »Na los!«, schrien sie. »Erschießt uns. Wir flehen euch an!«
Die Raben versuchen, uns die Augen auszuhacken. Wir malen Augen auf unsere Mützen und tragen sie verkehrt herum auf dem Kopf, um sie zu täuschen. Wir würden die Raben essen, aber sie sind dürr, nur Knochen und Galle. Gaddis' Hand ist in eine Maschine geraten. Sie trennte ihm zwei Finger und den Daumen ab. Wir haben die Hand mit einem Lederriemen verbunden. Wir haben seine Finger gesucht, doch die Hunde waren schon mit ihnen entwischt.

Ich saß da, die Beine an die Brust gezogen, mein ganzer Körper zitterte, und ich wusste, dass ich einen Teil der Kälte spürte, die er gespürt hatte. Beim Angeln sagte ich mir, dass ich ebenso litt, wie er gelitten hatte, als er sich in der Kälte und im Dunkeln abgerackert hatte. Ich redete mir ein, dass dies mein Erbe sei. Dann sah ich, dass ich noch alle Finger hatte. Ich trug drei Pullover übereinander, in meiner Tasche steckte ein großes Stück Brot. Ich war ganz anders als Ferdinands oder Velta.

Von allen Tagen, die unsere Familie liebt und die ihr heilig sind, steht, wie du weißt, der Janitag – die Sommersonnenwende – an erster Stelle. Es ist eine magische Zeit: Die Bäume werden lebendig und tanzen, und all die alten Geschichten werden wahr, wenn wir um die Feuer stehen und sie erzählen. Es ist die Zeit, in der Jungs über lodernde Teereimer springen und Mädchen Kränze aus Eichenblättern flechten. Es wird nicht gegraben. Weder werden die Toten aufgebahrt, noch finden Beerdigungen statt. Der Janitag war der einzige Tag, den man sich für das Leben, die Freude vorbehielt. Und fürs Singen. Lieder über das Pflügen und Pflanzen, Dreschen und Spinnen, Backen, Nähen, Werben, Kämpfen, Heiraten und Beisetzen. Wir singen sie alle. Natürlich waren die Lieblingsdainas deiner Großmutter und deines Großvaters die Ligo-Lieder.

Traditionell singt man sie nur am Janitag, aber wie du weißt, haben wir uns aus Formalitäten nie etwas gemacht. Wir singen sie nicht nur den ganzen Mai und Juni über, sondern auch in den anderen Monaten. So ertragen wir die Last, die uns sonst erdrücken würde. Dainas sind erhebend, aufmunternd, Blut in den Adern. Sie sind unser Leben. »Wisst ihr«, sagte dein Großvater einmal bei einer Rede im Gemeindesaal, »dass der Muskel, der für die Stimmbänder eines Vogels verantwortlich ist, direkt neben seinem Brustbein liegt? Das bedeutet, der Knochenbau, der für das Gleichgewicht beim Fliegen sorgt, ist auf verschlungene Weise mit der Singfähigkeit des Vogels verbunden. Mit anderen Worten: ohne Gesang kann ein Vogel nicht richtig fliegen.« Solcherart ist die Magie des Janitags; er heftete Flügel zwischen unsere Schulterblätter. Außerdem weckte er ein unglaubliches Verlangen zu angeln.

Und so brachte mich der Janitag dazu, eines Abends zum Fluss zu gehen, mit vier leeren Mehlsäcken, auf die ich mich setzen konnte, und einem Glas voller Würmer, die in Maschinenöl getränkt waren. Als das violette Zwielicht ins Graue überging, hielt ich Ausschau nach den dunklen Uferlöchern, in denen sich die Aale am liebsten aufhalten. Über mir schwammen die Sterne. Der Mond schaukelte wie ein Korken im Wasser. Da Aale von Natur aus vorsichtig sind, wagen sie sich in einer Nacht wie dieser normalerweise nicht heraus, aber das Wasser war dunkel und trüb, vermischt mit dem Schlamm des aufgewühlten Flussbetts, so wie Aale es mögen, wenn sie auf ihre nächtlichen Beutezüge gehen. Ich stellte meinen Rutenhalter auf, mit einer winzigen Glocke, kaum größer als ein Daumennagel. Wenn sich die Leine straffte, würde das Glöckchen fröhlich bimmeln. Die Mehlsäcke breitete ich auf einem Stück Gras aus und stützte mich dann rücklings auf die Ellbogen. Ich wusste, dass die Zeit lang werden würde. Aale sind geheimnisvolle Geschöpfe. Woher sie stammen, wissen nur wenige. Rudi und ich hatten in der Schule gelernt, dass Athenaios glaubte, sie entstünden im Schlamm. Vielleicht erweckte die Hitze der Sonne sie zum Leben. Manche Menschen glauben, Aale würden aus dem Verderben oder dem Tau geboren. Andere wussten zu berichten, dass Aale im hohen Alter neue Aale hervorbringen, wenn sie dem Verfall preisgegeben sind. In deinem *Buch der Wunder* schriebst du, dass nicht einmal der berühmte Angler Izaak Walton mit Bestimmtheit sagen konnte, wie Aale laichen, weil kein Mensch sie jemals dabei beobachtet habe. Nur zwei Dinge wusste Walton mit Sicherheit: zum einen, dass Aale einfach irgendwo in der Sargassosee verschwinden, um dort zu sterben, wo menschliche Blicke nie hingelangen. Und zum anderen, dass das Fleisch von Aalen anders ist als jedes andere Fleisch. Es schmeckt nach dem Salz warmer Gewässer und ferner Gräser und schmilzt am Gaumen. Es zu essen ist so, wie durch den Himmel zu schweben.

In der hereinbrechenden Dunkelheit konnte ich gerade noch erkennen, wie Herr Ilmyen seine letzten Köder in die Nähe eines abgestorbenen Baums ins Wasser warf, ein erstklassiger Platz, um Aale zu fangen. Er war fertig für heute. Er hob den Arm, und ich winkte zurück. Ich mochte Herrn Ilmyen und war erleichtert, dass er mir noch immer zuwinkte, trotz allem, was Onkel Maris getan und gesagt hatte. Seit dem Vorfall mit der Krücke waren drei Jahre vergangen, aber ich wusste, dass Vater und Herr Ilmyen aus Prinzip noch immer nicht wieder zusammen angeln gegangen waren, kein Bier mehr zusammen getrunken hatten und es wahrscheinlich auch nie mehr tun würden.

Aber wie du weißt, stellt der Janitag, das Fest zu Ehren des längsten Tages im Jahr, die Welt neu ein. Es war die Zeit, in der junge Männer über lodernde Teereimer sprangen oder Mädchen für heimliche Küsse in die Wälder lockten. Wir feierten das Licht, die Wärme, die Lieder, dic Heilung. Am Janitag legten sogar die Aale sich eine neue Haut zu, vergaßen ihre hart erkämpfte Weisheit und schwammen ein bisschen dichter unter der Wasseroberfläche. Als Herr Ilmyen hinter dem Hain fransiger Erlen verschwand, nahm ich seinen guten Angelplatz in Beschlag, der nun vor Ködern strotzte und für jeden Aal unwiderstehlich war. Kaum hatte ich den Rutenhalter aufgestellt, straffte sich die Leine, und das Glöckchen bimmelte.

Ich stopfte den Sack mit nassem Gras aus und holte die Leine ein. Und während ich zog, tobte in dem seichten Wasser der größte Aal, den ich je gesehen hatte. Sein dicker Körper war so lang wie der eines Dackels. In seinen gelben Augen spiegelte sich jahrhundertealte Weisheit. Ich holte ihn ganz langsam ans Ufer. Dann beugte ich mich vor und hob ihn an meine Brust. Manche Aale sind zutraulich; wenn man sanft mit ihnen spricht, rollen sie sich zusammen und schlafen ein. Ich hatte gesehen, wie Mutter Aale flach auf ein nasses Handtuch gelegt, ihre langen Bäuche gestreichelt und gesungen hatte, bis sie in einen süßen Traum von feuchtem Gras und Wasser fielen. Doch dieser Aal war von anderem Temperament. Bevor er die Gelegenheit hatte, sich zu winden und mir seinen Schwanz ins Gesicht zu peitschen oder mich in die Hand zu beißen, warf ich ihn auf die Erde und hielt ihn auf dem Rücken fest. Er schnappte ein paarmal nach meiner Hand, dann lief ein Schauer durch seinen Körper, und er lag still. Er war nicht tot. Er tat lediglich das, was Aale tun, wenn man sie auf dem Rücken hält: Sie schlafen ein. Mit einiger Mühe hob ich ihn an meine Brust, wiegte ihn in meinen Armen wie ein wohlgenährtes Kind und entdeckte die dunkelblauen Punkte auf seinem silbernen Körper. Ein solches Muster hatte ich bei einem Aal noch nie gesehen. Und da wusste ich, dass es der magische Aal war, dessen Fleisch Weisheit und Glück bringen kann, je nachdem, wer ihn fängt und isst. Er tat mir ein bisschen leid, weil ich ihn so grausam aus seiner sanften Wasserwelt gerissen hatte. Aber nur ein bisschen. Dann steckte ich ihn in den Sack, spulte meine Leine auf einer Plastikflasche wieder auf und bohrte den Rutenhalter in den sandigen Uferboden. Wenn ich ein magisches Wesen gefangen hatte, würde ich vielleicht auch noch ein zweites erwischen.

Ich sah, wie die Leine das Wasser durchschnitt, und rutschte ein bisschen auf den abgestorbenen Baum im Wasser zu. Dann wartete ich. Nur wenige Menschen wissen, wie listig und schlau Aale sind und welch eiskalte Geduld man braucht, um sie zu fangen. Für mich war das kein Problem. Ich liebte diesen Fluss. Ich sagte mir, dass er in einer Sprache zu mir sprach, die bloß ich verstand. Ich sagte mir, weil ich den Fluss verstand, konnte er mich auch verstehen. Da bimmelte das Glöckchen zum zweiten Mal. Ich ruckte an der Leine, um den Haken zu unterstützen. Ein größerer Fisch, dachte ich, denn er bockte und kämpfte und hätte mir um ein Haar die Rute aus den Händen gerissen. Ich trat auf einen Stein, um mehr Hebelkraft zu haben, und das war ein Fehler. Ich verlor den Halt und fiel in den Fluss. Ich trat um mich und ruderte mit den Armen, um wieder auf die Beine zu kommen, aber meine Stiefel füllten sich schnell mit Wasser und zogen mich nach unten. Schlimmer noch, Rudis Angel riss sich los und wurde von dem Fisch davongetragen, der zwar noch immer am Haken hing, aber nun frei war. Ich unternahm einen letzten verzweifelten Versuch, die Angel doch noch zu erwischen, und spürte, wie ich unterging.

»Hier!«, hörte ich einen Mann rufen. »Halt dich fest!« Das Ende einer Angel streifte meinen Arm. Ich klammerte mich daran fest. Strampelnd und schnaufend konzentrierte ich mich auf die Arme, die mich ans Ufer zogen. Im seichten Wasser packte mich eine Hand am Ellbogen, während die andere meinen Brustkorb umfasste, und dann saß ich auf der Böschung, hustete Flusswasser aus und nahm meinen Retter in Augenschein. Nicht Herr Li. Nicht Herr Arijisnikow, sondern ein Fremder. Größer als Rudi und fast genauso breitschultrig. Er war von den Hüften abwärts nass – meinetwegen. Doch als er gelassen mit den Füßen aufstampfte und sich das Wasser aus den Ärmeln wrang, wirkte es, als wäre er am Fluss zu Hause und junge Mädchen aus dem Wasser zu ziehen etwas Normales für ihn.

Er wandte sich mir zu und zog eine Grimasse. »Du weißt ja, was man über einen Fluss sagt.« Dann zog er seine Jacke aus und legte sie um meine Schultern.

»Nein, was denn?« Ich sah ihm in die Augen und versuchte herauszufinden, ob sie eher blaugrau oder graublau waren.

»Glaub ihm nicht, trau ihm nicht, frag ihn nicht.«

Das war eine sehr russische Redensart, doch egal, wer er war, wie ein Russe sah er nicht aus. Zum einen hatte er unglaubliche Ohren. Sie waren riesig und standen vom Kopf ab, ein bisschen wie Fischkiemen. Ein wunderschöner Anblick, diese Ohren, und ich konnte nicht aufhören, sie anzustarren.

»Ich habe dich noch nie hier am Fluss gesehen«, brachte ich schließlich heraus.

»Das wäre auch nicht möglich gewesen. Ich wohne in Riga und komme nur am Wochenende zu Besuch.«

»Ach so.« Ich suchte nach Worten. »Ich heiße Inara.«

»Und ich bin David.« Er verbeugte sich vor mir, eine sehr galante Geste, und wandte sich zum Gehen.

»Deine Jacke!«, rief ich.

David blieb stehen und warf mir einen bedächtigen Blick zu. »Ich bin sicher, dass wir uns wiedersehen – behalt sie so lange.« Dann winkte er und verschwand hinter den Bäumen. Ich stand da, bibberte unter Davids Jacke und dachte über die rasanten Wendungen des Abends nach. Ich hatte den Fisch, der angebissen hatte, verloren. Ich hatte Rudis Angelrute verloren. Ich war nass bis auf die Knochen. Doch wäre ich nicht in den Fluss gefallen, wäre ich nicht David begegnet. Und nichts davon, ob gut oder schlecht, hätte sich zugetragen, wenn ich zuvor nicht den magischen Aal gefangen hätte.

Der Aal!

Ich kraxelte durch das Gestrüpp zum Sack zurück, wo mein Glücksaal mit vollem Bauch schnarchte, nachdem er all meine Köder gefressen hatte. Der leichte Regen hatte ihn in den Schlaf gewiegt. Es war anstrengend, aber ich schleppte den Sack über den Friedhof und durch unseren Garten, dann die hintere Treppe hoch bis in die Küche, wo Mutter vor sich hin murmelnd zwischen Spülbecken und Herd hin und her lief. Dieser Herd war eine ernste Angelegenheit für Mutter. Sie hatte ihn selbst aufgebaut und kannte, verstand und liebte jede einzelne Schraube und Spirale.

Ich legte den Sack unter den Tisch. Mutter warf einen Blick auf die Pfütze zu meinen Füßen. »Zieh dich um«, sagte sie. »Wir müssen den Gemeindesaal auf Vordermann bringen.« Dann deutete sie mit dem Kinn auf das Haus der Ilmyens. »Jutta heiratet morgen. All die Verwandten aus Litauen, und einer kommt sogar aus Amerika, da ist kein anderes Gebäude groß genug, um sie alle aufzunehmen.«

Jutta. Heiratet. Unmöglich. Wie konnte es sein, dass ich trotz des unablässigen Getratsches in der Stadt nichts davon mitbekommen hatte?

Ich schlafe ziemlich viel. Ich kann es nicht verhindern; es ist ein kurzer Gang in flachem Wasser. Dünn wie ein Spinnennetz, süß wie Nelken. Du schriebst, der Tod beginne als zersplitterter Traum. Das hast du von Herrn Zetlars erfahren, dessen Grab du fünf Wochen zuvor ausgehoben hattest. Die Splitter des Traums dehnen sich aus, ein Bild, ein kaleidoskopisches Szenario nach dem anderen verschmelzen zu einem ruhigen Strom. Wenn der Traum ungestört abläuft, ist man tot. Vielleicht weckst du mich deshalb immer wieder auf.

Du hast den Schlüssel für den Gemeindesaal, und ich zweifle nicht daran, dass du gut darauf aufpassen wirst. Es war der Wunsch deiner Großmutter, dass du dich um das Gebäude kümmerst. Wie du weißt, liegt der kleine Holzbau auf der einzigen kleinen Anhöhe unseres Städtchens, sodass man von dort einen Blick auf die Schule am Ende der Straße, die spitzen roten und orangefarbenen Dächer mancher Häuser und den Fluss hat. Der Saal war Mutter heilig. Vor dem Krieg und den Besatzungen hatten Mutters Eltern das Holz gespendet und waren auch für Ziegel und Mörtel aufgekommen. Großmutter Velta gab ihren Flügel dazu, und sie alle hatten gehofft, dass der Saal vor Liedern und Tanz aus allen Nähten platzen würde. Deshalb hingen Fotos von Velta und Ferdinands in goldenen Rahmen an der hinteren Wand, in der Nähe der Garderobe. Mutter hatte stets ein spezielles Tuch in der Handtasche, und wenn sie den Saal betrat, blieb sie vor den Fotos stehen und polierte das Glas. Wenn sie in die ernsten Augen ihrer Eltern spähte, stellte ich mir vor, dass sie sich wünschte, sie würden mit ihr sprechen, ihr sagen, was sie tun sollte. Unter einer hohen Stirn starrte Ferdinands aus dem Rahmen; sein Blick fuhr einem bis ins Mark. Wozu brauchte ein Mensch mit einem derart wütenden Ausdruck gewöhnliche Wörter? Er war Dichter gewesen. Er druckte und vertrieb eine Zeitung, in der Übersetzungen finnischer Dichter und einige politische Karikaturen erschienen. Das genügte, um ihn nach Sibirien zu deportieren, nach Tomsk, wo er Eisenbahnschienen reparieren sollte. Bisweilen war es dort so kalt, dass das Metall brach.

Veltas Porträt war schwarz-weiß, doch ich stellte mir vor, dass ihr um den Kopf gewundener, dicker Zopf die Farbe von Weizen oder Honig hatte und ihre Augen wie Bernstein schimmerten. Breites Kinn, schmaler, missbilligend verzogener Mund, wir hätten Zwillinge sein können. Über Velta hatte Mutter lediglich zwei Dinge zu sagen: Ihr Schweigen sei so umfassend gewesen, als hätte sie einen Ozean aus Stille verschluckt. Außerdem sei sie eine leidenschaftliche Briefschreiberin gewesen. Immer wenn Mutter das sagte, stach es in meinen Fingerkuppen wie von einem Wespenstich. Ich hatte Mutter die Briefe noch immer nicht übergeben.

Wir werden angehalten, unsere Eltern zu ehren. Sich um den Saal zu kümmern war Mutters Art, den Geist der ihren am Leben zu halten. Und da er zu den wenigen Gebäuden zählte, die die Wirren des Krieges überstanden hatten, war der Saal ein Symbol für Mut und Tapferkeit. Das hielt die Sowjets jedoch nicht davon ab, ihn zu beschlagnahmen, um Soldaten unterzubringen und jedes Mal, wenn ein hohes Tier starb, in dem kleinen Fernseher dort *Schwanensee* zu zeigen oder Kriegsfilme, in denen die bösen Deutschen von Letten dargestellt wurden. In den Achtzigerjahren, erzählte Mutter, seien so viele hohe Tiere gestorben, dass ihnen

Schwanensee zu den Ohren herausquoll. Dann kam der Tag, an dem sie erfuhren, dass die Sowjetunion tatsächlich zusammengebrochen war. Mutter setzte ihren besten Hut auf, den mit dem schwarzen Schleier und zwei kecken schwarzen Federn. Ich nannte ihn immer das Krähennest. Rudi bezeichnete ihn als unerbittlichen Schuhlöffel. Wenn sie diesen Hut aufsetzte, wurde es ernst. Sie marschierte zum Gemeindesaal, klopfte an die Tür und rief: »Als lettische Staatsbürgerin und rechtmäßige Erbin fordere ich die Rückgabe dieses Gebäudes.« Der einzige damalige Bewohner war ein alter Armeeangestellter. Nachdem er dreißig Jahre lang bürokratischen Mist gelesen, sortiert und ausgefüllt hatte, wusste er genau, woher der Wind wehte. Quietschend öffnete sich die Tür. Mit zittriger, von Leberflecken gezeichneter Hand händigte der alte Mann Mutter den Schlüssel zum Gemeindesaal aus. Hinter ihm standen säuberlich aufgereiht mehrere gepackte Koffer und Kartons. Eine Naturgewalt war sie, meine Mutter, ja, aber sie war auch großzügig. Viele Jahre hatte sie sich selbst als Atheistin bezeichnet – sie sah weder Sinn noch Nutzen in der Religion und hasste es, wie Politiker religiöse Gefühle beschworen, üblicherweise vor Wahlen –, trotzdem war ihr klar, dass man in unserer kleinen Gemeinde von einem so stattlichen Gebäude Gebrauch machen musste. Deshalb sorgte sie dafür, dass der Schlüssel an einem kleinen Haken hing. Mittwochs sangen die russischen Orthodoxen zum Abendgebet, und am Freitagabend beteten die beiden usbekischen Familien. Am frühen Sonntagmorgen trafen sich die Baptisten, die Veltas Flügel auf der linken Seite der Bühne bevorzugten. Kaum waren sie fertig, kamen die anderen, die ihn auf der rechten Seite haben wollten. Am Sonntagnachmittag versammelte sich eine lärmende Gruppe von Pfingstlern im Saal. Sie wollten den Flügel lieber in der Mitte und weiter vorn. Und so hatte Mutter die Aufgabe, den kleinen Flügel jeden Sonntag drei Mal zu verrücken, was ihre atheistische Einstellung erheblich beflügelt haben dürfte.

Sie liebte den Saal wegen des elektrischen Stroms, des fließenden Wassers, der Toiletten und vor allem wegen seines Herds mit Doppelbackofen. Das erklärte, warum sie alles tat, um sicherzustellen, dass genau wie zu Hause sie die Einzige war, die ihn benutzte. Manchmal dachte ich, dass Mutter sich mehr um diesen Herd kümmerte als um mich. Er ließ sie nie im Stich und produzierte eine gleichmäßige, verlässliche Hitze, sodass ihre *piragi* nur an den Rändern behutsam bräunten, die Kuchen aufgingen und die Karpfen, die im eigenen Fett schmorten und nach wärmeren, weiseren Wassern schmeckten, perfekt gelangen.

Du weißt ja, dass deine Großmutter Dinge so lange scheuern konnte, bis sie hinüber waren. Doch diesen Ofen reinigte sie nie, aus den bereits erwähnten Gründen. Jedes Gericht barg Spuren aller anderen großartigen Gerichte davor. Ich hatte den Verdacht, dass dieser Backofen so etwas wie Mutters Tagebuch war. Er war ein olfaktorischer Zeuge jeder Hochzeit, jedes Leichenschmauses, sämtlicher Schachturniere und gesellschaftlichen Abende, denen sie beigewohnt hatte, und wenn sie den Wärmeregler drehte, löste eine Flut von Aromen Erinnerungen an bessere Zeiten aus.

An dem Tag, als wir für Juttas Hochzeit putzen wollten, schloss Mutter die Hintertür auf und blieb einen Augenblick auf der Schwelle stehen, mit einer Reglosigkeit, die an Ehrfurcht grenzte. Sie starrte auf das Foto ihres Vaters, deines Urgroßvaters Ferdinands, in dessen Augen sich der Blick eines Mannes zeigte, der jegliche Art von Mitgefühl und Grausamkeit gesehen hatte. Zwischen seinem und ihrem Blick meinte ich zu erkennen, wie Vergangenheit und Zukunft langsam auf eine Kollision zusteuerten. Mutter wischte mit dem Tuch erst über Ferdinands', dann über Veltas Foto. Sie legte die Finger erst auf ihre und dann auf Veltas Lippen. Es war Mutters privates Ritual, eins, nach dem ich nicht fragen durfte, das wusste ich. Aufgrund des kleinen Grabsteins neben ihrem Grab auf dem Friedhof ahnte ich, dass Velta in den ersten Jahren der Besatzung ein Kind verloren hatte. Doch die Umstände kannte ich nicht. Das war ein weiteres Thema, das nicht zur Sprache kommen durfte.

Dann wandte Mutter sich zu mir um und klatschte in die Hände. »An die Arbeit«, sagte sie und griff sich einen Besen. So leise, dass man die Worte kaum verstand, sang sie die Daina, die sie immer sang, wenn sie müde war, aber noch etwas zu tun hatte:

Ich stand früh am Morgen auf.
Der liebe Gott noch früher, doch
Warum, o Herr, standst du auf.
Was brauchtest du so früh?

Ich schnappte mir einen Mopp und den Eimer. Diesen Saal hatten wir schon so oft zusammen sauber gemacht, dass ich genau wusste, was zu tun war und wie ich es tun musste. Während Mutter den Teppich auf der Bühne fegte, stapelte ich im Zuschauerbereich die Stühle aufeinander und wischte den Fußboden. Und das Lied setzte sich fort:

Was wird aus dir, mein liebes Kind,
Steh ich nicht so früh auf?
Ich öffne dir die Türen;
Ich geb dir jeden Rat.

Mutter begann, die Küche zu säubern; ich schrubbte die Kommoden und die Fliesen. Danach wandte ich meine Aufmerksamkeit einer der Wände zu – mein Ritual. Als ich klein war, galt der Saal als Eigentum der Sowjets, und wie in fast allen öffentlichen Gebäuden hing ein übergroßes Porträt von Stalin mit übergroßem Schnurrbart und gerunzelter Stirn an der Wand. Einen Tag nachdem die Sowjets verschwunden waren und deine Großmutter den Schlüssel von dem alten Angestellten zurückbekommen hatte, nahm sie das Bild ab und schleuderte es zur Hintertür hinaus wie ein Stück alte, verschimmelte Pappe. Es landete mit dem Gesicht nach unten im Schlamm. Dort blieb es wochenlang liegen: Niemand wollte derjenige sein, der Stalin gerettet hatte. Trotzdem hatte der Tyrann unauslöschliche Spuren hinterlassen: Er hatte so lange an der Wand gehangen, dass sein Bild den gewöhnlichen Schmutz und Staub, die alles andere verfärbten, ferngehalten hatte. Das Porträt, sagte Mutter, sei ein großer Makel gewesen, der kleinere Makel verhindert habe. Trotzdem bot es einen seltsamen Anblick, dieses helle Rechteck inmitten eines Meers aus trüberem Weiß. Die einzige Lösung, so hatte Mutter entschieden, bestand darin, ein Bild von Lacplesis aufzuhängen, dem Bärentöter. Du hast dieses Bild immer gemocht. Während er mit dem Tier ringt, spannt sich jeder Muskel des Bärentöters. Seine großen Hände reißen den Kiefer des Bären auseinander. Seine mit Fell bedeckten Ohren sind aufgestellt und sehen gar nicht seltsam aus. Es gibt nur ein einziges Problem mit diesem neuen Bild: Es ist kleiner als das alte. Ein weißer Rand auf der Wand umrahmt es und erinnert daran, dass der Bärentöter nicht immer bei uns gewesen ist.

Wir arbeiteten schon eine ganze Weile so vor uns hin, als ich bemerkte, dass Mutters Gesang verstummt war. Ich zog die Gummihandschuhe aus und fand sie mit dem Kopf im offenen Backofen, wo sie die Innenwände betastete. Mutter zog den Kopf heraus, setzte sich auf die Fersen und begutachtete ihre Hände. »O Gott!« Sie war kreidebleich. »Jemand hat die Innenwände des oberen Ofens geschrubbt! Er ist so blitzblank wie an dem Tag, als ich ihn aufgebaut habe!« Mutter ließ die Schultern hängen, und ich wusste, dass sie im Geiste eine hastige Bestandsaufnahme ihres kulinarischen Kalenders machte. »Tja, wir werden morgen in aller Frühe wiederkommen müssen«, sagte sie schließlich und wischte sich die Hände am Rock ab.

»Warum?«

»Um auf den Herd aufzupassen, natürlich!« Mutter stürmte durch die Küchentür in den Regen hinaus. Ich trottete hinter ihr her, lauschte auf das Geräusch des zähen Matschs, der an unseren Stiefeln zog, und sagte nichts, als wir am Haus der Ilmyens vorbeikamen, wo jede Fensterscheibe Lichtbalken in den Vorgarten warf. Obwohl Mutter und Frau Ilmyen noch immer gemeinsam Versammlungen des Abstinenzlervereins abhielten, konnte ich mir nicht vorstellen, dass Frau Ilmyen uns am Tag eines so großen Ereignisses auch nur in der Nähe des Gemeindesaals würde sehen wollen. Und das machte mich unendlich traurig. Jutta und ich waren einmal wie Schwestern gewesen, wie Verbündete gegen den Wahnsinn einer Kleinstadt. Wir hatten Frösche in die Stiefel der Jungs gesteckt, die uns ärgerten; ich hatte an sie all die schmutzigen lettischen Kraftausdrücke und Witze weitergegeben, die Onkel Maris Rudi eingetrichtert hatte und Rudi dann mir; wir hatten die Schachfiguren auf dem Schachbrett eines Jungen festgeklebt, der in Mathematik immer geschummelt hatte, und das nicht einmal geschickt. Und es hatte eine Zeit gegeben, in der ich meinte, ich könnte so sein wie sie, könnte diese Stadt verlassen, um ein neues, besseres Leben zu beginnen. Jutta hatte versucht, mir zu helfen, hatte mir gezeigt, wie man chemische Formeln berechnete oder beim Schach zwei oder drei Züge vorausdachte. Doch während sie endlose Möglichkeiten innerhalb des vorgegebenen Rahmens erkannte, sah ich lediglich, wie winzig die quadratischen Felder waren und wie schnell die Zeit auf der kleinen Uhr verging. Als wir alle zusammen in der Aufnahmeprüfung saßen, wusste ich schon, dass Jutta gehen und ich bleiben würde. Ich musste nicht warten, bis die Ergebnisse an der Schultür ausgehängt wurden. Ihr Weggang kündigte eine feine Verschiebung an; wir waren zwei unterschiedliche Arten von Menschen geworden.

Als wir zu Hause ankamen, ging Mutter in die Küche, wo Vater saß, vom Alkohol benebelt. Eine Reihe von Bierflaschen stand vor ihm auf dem Holztisch Spalier. Für einen Baptisten kannte sich Vater sehr gut aus mit Bier. Doch er war auch Lette, und scheinbar unversöhnliche Widersprüche zu verkörpern oder auszusprechen war für ihn genauso natürlich, wie zu atmen oder zu beten, und in diesem Fall eben zu trinken. Mit anderen Worten, Vater war beides, ein Baptist der Bibel und der Flasche. Und beides nahm er gleich ernst, obwohl er beim Trinken keine weißen Handschuhe trug wie beim Bibellesen. An diesem Abend überkamen ihn hochfliegende Gedanken. Er war auf der Suche nach Liebe, allerdings nicht nur zu einer Flasche. Mutter jedoch hatte für einen Tag bereits genug an Aufregung gehabt und geleitete ihn persönlich zum Geräteschuppen, wo er seinen Rausch ausschlafen sollte.

Das, so sagte ich mir, war der Grund, warum sie – schon wieder – meinen magischen Aal übersehen hatte, der in ihrem Waschbottich unter dem Tisch vor sich hin döste. Dick wie ein fünfzehn Kilo schwerer Kartoffelsack und doppelt so lang, würde er mariniert oder geräuchert, eingelegt oder gekocht, zwanzig Menschen satt machen, vielleicht auch mehr. Und da wusste ich plötzlich, warum der Fluss mir diesen Aal geschickt hatte: damit ich ihn Jutta und ihrer Familie schenkte. Sie würden sein Fleisch essen und seinen ganzen Segen und seine ganze Weisheit erfahren. Und falls zufällig noch etwas für uns übrig bleiben sollte, umso besser. Ich schnitt den Aal in der Mitte durch, entnahm die Innereien und legte das Fleisch in einen Suppentopf. Dann kippte ich Essig dazu, etwas von Mutters Wein für besondere Anlässe und zerstieß Koriander und Fenchelsamen. Am Ende setzte ich mich im Dunkeln an den Küchentisch, vergrub den Kopf in den Armen und fiel fast augenblicklich in einen tiefen Schlaf, so erschöpft war ich.

Ich träumte. Ich hörte, wie Vater im Garten sang: *Dann hatte uns das Wasser überwältigt, unsere Seele überflutet. Dann hatte das stolze Wasser unsere Seele überflutet*. Und noch eine andere Stimme hörte ich, süß und fremd, seltsam vertraut – das Geistermädchen. Diese Geschichte hast du immer geliebt. So wie dein Onkel Rudi sie erzählt. Das Geistermädchen steigt aus dem stillen Wasser empor, offenbart sich Stück für Stück: den schlanken Rumpf, die Brüste, die runden Schultern, danach die dunklen Flügel, scharf wie Sensen. Halb Vogel, halb Frau, ihr Schnabel ist spitz wie eine Ahle. Sie besucht dich in deinen Träumen, und du weißt, dass sie dich besucht hat, wenn du nachts aufwachst und Pfützen auf dem Boden neben deinem Bett findest.

Zu mir kam sie nicht im Traum; deshalb ging ich hinunter zum Fluss, wo sie im dunklen Wasser schwamm. Sie war nicht überrascht, mich zu sehen. Dunkles Haar, bleiches Gesicht, dunkle Augen, sie sah aus wie eine dunklere Ausgabe von mir.

»Inara.« Sie winkte mich ans aufgewühlte Wasser. »Stell mir eine Frage, und ich beantworte sie!« Ich machte einen

Schritt auf das Wasser zu, dann noch einen. Ich sah, dass das Mädchen nicht ich war, sondern jemand ganz anderes. Flussgräser das Haar, schlammfarbene Haut. Die Augen klaffende schwarze Löcher. Dann machte sie einen Satz auf mich zu und biss mich in die Schulter. Bellende Hunde und ein schrill krähender Hahn weckten mich auf.

Was bedeutet dieser Traum?, hast du mich gefragt. Ich habe keine Ahnung. Vielleicht war er eine winzige Bestätigung dafür, dass an der Geistergeschichte deiner Großmutter etwas dran ist. Vielleicht war es das erste Mal, dass ich Angst hatte. Erschrocken fuhr ich hoch und stieß mit dem Ellbogen gegen den Topf mit dem Aal. Ein hastiger Blick, ein Stich mit den Zinken der Gabel. Essig trat aus, so wie es sein musste, also spülte ich das Fleisch mit Wasser ab und bestreute es mit Mehl. Die übrigen Zutaten für die Sauce – Walnusskerne, hart gekochte Eier, Rosinen, Honig, Petersilie und Minze – würde ich mitnehmen und im Gemeindesaal mischen. Ich hatte den Herd gerade eingeschaltet, um den Aal vorzukochen, als Mutter in die Küche kam, das Haar für einen ganzen Tag am Herd hochgesteckt. Sie wandte die Nase dem Ofen zu und kniff vor der beschlagenen Glastür die Augen zusammen.

»Du bist doch nicht etwa dabei, ihn sauber zu machen, oder?«

»Nein«, sagte ich. Ich wusste, dass sie sich noch nicht ganz vom Schock des Vorabends erholt hatte. »Ich koche etwas für Jutta.«

»Ah.« Mutter atmete auf. »Nun, was immer es ist, deck es zu und nimm es mit. Wir müssen in den Saal, bevor uns jemand die Küche verhunzt.«

Das Rezept? Ich habe es nie aufgeschrieben. Das war nicht nötig. Aber ich kann dir verraten, dass man höllisch auf die Walnusssauce achten muss. Zu schnell zu stark erhitzt, und sie ist nicht mehr zu retten. Ach ja, und die Rosinen müssen über Nacht in süßem Weißwein eingelegt werden.

Dichter Nebel hing über dem Fluss und hüllte die Straße ein. Als wir aufbrachen, zuckte Mutters Nase. Der unverwechselbare Duft nach Hühnchen drang durch den Dunst. Als wir uns dem hell erleuchteten Saal näherten, sahen wir die Umrisse mehrerer Frauen in der Küche. Mutter hielt mir die Tür auf, wir blieben auf der Schwelle stehen und betrachteten die Szene: Frau Ilmyen und die Zwillingstanten, von denen mir Jutta einmal erzählt hatte – Reka und Lida –, hackten Mandeln wie drei Furien, würfelten das Fleisch eines gekochten Huhns und schnitten Berge von Lauch in Scheiben. Mutter hatte die Energie von Frau Ilmyen und deren Schwestern eindeutig unterschätzt.

Mutter hüstelte, und nach einem langen Augenblick sah Frau Ilmyen lächelnd auf. »Frau Kalnins! Ich kann Ihnen gar nicht sagen, wie sehr wir uns darüber freuen, dass Sie so gründlich durchgeputzt haben!«

Mutter zog eine Grimasse und warf einen Blick in den Suppentopf auf der Herdplatte. »Ich dachte, dass wir Ihnen helfen könnten – vielleicht mit den Suppen.«

»Oh.« Frau Ilmyen zog eine Haarnadel aus ihrem Haar. »Das ist sehr liebenswürdig von Ihnen, aber Sie haben schon so viel getan.«

»Unsinn! Wozu sind gute Nachbarn sonst da? Ich werde Ihnen schon nicht im Weg stehen«, setzte Mutter hinzu, als könnte sie Frau Ilmyens Gedanken lesen. »Ich will nur über den Herd wachen, er kann sehr kompliziert sein.«

Frau Ilmyen sah ihre Schwestern an, die noch immer mit Hacken beschäftigt waren, wenn inzwischen auch etwas zurückhaltender. Dann steckte sie die Nadel wieder im Haar fest. Mit dieser einen Geste bestätigte sie, dass sie in all den Jahren, die sie gegenüber von uns gelebt hatte, Schlimmeres durchlitten hatte. Sie würde auch das hier durchstehen.

»Na gut«, sagte Frau Ilmyen.

Mutter wischte sich die Hände am Rock ab und verzog ihren Mund zu einem außerordentlich wohlwollenden Lächeln. Ich wusste, dass sie nicht aus reiner Bosheit so stur darauf beharrte, bei der Suppe zu helfen. Mutter war aufrichtig überzeugt, dass die Zubereitung von Suppen heilig war, denn die bösen Luftgeister rochen es nicht gern, wenn Zwiebeln und Rote Bete zusammen im Topf schmorten. Sie packten die Köchin bei den Knochen und machten sie so müde, dass sie die Suppe nicht fertig kochen konnte. Deshalb setzte sich Mutter manchmal auf einen Hocker und überließ es mir, die Suppe zu Ende zu kochen. Wären Mutter und Frau Ilmyen besser befreundet gewesen, hätte Mutter Frau Ilmyen sicherlich daran erinnert. So aber setzte sie sich auf den Hocker vor dem Backofen und drehte den Regler hoch.

Ich stand mit dem Rücken zu ihnen, die Nase über meine Sauce gesenkt – Walnüsse und Rosinen, die in gewürztem Wein quollen –, während der Backofen vorheizte. Gleichzeitig achtete ich sorgfältig auf die Bröckchen von Informationen, die Frauen fallen lassen, wenn sie in der Küche arbeiten: wie viele Gäste erwartet wurden (mindestens sechzig); wer die größten Esser waren (der Vater des Bräutigams, der auf einer Hochzeitsfeier zwei Städte weiter einen halben Lachs verputzt hatte); wo Semjon, der Bräutigam, und Jutta leben würden (in einem kleinen Zimmer, das Herr Ilmyen neben der Küche anzubauen gedachte); wie Frau Ilmyen mit dem Stress zurechtkam (gut – heute Morgen nur ein graues Haar, und bis jetzt hatte die Braut nicht eine einzige Träne vergossen). Während der ganzen Unterhaltung blieben die

Hände der Schwestern von Frau Ilmyen keine Sekunde untätig. Reka und Lida waren wie ein Wirbelwind, sie hackten, rollten, bemehlten, mischten, blanchierten und kochten. Ich bewunderte ihr Tempo und ihre Beharrlichkeit; immer neue Tabletts mit Latkes ließen sie auftauchen und Stränge von Challa still unter einem Handtuch ruhen. Nach drei Stunden beschlossen die Schwestern, die Küche vorübergehend Mutter zu überlassen, und verschwanden im Badezimmer: Jutta brauchte Hilfe bei Frisur und Make-up. Ich erhaschte einen kurzen Blick auf sie. Um den Kopf hatte sie ein Handtuch gewickelt. Ihre dunklen Augen funkelten. Als sie mich sah, hob sie die Hand und winkte mir zu. Diese eine Geste brachte meine Welt wieder in Ordnung.

Ehe sie die Küche verließ, warf Frau Ilmyen meiner Mutter einen scharfen Blick zu. »Versprechen Sie mir, dass Sie unser Essen nicht anrühren, Biruta Kalnins.«

Mutter justierte den Wärmeregler und verschränkte die Arme vor der Brust. »Ich werde höchstens die Ofentür öffnen und schließen – und auch das nur, um sicherzugehen, dass nichts anbrennt.«

Ich las nicht unerhebliche Zweifel in Frau Ilmyens Blick, doch sie hob das Kinn und brachte damit den resignierten Optimismus einer Frau zum Ausdruck, die sich dafür entschied, ihrem Gegenüber Glauben zu schenken. »Na gut«, sagte sie und klemmte sich die Handtasche unter den Arm. »Na gut.« Dann zog sie sich ins Badezimmer zurück.

Während der nächsten halben Stunde werkelten Mutter und ich leise vor uns hin, Mutter füllte ihre berühmten *piragi*, kleine Pasteten, mit geräuchertem Schinken, Speck und Zwiebeln. Sie waren alles andere als koscher, genau genommen sogar absolut unkoscher, doch nach all den Jahren, die ich neben Mutter in der Küche verbracht hatte, wusste ich, dass ich keine Fragen stellen oder Verbesserungsvorschläge machen durfte. Ich ließ meine Sauce durch ein Sieb in den Bauch des Aals laufen. Dann wickelte ich den Fisch in ein Handtuch, eins von Mutters allerbesten, und schob das ganze Bündel in einer Pfanne in den oberen Backofen.

»Warte.« Mutter öffnete die Tür und schnupperte an der Hitze. »Da der Ofen nicht mehr ist, was er mal war, kann ich es nicht beurteilen. Meine Nase streikt.« Mutter steckte den Kopf tiefer hinein. Sie hatte mir beigebracht, einen Ofen nie zu schnell vorzuheizen, das sei wichtig. Und nie etwas zu backen, ohne zuvor die vorgeschriebenen zwanzig Tropfen Öl auf dem Boden des Ofens tanzen zu lassen. Je nachdem, wie das Öl perlte und tanzte, zeige es an, wie heiß er war, welches Gericht man zuerst hineinstellen und wie lange es brauchen würde.

»Ich weiß es einfach nicht«, sagte Mutter, während sie den Kopf aus dem Ofen zog. Sie zog das alte Stethoskop deines Onkels aus der Schürzentasche und steckte sich die Stöpsel ins Ohr. Dann griff sie nach dem Topf mit Schweineschmalz, das sie für alle Fälle dabeihatte, und ließ einen dicken weißen Halbmond aus dem Löffel auf den Rost tropfen. Noch ein katastrophal unkoscherer Zug. Wir sahen, wie das Schmalz auf den Boden des Ofens tropfte. Mutter hielt den Kopf des Stethoskops in die Nähe des Bodens und hörte, wie das Schmalz zischte. Es war besser, Olivenöl zu verwenden, doch hatte Mutter schon immer die Meinung vertreten, dass sich im Notfall alles durch etwas anderes ersetzen ließ.

Als sie, endlich zufrieden, das Stethoskop wieder in die Schürzentasche steckte, schob ich meinen Aal, nun ein Fisch im Mantel, in den oberen Backofen. Und Frau Ilmyens düstere Ermahnung? Wir meinten es nur gut – zählte das etwa nicht? Mutter wandte ihre Aufmerksamkeit den beiden mächtigen Schalen mit dem Teig für Rekas Latkes und Lidas

Challas zu. Sie steckte einen Finger in den Teig und merkte, dass er schnell in sich zusammenfiel. Daraufhin fügte sie Rekas Teig ein wenig Schmalz aus ihrem Bottich hinzu und rührte es mit energischen Löffelschlägen unter. So viel Schweineschmalz, so unkoscher. Das war zu viel, selbst für mich.

»Mutter!«, stieß ich hervor. »Was machst du da?«

»Das ist lediglich eine kleine Reparatur, keine Veränderung«, antwortete Mutter. »Manche Frauen sind eine seltsame Mischung aus Stolz und Bescheidenheit. Sie wollen Hilfe, wissen aber nicht recht, ob sie darum bitten sollen«, erklärte sie. »Eine Hochzeit ist ein wichtiges Ereignis, so wichtig, dass es einen überwältigt. Wenn es eine Kleinigkeit gibt, mit der ich helfen kann, so will ich das gern tun.« Mutter lächelte. »Es wird mein Hochzeitsgeschenk für Jutta sein.«

Zum Glück versammelten sich in diesem Augenblick die Musiker vor dem Hintereingang: ein Cellist, zwei Geiger und der Oboist, ein Mann mit einer weißen Kippa auf einem roten Toupet. Er ging Mutter außerordentlich auf die Nerven, weil er sie wiederholt als die Mutter der wunderschönen Braut ansprach und fragte, ob sie die Musiker im Voraus für ihre Dienste bezahlen könne.

Schließlich traf der Bräutigam mit seiner Familie ein. Bei ihnen war auch der Rabbi, ein kleiner Mann im schwarzen Anzug mit glänzenden Ellbogen, der auf beiden Seiten von den Trauzeugen gestützt wurde. Der Rabbi schlurfte mehr, als dass er ging, und sein schwerer Bart zog sein Kinn auf die Brust herab. Das Grüppchen stolperte die Bühne hinauf und nahm Platz unter der Chuppa, die Herr Ilmyen dort aufgebaut hatte. Dieser Baldachin, ein zwischen vier Stöcke gespanntes Tuch, der in der Mitte durchhing wie ein langatmiges Gebet, beeindruckte mich nicht sonderlich. Aber früher, als ich noch dachte, ich könnte Jüdin werden, hatte mir Jutta erklärt, dass der Baldachin ein Symbol für Gott sei, der Braut und Bräutigam beschützt. Den Schutz hatten sie zweifellos nötig, dachte ich jetzt, so nah am Fluss, wo Regen und Storchenscheiße nur allzu vorhersehbar vom Himmel fielen.

Und dann erschien Jutta in einer Wolke aus Weiß. Das kirschholzdunkle Haar hatte sie mit Perlen aufgesteckt. Mit geröteten Wangen (dank Frau Ilmyens Rouge) und Augen, so hell wie Ringelblumen im Mai, rauschte sie an mir vorbei, den Blick unverwandt auf Semjon gerichtet. Sie setzte sich zu ihm unter die Chuppa und beugte sich über einen niedrigen Tisch, wo beide ein Stück Papier unterzeichneten. Dann las der Rabbi etwas aus einem muffig aussehenden Buch vor. Es waren seltsame, melodische Worte in einer Sprache, die ich nicht verstand, doch sie hatten die Wirkung eines stillen Zaubers. Ich stand auf Zehenspitzen an der Schwelle zu etwas Heiligem: Liebe.

Nach der Lesung sah Semjon Jutta eindringlich an, bevor er ihren Schleier herunterließ. Glück, wusste ich. Am Gesicht seiner Braut las er sein Glück ab. Sogar von meinem Platz aus, auf der Schwelle zwischen Küche und Saal, nahm ich die Liebe zwischen ihnen wahr, die offensichtlich war und offensichtlich überströmend, und spürte den Stich einer alten Eifersucht. Das war die Art von Liebe, nach der ich mich sehnte. Nicht jene fadenscheinige, von der ich in Büchern gelesen hatte, sondern eine beständige Liebe, die nicht bei jedem Wetterumschwung enttäuschte. Ich wollte einen jungen Mann, der nicht auf meine Hüften oder Hände achtete, sondern mir in die Augen schaute und mochte, was er sah.

Einer der Trauzeugen stellte ein Glas auf die Bühne, und Semjon zertrat es mit dem rechten Schuhabsatz, als Mahnung dafür, wie zerbrechlich das menschliche Glück in diesem Leben ist. Alle klatschten und riefen *»Masel tov«*. Mutter lief los und kam mit Schaufel und Besen wieder, aber vor dem Fegen schnalzte sie mit der Zunge und überschlug, was ein so elegantes Glas gekostet haben mochte.

Herr Ilmyen kletterte auf einen Stuhl und hob sein Weinglas. »Wie Sie wissen, haben wir Jutta nach dem berühmten Wunderkind Jutta Hempel benannt, die bereits mit sechs Jahren simultane Schachturniere im Fernsehen bestritt. Genau wie sie hat Jutta, unsere Jutta, immer gewusst, welcher der richtige Zug in ihrem Leben war. Und warum sollte es in der Liebe anders sein?« Herr Ilmyen nickte Semjons Eltern zu. »Ein Toast auf die Eltern des Bräutigams, weil sie die Fantasie und den Weitblick hatten, ihr erstes Treffen zu arrangieren. Obendrein bei einem Schachturnier!«

»Ein vortrefflicher Zug!«, rief Semjons Vater. Und dann kletterte er auf den anderen Stuhl und legte Herrn Ilmyen den Arm um die Schulter. »Man kann nicht das Süße ohne das Salzige haben. Das weiß jeder Fischer. Das Süßwasser fließt ins Meer, wo es salzig wird. Beide Arten von Wasser sind gut; beide fördern das Leben. Doch vergessen wir nicht die Risiken, die zum Leben gehören. Vergessen wir nicht, dass Freude und Kummer Schatten desselben Baums sind, und diesen Baum nennen wir auch das Leben.«

»Auf das Leben!«, rief Herr Ilmyen, und dann stimmten alle ein: »Auf das Leben!«

Draußen drückten sich Frau Lim, Frau Li und Stanka die Nasen an der beschlagenen Scheibe platt. Ich ging in die Küche und ließ sie herein.

»Tut mir leid …« Plötzlich stand Juttas Onkel Keres hinter mir. »Aber das ist eine private Feier.«

»Private Feier hin oder her!« Stanka drängte sich an ihm vorbei. »Wir sind Freundinnen der Braut.«

Frau Li sagte: »Ich habe ihr beigebracht, sich den rechten Schuh zuzuschnüren.«

»Und ich den linken«, sagte Frau Lim.

Ich folgte ihnen über die Türschwelle in den Saal, der nun erfüllt war mit Gelächter, Musik und Bewegung. Jutta und Semjon klammerten sich fest an die Zipfel eines Taschentuchs, während man sie auf ihren Stühlen umhertrug und herumwirbelte. Jutta hatte noch nie so glücklich ausgesehen wie in diesem Moment, und nachdem ich nur wenige Minuten zuvor eifersüchtig gewesen war und einen Knoten in der Brust gespürt hatte, empfand ich nun schlichte, ungeteilte Freude für sie. Die Musik war ganz anders als die aufrechten Lieder der Baptisten, und noch ehe ich mich versah, klopften meine Füße den Takt. Wie hätte ich auch widerstehen können? Diese Musik war luftig und sprunghaft, als hätten die Musiker noch nie von dem sturen Viervierteltakt oder den offenen Dur-Akkorden gehört. Die Musik wechselte innerhalb eines halben Taktes von Freude zu Trauer, so wie wir alle im Raum: Komplizierte, manchmal misstönende Motive wuchsen zu einem Lied zusammen, das sich immer mal wieder in einer einzigen Melodie zeigte. Wo war ich in diesem Lied? Einen halben Schritt entfernt, in der Nähe der Freude, aber nicht in ihr. Ich spürte, wie mir die Tränen in die Augen stiegen.

Stanka stieß mich mit dem Ellbogen an. »Nicht traurig sein. Ihr Leben wird nicht nur aus Spaß und Spielen bestehen, egal ob Schach oder anderes.«

Ich lächelte. Stanka wusste immer, wann ich eine Aufmunterung brauchte.

»Ein Mädchen wie sie! Nichts als Bücher und große Sprüche. Ich wette, sie weiß nicht einmal, wie sie ihre Augen rausnehmen soll.« Das war der Ausdruck der Roma für einen Orgasmus. Offenbar konnte Stanka sich nicht vorstellen, dass Jutta, wie klug sie auch sein mochte, wusste, wie man seinen Partner im Bett befriedigte, geschweige denn, diesen ekstatischen Zustand selbst erreichte.

»Psst, Inara!«, rief Mutter aus der Küche. »Hör auf, herumzuhopsen wie ein Tölpel!« Sie zeigte auf ihre Schüsseln mit den *piragi*, die auf dem Fensterbrett abkühlten. »Bring sie in den Saal.«

»Und was ist mit Rekas Latkes?«

»Oh, sie tanzt gerade. Tragen wir unser Essen zuerst hinein.« Ich tat wie mir geheißen, doch dann fiel mir auf, dass lediglich Stanka und Frau Li von Mutters Fleischpasteten kosteten. Kein anderer Gast kam auch nur in die Nähe des Tisches.

Während einer Pause nahm Frau Ilmyen Mutter beiseite. »Was Ihre Vorspeisen angeht, Frau Kalnins, die können wir nicht essen.«

»Wie bitte?« Mutter blinzelte. »Was stimmt denn nicht damit?«

»Sie sind nicht Teil unserer Tradition.«

»Welcher Tradition?«

»Juden essen traditionell kein Schweinefleisch. Ihre *piragi* enthalten Schweinefleisch und sind deshalb tabu für uns.« Frau Ilmyen sprach in demselben übertrieben geduldigen Ton, den sie auch mir gegenüber angeschlagen hatte, wenn ich Jutta besucht und irgendwelche unmöglichen Fragen gestellt hatte.

»Könnte der Rabbi sie nicht einfach segnen?«, fragte Mutter. Sie war nicht dumm, und ich glaube nicht, dass sie die Ilmyens kränken wollte. Sie konnte bloß nicht verstehen, dass mit einem so wesentlichen Bestandteil der lettischen Küche etwas nicht stimmen sollte, und am meisten ärgerte es sie, dass unser großzügiges Angebot einfach in den Mülleimer wandern sollte.

»Nein«, sagte Frau Ilmyen. So wie sie das Wort dehnte, war sie über jeglichen Anflug von Gefühl hinaus: Solomina Ilmyen war nicht verärgert; Mutter hatte sie schlicht erschöpft.

Geknickt kehrte Mutter in die Küche zurück, wo mittlerweile ein lautes Klappern von Töpfen und Deckeln eingesetzt hatte. Die Musiker stimmten ein neues Lied an, aber kurz vorher hatte Jutta zu mir herübergeblickt und mir mit ihrem Taschentuch zugewinkt. Jutta kannte mich, und sie kannte meine Mutter. Niemand musste ihr erklären, was los war, aber sie war so glücklich, dass es ihr nichts ausmachte. Stattdessen bahnte sie sich einen Weg zwischen den tanzenden Körpern hindurch, bis sie vor mir stand.

»Inara.« Sie nahm meine Hände in ihre. »Es wird Zeit, die Braut zu erfreuen.« Stanka hustete und verdrehte die Augen.

»Ich tanze nicht«, antwortete ich.

»Unsinn. Auf einer Hochzeit tanzen alle. Es ist ganz einfach – du musst nur deinen Nachbarn folgen.«

Ich blickte Jutta an, die glücklich war und bereit, ihr Glück mit mir zu teilen. Und auch ich wollte es spüren – wahres Glück. Ich hatte mein Päckchen an Kummer zu tragen, und eine Stunde lang wollte ich ihn gegen das Glück eintauschen. Deshalb ließ ich mich in den Strom aus Körpern ziehen, drehte mich mit ihnen erst im Uhrzeigersinn und anschließend gegen den Uhrzeigersinn und spürte erstaunt, wie leichtfüßig ich war.

In diesem Augenblick sah ich außerhalb des engen Kreises von tanzenden Frauen ein Paar Ohren – Ohren, die so groß waren, dass sie zu niemand anderem gehören konnten als zu David. Wir drehten uns weiter, und als ich auf seiner Höhe war, ergriff er meine Hände und zog mich aus dem Kreis. David hatte Augen, so blau wie bis zum Grund eines Flusses und wieder zurück an die Oberfläche. So blau, als hätten sie alle Farbe aus dem klaren Sommerhimmel gewrungen.

»Sieh an, das Mädchen vom Fluss – in diesem trockenen Kleid hätte ich dich um ein Haar nicht erkannt!« David trat einen Schritt zurück und betrachtete mich prüfend.

Es entging mir nicht, dass sein Blick an meinen Hüften hängen blieb.

»Was siehst du mich so an?«

»Du hast, ähem, sagenhaft kräftige Ellbogen.«

Meine Wangen brannten. »Dasselbe habe ich über deine Ohren gedacht. Sie sind wirklich grandios.«

Dieses Mal errötete David. »Jedes Jahr habe ich das Gefühl, dass ich jetzt endlich reinwachsen werde, und dann scheinen sie immer nur noch größer zu werden.«

Ich sah auf meine Hüften hinunter. »Das Gefühl kenne ich.«

David lachte. Und da wusste ich, dass ich den Jungen vor mir hatte, den ich heiraten würde. David zog mich an sich und bugsierte uns von dem allzu enthusiastischen Oboisten weg.

»Und, Inara, hast du auch einen Nachnamen?«

»Ja, Kalnins.«

»Kalnins? Wie die Kalnins, die nur knapp einer Anzeige wegen Markenfälschung entgangen sind?«

»Ja.«

»Wie die Kalnins, die die Birken des Jodlers aus den Alpen mit Salzwasser gossen, bis sie eingingen?«

Ich nickte. »Ja.«

»Und die behaupteten, die Kadmiumschleife und die ersten umweltfreundlichen Antischwerkraftsprungstiefel erfunden zu haben?«

»Schon gut, du hast also von meinem Onkel gehört.«

»Natürlich, dein Onkel ist legendär. Sein Wissenschaftsprogramm *Wir sind so klug* läuft ja noch immer – meistens um drei Uhr morgens.«

Mein Gesicht brannte. Ich erinnerte mich an den Augenblick, als Onkel Maris seine Krücke auf Juttas Vater geschleudert und schreckliche Dinge gesagt hatte.

»He, ich mache doch bloß Spaß.« David stupste mit dem Zeigefinger gegen mein Kinn. »Lass uns einfach tanzen.«

»Ich finde, du solltest wissen, dass ich mit deiner Jacke unter dem Kopfkissen schlafe. Ich muss sie dir noch zurückgeben.«

»Wie wäre es am Fluss – um der alten Zeiten willen?«

Jemandem vom anderen Geschlecht zu sagen, dass man ihn am Fluss treffen will, bedeutet, den Betreffenden küssen zu wollen. Da aber David aus der Großstadt kam, wusste er das vielleicht nicht, und ich war nur allzu bereit, ihn diesbezüglich aufzuklären. Später. »Na gut«, sagte ich. »Wann?«

Noch ehe er antworten konnte, zerriss ein Schrei die Luft. Das Orchester verstummte. Ich wandte meine Nase der Küche zu, Quelle des Lärms und auch eines unverkennbaren Geruchs nach Verbranntem.

Frau Ilmyen und ihre Schwestern rannten in die Küche, wo ich Mutter fand, die wie gelähmt vor der offenen Backofentür stand. Dunkle Rauchwolken quollen heraus und stiegen zur Decke auf. Offensichtlich hatten wir so viel Schmalz verwendet, dass es von dem oberen Herd in den unteren getropft war. Aus beiden schlugen Flammen. Jetzt war jede Köchin sich selbst die Nächste.

Stanka schüttete eine Terrine mit Kaffeesatz ins Feuer. Die Flammen loderten weiter. Reka kippte einen offenen Mehlsack ins Feuer, obwohl es ihr fast das Herz brach – ich konnte es sehen. Frau Ilmyen drängelte sich durch die Menge, um die Schüssel mit den Challas abzudecken und zu verhindern, dass sie vom Mehl verunreinigt wurden, doch sie kam zu spät. Als das Mehl die Flammen erreichte und in Form einer großen weißen Wolke aus beiden Herden quoll, bedeckte es alles, was sich in der Küche befand – Menschen ebenso wie Gegenstände.

»Meine Brote!«, kreischte Lida, während sich das Mehl auf ihr Haar und ihre Haut legte. Und der obere Ofen stand immer noch in Flammen.

»Mein Aal!«, schrie ich. Ich wickelte ein Küchentuch um die Hand und zog an dem Backblech mit der Pfanne. Ich konnte den Griff der Pfanne nicht länger als drei Sekunden gehalten haben, doch das hatte schon gereicht. Der Geruch nach verbranntem Fleisch riss meine Mutter aus ihrer Erstarrung: Hastig zerrte sie mich zur Spüle und hielt meine knallrote Hand unter den Hahn. Ich konnte nicht hinsehen. Stattdessen betrachtete ich Mutter, die von Kopf bis Fuß mit einer weißen Mehlschicht bedeckt war. Ich roch den Kaffeesatz in ihrem Haar, und ich wusste, dass sie sich schämte, genau wie ich.

Frau Ilmyen sank auf einen Hocker und vergrub das Gesicht in den Händen. »Alles ist ruiniert!«, schluchzte sie. Durch die offene Tür sah ich, wie die Gäste nervös tuschelten. Herr Ilmyen kletterte auf einen Stuhl, um die Katastrophe besser in Augenschein nehmen zu können.

Frau Ilmyen holte tief Luft. »Frau Kalnins … Biruta.« Sie versuchte, sich ein Lächeln abzuringen. »Hätten Sie die Backöfen sauber gehalten wie jede vernünftige Köchin, wäre das nicht passiert.« Frau Ilmyen zeigte mit einer ausladenden Gebärde auf den Ofen, ihre mit Mehl bestäubten Schwestern, ihre kreideweißen Challas, meine verbrannte Hand.

Mutter richtete sich zu voller Größe auf. »Bringen Sie bitte die Backöfen nicht in Verruf. Sie haben nicht das Geringste mit dem Unglück zu tun.« Dann schnappte sie hörbar nach Luft. Mehl war ihr in die Nase geraten. Sie nieste. Auch das auf Lidas Challas.

Nun erhob Herr Ilmyen, der immer noch auf dem Stuhl stand, das Glas. »Auf das Leben!«, rief er. »Auf das Leben!«, fielen die Gäste ein. Es war lediglich eine kleine Unterbrechung der Feier – die Ilmyens und Semjons Familie würden weiter tanzen und vergessen, dass irgendwer von uns jemals anwesend gewesen war. Ich stellte mich auf die Zehenspitzen. David zog sich von mir in die Menge von Körpern zurück. Ich wusste, dass ich keine zweite Gelegenheit bekommen würde, mit ihm über den Fluss zu reden, und selbst wenn, würde er mich nicht dort treffen wollen. Jedenfalls nicht jetzt.

Auf dem Heimweg sagten wir kein Wort. Aus dem Saal drang Musik, nun war er nur noch ein Kasten voller Musik und Licht, der hinter uns schrumpfte. In meinen Armen kühlte die Pfanne ab und wurde schwer wie Blei, und ich war noch nie so froh gewesen, unsere schäbige Hintertreppe zu sehen und unsere Wäsche, die auf der Leine flatterte. Am Rosenbusch blieb Mutter stehen, um ihre Fassung wiederzugewinnen. Ich ging weiter.

In der Küche machte ich Licht und sah Vater am Tisch sitzen, mit weißen Handschuhen, die aufgeschlagene Bibel vor sich. Er hatte im Dunkeln darin gelesen, so wie er es immer tat, wenn er Kopfschmerzen hatte. Geräuschvoll knallte ich die Pfanne auf den Tisch.

»Was ist das?« Vater starrte auf die verkohlten Überreste.

»Ich nenne es Fisch im Mantel. Aber man könnte es auch als Abendessen bezeichnen«, sagte ich. Ich zog die Hand zurück, aber schon hatte Vater den geschwollenen roten Striemen gesehen, der sich quer über meine Handfläche zog.

»Du bist verletzt.«

Ich zuckte die Achseln. »Nicht so schlimm.« Trotzdem

verbarg ich die Hand unter dem Tisch, damit niemand sie sehen musste.

Vater stocherte mit einem Messer in dem schwelenden Klumpen. »Karpfen?«

»Aal.«

»Ich liebe Aal«, sagte er und sägte an dem verkohlten Zeug herum, bis das Fleisch zum Vorschein kam. Schließlich kam Mutter herein – noch immer mit einer Mehlschicht bedeckt, weiß wie ein Gespenst. Sie setzte sich Vater gegenüber, der sie musterte und ausgiebig kaute. Dann räusperte er sich. »Gefällt mir, was du mit deinem Haar gemacht hast. Es sieht sehr würdevoll aus.«

Mutter wischte sich mit dem Ärmel hastig über die Augen. Dann rang sie sich ein unsicheres Lächeln ab. »Deshalb habe ich dich geheiratet – du redest nicht viel, aber wenn, dann sagst du immer genau das Richtige.«

Vater erwog dies sorgfältig. Dann löste er das nächste Stück Fisch aus der Pfanne und legte es auf einen Teller für Mutter und mich. Zu dritt aßen wir den ganzen verkohlten Aal auf. Und anschließend gingen wir zu Bett, damit wir klüger wären, wenn wir am nächsten Morgen aufwachten.

3

Heute Morgen kam Jutta vorbei. Wir sahen zu, wie sich die Stare, von etwas aufgescheucht, im Bruchteil einer Sekunde in die Luft erhoben, als wären sie ein einziger Körper. Woran erkennen sie, was sie tun müssen? Am Wind, der sich dreht, am Geräusch des Grases, das sich in eine andere Richtung biegt? Am Knacken eines Zweigs oder der plötzlichen Erkenntnis, beobachtet zu werden? Sie stiegen auf, kreisten, drehten sich umeinander, tanzten. Wie nennt man dieses Manöver? Ich wollte in deinem *Buch der Wunder* nachschauen, weil ich fast sicher war, darin eine Antwort zu finden. Jutta schimpfte, weil ich mich zu hastig bewegt hatte und außerdem keine warmen Socken trug. »Bleib sitzen, ich helfe dir«, sagte sie. Dann erzählte sie mir eine Geschichte. Das ist ein Geschenk, ein Segen, wenn es dem Ende zu geht und man das Glück hat, es zu wissen. Ich werde mit Geschichten überschüttet.

Diese hier stammte von ihrem Vater. Er war in Minsk aufgewachsen und wurde, wie viele andere jüdische Jungen auch, in einer jüdischen Grundschule eingeschult. Der Rabbi hatte einen großen Spiegel im Klassenzimmer aufgestellt, so groß wie er selbst, mit einem dunklen Rahmen aus Kirschholz, auf einem hölzernen Ständer. Damals hatte jeder Schüler eine Aufgabe; manche fegten den Boden, andere die Holztreppe, die zum Dachboden führte, wo sie das Abendgebet verrichteten. Wieder andere putzten die

Schreibtische und Tafeln. Die Aufgabe dieses Jungen bestand darin, die Buchrücken im Arbeitszimmer des Rabbis mit einem trockenen Tuch abzustauben. Der Rabbi rauchte dort hin und wieder gern eine Pfeife, und wie wir beide wissen, lagert sich Rauch überall ab. Eines Tages fiel dem Jungen auf, dass eine Staubschicht den Spiegel bedeckte. Der Rabbi war ein bedeutender, gottesfürchtiger Lehrer, ein Mann, der Gott den Schweiß von der Stirn gewischt hätte, wenn es ein Tuch gegeben hätte, das groß genug dafür gewesen wäre. Und weil es den kleinen Jungen störte, dass ein so heiliger Mann einen so schmutzigen Spiegel hatte, wischte er mit dem Tuch über die Oberfläche des Spiegels. Dabei betrachtete er sein Spiegelbild in dem fleckigen Glas. Vielleicht dachte er an das, was der Rabbi sie an diesem Morgen gelehrt hatte: In uns allen lebt ein göttlicher Funke. Wir sind nach seinem Bilde erschaffen. Der Junge vergaß die Gefahren eines Spiegels. Vielleicht glaubte er, einen Blick auf das Bild Gottes zu erhaschen, wenn er lange genug in das Glas schaute, und beugte sich näher heran.

Das Silber fing an zu summen und wurde weicher. Der Spiegel verflüssigte sich, das Metall schmolz und bildete eine Lache. Die Stille und die Veränderungen des Spiegels zogen ihn in ihren Bann. Wie ein Schwimmer, der mit den Händen das Wasser zerteilt, öffnete er einen Spalt im Glas und im Silber, kletterte hindurch und verschwand. Wieso man das wusste? Weil sich einer seiner Schuhe im Spiegel verfangen hatte, als sich das flüssige Silber hinter ihm wieder schloss. Sollte diese Geschichte vor den Gefahren der Eitelkeit warnen? Oder billigte sie stillschweigend die Realitätsflucht? »Nein«, sagte Jutta. Sie mahne uns vielmehr, dass uns nur eine zarte, hauchdünne Membran von dieser und anderen Welten trennt.

Wir stehen zu allen Zeiten an der Schwelle eines Mysteriums. Das sage ich dir jetzt, um dich daran zu erinnern, wozu Geschichten in erster Linie da sind. Um an den losen Fäden eines Stoffs zu zupfen, der so groß ist, dass man nicht weiß, wo oben und wo unten ist. So nehmen unsere Worte Fahrt auf und erheben uns in eine andere Zeit und in einen anderen Raum.

Da er so viele Gräber aushob, fragten die Menschen deinen Großvater oft, welches die beste Art zu sterben sei. In Gottes Schoß, antwortete er dann. Und da er ein erdverbundener und zugleich gelehrter Mann war, baten sie ihn, die Hände über sie zu halten und für sie zu beten. Weniger für ihre Heilung, denn wenn die Menschen nach deinem Großvater schickten, wussten sie, dass es für sie keine Heilung mehr gab. Sie wollten vielmehr Buße tun und ihre Sünden beichten, als wäre Vater ein geweihter Priester, der ihnen die Absolution erteilen konnte. Auf diese Weise erfuhren wir von Herrn Sosnowskis' zahllosen Affären. Oder dass Herr Spasski einmal geschummelt hatte, um ein Schachspiel zu gewinnen.

Obwohl diese Geständnisse auf dem Sterbebett deinem Großvater unangenehm waren, hielt er die Sterbenden nicht davon ab, ihm ihre Geschichten zu erzählen. Ihr starkes Verlangen, Beichte abzulegen, sei etwas Natürliches und Notwendiges, ein Bedürfnis, so sagte er, das wir bis zum Grab in uns tragen und darüber hinaus. »So wie der Körper verwest, muss auch die Seele sich auflösen«, erklärte Vater allen, die es hören wollten, und nicht nur denen. Er war überzeugt, dass die Seele die Aufgabe hat, die Fehler des Körpers aufzuzählen und aufzuheben. Er nannte es eine moralische Inventur, die eine eingehende Prüfung von Einstellungen, Wille und Vorstellungskraft einschloss. Eifersucht, Selbstsucht, unangebrachter Ehrgeiz, die blendenden Illusionen über sich selbst, die man ein Leben lang sorgfältig gepflegt hatte, jegliches Ausbleiben von Mitgefühl, egal ob groß oder klein – all das musste erkannt und aufgedeckt werden. Deshalb, so sagte Vater, seien manche Menschen in den ersten Wochen nach ihrem Tod so unruhig. »Die Tyrannei des Ichs abzubauen – das ist eine ermüdende Angelegenheit«, erklärte Vater. »Und eine laute obendrein.«

Deinen Notizen entnehme ich, dass es dieser Lärm war, der dich als Teenager auf den Friedhof lockte. Du schriebst, die großartige Tänzerin Lida Kaufelds habe in ihrem Haus lebensgroße Bronzestatuen von sich in verschiedenen Posen aufbewahrt. In ihrer Jugend, aber auch später, habe sie viele Liebhaber gehabt. Von jedem verlangte sie einen Strauß Nelken oder auch Rosen, wenn welche zu haben waren, vor allem aber grenzenlose, ja sklavische Bewunderung. Du schriebst, sie habe mit einer gewissen Reue und Verwirrung gebeichtet, sich an keinen einzigen Namen ihrer Verehrer erinnern zu können.

Herr Osolins hatte mit einer seiner Angestellten ein Kind gezeugt. Er hatte es nie anerkannt und darauf beharrt, nicht der Vater zu sein. Seine Weigerung, zu lieben, was ihm geschenkt worden war, hatte an seinen Knochen genagt und seine Zähne in Kreide verwandelt.

Herr Bumbers habe gestanden, sein Geld – nicht viel, aber doch genug, um seine Tochter auf die Schule schicken zu können – damit verdient zu haben, dass er faules Obst zu Höchstpreisen verkaufte. Sprühfarbe und Fruchtzuckerspritzen spielten eine wichtige Rolle bei diesem Schwindel. Am schlimmsten aber, so habe er eingeräumt, sei, dass er seine eigenen Lügen geglaubt hatte: Seine kleinen Betrügereien seien nicht schlimmer als die seiner Konkurrenten. Nun konnte er sein tiefes Schamgefühl oder das Bedürfnis zu beichten allerdings nicht mehr leugnen.

Die Toten sind nicht allein mit ihrem aufrichtigen Verlangen, Rechenschaft abzulegen. Doch erzähle ich dir unsere Familiengeschichten nicht, um etwas zu beichten, sondern eher um sie zurechtzurücken. Du weißt, ich liebe deinen Onkel Rudi über alle Maßen, trotzdem lässt sich nicht leugnen, dass er ein unverbesserlicher Schwätzer ist. Er würde dir glatt weismachen, dass Onkel Maris' In-achtzig-Minuten-um-die-Welt-Experiment mit einer Badewanne, Wasserstofftanks und in der Stadt zusammengestohlenen Bettlaken ein voller Erfolg war. Um es deutlich zu sagen: Das war es mitnichten. Dein Namensvetter schaffte es so gerade eben, die Wipfel der Birken abzurasieren, ehe die Frauen sahen, wie die ihnen stibitzte Wäsche davonsegelte, Onkel Maris mit Steinen bewarfen und wortwörtlich zu Fall brachten. Dasselbe gilt für seine olympische Kampagne »Hoffnung unserer Nation«. Jodeln ist keine olympische Disziplin und war es auch noch nie.

Ich will keinen Streit vom Zaun brechen, aber ich glaube, dass es unrecht ist, bewusst eine Lüge zu erzählen. Ich hätte dir meine Version der Familiengeschichten früher und öfter erzählen sollen. Ich hätte mir ins Gedächtnis rufen sollen, dass wir uns und den Sinn des Lebens in den Geschichten finden, die wir erzählen. Wir setzen eine Kette von Leuchtbojen aus, von Lichtern in tiefen, dunklen Gewässern. Es ist der Versuch, uns der rauen und schmerzhaften Wahrheit zu nähern, und man braucht ein Leben voller Geschichten, um dorthin zu gelangen. Es ist eine Qual, sie auszusprechen, eine Qual, ihnen zu lauschen. Doch was für eine süße Erleichterung, wenn wir durch unsere Worte Erlösung finden.

Vermutlich kennst du diese Art von Qual und Erleichterung sehr gut. Die Sehnsucht, Worte für das Unerklärliche, Unvollständige zu finden – das war deine Qual. Und das *Buch der Wunder,* diese Spielwiese eigenwillig zusammengestellter Gedanken, deine Erlösung. Mir waren diese Notizen ein großer Trost. Dass du wieder in das Buch schreibst, mir erlaubst, deine Gedanken zu lesen, beglückt mich zutiefst. Du schriebst, Zeit sei eine Reihe von ineinander verschlungenen Fäden. Ich bin der lebendige Beweis dafür; ich bin hier in der Gegenwart, doch viele meiner Grübeleien sind an Ereignisse der Vergangenheit gebunden, als gäbe es zwei Ichs, eins, das mit dir spricht, während du auf dem blauen Holzstuhl sitzt, und das andere, ein einundzwanzigjähriges Mädchen, getrieben von Sehnsüchten, die sich meinem Versuch, sie in Worte zu kleiden, entziehen. Was diese beiden Frauen verbindet? Du.

Du hast gefragt, wie ich gewesen bin, als ich in jenem Sommer deinem Vater begegnete. Ungeschickt, fällt mir als Erstes ein. Ich war nie eine schöne Frau und sollte auch nie eine werden, und ich war gerade eitel genug, das zu wissen und mir Gedanken deswegen zu machen. Ich hatte nichts mehr von David gehört und fragte mich, ob er fort war. Die Ungewissheit weckte eine Rastlosigkeit in mir, die ich noch nie zuvor erlebt hatte. Nein, keine Schmetterlinge. Schmetterlinge suggerieren Schönheit, eine gewisse Anmut in meiner Unruhe. Mich aber quälte das verzweifelte Bewusstsein, unzulänglich zu sein. Besäße ich doch nur eine Fähigkeit, ein Talent, irgendein geheimes Wissen, so redete ich mir ein, dann könnte ich viele meiner Defizite ausgleichen.

Ich wandte meine Aufmerksamkeit Veltas rostiger Blechdose zu. Ganz unten, in Spitze eingewickelt, hatte ich eine Locke ihres Haars gefunden, tiefes Walnussbraun, das kupfern schimmerte, wenn ich es am Fenster gegen das Licht hielt. Es gefiel mir, das raue Papier der Briefe zu berühren, ich mochte diesen besitzergreifenden Akt. In Veltas Briefen tauschte ich die bekannte Welt der Unsicherheiten gegen das dehnbare, versöhnliche Terrain einer lebhaften Fantasie, einer lebendigen, wirren inneren Landschaft. Mit jedem Brief wurde Velta ein bisschen lebendiger. Sie zeigte sich nur widerstrebend, diese unbekannte Frau, die sich in Bruchstücken ausdrückte, in Dainas und gelegentlich sogar in Rezepten. Über sich, ihre Gedanken, ihre Gefühle – kein Wort. Es fanden sich vielmehr Ammenmärchen, freundliche Ratschläge, Beobachtungen der Welt draußen vor ihrem Fenster. Ich musste mir Velta aus dem fadenscheinigsten Flickwerk zusammensetzen: bei Nacht die Bäume, schamlose Gerüchte, Vermutungen. Der Mond ist ein frecher Voyeur. Der grobe Faden zweier Fischernetze ergibt einen Pullover, und selbst dann ist es kein großer Pullover. Im Winter gefangene Aale sollte man in Eiswasser tauchen und an Dachsparren aufhängen. An Silvester muss man die letzte Platterbse vom Teller essen, sonst droht Kummer, ein Jahr voller Tränen für jede nicht gegessene Erbse. Etwas, das sie als *Nummer zweiundneunzig* bezeichnete, tauchte in mehreren Briefen auf.

Sag mir, liebes Mädchen,
Sag mir, liebes Mädchen,
Was ist schwerer als ein Stein?
Ich wäre keine Jungfrau,
Könnte ich nicht sagen,
Was schwerer ist als ein Stein.
Neben mir sitzt ein Junge,
Der schwerer ist als ein Stein.

Ich vermute, dass es eine Liebesdaina war, trotzdem musste ich an den alten Herrn Gepkars denken, der jedes Molekül lettischen Sandstein, Lehm und Kalkstein liebte: *Die Steine, Kinder, die robusten, uralten Steine. Sie erzählen unsere Geschichte, wir müssen nur niederknien, um sie zu lesen!*

Anderes hatte Velta auf die Rückseite von Kochrezeptkarten gekritzelt.

Bleichen, Bläuen und Lauge. In einem Kleid aus Papier und Tinte wanderte sie durch den Regen und blutete einen Strom von Worten zwischen den Beinen aus. Welche Worte gibt es für dieses Lied? Sie wird sich einen neuen Körper ausleihen müssen und eine neue Stimme, um ein neues Lied zu schaffen. Sie wird durch das Wasser singen.

Ich erschauerte, als ich das las. Ich konnte nicht anders, ich musste an das Geistermädchen denken, musste Vermutungen anstellen, wo ich es vielleicht lieber hätte lassen sollen.

Wieder kam Frau Zetsche – Mildi – vorbei, um mich zu besuchen. Sie hat auf dem Stuhl gesessen, auf dem du jetzt sitzt, mit baumelnden Beinen. Manchmal vergesse ich, wie klein sie ist. Und wie alt. Horizontale Falten verlaufen quer über ihre sorgenvoll gerunzelte kleine Stirn. Sie blickte aus dem Fenster und erzählte mir von einem entfernten Verwandten, der in der österreichisch-ungarischen Armee General gewesen war. Er hatte Strauße auf dem Grund und Boden seiner Ahnen gezüchtet, sie mit Gebiss und Zaumzeug gezähmt und zu Sankt Demetrios und Sankt Georg Straußenrennen für die Kinder der Stadt veranstaltet. Sie gab mir ein Rezept für Äpfel im Schlafrock für die nächste Ausgabe deiner Zeitung und erzählte mir eine Geschichte: »Anfangs erhielten die Tiere ihr Fell oder Haar entsprechend dem Ort, an dem sie die erste Nacht verbrachten. Der Igel entschied sich für den Berggipfel, und als am Morgen die Sonne aufging, bewunderte er ihre leuchtenden Strahlen. So kam er zu seinem glänzenden Stachelkleid.« Ich stimme dir zu, es ist eine seltsame Geschichte für eine Frau, die fast ihr ganzes Haar verloren hat. Vielleicht wurde sie sich dessen bewusst, da sie sich augenblicklich in die nächste stürzte, den Blick auf den Kanonenofen gerichtet. Sie erzählte mir von ihrer Großmutter Emilija, einer Frau, die ohne Punkt und Komma redete. Von dem Überfall auf ihr Dorf, wie es Bomben hagelte, wie alles in Schutt und Asche gelegt wurde. Selbst die Trümmer wurden noch in Stücke zerschmettert. Die Stücke zu Sandkörnern zermalmt. Der Name des Dorfes wurde aus allen Landkarten getilgt. Das war die Strafe dafür, dass sie gegen die Grundherren aufbegehrt hatten, die sich etwa hundert Jahre zuvor dort niedergelassen hatten. Das Dorf wurde niedergebrannt. Menschen wurden auf der Flucht erschossen. Ob sie nicht von Glück sagen könnten, entkommen zu sein? »Halt den Mund«, sagte Mildis Großvater zu ihrer Großmutter. Doch Großmutter Emilija konnte ihren Mund nicht halten. Sie musste erzählen, was sie gesehen hatte. Sie erzählte es dem Lehrer in der Schule; sie erzählte es der Kassiererin im Supermarkt. Mildis Großvater schlug ihrer Großmutter auf den Mund. »Hör auf zu reden, sonst kommen wir noch alle um«, sagte er. »Halt den Mund, bevor du einen Fluch über unsere Familie bringst.« Wenig später fielen Emilija die Zähne aus. Seitdem schrieb sie ihre Worte mit weißer Kreide auf blaue Papierfetzen. Briefe an die Geister, erklärte sie Mildi, die damals noch ein kleines Mädchen gewesen war. Da kein Lebender zuhörte, erzählte sie es eben den Toten. Ihr Gesicht war eingefallen wie ein schrumpeliger Apfel. Ich habe Fehler gemacht, sagte Emilija und schüttelte das Glas, in dem ihre Zähne lagen.

»Du fragst dich vielleicht, warum ich dir das erzähle«, sagte Mildi und beugte sich vor, sodass ihre Augen wie Pailletten glitzerten.

Hinter ihren Worten hörte ich die Zähne im Glas klappern. »Nein.« Ich hatte mich das keine Sekunde gefragt.

Übrigens hat Mildi Geschenke mitgebracht. Die lange silberne Platte. Nicht versilbert. Massives Silber. Mildi wird von Gewissensbissen gepeinigt. Wie soll sie den Schmerz wiedergutmachen, den sie deinem Großvater zugefügt haben? Noch so ein Geheimnis, eine Frage, auf die es keine Antwort gibt. Immer wieder habe ich ihr versichert, dass Eriks kein nachtragender Mensch war. »Wieso?«, fragte sie und blinzelte erstaunt. Ich sagte ihr dasselbe, was ich dir immer gesagt habe: Die Liebe führt nicht Buch über Schuld. Liebe steigt in den Fluss, watet bis zu den Knien, Oberschenkeln und Hüften hinein, lässt zu, dass der Fluss alles mitnimmt – wohin er will.

Sie hat ihre Haushaltshilfe den ovalen, in einen Harnisch aus Ochsenleder eingefassten Spiegel herüberbringen lassen. Er ist riesig, dieser Spiegel. Ein unübersehbares Bild für Eitelkeit, umrahmt von viehischer Unterwürfigkeit. Man sollte ihn mit einem Tuch verhüllen.

Als du sechs warst, ging ich mit dir zum Friedhof, wo dein Großvater arbeitete. Er wollte dir zeigen, wie viel Geduld man braucht, um ein Grab auszuheben, und wie du dein Herz auf die Zukunft vorbereiten solltest. Er erklärte dir, dass er dich eines Tages verlassen werde. Er werde älter, und dort, wo er hingehe, müsse er allein hingehen. Es war das erste von vielen Rätseln. »Niemand bleibt ewig am selben Ort; nichts bleibt so, wie es ist«, sagte dein Großvater. »Doch, die Steine«, gabst du ihm zur Antwort. Dann hast du die Stirn gerunzelt und hinzugesetzt: »Aber Wasser kann Steine bewegen.«

»Ja«, sagte dein Großvater. »Wasser kann alles bewegen, wenn es genügend davon gibt.«

»Und auch die Zeit verändert Menschen und Dinge«, sagtest du. »Aber die Zeit ist schwerer als Wasser.«

In diesem Augenblick hörte dein Großvater auf zu graben, wahrscheinlich, weil er begriff, dass er es mit einem Dichter und Philosophen zu tun hatte. Ich erzähle dir das, weil du sagst, du könntest dich an vieles aus deiner Kindheit nicht erinnern. Ich finde es seltsam, dass du so vieles so gut hören konntest, dich aber nur an wenig erinnerst. Seltsam und auch ein bisschen schade. Ich vermute, dass so viele Geräusche deinen Kopf überflutet haben, dass darin einfach kein Platz mehr ist. Aber du warst so ein interessantes Kind. Du verdienst es, das zu wissen.

Während du weg warst, hat Dr. Netsulis Nachschub an Medikamenten gebracht. Er polterte herein und stieß sich das Schienbein an der scharfen Kante des Flügels. Wie der Großvater, den ich nie hatte, lässt er kleine Brocken von Weisheit fallen. »Hören Sie auf zu kratzen!«, sagte er. Ich hatte mit meinen abgebrochenen Fingernägeln meine Waden aufgekratzt. Das ist das Problem mit unseren Körpern. Die Haut blättert ab, schält sich. Leuchtende Flecken, eine erstaunliche Farbenpracht, bedecken meine Arme und Beine. Eine Landkarte meines Zerfalls – wie könnte ich der Versuchung widerstehen, sie zu lesen?

Jutta hat vorbeigeschaut, um die Bettwäsche zu wechseln. Wir beobachteten, wie das Licht an der Wand emporkletterte. Wir horchten auf das stetige Ticken der Uhr. Sie hatte ihr Nähzeug dabei. Sie arbeitet an meinem Leichentuch. Bevor ein Kind geboren wird, sagte sie zu mir, hat es alles Wissen. Alle Weisheit. Doch sobald es auf die Welt kommt, berührt ein Engel Gottes seine Stirn, und Wissen und Weisheit verflüchtigen sich. Wir verbringen unser ganzes Leben in dem dumpfen Bewusstsein, dass wir einst die tiefsten Geheimnisse des Universums kannten und uns jetzt an nichts davon entsinnen können. Im Augenblick unseres

Todes jedoch berührt derselbe Engel erneut unsere Stirn, und wir erinnern uns. Der Schleier hebt sich, und wir schreiten der Erkenntnis entgegen.

Jutta hielt den Stoff in die Höhe, um Maß zu nehmen. Lang und leicht, lag er bebend auf meinem Körper. Einatmen, ausatmen. *Es wird für mich atmen,* dachte ich. Und im letzten Augenblick wird mich die Weisheit an den Handgelenken durch den Schleier ziehen.

Warum komme ich bloß immer wieder auf die Weisheit zurück? Vermutlich werde ich mir klar über das, was mir gefehlt hat, und das, was ich wiederzugewinnen hoffe. Vielleicht war mein Problem, dass ich mich im Grunde genommen nicht kannte und das, was ich kannte, mir nicht gefiel. Ich hatte eine blühende Fantasie, aber nur einen gewöhnlichen Intellekt und eine absolut hoffnungslose Figur. Doch ich war eine gute Pilzsammlerin. Mit neunzehn fand ich alle möglichen Sorten. Ich wusste, dass man sich bald verliebt, wenn man den rot gefleckten Edelreizker findet. Der Schwefelgelbe Porling, der am liebsten an der Rinde der Gemeinen Eibe hinaufklettert, bedeutete Glück. Der Ölbaumtrichterling dagegen, dessen orangefarbene Lamellen im Dunkeln leuchten, führte in den sicheren Tod, wenn man ihn aß. Dasselbe galt für den Braunen Knollenblätterpilz. Er sah nicht halb so aufregend aus wie der Ölbaumtrichterling, war aber ebenso giftig. Am schwersten zu finden war der Kornblumen-Röhrling. Dem gekammerten Fleisch dieses unscheinbaren Pilzes mit seinen strohgelben Poren werden heilende Eigenschaften zugeschrieben. Wenn man ihn mit einem Messer durchschneidet, verfärbt er sich himmelblau.

Ich liebte es, Pilze zu sammeln, schöne und hässliche gleichermaßen. Ich schätzte jede Lamelle, Warze oder Falte, ich liebte den modrigen Geruch feuchter, moosiger Stellen unter den Erlen, Kiefern und Birken. Der feuchtkalte Geruch des Bodens, der Blätter und Nadeln in fruchtbare Erde verwandelte, ein herrlich fauliges Aroma, versprach Pilze. Aber ich war nicht immer erfolgreich. Meine Gedanken waren bei David, immer wieder sah ich vor mir, wie er die schwarzen Stufen des alten Busses hinaufstieg. Wir hatten uns diesen ersten Kuss am Fluss nicht geben können. Bis hierhin waren wir gekommen: Ich stand auf dem Kiesstreifen neben der Straße, David spürte meinen Blick auf seinem Rücken, drehte sich um und hob die Hand zu einem Gruß. Ich stellte mir vor, wie Velta an einer ähnlichen Straße gestanden und Ferdinands zugewunken hatte, einem Gefangenen, der auf einen sowjetischen Laster mit ruckelndem Fahrgestell kletterte. Haben sie sich auch zugewunken? Hat sie, wie sie in ihren vielen Briefen schrieb, »ich küsse dich mit tausend Küssen« gesagt? Stand sie da und sah auch, wie sich das Fahrzeug in der Ferne verlor und einen wellenförmigen Schleier aus Staub hinter sich herzog?

In jenen Tagen ertappte ich mich dabei, wie ich meine Erinnerung nach jedem Merkmal seines Gesichts durchforschte, den Winkeln seiner Wangenknochen, dem breiten Kinn, den riesigen Ohren, den silberblauen Augen. Ich hatte seine Jacke unter meinem Bett versteckt, und gelegentlich zog ich sie hervor und schnupperte an den Ärmelaufschlägen. Ich suchte im Wald nach einem Zeichen. Fände ich einen Milchling oder Pfifferling, würde ich David wiedersehen. Fände ich den Hundskamille-Pilz, dieses graue Gewächs, kaum größer als ein kleiner Finger und kulinarisch gänzlich wertlos, drohte Pech. Stell dir meine Freude vor, als ich eines Tages meinen Korb mit den wertvollen Kornblumen-Röhrlingen füllen konnte. Doch als ich die Pilze auf dem Küchentisch auf Zeitungspapier ausbreitete und vorsichtig in die Stängel stach, sonderten die Lamellen eine violette Flüssigkeit ab. Vater sah die Pilze und anschließend meine Hände an, wurde leichenblass und musste sich setzen.

»Solche Pilze bedeuten, dass in der Familie demnächst jemand stirbt«, sagte er.

»Ach, das ist doch alter Aberglaube«, sagte Mutter und schob den Kessel auf die Herdplatte. Kaum hatten die Worte ihren Mund verlassen, läutete das schwarze Telefon.

Vater sprang auf. »Ja«, sagte er, während er die Muschel ans Ohr hielt. »Ja, ich verstehe.« Dann legte er behutsam den Hörer auf.

»Wer war das?«, fragte Mutter.

»Das Krankenhaus in Daugavpils. Wir sollen Maris abholen. Er ist zu krank für eine Behandlung.«

Mir ist bewusst, dass das meiste von dem, was ich über deinen Namensvetter gesagt habe, nicht besonders schmeichelhaft ist. Vielleicht hätte ich das zwanzig Kilometer lange Gummirohr nicht erwähnen sollen, das von einer Wodkabrennerei in Estland bis in seinen Garten führte, die leicht giftige Pfefferminzrinde, die er herstellte und einem Kinderheim spendete, und die nachhaltige Magenverstimmung, die sie erzeugte. Mutter fiel es nicht leicht, Onkel Maris zu vergeben, dass er ihre geliebte Olympia-Schreibmaschine mitgenommen hatte. Dass aber Onkel Maris Rudis Universitätsstudium finanzierte, trug viel dazu bei, dass sie Nachsicht walten ließ. Wenn jemand aus der Familie in Schwierigkeiten gerät, sieht man über zurückliegende Kränkungen hinweg. Deshalb holte dein Großvater Onkel Maris sofort nach dem Anruf aus Daugavpils ab und brachte ihn im Geräteschuppen unter.

Es mag grausam erscheinen, Onkel Maris zwischen Schaufeln und Rechen zu stecken, doch es war der beste Platz für ihn: Er konnte so aggressiv sein, wie er wollte – die

Wahrscheinlichkeit, dass die Nachbarn ihn hörten oder rochen, war extrem gering. Mutter machte Feuer in dem alten sowjetischen Kanonenofen und schob zwei Kissen unter Onkel Maris' Kopf.

Onkel Maris lächelte, und da fiel mir auf, dass er einige Zähne verloren hatte. »Ich habe dir etwas mitgebracht, Biruta.« Er deutete mit dem Kinn auf einen seiner Koffer.

Mutter öffnete ihn und fand, in Papier gewickelt, ihre alte Schreibmaschine. »Die Tasten für die Buchstaben K, O und S fehlen«, merkte sie an.

Onkel Maris schlug sich mit der Faust an die Brust und sagte: »Unwichtig.« Dann schüttelte ihn ein Hustenanfall.

Mutter und Vater zogen sich zurück. Ich blieb im Schuppen. »Was hast du denn?«, fragte ich Onkel Maris und zog ihm die Decke bis zur Brust hoch. Beim Klang meiner Stimme fingen die Saiten des Flügels an zu summen. Onkel Maris war immer überlebensgroß gewesen: aufgeblasen und unerschütterlich. Jetzt war sein Gesicht aschgrau. Abgesehen von ein paar trotzigen grauen Haarbüscheln war sein Kopf kahl, der Körper gebrechlich. Er war genauso sterblich, klein und verloren wie wir alle.

»Nicht der Rede wert«, sagte er und schnippte mit den Fingern. Ich brachte ihm den anderen Koffer, klappte ihn an den rostigen Scharnieren auf. Im Innern befanden sich seine letzten Vitaminfläschchen und etwas Neues: unzählige Zigaretten, manche kurz, stämmig und mit fein geschnittenem Tabak gefüllt, andere lang und elegant, aber ein bisschen eingefallen wirkend.

Onkel Maris nahm eine von den kurzen und zündete sie an.

»Die langen sind nikotinfrei. Für die Gesundheitsapostel, die tatsächlich meinen, es lohne sich, das Leben zu verlängern.«

»Schmecken die denn?«, fragte ich. Stanka hatte mir beigebracht, ihre bulgarischen Zigaretten zu rauchen, und ich konnte mir keine Zigaretten vorstellen, die nicht nach frisch geteerter Straße schmeckten.

»Egal. Sprechen sie ein geheimes Bedürfnis des Konsumenten an? Das wäre hier die eigentliche Frage.« Onkel Maris stieß eine Rauchwolke aus. Dann klappte er seinen Koffer wieder zu und schickte mich mit einer knappen Handbewegung nach draußen.

Der Tod rückt langsam vor. Ein Husten, der nicht mehr weggeht. Ein Stein, der sich nicht herunterschlucken lässt. Er ist die Last, die uns zu Boden zieht und unseren Oberkörper bis zu den Knien beugt. Aufgewachsen in den Minen von Workuta, kannte dein Großvater Eriks den Tod so gut, dass er ihn schon einen Monat im Voraus riechen konnte. Er hörte ihn in der rauen Stimme seines Bruders, im Rasseln seiner Lunge, und deshalb wussten dein Großvater und auch ich, wie schwer krank Onkel Maris in Wirklichkeit war. So gut wie tot.

Den ganzen Abend eilten wir zwischen Geräteschuppen und Haus hin und her. Mit Decken. Mit Brühe. Mit Tee aus Birkenrinde und Schmerzmitteln. Mit Zeitungen und Lutschtabletten. Jedes Mal, wenn ich die Tür zum Schuppen öffnete, ermahnte ich mich, den Blick zu senken. Der Verlust seines dichten schwarzen Haares und der entsetzliche Husten waren unheimlich genug. Doch Onkel Maris hatte sich auch in anderer Hinsicht verändert. Er lag schon volle drei Stunden im Schuppen, ohne ein einziges Mal mit seiner üblichen Gehässigkeit über die Juden, die stinkenden Russen oder die Ukrainer gewütet zu haben. Vielleicht hatte er in der Zeit, die er nicht bei uns gewesen war, gelernt, die Menschen zu lieben oder sie etwas weniger zu hassen. Doch als ich ihm seine letzte Dosis Schmerzmittel für die Nacht brachte und ihn darauf ansprach, winkte er ab: »Nein, ich hasse sie immer noch genauso wie früher. Nur habe ich nicht mehr die Kraft, es sie wissen zu lassen.«

Aber er gab sich größte Mühe, dieses Problem zu lösen. In den zwei Jahren, die er weg gewesen war, hatte er einen neuen Vitaldrink erfunden, der ihm seine frühere Kraft zurückbringen sollte. »Pass auf«, sagte Onkel Maris und kippte eine ganze Dose von dem Zeug hinunter. Das mündete in einen Hustenanfall, bei dem er rotfleckigen Schaum ausspuckte. Onkel Maris sank in den großen Kissenhaufen zurück. Fünf Minuten später fiel er in einen unruhigen Schlaf, in dem er allerlei gemeine Dinge über Baptisten, Chirurgen und die russische Küche murmelte.

Onkel Maris' pessimistische Tiraden machten mir Mut. Ich hielt sie für ein Zeichen, dass sein Elixier wirkte. Mutter jedoch warf einen Blick auf sein bleiches Gesicht und runzelte die Stirn. »Wir sollten Stanka Bescheid geben«, sagte sie. »Vielleicht will sie ihm ein letztes Mal eins mit der Pfanne überziehen, bevor er uns endgültig verlässt.«

Keine drei Minuten später platzte Stanka zur Küchentür herein.

»Wo ist er?«

»Im Schuppen.«

Sie machte auf dem Absatz kehrt und verließ uns auf demselben Weg, den sie gekommen war. Ihre Sandalen klatschten auf die Stufen. Während ich ihr durch den Garten folgte, betrachtete ich ihre braunen Füße, die weiße Hornhaut ihrer rissigen Fersen und ihre kräftigen Knöchel, denn wegen dieser Gelenke und der strammen Waden, die sie stützten, hatte sich Onkel Maris in Stanka verliebt.

Sie riss die Holztür des Schuppens auf, blieb mit vor der Brust verschränkten Armen stehen und wartete, bis sich ihre

Augen an das trübe Licht, das vom Ofen ausging, gewöhnt hatten.

Sie betrachtete Maris' gelbliche Gesichtshaut, seinen kahlen Kopf. »Was ist los mit dir?«, fragte sie.

Onkel Maris zündete sich eine Zigarette an. »Ein lähmender Anfall von postsowjetischem Syndrom.« Die Saiten des Flügels summten zustimmend.

Ich beugte mich zu Stanka hinüber. »Er hat Lungenkrebs.«

»Tja, wenn das so ist, brauchst du das hier nicht mehr!« Damit nahm Stanka Onkel Maris die Zigarette aus dem Mund und stampfte sie mit ihrer Sandale aus. Anschließend sammelte sie sämtliche Zigaretten ein – selbst die nikotinfreien – und steckte sie sich in den Bund ihres Rocks. Dann machte sie kehrt, und weg war sie.

»Oh, das ist bitter!« Onkel Maris stöhnte, und die Saiten des Flügels schlossen sich ihm an. Es war seine Art, das wusste ich, uns zu zeigen, wie sehr er Stanka immer noch liebte und wie dringend er diese Zigaretten zurückhaben wollte.

Ich folgte Stanka in den Garten, wo sie sich einen Weg zwischen den Wäscheleinen hindurch bahnte. Und dann entdeckte ich Rudi in der Kulisse aus flatternden Laken und neben ihm das schönste und grazilste Mädchen, das ich jemals gesehen hatte.

»Rudi!«, rief ich.

Mutter drehte sich um. Sie sah das Mädchen neben Rudi und ließ ihren Wäschekorb fallen.

»Das ist m-meine Freundin L-Ligita. Sie studiert Tanz an der Uni«, stammelte Rudi, als wir auf die beiden zugingen. Mutter kniff die Augen zusammen und musterte Rudi, während ich unverhohlen Ligita anstarrte. Ich konnte mir beim besten Willen nicht vorstellen, wie Rudi es fertiggebracht hatte, ein so schönes – und obendrein künstlerisch begabtes – Mädchen mit nach Hause zu bringen. Rudi war der Kunst nie näher gekommen als bei dem einen Mal, als er während einer Schulaufführung für einen kranken Musiker eingesprungen war. Und selbst da hatte der Direktor ihm nur erlaubt, gelegentlich die Triangel anzuschlagen.

»Nun.« Mutter rieb die spröden Hände aneinander. Rudi warf einen Blick zum Schuppen hinüber. »Wie schlimm steht es um Onkel Maris?«

Mutter blickte erst mich und dann Ligita an, die unser Plumpsklo-Häuschen musterte. »Lass uns erst mal Tee trinken. Und uns kennenlernen.«

Rudi führte Ligita in die Küche, wo Mutter Wasser aufsetzte. Ich warf Ligita verstohlene Blicke zu. Sie war der Inbegriff von Vollkommenheit, perfekt proportioniert, jede Bewegung war anmutig. Ihr Gesicht wirkte wie aus feinem Porzellan, die Wangenknochen hoch und breit, das Kinn spitz, die dunklen Augen scharf und intelligent – sie kann nicht echt sein, dachte ich, während ich Tee in Mutters beste Tassen goss und sah, wie Ligita die mathematisch präzise gezupften Brauen hob. Und doch war sie da und schlürfte unseren Tee durch Zuckerwürfel. Saß neben Rudi. Der blinzelte und stammelte, benebelt von seinem unglaublichen Glück.

Schließlich stapfte Vater die hintere Treppe herauf und öffnete das Fliegengitter. Auf der Türschwelle blieb er stehen und zog die Stiefel aus.

»Das ist Rudis neue Freundin«, sagte Mutter zu Vater. »Ligita …«

»Samoilitsch«, sagte sie, und ich erhaschte einen Blick auf ihre fleckigen unregelmäßigen Zähne. »Samoilitsch … das klingt«, Mutter verdrehte die Augen, »russisch oder vielleicht …«

»Ukrainisch«, sagte Ligita.

»Natürlich«, strahlte Mutter.

»Die Ukrainer sind wunderbare Menschen.« Vater stellte seine Stiefel sanft auf die oberste Stufe und zog beide Laschen kräftig hoch, damit die Stiefel besser atmen konnten. »Sie haben den Bisongraswodka erfunden. Ja, gewöhnlich sind die Ukrainer feine Leute.«

»Sie hat drei Tage frei, bevor sie fürs Ballett vortanzen muss«, erklärte Rudi.

Während Rudi redete, ließ Ligita ihren Blick durch die Küche wandern, auf der Suche nach irgendeinem Punkt kultureller Gemeinsamkeit. Als sie keinen fand, seufzte sie. Sogar ihr Seufzen hatte etwas von einem Vollblut.

Mutter deckte den Tisch fürs Abendessen und stellte eine Schale mit Salz in die Mitte des Tisches. »Für Onkel Maris«, sagte sie, nahm eine Prise und warf sie über die Schulter. Rudi und ich taten es ihr nach, während Ligita das Salz auf dem Boden betrachtete.

Vaters gefaltete Hände lagen in seinem Schoß. »Ich spreche ein Gebet für Maris«, sagte er.

Ich wusste, dass Mutter lieber den Mond angebetet hätte, der Jungen in Bären verwandelt und ihnen ihre alte Stärke wiedergibt, statt Gott, der, wie sie behauptete, unberechenbar war. Aber sie respektierte Vater. Als er zu beten begann, senkte sie für den Bruchteil einer Sekunde den Kopf. Anschließend fuhr sie fort, den Kohl auszuteilen.

Das Abendessen verlief in Stille. Ligita lehnte jedes Gericht ab, das Mutter ihr anbot, da sie im Training war. Sie benutzte auch nicht unser Plumpsklo, sondern zog es vor, sich in Mutters sorgsam gescheuertem Porzellan-WC im Gemeindesaal zu erleichtern.

»Nun ja, schließlich ist sie überaus kultiviert«, sagte Mutter zu mir, als wir zusahen, wie Ligita auf dem Heimweg vom Saal den Pfützen auswich. »Wahrscheinlich beleidigt der Geruch unserer Scheiße ihre Nase.«

An diesem Abend, als Rudi Onkel Maris die Brühe brachte, die dieser zurückgehen ließ (»Zu salzig! Zu dünn!«), breitete Mutter, untröstlich, dass noch eins ihrer Gerichte abgelehnt worden war, auf dem Sofa ein sauberes Laken für Ligita aus. Rudi hoffte, auf dem Fußboden neben Ligita zu schlafen, doch davon wollte Mutter nichts wissen. »Du holst dir noch den Tod!«, erklärte sie. Wie fast alle Frauen im Osten hatte sie furchtbare Angst vor Wind und Luftzug; in ihrer Gegenwart wurden keinesfalls Witze darüber gemacht. Und so schliefen Rudi und ich, als wären wir zu den Nächten unserer Kindheit zurückgekehrt, Seite an Seite in unseren Betten und sahen zu, wie der Mond seinen blassen, traurigen Blick auf die Häuser in der Straße warf, und hörten, wie Herr Ilmyens Esel Babel gegen Onkel Maris' Anwesenheit protestierte.

Am Morgen wurden wir vom Läuten des Telefons geweckt: *Iiiih-ooooooo*. Es war Herr Zetsche. In ein paar Tagen wollte er den Friedhof inspizieren und danach eine Versammlung im Gemeindesaal abhalten. Diese Nachricht versetzte meine Eltern in helle Aufregung. Es war Herbst, Mikeli, die Zeit, in der die Espen ihr goldenes Kleid abwerfen, um einen Teppich für die Geister zu weben. Deine Großmutter Biruta glaubte an Geister. Wenn die Küche und die Spülbecken im Gemeindesaal nicht blitzblank poliert waren, so glaubte sie, würden ihre Mutter und ihr Vater nachts mit den Fingernägeln an unseren Fenstern kratzen. Außerdem wollte sie einen guten Eindruck bei Herrn Zetsche machen. Vater schrubbte noch intensiver als sonst das Moos von den etwas abseits stehenden Grabsteinen und besserte die Goldfarbe auf den Kreuzen der russischen Grabstätten aus. Rudi und ich saßen im Wohnzimmer und beobachteten gebannt, wie Ligita eine Reihe von Dehnübungen absolvierte. Das sei notwendig, sagte sie, um gelenkig zu bleiben. Und gelenkig war sie tatsächlich. Zuerst hob sie ein Bein in die Höhe, bis es fast ihr Ohr berührte. Dann senkte sie es und machte dasselbe mit dem anderen. Sie war wie ein menschlicher Winkelmesser: Stocksteif balancierte sie ihren schlanken Körper auf einem Bein, während sie das andere mit unglaublicher Biegsamkeit schwenkte. »W-w-w-was für eine Figur!«, seufzte Rudi verzaubert. Je länger er sie betrachtete, umso zappeliger wurde er. Mittags war sein Stottern nicht mehr zu verstehen. »Um Gottes willen«, sagte Mutter, als sie vom Gemeindesaal zurückkehrte. »Geh raus und beschäftige dich!« Ligita erstarrte mitten in einer Pirouette, doch Mutter machte ihr ein Zeichen. »Nicht du, Kleines.« Und so griff Rudi nach der Zwille, seiner zweiten Liebe, und verzog sich in den Wald.

Ich verbrachte den Tag damit, mich um Onkel Maris zu kümmern. Er kochte vor Wut, auf die Ungerechtigkeit, krank zu sein, im Allgemeinen und auf uns im Besonderen, weil er jetzt unserer strengen Obhut ausgesetzt war. Alles brachte ihn auf: Das Licht der Glühbirne war zu grell, meine Schritte auf dem Fußboden zu schwer, Babels Geschrei auf der anderen Seite des Gartens zu laut. Und dann noch der Ärger mit Stanka.

»Das ist bitter!«, rief Onkel Maris aus. Ja, er liebte Stanka immer noch mehr als alles andere, obwohl sein Verhalten stets das Gegenteil hatte vermuten lassen. Das war Onkel Maris' liebenswertester Charakterzug: Er konnte eine Nervensäge sein, barsch, schroff, unendlich gehässig, aber er konnte auch lieben. Wenn er liebte, dann bis zum Wahnsinn. Frauen liebte er beharrlich und vergab ihnen ihre kleinen Fehler oder Anfälle von Engherzigkeit. Er liebte sie, weil sie so anders waren als die Männer, die er kannte. Und da Onkel

Maris der Meinung war, es sei besser, in den Armen einer Frau zu sterben als einsam und verlassen, war er nun auch bereit, alles Mögliche zu tun oder zu sagen, um sich mit Stanka zu versöhnen.

Onkel Maris wälzte sich auf die Seite und griff nach meinem Handgelenk. »Du musst mir helfen. Du musst meine Lunge und meine Beine ersetzen.« Onkel Maris griff unter die Pritsche und holte seine geliebte Angel hervor. »Ich hätte Rudi um Hilfe gebeten, aber deine Mutter sagt, der kriegt keinen Ton heraus, weil er so verliebt ist.« Er hielt inne, um die Schnur auf seine Angelrute zu ziehen. »Aber du, Inara – du hast noch niemanden.«

Onkel Maris hatte recht: Mit meiner unreinen Haut und meinen breiten Hüften war ich nicht gerade ansehnlich.

»Was soll ich machen?«, fragte ich.

Er klappte seinen kleinen Handkoffer auf. Darin befand sich ein Stapel Papier, ziemlich alt und vergilbt. Daneben lag ein Bündel Briefe. Sie hatten eine geradezu unheimliche Ähnlichkeit mit denjenigen, die ich unter meinem Bett versteckt hatte: die gleiche wilde Mischung aus allen möglichen Papieren, umwickelt mit einer Lederschnur.

»Wo hast du die her?« Ich berührte die Briefe. Onkel Maris grinste schief. »Stell keine Fragen, erzähl keine Lügen.« Er tätschelte das Bündel zärtlich und schob es zu mir herüber. »Na los«, sagte er, »nimm sie. Guter Lesestoff. Aber bevor du sie liest, musst du zur Post gehen und diesen Umschlag abschicken. Es ist wichtig.«

Es war einer dieser Umschläge, die man gewöhnlich für Urkunden benutzte, und seinem Gewicht nach zu urteilen steckte eine Menge Papier darin. Ein Testament, mutmaßte ich.

»Und drittens musst du eine Spur mit Ködern für Stanka auslegen.«

»Was für Köder?«

Onkel Maris seufzte verärgert. »Und ich dachte, du wärst die Klügere von euch beiden.« Er öffnete den zweiten Koffer und fischte eine Tüte aus Wachspapier heraus. Darin befanden sich holländische Lakritzbonbons, so salzig, dass sie erwachsenen Männern die Tränen in die Augen trieben. Ganz unten verbarg sich der Hauptgewinn: ein Lakritzbonbon, das doppelt so groß war wie die anderen, so groß wie eine Rosskastanie. Onkel Maris nahm es und präparierte den Haken damit. Dann reichte er mir die Tüte.

»Heute ist Vollmond, und Stanka wird den Rußigen Milchling suchen. Du legst eine Lakritzspur, die von ihrer Tür zu meiner führt. Und sorg dafür, dass ich meine letzte Dosis Medikamente früher bekomme als sonst, denn ich will auf dem Höhepunkt meines Charmes sein, wenn sie kommt.«

Da der Rußige Milchling einem holländischen Lakritzbonbon täuschend ähnlich sieht, ergab Onkel Maris' Plan durchaus Sinn. Und dass er wieder Pläne schmiedete, machte mir Hoffnung, dass sein Vitaldrink tatsächlich Wirkung zeigte. Langsam, aber sicher kehrte er zu uns zurück. In diesem Augenblick aber legte Onkel Maris die Angel beiseite, wandte sich abrupt um und begann zu husten. Es war ein grässliches Geräusch: als löste sich alles, was er jemals gewusst und gewollt hatte, aus seinem Leib.

Ich rang die Hände. »Soll ich für dich beten?«

»Beten?« Onkel Maris spuckte in Mutters Blechteller. »Du meinst, beten wie zu Gottvater und seinem Sohn Jesus?«

Ich nickte.

»Gottvater – er ist Unternehmer, ein Krämer. Mit ihm werde ich fertig. Aber Jesus Christus …« – jetzt trat eine dicke blaue Ader auf Onkel Maris' Stirn hervor –, »… ist ein Tyrann. Da klettert er auf dieses Kreuz, wohl wissend, dass er von den Toten auferstehen wird. Und alles nur, um uns zu belästigen.« Die Saiten des Flügels summten, und Onkel Maris' Nasenflügel blähten sich vor alter, wohlbekannter Wut. »Nun, dieses Spiel können auch andere spielen. Und diesem verdammten Ding gebe ich jetzt eins auf die Fresse! Pass auf!« Er war wie ein wildes Tier, argwöhnisch und unberechenbar. Onkel Maris bohrte seine Krücke in den feuchten Lehmboden, zog sich daran hoch … und stürzte.

»Oh«, stöhnte er. »Das ist bitter.«

Ich half ihm wieder auf die Pritsche und öffnete eine Dose von seinem Vitaldrink, doch er verzog nur das Gesicht.

Dann nahm er einen Beutel aus der Gesäßtasche und schüttete ein kleines Häufchen Tabak heraus. »Ich bräuchte Zigarettenpapier.«

Wir hatten kein Zigarettenpapier im Haus, aber ich wusste, was zu tun war. Ich lief in mein Zimmer und holte meine Bibel. Sie hatte einen weichen Einband aus Kalbsleder und hauchdünne Seiten mit Goldrand. Vater hatte mir eine Widmung hineingeschrieben: *Schwert und Schild, du bist mein starker Beschützer, Gott, o Gott.*

Er hatte sie mir an demselben Tag geschenkt, als Gorbatschow den Besitz einer Bibel in Lettland wieder erlaubte. Damals war ich erst zehn gewesen, zu jung, sagte er, um mit ihm nach Daugavpils zu fahren und zu sehen, wie die schweren Ural-Transporter auf den alten Stadtplatz rollten. Man war besorgt gewesen, dass es ein Trick sein könnte, dass die Transporter von oben bis unten mit Soldaten vollgestopft wären und es einen Aufstand geben könnte. Vater war trotzdem hingefahren. Die Transporter trafen ein. Keine Soldaten. Nur Kisten voll mit Bibeln. Innerhalb von vier Minuten waren sie leer. Als er es mir erzählte, liefen ihm die Tränen über das Gesicht, und dann reichte er mir das kleine weiße Buch mit dem Kalbsledereinband. Ich liebte dieses Buch. Aber ich liebte auch meinen Onkel. Und im Moment brauchte er sie mehr als ich. Also kehrte ich in den Schuppen zurück, und die Bibel zitterte in meiner Hand, als ahnte sie ihr Schicksal. Ich gab sie Onkel Maris.

»Tja, das ist zwar kein Zigarettenpapier, aber es wird gehen.«

Das war ein solches Sakrileg, dass es mir körperlich wehtat. Ich biss mir auf die Unterlippe. »Versprich mir nur, dass du jede Seite liest, bevor du sie anzündest.« Damit verließ ich Onkel Maris. Den großen Umschlag brachte ich zu Frau A. auf die Post. Und dann legte ich die Spur aus Lakritze. Ich wusste nicht, ob es am Nikotinentzug oder den Schmerzmitteln lag, dass Onkel Maris vorübergehend zum Ketzer geworden war. Vielleicht bekam ich auch endlich sein wahres Gesicht zu sehen: einen Mann, der weniger die Menschen hasste als den Gott, der sie erschaffen hatte, den Gott der Wiederauferstehung, der im Neuen Testament das Leben versprochen hatte, um ihn nun auf dieser Pritsche in diesem Schuppen zu verlassen, damit er sich zu Tode hustete.

Nach seiner Rückkehr ins Wohnzimmer hatte Rudi alle Hände voll zu tun. Ligita hatte den ganzen Tag allein ihre Dehnübungen gemacht und getanzt, jetzt brauche sie Hilfestellung, sagte sie zu Rudi. »Stell dir vor, ich wäre ein Paradiesvogel und du ein starker Stützbalken«, sagte sie, stellte sich auf die Zehenspitzen und spannte ihren Körper.

»Und jetzt heb mich hoch!«, befahl sie.

Rudi packte sie an der Hüfte und warf sie sich über die Schulter wie ein Feuerwehrmann. Dann drehte er sich unbeholfen im Kreis.

Vater saß lächelnd am Kamin; Mutter runzelte die Stirn.

»Zu plump!«, kreischte Ligita. »Lass mich runter!« Was Rudi so sanft wie möglich tat, doch so wie sie um sich schlug, war die Landung nicht weich genug. Wütend fuhr sich Ligita durchs Haar, schlang ihren Haarknoten neu und fand ihre Haltung wieder. Dann drehte sie sich zu Rudi um.

»Du wirst nie ein guter Tanzpartner sein.« Ligita sprach jedes Wort so sorgfältig aus. »Du kannst nicht einmal richtig Hilfestellung geben.«

»Stimmt – ich hab dich nicht richtig hochgehoben«, sagte Rudi und starrte auf seine Füße.

»Kannst du denn überhaupt irgendetwas richtig machen?«, fragte Ligita.

Da Vater Rudi dazu erzogen hatte, sich wie ein Gentleman zu benehmen, senkte er lediglich den Blick. Doch als er seine Zwille in die Hosentasche steckte und an mir vorbei in die Küche ging, erkannte ich eine gewisse Verzweiflung in der Art, wie er die Schultern hängen ließ.

Du hast mich einmal gefragt, was für ein Mensch Rudi gewesen ist, als er jung war, und was für ein Mensch ich gewesen bin. Ich habe geantwortet, er sei die Art von Mensch gewesen, der notfalls tausend Kilometer zu Fuß gegangen wäre, um jemanden zu retten. Er verteidigte die Schutzlosen und liebte jene, die nicht geliebt wurden. Sein einziger Fehler bestand meiner Meinung nach darin, dass er es so wahllos tat, dass er sein Bestes an Menschen verschwendete, die es nicht verdienten.

Ich liebte nicht so tief und ungeschützt wie dein Onkel Rudi. Vermutlich war das ein Manko, denn ich weiß sehr gut, und du auch, dass die Bibel uns auffordert, unseren Nächsten so zu lieben wie uns selbst. Aber es fiel mir schwer, die Frage zu beantworten, wer mein Nächster war. Die Ilmyens, natürlich, sie waren unsere direkten Nachbarn, und ich liebte sie. Ich liebte Stanka. Aber dieses Mädchen, diese junge Frau, die mit jedem ihrer Worte verletzen wollte, konnte ich nicht lieben. Gleichzeitig spürte ich, wie mich Scham und Schuldgefühle peinigten. Wenn Rudi sie lieben konnte, warum dann nicht auch ich?

Zur Essenszeit stand Mutter am Herd und verfluchte einen Topf mit Sauerampfersuppe, die nicht so wollte wie sie. Ligita seufzte mit dem Gesichtsausdruck eines Menschen, der sich zu Tode langweilt. Eines Menschen, der sich wünschte, dass ein Komet auf unser Dach stürzte, und sei es nur, weil das Spektakel etwas Neues wäre. In dem Moment, als Mutter die Sauerampfersuppe von der Herdplatte nahm, kehrte Rudi in die Küche zurück. In seiner Hand baumelte ein Hase, den er an den Pfoten hielt. Blutflecken klebten an der Schnauze und den Schnurrhaaren.

Ligita schnappte nach Luft, doch Rudi, der überzeugt war, dass Frauen sich danach sehnten, mit den Früchten der Natur überschüttet zu werden, egal ob tot oder lebendig, ließ sich nicht beirren und bot ihn ihr als Geschenk dar.

»Das ist sehr nett von dir, mein Sohn«, sagte Mutter und blinzelte in Ligitas Richtung.

»Bitte sag mir, dass die Leute hier auch andere Sachen machen, um Spaß zu haben.« Ligita seufzte. Ich registrierte die Tränen in Rudis Augen, als er den Hasen über das Räucherbrett hängte.

Dann wanderte mein Blick zu Ligita. Ich sah den Inbegriff eines schönen Mädchens, das allen braven Jungs den Kopf verdreht. Und da hatte ich eine Idee.

»Wir sammeln Pilze«, sagte ich.

»Ernsthaft?« Ein herzerwärmender Glanz flog über Ligitas blasses Gesicht. Draußen leuchtete der Herbstmond groß und hell. Ich roch die Erde, die zunehmend kühler wurde, den Wechsel der Jahreszeiten. Ein perfekter Abend zum Pilzesammeln. Als wir am Schuppen vorbei Richtung

Fluss gingen, trat ich über die Lakritzspur, die ich für Stanka gelegt hatte. Und ich redete ohne Punkt und Komma. Ich erzählte Ligita alles, was ich über die unsichtbaren Eigenschaften von Pilzen wusste, welche man den Rindern zu fressen gab, wenn sie brünstig werden sollten, welche man mit Zwiebeln briet und welche sich gut im Kühlschrank hielten. Ich erzählte ihr, was mir dein Großvater und deine Großmutter beigebracht hatten. Mit anderen Worten, ich testete sie, ob sie wirklich zuhörte. War sie dieses Wissen wert?

Noch während ich sprach, eilte Ligita auf eine Gruppe Birken zu. »Ha!«, rief sie triumphierend. Sie hatte ein paar ausgefranste Parasolpilze entdeckt, die zwar schön anzusehen waren, sich aber nicht zum Essen eigneten.

»Nein, die nicht«, warnte ich. Und als sie den Austernpilz sah, dessen dunkle Zungen an der Rinde eines Baums leckten, sagte ich es wieder: *Nein.* Dasselbe galt für den Spitzkegeligen Kahlkopf, der leicht halluzinogen war. Und so ging es weiter. Als wir den nächsten Birkenhain erreichten, merkte ich, dass Ligita allmählich frustriert war. Und ich freute mich. Ich wollte ihr eine Lektion erteilen. Ich wollte ihr zeigen, dass wir, genau wie sie, Künstler waren – talentiert und klug auf unsere Art.

Ligita lief zu den Bäumen hinüber. »Pfifferlinge!«, rief sie und fing an, ihren Korb zu füllen. Dieses Mal war sie immerhin nah dran. Was sie gefunden hatte, war ein schöner Haufen von falschen Pfifferlingen, die dafür bekannt waren, heftige Magenschmerzen auszulösen. Im Halbdunkel konnte man sie leicht verwechseln.

»Die würde ich nicht essen«, sagte ich.

»Ich weiß, was Sache ist. Die ganze Zeit macht ihr euch über mich lustig. Aber ich bin auf die Uni gegangen. Ich erkenne paradoxe Intervention, wenn ich sie höre.« Damit steckte sie sich einen ganzen Pilz in den Mund und kaute wütend darauf herum. Dann kam mir der Gedanke, dass sie nicht nur wütend, sondern wahrscheinlich auch furchtbar hungrig sein musste, nachdem sie so viele Mahlzeiten ausgelassen hatte. Und sie hatte recht: Ich wollte, dass sie diesen Pilz aß.

Sie schlug alle Warnungen in den Wind und aß noch einen. Und noch einen. Bis mir aufging, was ich da gerade zuließ. Ich ging ein paar Schritte weiter und fiel auf die Knie. Unter einer Birke hatte ich einen feinen Maronenröhrling entdeckt – einen von Vaters Lieblingspilzen, weil er etwas Nobles hatte. Zudem neutralisierten seine fleischigen Stängel und Hüte die Magensäure. »Hier.« Ich reichte Ligita einen. »Probier mal den.«

Ligita hörte kurz auf zu essen und betrachtete den Pilz in meiner Hand. »Ich muss zur Toilette«, sagte sie.

Ich sah mich um und zuckte die Achseln. »Hock dich einfach hinter einen Baumstamm.«

»Hocken ist eine sehr unschöne Position«, wandte Ligita ein, doch ihre Stimme hatte an Schärfe verloren, und sie schwankte. Ich schlang einen Arm um ihren schmalen Oberkörper und bugsierte sie in unseren Garten zurück.

»Stanka! Liebling, bist du es?«, rief Onkel Maris, als wir am Schuppen vorbeikamen. Babel trompetete, und Ligita stöhnte. Sie taumelte auf die Stufen zu und ließ sich anmutig auf der untersten nieder.

»Ich brauche eine Schüssel«, sagte sie und fischte ein löchriges Stück Stoff aus dem Ärmel: ein Taschentuch aus feiner Spitze. Als sie das tat, erhaschte ich einen Blick auf einen violetten Strich, der vom Handgelenk bis zur Mitte des Unterarmes reichte. Eine tiefe, breite Narbe. Vielleicht war ihr Leben doch nicht so wunderbar, wie ich gedacht hatte.

Ich stürzte in die Küche und kehrte mit Mutters orange gepunkteter Teigschüssel zurück. Keinen Augenblick zu früh. Ein Blick auf das Muster der Schüssel, und Ligita erbrach sich. Als sie das kräftige Würgen hörten, eilten Mutter, Vater und Rudi zur Treppe.

»Was hast du ihr zu essen gegeben?« In Mutters Augen stand die reine Wut.

»Pilze.« Ich hielt den Korb in die Höhe. Allein das Wort löste eine explosive Reaktion in Ligitas Magen aus. Das feine Spitzentaschentuch konnte hier nichts ausrichten. Volle zwanzig Minuten lang übergab sie sich, und Mutter hielt ihr die ganze Zeit das Haar aus dem Gesicht.

»Mein Vortanztermin!«, stöhnte Ligita.

Rudi trug sie zum Sofa, während Mutter Tee kochte. Er kniete sich hin und tupfte ihr mit einem nassen Tuch die Wangen und den Hals ab. Hin und wieder beugte er sich vor und küsste sie auf die Stirn. Und sie war so geschwächt, dass sie weder seine Hand wegschlagen noch ihn beschimpfen konnte. Rudi hatte noch nie so glücklich ausgesehen. Und auch Mutter war glücklich. Dieses Mädchen – so zart und schön, dass ihr Körper es niemals hätte gebären können, ein Mädchen, das so anders war als ich, dass der Anblick wehtat – ließ endlich zu, dass man es tröstete. Ich weiß nicht, ob ich Ligita mochte, weil sie Mutter auf diese Art glücklich machte, oder ob ich sie deshalb noch ein bisschen mehr hasste.

Dann hörten wir von draußen einen gewaltigen Radau. Es klang, als würde Babel auf der Straße stehen und mit seinem Geschrei den nahenden Weltuntergang ankündigen. Doch es war nur Stanka.

»Meine Augen! Ich traue meinen Augen nicht! Holländische Lakritzbonbons!«, kreischte sie. Sie fegte an unseren Fenstern vorbei, auf den Schuppen zu und sammelte ein

Bonbon nach dem anderen auf. Ihre Kiefer mahlten kräftig und schnell. Ich stahl mich zur Hintertür hinaus und folgte ihr. Onkel Maris hatte die Schuppentür gerade so weit offen gelassen, dass man durch den Spalt das dickste Bonbon auf der Schwelle liegen sah. Stanka bückte sich. Onkel Maris schnarchte übertrieben laut. Und gerade als Stanka sich das Bonbon schnappen wollte, zog er die Leine straff. Das Bonbon flog davon. Und als sie hinterherhechtete, fiel sie auf Onkel Maris. Er hielt sie fest, während sie das Riesenbonbon vom Haken löste und sich in den Mund steckte.

»Vergib mir, Stanka. Für alles, ich bitte dich«, flehte Onkel Maris.

Mit vollem Mund konnte sie weder streiten noch ablehnen. »Offenbar stirbst du wirklich, du Scheißkerl«, brachte sie schließlich heraus.

Onkel Maris hustete. Und hustete. Jeder Hustenanfall brachte die Saiten des Flügels zum Grummeln, eine Sinfonie aus Misstönen, als gäbe auch das Instrument seinen Geist auf. Ich holte eine Decke aus der Ecke des Schuppens und legte sie über den Resonanzboden und die Saiten. Dann holte ich Vater und Mutter. Als wir zurückkamen, hustete Onkel Maris noch immer. Nichts konnte seinen Husten lindern, dieses schreckliche Gurgeln eines Mannes zum Schweigen bringen, der innerlich ertrank.

Onkel Maris sah Vater an. »Bitte, äschert mich ein wie einen Zigeuner.«

»Was?« Vater konnte sein Entsetzen nicht verbergen.

Neben Onkel Maris lag meine aufgeschlagene Bibel. Er hatte Matthäus geraucht, hatte Markus geraucht, hatte Lukas geraucht, und mit Johannes war er jetzt auch schon fast durch. Und da dies die Bücher waren, in denen vor allem Jesus sprach, fragte ich mich, ob die Worte des Herrn Onkel Maris das letzte bisschen Verstand geraubt hatten.

»Aber du bist doch kein Zigeuner«, sagte Mutter.

»Und wir lettischen Roma verbrennen unsere Toten nicht, Liebling«, erinnerte ihn Stanka.

»Egal. Ich habe nie viel verlangt. Und worum ein Mensch auf dem Totenbett bittet, das sollte er auch bekommen.«

Vater ließ den Kopf hängen. Seiner Meinung nach war die Feuerbestattung fast gleichzusetzen mit dem Fegefeuer. »Wenn du schon auf dieser leibhaftigen Blasphemie bestehst, dann öffne jetzt wenigstens Gott dein Herz«, flehte er.

»Was hat denn Gott jemals für mich getan?«, erwiderte Onkel Maris, und Vater setzte sich wieder die Mütze auf den Kopf und ging ins Haus zurück. Eine solche Frage war so unvorstellbar, so dreist, dass ich, als ich Mutter aus dem Schuppen folgte, an Onkel Maris verzweifelte, der nun durch das Tor in die Finsternis treten würde – ganz allein, nicht einmal mit Gott an seiner Seite.

Das Morgenlicht draußen vor unseren Fenstern verdichtete sich. Dann fing es an zu regnen. Ligita, leichenblass, kam mit ihrer kleinen Reisetasche in die Küche, bereit für den Bus um sieben Uhr fünfzehn, der am Ende der Straße kurz anhalten würde.

»Hier.« Rudi nahm sie am Ellbogen und wollte ihr in den Mantel helfen. »Lass mich dich wenigstens zur Bushaltestelle bringen.«

Ligita schnappte ihm den Mantel aus der Hand und öffnete die Küchentür. »Ich kann mich selbst hinbringen«, sagte sie und stieg würdevoll die Stufen hinab.

Rudi blieb auf der Türschwelle stehen und blickte ihr nach. Auch Mutter und ich sahen zu, wie Ligita am Gemeindesaal haltmachte, um die glänzende Porzellanschüssel mit einer letzten Hinterlassenschaft zu beglücken. »Vermutlich war sie sowieso zu kultiviert für uns«, flüsterte

Mutter, und ihr Blick blieb an der zerfledderten Fußmatte haften, die auf der Wäscheleine hing. Daneben flatterte Ligitas Spitzentaschentuch. Die Flecken würden wir nie wieder rauskriegen.

Im Laufe des Tages leerten wir Onkel Maris' Schüssel fünfzehn bis zwanzig Mal.

Er pinkelte und pinkelte, erleichterte seinen Körper vom letzten Tropfen Flüssigkeit, pinkelte all seine Kraft und seinen Willen in die Schüssel. Woher denn so viel Wasser kommen könne, fragte ich Vater, der bloß bedächtig den Kopf schüttelte. Onkel Maris war so schwach, dass er kaum den Kopf heben konnte.

»Da ist sie.« Onkel Maris nickte zur Ecke hin. »Tropfnass, mit dunklen Flügeln.«

»Wer?«

»Das Mädchen vom Fluss.« Seine Stimme brach, und er brauchte all seine Kraft, nur um zu atmen. Am späten Nachmittag konnte er nicht einmal mehr husten, und ihn so zu sehen – so ruhig, so umgänglich – war geradezu furchteinflößend. Vater saß auf einem Klappstuhl am Fuß der Pritsche, Stanka auf einem Stuhl neben dem Kopfende und hielt Onkel Maris' Hand. Er lag da, den Blick auf einen Punkt über Stankas Kopf fixiert. So starb er, Hand in Hand mit Stanka. Mutter bedeckte ihn mit einem Laken, und während der nächsten Stunde saßen wir am Küchentisch. Wir sprachen Onkel Maris' Namen nicht aus. Mutter kniete vor dem offenen Backofen und steckte den Kopf hinein, damit wir ihre Tränen nicht sahen. Vater hielt seine Mütze in den Händen. Seine Schultern bebten, während er leise weinte. Und ihm gegenüber saß Rudi, das Gesicht in den Händen vergraben. Onkel Maris war einmal sein Held gewesen, und jetzt war er nicht mehr da. Genauso wie Ligita.

Stanka musterte Rudi minutenlang. »Du hast ein gebrochenes Herz. Aber ich kenne ein Rezept dagegen«, sagte sie, stand auf und ging auf Rudi zu. Er runzelte die Stirn. Wir beide wussten, dass es auf der ganzen Welt keinen Kräutertrank oder Pilz gab, der ein wundes Herz hätte heilen können, das sich noch nicht ausgeweint hatte. Und es klang seltsam aus Stankas Mund, zumal in ihren traurigen Augen Tränen standen.

»Steh auf«, sagte sie. Rudi erhob sich.

Stanka schlüpfte aus ihren Sandalen, stellte sich auf die Zehenspitzen und legte Rudi eine Hand auf die Schulter und die andere in seine offene Hand. »Und jetzt schließ die Augen und tanz.« Rudi schob die Füße zuerst in die eine, dann in die andere Richtung, während Stanka ihn führte, indem sie seine Schulter leicht drückte. Dann sangen Vater und Mutter ein Lied für Onkel Maris:

> Was, wenn das Lied
> Zum Schweigen gebracht wird?
> Was dann?
> Singt weiter!

Mutters Blick ruhte auf Stankas Füßen, den kräftigen Gelenken, die Traurigkeit gekannt hatten, aber auch glücklichere Zeiten. Und es dauerte nicht lange, bis die Melodie fröhlicher wurde und Stankas Füße sich schneller und leichter bewegten. Was immer sie fühlte, ganz gleich welche Trauer aus ihren Augen sprach, ihre Füße waren dabei, den Weg zurück in die Freude zu finden. Und die ganze Zeit hielt Rudi mit geschlossenen Augen Schritt.

»Du bist ein wunderbarer Tänzer«, flüsterte Stanka. »Und jetzt öffne die Augen und vergiss das nicht.«

Ohne ein weiteres Wort stapfte sie aus der Küchentür und polterte die Treppe hinab. Die Stunde der Trauer war vorbei, und jetzt brauchte uns Onkel Maris. Wir folgten Stanka in den Garten, Rudi schleifte unsere Plastikwanne hinter sich her in den Schuppen. Rudi und ich fassten Onkel Maris unter den Achseln und hoben ihn an, während Stanka und Mutter ihn wuschen. Zuerst kippten sie Wasser über seinen Kopf und seinen Nacken, dann über den rechten Arm und über die rechte Seite bis zum Fuß hinunter. Dann machten sie dasselbe auf der linken Seite.

Drei Eimer Wasser waren nötig – nicht mehr und nicht weniger. Anschließend trocknete Stanka ihn mit einem Handtuch ab, bevor Mutter und ich ihn in Vaters besten Anzug steckten.

Den ganzen Tag über hobelten Vater und Rudi Bretter einer gefällten Akazie, die Vater zum Trocknen unter eine Plane gelegt hatte. Bei Einbruch der Dunkelheit fügten sie sie zu einem Sarg zusammen und trugen Onkel Maris aus dem Schuppen. Stanka legte die restlichen Dosen seines Vitaldrinks und alle Zigaretten um seine Leiche und einen Spiegel in seine Hand. Mutter verstaute seine Krücke neben dem gesunden Bein. Was von meiner Bibel übrig war, steckte ich in die Brusttasche des Jacketts. Eine Zeit lang standen wir im Regen und betrachteten Onkel Maris im Sarg. Wir alle wussten, was er gewollt hatte: in Flammen aufgehen, vom Feuer auf seine elementaren Teile – einen eisernen Willen und eine Metallkrücke – reduziert, geläutert und gehärtet werden. Und wir gaben unser Bestes. Rudi und ich stapelten Holz auf, das trockenste, das wir hatten. Wir zündeten Streichholz um Streichholz an, doch der Regen löschte eins nach dem anderen. Es hatte so stark und so lang geregnet, dass jeder Stock, jedes Stück Holz vollgesogen und aufgedunsen war. Wie sehr wir uns auch mühten, Onkel Maris' Wunsch nachzukommen, es gelang uns einfach nicht.

Rudi, Mutter, Stanka und ich – wir alle starrten Vater an. Vater starrte auf den Scheiterhaufen. Es war das erste Mal, dass er nicht wusste, was er tun sollte.

»Und jetzt?«, fragte Rudi.

»Wir bestatten ihn morgen – auf die richtige Art«, sagte Vater.

»Ja, schon, aber was machen wir jetzt?«, fragte ich.

Stanka wischte sich mit dem Rocksaum das Gesicht ab. Dann streifte sie die Sandalen von den Füßen, stellte sich auf die Zehenspitzen und umfasste Rudis Schulter. »Singt das Lied«, sagte Stanka. »Singt es diesmal lauter.«

Und das taten wir.

4

Meine Gedanken fliegen wie das Schiffchen durch einen Webstuhl; ich bin dir dankbar, dass du so geduldig bist mit mir. Während du weg warst, um Tee zu kochen, fiel ich in einen Schlaf, in dem Erinnerung und Traum so miteinander verquickt waren, dass ich sie nicht auseinanderhalten konnte. Ich hörte, wie eine Stimme meinen Namen rief. Ich ging zum Fluss. Ich sah die gefiederten, schirmartigen Kronen des hohen Wiesenkerbels. Ich wollte all diese grüne Spitze einsammeln und einen Brautschleier daraus machen. Ich riss eine Dolde aus, dann eine zweite und noch eine. Bis ich die Stimme eines Mannes hörte: *Um Gottes willen, hör auf damit!* Es war Herr Gepkars, er saß hinter seinem Holzpult. Seine Schultern bebten, und ich wusste, dass er weinte, weil jemand »Sibirien« geflüstert hatte. *Sibirien. Sibirien.* Der Duft nach verbranntem Zucker erfüllte den Raum, und ich fuhr mit dem alten blauen Bus nach Rezekne, um eine Putzstelle bei einer neuen Familie anzunehmen. Während der Bus über die Straße rumpelte, ächzten und stöhnten die Sitze. Meine Zähne klapperten. Das Klappern von Tassen und Untertassen, die Tüte aus Wachspapier, und dann sah ich dich, deine fragenden blaugrauen Augen, und mir fiel wieder ein, dass ich dir so vieles noch nicht erzählt habe. Ich beginne und breche dann ab. Ich vergesse, was wichtig und was unwichtig ist.

Du hast mir die Bewegung von Elektronen erklärt. Mir

flößt Ehrfurcht ein, dass das Leben aus etwas so Kleinem besteht. Dass ich mit dir spreche, ist nur aufgrund ihres Schwirrens und Tanzens möglich, ihres hektischen Austauschs von Energie, wie bei den Bienen stelle ich mir vor, die verrücktspielen, wenn sie ausschwärmen dürfen. Jedem noch so kleinen Teil der Schöpfung wohnt das Streben nach Bewegung, nach Veränderung inne. Und was für die Lebenden gilt, trifft ebenso auf die Toten zu. Dein Großvater glaubte, dass sie sich in den ersten Tagen unter der Erde in ihren dunklen Särgen nicht bewegen, um sich in Ruhe an ihre neue Realität zu gewöhnen. Sie müssen lernen, im Dunkeln zu sehen, sich anhand von Geräuschen zurechtzufinden. Welch zartes Gewebe der Körper freigibt, Sehnen und Muskeln, Gelenke und Knochen. Dein Großvater war überzeugt, dass die Trennung des Körpers von der Seele mit dem Faulen eines Zahns vergleichbar ist: Er verfault und löst sich aus dem Gaumen. Erst dann beginnt die entzündete Zahnalveole zu heilen, und erst wenn der Körper verfällt, können sich die Bedürfnisse und Ansprüche der Seele bemerkbar machen.

Einfach, aber nicht leicht. Das sagte Herr Bumbers zu dir. Er tanzte in einem Kessel mit siedendem Wasser auf und ab wie eine zu dick gefüllte Pirogge. Lange Hautfetzen trieben neben ihm im Wasser oder klebten an den Seiten des Topfes. Es bedürfe großer Hitze, um das Überflüssige, das Unnötige abzustoßen, schriebst du in dein Buch. Doch es gebe kein Zurück, keine Möglichkeit, Fehler ungeschehen zu machen, außer sie einzugestehen, einen nach dem anderen.

Neulich hast du mir von Frau Osolins erzählt. Dort, wo einst ihr Herz war, brannte nun Scham. Reue hatte sich wie ein Stachel in ihren Nacken gebohrt. Es gab nur ein Heilmittel: Sie musste die Ursache herausfinden, so wie eine Wäscherin die Flecken auf einem Kleid bemerkt und sagt, hier, hier und hier. Erst dann spürte sie, wie sie von Wasser überströmt wurde. Die Schönheit dieser Waschung bestand darin, dass sie tatsächlich spürte, wie Makel und Flecken aus dem Gewebe ihrer Seele herausgespült wurden. Herr Dumonowski rappelte in seinem Sarg wie Samenkörner in einer dunklen Hülse. Dieser Aufruhr war es, den er so dringend brauchte, nach dem er sich so verzweifelt gesehnt hatte. Mit jedem Rappeln schüttelte er seine Sünden ab, so wie der Weizen die Spreu. Er wurde gepresst, wie Oliven, wenn sie zu Öl raffiniert werden. Er wurde zu Licht zerschlagen.

Dein Großvater hätte sich über deine Aufzeichnungen gefreut. Er war überzeugt, dass die mühsame Arbeit der Seele, so unangenehm sie auch sein mochte, unbedingt notwendig war. Ohne diese Arbeit, so glaubte er, würde sich die Seele nicht aus ihrer Verwurzelung lösen, sondern in ihrem selbst erzeugten Sumpf stecken bleiben. Das wäre nicht weiter schlimm, würde sich nicht jegliches Geschöpf nach Veränderung sehnen. Diese Theorie hatte sich Oskars in vielen Stunden der Bibellektüre erarbeitet, vor allem eines Abschnitts im zweiten Brief des heiligen Paulus an die Korinther.

Denn wir wissen: Wenn unsere irdische Zeltwohnung abgebrochen wird, haben wir im Himmel einen Bau von Gott, ein Haus, nicht mit Händen gemacht, das ewig ist. Denn in diesem Zelt seufzen wir vor Sehnsucht danach, mit unserer Behausung, die vom Himmel ist, überkleidet zu werden. Denn wir, die wir in der Leibeshütte sind, seufzen und sind beschwert.

Dass unsere Körper sich nach einer Verwandlung sehnen und sie durchmachen, überrascht mich nicht. Ich denke an Raupen, die in ihren Kokons gefangen sind, bis sie daraus ausbrechen und fliegen. Ich denke an Izaak Waltons Bericht über Aale. Kein anderes Wesen, so schreibt er, tritt eine so lange Reise an, kein anderes Tier durchlebt eine derart bemerkenswerte Verwandlung wie der Aal. In *Der vollkommene Angler* schreibt er, dass Aale nicht größer sind als der Fingernagel eines Kindes, wenn sie irgendwo im Atlantik geboren werden. Flach wie ein Band, dünn wie Papier und durchsichtig wie Glas, tanzen und reiten die kleinen Aale durch die Strömung. Und während sie das tun, werden ihre Körper länger; sie bekommen Zähne. Bestimmte Impulse, vielleicht auch genetische Erinnerungen verleiten manche Glasaale, jetzt Jungaale, nach Süden und Westen Richtung Amerika zu wandern, andere wiederum nach Osten zum Nordatlantik. Während sie unterwegs sind, ersetzen kleine dauerhafte Zähne die größeren des Jungtiers. Die Kiefer verändern ihre Form, und ihre Körper, die bislang flach waren, blasen sich auf wie riesige Gurken.

Unter Anleitung deines Großvaters schriebst du Waltons Textstelle mehrmals ab: in ungelenken Großbuchstaben, in schwungvoller Schönschrift. Wie kann ein Wesen zuerst im Salzwasser atmen und anschließend im Süßwasser überleben? Wie kann es sein, hast du am Rand deiner Notizen gefragt, dass der Aal zuerst an eine Umgebung angepasst ist und später an eine ganz und gar andere?

Das wahre Wunder liegt in der physischen Anlage des Aals. Jeder Fisch besitzt einen einzigen langen Nerv am Rücken, der alle Veränderungen von Licht, Druck und Bewegung registriert. Der Aal aber kann mit jedem Zentimeter, jeder Zelle seines Körpers Geräusche und Druck wahrnehmen. Es ist so, als wäre ein Aal nur Ohr, schriebst du in dein Buch.

Was auf der Versammlung geschah? Diese Geschichte habe ich nie zu Ende erzählt. Am Tag vor der Versammlung bog der rauschende Wind die Birken bis zum Boden und riss Fliegengittertüren auf. Wir hörten ein Pochen an der Hintertür. Ich dachte, es sei Onkel Maris, der mit seiner Krücke an die Himmelspforte schlug oder vielleicht an die der Hölle. »Wenn es Stanka ist, sag ihr, wir haben keine Milch mehr!«, rief Mutter vom Wohnzimmer aus, wo sie mit einem Golfschläger, den Vater auf dem Friedhof gefunden hatte, die Sofakissen ausklopfte.

Ich lief zur Hintertür und öffnete sie vorsichtig. Die Witwe Spasski stand auf der Treppe.

»Tut mir leid, wenn ich störe«, sagte sie, wobei sie ganz und gar nicht den Anschein erweckte, als täte ihr irgendetwas leid.

»Kommen Sie rein, Frau Spasski!«, rief Vater und rückte einen Stuhl für sie zurecht.

Frau Spasski trat über die Schwelle, setzte sich aber nicht. »Morgen Abend findet eine Versammlung statt. Im Gemeindesaal. Es geht um den Friedhof.« Sie artikulierte jedes Wort sorgfältig und hüllte es in eine Pause, als wisse sie um den Schaden, den es anrichten würde, und wollte sich nichts davon entgehen lassen.

»Ja«, sagte Mutter und tat so, als wollte sie Tee kochen. »Herr Zetsche hat uns bereits angerufen.«

»Nun, ich nehme an, Sie wissen, was los ist.« Frau Spasski nahm eine gelbe Karte mit dicken schwarzen Druckbuchstaben aus der Tasche, legte sie auf den Tisch und schlurfte mit einem boshaften Funkeln in den Augen zur Tür.

Vater setzte sich wieder. Seine Hände zitterten. Unter der sowjetischen Besatzung hatte es eine Zeit gegeben, in der Erniedrigung und Schande eingesetzt wurden, um Menschen zu belehren und zu bessern. Mutter kannte zum Beispiel eine Straßenbahnfahrerin, eine nette Frau, die bei ihren Vorgesetzten in Ungnade gefallen war. Eines Tages wurde sie in die öffentliche Bibliothek zitiert, wo sich alle ihre Kollegen, Mitarbeiter, Jugendfreunde, ihre Familie und ihre Nachbarn versammelt hatten. Wie bei einer Beerdigung stapfte einer nach dem anderen ans Mikrofon und sagte etwas über Galja. Allerdings nichts Nettes.

Sie berichteten, wie lange sie gebraucht hatte, bis sie sich ihre Schuhe zubinden konnte, wie schlecht ihre Noten in der Schule gewesen waren, wie albern sie in ihren abgetragenen Kleidern ausgesehen hatte und so weiter und so fort, bis von Galja praktisch nichts mehr übrig war. So wurden Menschen damals abserviert. Es war ein öffentliches Spektakel und eine kostenlose Unterhaltung für die Massen. Und immer begann es damit, dass eine Ankündigung auf einer Karte aus festem Karton eintraf.

»Tja.« Vater schob seinen Stuhl zurück. »Mir ist nicht gut«, sagte er und ging zum Abort.

Am Nachmittag vor der Versammlung gingen deine Großmutter und ich etwas früher zum Gemeindesaal. Vater blieb zu Hause und rasierte sich über dem Spülbecken. Wenn er vor aller Augen erniedrigt werden sollte, wollte er zumindest ordentlich rasiert sein. Während wir die Stühle in Reihen aufstellten, füllte sich das Foyer des Gemeindesaals allmählich mit unseren Nachbarn: Herr und Frau Li und Herr und Frau Lim tuschelten auf Koreanisch, wobei hin und wieder einer von ihnen einen mitfühlenden Blick in unsere Richtung warf. Die Arijisnikows kamen mit Teekannen, Stanka stellte ihre Schachteln mit Würfelzucker auf, und Herr Bischofs, der Deutschlehrer, schloss seinen übergroßen Projektor an. Dann trafen Menschen ein, die wir sonst lediglich bei Beerdigungen zu Gesicht bekamen: die Liepins, die Jacobsons, der bucklige Herr Ignats, die Familie Gipsis – alle siebzehn – und natürlich die Witwen Sosnowskis und Spasski. Als Mutter die Stühle endlich zu ihrer Zufriedenheit aufgereiht hatte, nahm jeder seinen Platz ein: Links vom Podium bildeten die Witwen eine gemeinsame Front, Herr Ilmyen und Vater würden rechts vom Podium sitzen. Diese Nähe war eine Art Versöhnung. Trotz ihrer lebenslangen kleinen und großen Missverständnisse waren Herr Ilmyen und Vater echte Freunde. Desgleichen saßen Frau Ilmyen und Mutter in der zweiten Reihe zusammen und tuschelten miteinander, beinahe Stirn an Stirn. Als Vater eintraf, konnte ich sehen, dass er ein Nervenbündel war: Fetzen von Papiertaschentüchern klebten an zahlreichen Stellen seines Halses, wo er sich mit der Rasierklinge geschnitten hatte.

Von draußen drang das entfernte Dröhnen eines Motors in die Halle und wurde zunehmend lauter. Die Hunde bellten, und Babel brüllte. Alle Anwesenden im Saal verstummten und lauschten, wie Herr Zetsche sich näherte. Schließlich quietschte die Tür in den Angeln. Alle drehten sich auf ihren Stühlen um. Herr Zetsche stolzierte zur Bühne – gar nicht so einfach, wenn man lediglich einen Meter zwanzig misst –, und seine raschen Schritte hallten in der Stille wider. Tatsächlich wirkte er noch kleiner als sonst. Ein lila Muttermal zog sich über seinen Hals, es sah aus wie die Silhouette von Italien.

»Meine Damen und Herren.« Herr Zetsche nickte den Witwen, Herrn Ilmyen und Vater zu, der mit den Zähnen knirschte und auf das Schlimmste gefasst war. »Wie Sie alle wissen oder vielleicht auch nicht, bin ich ein ziemlich erfolgreicher Unternehmer und Besitzer von … ähem, zahlreichen Objekten. Eins meiner Grundstücke in dieser Stadt ist ein Stück Land am Flussufer, aus dem ich etwas Neues machen möchte. Wie Sie also sehen, habe ich die Absicht,

Arbeitsplätze zu schaffen.« Herr Zetsche lächelte in Vaters Richtung. Dann gab er Herrn Bischofs ein Zeichen, woraufhin dieser den Projektor einschaltete. Der kleine Ventilator begann zu summen, und dann sahen wir die detaillierten Pläne von Herrn Zetsche als Projektion an der Wand.

»Stellen Sie sich eine lettische Riviera vor, samt Promenade und Musikpavillon. Und natürlich Unterkünfte für die vielen Touristen, die eine solche Attraktion anlocken würde. Als Erstes müsste man eine stabile Ufermauer bauen.« Herrn Zetsches hohe Stimme war jetzt die eines Künstlers, der sein eigenes Werk bewundert.

»Das ist alles sehr interessant, aber was hat es mit dem Friedhof zu tun?«, fragte die Witwe Spasski.

Herr Zetsche lächelte. »Geologische Gutachten legen nahe, dass der beste Ort für das Projekt der Friedhof wäre. Daher werden wir in einem ersten Schritt diesen verlegen.«

Ein Raunen ging durch die Zuschauerreihen. Herr Ilmyen schüttelte bedächtig den Kopf. Vater und Mutter sahen aus, als hätten sie einen Eimer Asche verschluckt. Lange Zeit hörte man im Raum nur das Summen des Projektors und das Knacken von Sonnenblumenkernen, die Stanka verdrückte, als stünde eine Hungersnot bevor.

Schließlich sagte ein Gipsis so laut, dass wirklich alle ihn hörten: »Dem ist wohl der Pflug aus der Ackerfurche gesprungen.« Ja, Herr Zetsche war ziemlich verrückt. Doch er war gut gekleidet, und er fuhr ein schönes Auto, und das machte auf manche Leute Eindruck.

Mutter stand langsam auf und stützte sich dabei auf Stankas Rückenlehne. Es bedurfte einiger Anstrengung, doch am Ende rang sie sich tatsächlich ein Lächeln ab. »Mein Mann soll also neue Gräber ausheben und die Toten umbetten, einfach so? Das kommt mir doch etwas sonderbar vor.« Ihre Stimme war pures Gift.

Herr Zetsche zog eine Grimasse. Selbst er wusste, dass dies eine Anspielung auf die Art war, wie die Sowjets während der Besatzung Menschen von rechts nach links und von oben nach unten verschoben hatten, wie sie Leute umgesiedelt und Grenzen verändert hatten, sodass nicht einmal Gott wusste, wo einige von uns abgeblieben waren. Niemand hatte je Herrn Singer oder seine baptistische Ehefrau wiedergefunden, und wir hatten gehört, dass man den orthodoxen Priestern, die ins Landesinnere der Sowjetunion verschleppt worden waren, grauenhafte Dinge angetan hatte. Der einzige Hinweis darauf, dass einige von uns gelebt hatten, fand sich auf unseren Friedhöfen. Deshalb kümmerte Vater sich so gründlich um jedes einzelne Grab und jeden einzelnen Grabstein, und deshalb kränkten ihn die gehässigen Aktionen der Witwen Sosnowskis und Spasski so sehr.

»Gute Frau«, begann Herr Zetsche. »Es ist nicht so, als wäre ich gefühllos. Doch es gibt gewisse äußere Umstände, die … ähem, zu berücksichtigen sind. Am Ende werden wir alle besser dran sein, denn so schön diese Stadt zweifellos ist, sie ist auch ziemlich am Boden.« Herr Zetsche warf der Witwe Sosnowskis einen Blick zu. »Wirtschaftlich gesehen, meine ich.«

Da sprang Herr Arijisnikow auf und wandte sich an das Publikum. »Lasst euch nicht vom schnöden Mammon blenden!«

»Hört, hört!«, rief Frau Arijisnikow.

Dann stand Stanka langsam auf und musterte Herrn Zetsche mit zusammengekniffenen Augen. »Wer den Frieden der Toten stört, ist verflucht.« Ihre Stimme zitterte unter der Last der schrecklichen Prophezeiung, und in den Reihen der Anwesenden war zustimmendes Nicken zu sehen.

»Alter Aberglaube«, entgegnete Herr Zetsche. »Wir können die Toten nach wie vor ehren. Wir werden sie nur … ähem … woanders ehren. Angesichts so vieler Veränderungen in unserem Land müssen wir uns jetzt um die Lebenden kümmern.« Herrn Zetsches Blick fiel auf Rudi. »Das ist ein neues Lettland – wir müssen an die Zukunft denken und daran, was wir unseren Kindern und Kindeskindern hinterlassen.«

Mit diesen Worten berührte er einen wunden Punkt: Die raue wirtschaftliche Realität war schwierig für eine Kleinstadt wie die unsere. Im Nicken der einen und im Kopfschütteln der anderen erkannte ich eine deutliche Spaltung zwischen Jung und Alt, gemurmelte Zustimmung und Ablehnung waren wie der Gesang zweier Chöre.

Am nächsten Morgen entdeckten wir Vater auf dem Friedhof. In der Hand hielt er locker eine Hacke. Auf seinem Gesicht spiegelte sich ein Ausdruck äußerster Verwirrung, als wartete er darauf, dass ihm jemand sagte, was er zu tun hatte. Schließlich sagte Mutter zu ihm: »Weißt du denn nicht, dass es manche Menschen und manche Dinge gibt, gegen die man einfach nichts ausrichten kann?«

»Doch, weiß ich«, antwortete Vater. Dann wandte er sich ab und schritt zwischen den nassen Grabsteinen hindurch, vermutlich, um sich an jeden Einzelnen zu erinnern, bei dessen Bestattung er geholfen hatte, sich an sie auf diesem Friedhof zu erinnern, wo sie für immer hatten bleiben wollen.

Doch schon drei Minuten später tauchte Vater wieder im Hof auf. »Inara! Biruta!«, rief er und winkte uns in Richtung Friedhof. Mutter und ich liefen zu ihm. Onkel Maris' Grabstein war umgefallen, und ein Stück war abgebrochen. »Das ist ein böses Omen«, sagte Vater. Ich blickte auf die Baumgrenze, hoffte auf ein Zeichen der Güte vom Himmel. Wir lauschten dem Rauschen des Windes in den Bäumen, und dann sah ich eine Bewegung – ein weißes Flattern.

»Guckt mal!« Ich zeigte darauf. »Ein Storch.«

Die Blicke meiner Eltern folgten dem Vogel. Mutter legte ihre ruhige Hand auf Vaters zitternde. »Ein Storch«, sagte Mutter. »Auch das ist ein Zeichen.« Sie drückte Vaters Hand. »Siehst du, der Storch baut sein Nest über unserem Friedhof. Er weiß nicht, dass in einer Woche oder vielleicht einem Monat das alles nicht mehr da sein wird.« Sie ließ ihren Blick über den Friedhof schweifen. »Trotzdem baut er es, weil er es nicht besser weiß. Weil das Leben den Lebenden gehört.«

Ich habe über alles nachgedacht, was ich dir erzählt habe. Ich habe viel über deinen Großonkel Maris gesprochen, deinen Großvater Eriks, deine Großmutter Biruta. Ich habe dir von Herrn Zetsches Plänen erzählt. Aber ich bin bestürzt, wie wenig ich über deinen Vater David gesagt habe. Vielleicht weiß ich nach all diesen Jahren noch immer nicht, wie ich aus ihm schlau werden soll oder welche Rolle er in unserem Leben gespielt hat. Das liegt vermutlich an meiner Unzulänglichkeit. Schließlich hatte ich viel Zeit, um darüber nachzudenken. Sein Gehör war, soweit ich mich erinnere, nicht unbedingt außergewöhnlich. Und nein, ich weiß nicht, ob seine Eltern auch so große Ohren hatten. Tut mir leid, dass ich kein Foto von ihm habe. Ich habe nur seine Briefe. Nach Juttas Hochzeit begann ich ihm zu schreiben. Irgendwann nach dem dritten Absatz im ersten Brief fiel mir ein, dass ich seine Anschrift nicht kannte. Zum Glück ist es in einer kleinen Stadt wie unserer nicht schwer herauszufinden, wo jemand wohnt. Frau Arijisnikow hatte ein fotografisches Gedächtnis, dem sie nachhalf, indem sie jede Nacht den Inhalt der Mülltonnen durchforstete, auf der Suche nach weggeworfenen Umschlägen und abgestempelten Briefmarken. Daher kannte sie nicht nur die Adresse von allen Einwohnern unserer Stadt, sondern auch die derjenigen, mit denen sie korrespondierten. Und gegen ein kleines Geschenk gab sie ihr Wissen meistens gern weiter. Ein marinierter Hecht und ein paar Minuten Zeit, mehr war nicht nötig, damit sie Davids Anschrift ausfindig machte.

»Ah! Die Universität«, sagte sie. »Dann ist er sicher sehr klug.«

Ich nickte und streckte die Hand nach dem Papierfetzen aus, auf dem seine Anschrift stand. Frau A. verbarg ihn in einer Hand und legte die andere auf meine. »So.« Über den Rand ihrer Brille warf sie mir einen Blick zu. »Was hat dein Onkel mit Herrn Zetsche zu tun?«

»Wie bitte?«

»Der große Umschlag da. Der mit dem zusätzlichen Porto, er ging an Herrn Zetsches Adresse in Madona.«

Ich zuckte die Achseln. Was hatte ich mit Onkel Maris' Geschäften am Hut? Vielleicht hatte er wieder mal ein Paar Schuhe mit hohen Absätzen entworfen. Ich hatte andere Sorgen. Nämlich, ob dein Vater überhaupt an mich dachte. So ist das, wenn man verliebt ist. All die übrigen Details der Realität sind irrelevant, sie existieren nicht einmal. Die Sterne hätten zu Supernovae explodieren können, und ich hätte es nicht bemerkt. Ich befand mich auf einer Mission.

Während der nächsten zehn Monate ging eine Jahreszeit in die nächste über, und wenn ich nicht gerade Mutter beim Putzen oder bei ihrer Zeitung half, schrieb ich Briefe wie eine Besessene. Mutter vermutete, ich nähme Fernunterricht. Ich ließ sie in dem Glauben.

Ich weiß, dass ich manchmal besorgt, ja streng auf dich gewirkt habe. Aber vergiss nicht, auch ich war einmal ein junges Mädchen. Und ich war verliebt. Verliebtheit steigert den Sinn für Wahrnehmung und Betrachtungsweise. Das Grün des Mooses, das die am Ufer umgestürzten Birken oder Eichen bedeckte, kam mir so lebendig und intensiv vor, als glühte ein inneres Licht darin, als genügte die Farbe sich selbst. Es stimmt, dass das Sehvermögen verliebter Mädchen sich intensiviert, andererseits verengt sich der Blickwinkel. War mir Mutters Zeitung wichtig? Nicht die Bohne. Das geheime Leben von Wurzelgemüse langweilte mich zu Tode. Dafür wollte ich mehr über die Frau erfahren, deren seltsame Briefe ich in meinem Zimmer versteckt hatte. Ich fragte deiner Großmutter Biruta ein Loch in den Bauch. Wie sich Velta und Ferdinands kennengelernt hatten (durch Zufall beim Tanzen). Wie war das mit Veltas Flügel? Und Ferdinands' Zeitung? Alles Mögliche. Warum, fragst du dich vielleicht. Woher kam dieses obsessive Interesse an einer Frau, die ich nicht einmal gekannt hatte? Ich denke, jeder von uns hat ein Geheimnis, das er unbedingt auflösen muss; dieses Geheimnis ist unsere jeweilige Heimsuchung. Wir erhalten nur wenige Hinweise und erkennen sie oft erst viele Jahre später als solche. Meine persönliche Heimsuchung hatte mit Velta zu tun. Hinweise gab es viele: das Gutshaus, der geliebte ramponierte Flügel, das gerahmte Foto im hinteren Teil des Saals, Mutters Schweigen. Veltas Briefe.

Fliegende Finger über den weißen Zähnen der Klaviatur. Der schrille Freudenschrei eines Kindes, das schwere Klimpern von Münzen, Vogelgezwitscher in den Hecken. Was wäre, wenn deine Welt aus diesen Klängen bestünde? In einer Welt aus handfesten, greifbaren Gegenständen, einer stabilen, gewichti-

gen Welt, ritzen diese Klänge eine Aufnahme. Ja, in die Tafel meines Herzens. Sing mir das Lied, das du in Sibirien gesungen hast. Sing mir deine dunkle Melodie.

Sie schrieb über Heuschrecken, die die Roggenfelder kahl fraßen und vier Wochen später zurückkehrten, um es ein zweites Mal zu tun. Ich zerbrach mir den Kopf über ihre Worte, stellte mir vor, dass ich Velta und dadurch auch meine Mutter besser verstehen würde, wenn ich ihnen eine Bedeutung abrang. Vielleicht war ich wie der Junge, der in den Zauberspiegel des Rabbi kletterte. Vielleicht dachte ich, dass ich wie er, der sein eigenes Spiegelbild betrachtete, hin und wieder die Schwelle des Gewöhnlichen überschreiten und in die Geheimnisse der Vergangenheit eindringen könnte, wenn ich mich an die sichtbaren Details in Veltas Leben hielt. Dann würde ich sehen, wie eine Frau in einer anderen lebte, in den kleinen Gesten, die von der Hand zur Schulter huschten, oder in einem Gesichtsausdruck, bei dem sich Augen und Mund verzogen. Ich würde sehen, wie leicht eine Frau zu einer anderen wird.

Ich kann dir erzählen, wie sehr wir uns davor fürchteten, Schuhe und Socken auszuziehen, um über die mit Kalk bedeckten Felder zu gehen. Die weiße Kreide unter unseren Füßen aufzuwirbeln. Aus Spaß, nur so, sagten sie. Wieso tanzt ihr nicht dabei? Das taten wir. Sie sagten: »Singt.« Wir sangen. Wir wirbelten die Erde mit unseren Füßen auf, und unsere nackten Fersen rutschten darin aus. Ist das eine Art von Liebe, sich der Erde hinzugeben?

Ich gestehe, ich las die Briefe, und ich wollte Velta sein. Ich wollte, dass Wolken aus weißer Luft meine Lungen füllten, mich von innen versengten. Ich wollte diejenige sein, die

Opfer gebracht hatte und anschließend so poetisch darüber schreiben konnte. Ich habe dir ja schon erzählt, wie wichtig es mir war, die richtige Pose zu finden. Die traurige Wahrheit ist, dass in unserer Stadt nicht viel los war. Abgesehen von dem Tratsch, den Mutter auf dem Postamt mitbekam (der Zustand des ehemaligen Wildaufsehers Lukin war stabil, nachdem seine Frau ihm ihre Beinprothese über den Kopf gezogen hatte; eines der bunten Trikots des lettischen Basketball-Teams bei den Olympischen Spielen von Barcelona 1992 wurde für mehr als fünfhundert Dollar im Internet angeboten; Jutta sah nun aus, als hätte sie einen Kohlkopf verschluckt), konnte ich David nicht viel berichten. Daher benutzte ich Veltas Briefe als Vorlagen für meine eigenen. Ich schrieb: *Fliegende Finger über den weißen Zähnen der Klaviatur. Der schrille Freudenschrei eines Kindes. Ist das eine Art von Liebe?* Pose und Diebstahl. Schuldig in beiden Punkten.

Zu meiner großen Freude und Erleichterung beantwortete David meine Briefe. Er entschuldigte sich ausgiebig dafür, nicht als Erster geschrieben zu haben. In seinen Briefen machte er Witze über die mangelnde Hygiene seiner Zimmergenossen, seine vielen schweren Prüfungen, die häufigen Kopfschmerzen und schrieb, wie sehr er sich wünschte, dass mein Aal, obwohl er nicht koscher war, nicht in der Küche des Gemeindesaals verkohlt wäre und unser Treffen in jener schicksalhaften Nacht am Flussufer vereitelt hätte. Er war so nett, mir – mehrmals – zu versichern, dass er ihn bestimmt mit großem Genuss gekostet hätte, allein deshalb, weil meine Hände ihn zubereitet hatten, wenn nicht der Herd mitsamt Inhalt Feuer gefangen hätte.

Ermutigt durch diese Bestätigung lieh ich mir Vaters Bibel aus, zog weiße Handschuhe an und schrieb Verse aus dem Hohelied ab, diesem überraschend sinnlichen Buch aus dem Alten Testament.

Des Nachts auf meinem Lager suchte ich ihn, den meine Seele liebt. Ich suchte ihn und fand ihn nicht.
Aufstehen will ich, die Stadt durchstreifen, die Gassen und Plätze, ihn suchen, den meine Seele liebt.

Während ich Textstellen aus dem Hohelied kopierte, wurde ich zu Sulamith, durch Zeit und Raum vorübergehend von demjenigen getrennt, den sie liebte. Und mit jedem Absatz, den ich abschrieb, wurde David mehr zu dem Geliebten der jungen Sulamith. Jeder Brief, den ich schrieb, war ein weiterer kleiner Test, mit dem ich anhand von Davids Antworten überprüfen konnte, was er im Grunde seines Herzens fühlte. Wenn er sich in Banalitäten über das Wetter oder, noch schlimmer, über Hockey flüchtete, hätte ich meine Antwort: Er war nur höflich zu einem Mädchen mit breiten Hüften und unreiner Haut. Antwortete er aber liebevoll, würde ich wissen, dass er mich mochte. Immer wenn ich einen Brief abgeschickt hatte, schwankte meine Stimmung, und ich malte mir das Schlimmste aus, bis zum Tag, an dem ich seine Antwort erhielt.

Deine Zähne sind wie eine Herde frisch geschorener Schafe, die aus der Schwemme steigen. Jeder Zahn hat sein Gegenstück, keiner ist nutzlos.

PS: Du hast recht, was Jutta angeht – sie wird in einer Woche ein Kind bekommen – laut Ultraschall ein Junge. Wenn alles gut geht, komme ich zur Feier.

Die Frauen in unserer Straße hatten längst vermutet, dass Jutta schwanger war: Sie war in einem Bus gesehen worden, mit meterweise weichem Stoff – solchem, aus dem man Babywäsche macht. Wir hatten auch beobachtet, wie sie ihre Runden im Garten drehte, eindeutig, um die Geburt zu beschleunigen. Frau A. hatte Wetten über den genauen Entbindungstermin angenommen. Doch erst als ich die Neuigkeit aus Davids handgeschriebenem Brief erfuhr, wurde ihr Baby für mich wirklich. Das war die Woche, in der ich einen neuen Weg zur Post nahm. Jedes Mal verlangsamte ich meine Schritte und horchte angestrengt auf das schrille, unregelmäßige Geschrei eines Neugeborenen.

Was hätte ich sonst tun sollen? Mein ganzer Körper war von einer Rastlosigkeit befallen, die durch nichts – nicht einmal das Sammeln von Frühlingsmorcheln – hätte gestillt werden können. Vielleicht hatte ich mir eine Krankheit eingefangen. Doch eines Morgens, als ich von der Post zurückkam, hielt Stanka mich an und sah mir eindringlich ins Gesicht. Dann lachte sie. »Mich laust der Affe! Du bist verliebt – ich fasse es nicht, dass ich das nicht schon früher bemerkt habe!«

»Bin ich nicht!«, widersprach ich. Aus irgendeinem Grund, den ich nicht benennen konnte, wollte ich Stanka nicht von David erzählen. Noch nicht.

Stanka nahm meine Hand und kniff die Augen zusammen. »Doch, bist du. Und deinen vielen Ausflügen zur Post nach zu urteilen, muss er außerhalb der Stadt wohnen.« Stanka zwinkerte mir zu. »Ja, ich sehe es ganz deutlich, du hast dich in einen bedeutenden Mann verliebt.«

Ich seufzte. »Nur in seine Ohren. Sie sind riesig, wenn du es unbedingt wissen willst.«

Stanka bog meine Finger gerade und warf einen Blick in die offene Handfläche. »Ihr werdet bald zusammen sein. Du wirst heiraten – im Gemeindesaal natürlich – und viele, viele Kinder bekommen.« Stanka lächelte und tätschelte meine Hand.

Am nächsten Tag ließ Jutta sich nicht im Garten blicken. Ich wusste, das konnte nur eines bedeuten.

An einem Abend, an dem es in Strömen regnete, hörten wir ein lautes Pochen an unserer Hintertür. Ich lief hin in der Hoffnung, es sei Stanka mit Neuigkeiten über das Baby.

»Na endlich!«, sagte Rudi, während er den Mantel auszog. Bei ihm war Ligita. Offensichtlich hatten sie sich versöhnt. Rudi eilte an mir vorbei zum Küchentisch, wo er unseren besten Stuhl herauszog. Er winkte Ligita heran, die sich, ohne mich eines Blickes zu würdigen, auf den Stuhl setzte und ihre Handtasche – billiges Kunstleder – auf den Schoß stellte.

Mutter spürte die Anwesenheit einer anderen Frau im Haus und kam in die Küche geeilt. Vater folgte ihr.

»Rudi!«, rief Vater. »Was für eine Überraschung!«

»Normalerweise rufst du uns an, wenn du etwas willst«, sagte Mutter.

Rudi errötete und sah zu Ligita. Rudi war von der Universität geflogen, hatte es aber auf eine der besten Technischen Hochschulen geschafft, wo er in wenigen Wochen seine Diplomprüfung ablegen würde. Jetzt räusperte er sich. »Ihr erinnert euch doch an Ligita.«

Und ob.

Ligita schien an ihrem Stuhl zu kleben. Ihre Kleider saßen wie angegossen oder als hätte sie Farbe auf ihren Körper gesprüht. Ja, so eng saßen Pullover und Jeans, und als ich sie musterte, so angefüllt, dass sie beinahe überschwappte, und gleichzeitig strotzend vor Leben, wusste ich plötzlich, dass sie schwanger war.

»Wir werden heiraten«, sagte Rudi.

»Warum?«, fragte Vater skeptisch.

Ligita faltete die Hände in ihrem Schoß, löste sie wieder und starrte auf Mutters Geschirr im Regal.

Rudi errötete erneut. »Aus den üblichen Gründen.« Rudi streichelte Ligitas Bauch, und dann war es an ihr, zu erröten.

»Wir sind verliebt, das sieht man doch«, erklärte Rudi.

»Das sieht man!«, strahlte Mutter. »Liebe. Heirat. Noch eine Hochzeit. Natürlich werden wir im Gemeindesaal feiern.«

»Natürlich«, sagte Ligita. Ihre schwarzen Augen funkelten wie Obsidian. In weniger als einer Minute hatte sie Mutter vollkommen durchschaut.

»Tja, das Gefühl kenne ich auch.« Vater führte die Hand zum Herzen.

»Wirklich?«, sagte Ligita.

Mutter strich sich eine Haarsträhne hinter das Ohr und schnaubte. »Ermuntere ihn nicht auch noch, ich bitte dich.«

Obwohl Mutter die Angewohnheit hatte, Wasser über Vaters Worte zu gießen, damit sie gar nicht erst die Chance hatten, sich zu verfestigen, zwinkerte Vater ihr bloß zu. »O ja, sie sind schön, meine Geliebten, jede einzelne schnell, elegant und perfekt gebaut.« Seit Jahren schwärmte Vater für deutsche Autos. Wenn am Monatsende die Autozeitschrift eintraf, zog er sich unverzüglich auf den Abort zurück, wo er mit nicht nachlassender Bewunderung die vielen Hochglanzfotos studierte. Es war der einzige Luxus, den er sich jemals gönnte.

Vater seufzte. Es war ein Ausdruck tiefer Sehnsucht, der Jahrzehnte wehmütigen Verlangens in sich trug. »Eines Tages werde ich eine dieser wunderschönen Kisten ganz für mich allein haben.«

»Was willst du denn mit so einem Wagen?«, fragte Mutter.

Vater sah Mutter an, als sei ihr ein drittes Auge gewachsen. »Na, was wohl? Fahren natürlich.«

Mutter und Vater brachten Rudi und Ligita umgehend im Wohnzimmer unter. Ich zog mich in den Schuppen zurück, wo ich hoffte, ungestört meinen literarischen Ambitionen nachgehen zu können. Doch schon an diesem ersten Abend rüttelten Rudi und Ligita, ohne anzuklopfen, an der Holztür und traten ein.

»Ich wollte es nicht vor Mutter und Vater erwähnen; sie haben schon genug Ärger. Aber vorhin im Bus hat einer nach dir gefragt.«

»Er hatte absolut riesige Ohren«, mischte sich Ligita ein, und mir war, als feixte sie ein bisschen.

»Jedenfalls soll ich dir das hier von ihm geben.« Rudi reichte mir einen Umschlag. Ich wartete, bis sie gegangen waren, und riss ihn auf.

Denn vorbei ist der Winter, verrauscht der Regen.
Auf der Flur erscheinen die Blumen; die Zeit zum Singen ist da.
Die Stimme der Turteltaube ist zu hören in unserem Land.

PS: Die Dämmerung ist die beste Zeit für die Suche nach dem magischen Farn in voller Blüte. Und der Fluss ist der beste Ort – oder?

Ich warf einen Blick auf mein Spiegelbild im Fenster. Nicht gerade hübsch. Ich zog die Lippen nach, kniff mir in die Wangen, um ein bisschen Farbe zu bekommen, und streifte Davids Anglerjacke über. Glücklicherweise erläuterte Mutter Ligita gerade das Innenleben ihres Backofens. Ich lief über den Friedhof. Der Regen hatte sich verzogen, und die ersten Frühlingsvögel huschten zwischen den Bäumen hin und her. Das letzte Licht, das nun unter die niedrigste Wolkenschicht gerutscht war, warf horizontale Strahlen, die jeden Tropfen Wasser erleuchteten und die Blüten auf jedem Zweig an jedem Ast eines jeden Baums in Silber und Gold tauchten. Mit einem Mal war ich die junge Sulamith in einem Garten aus Edelsteinen.

»Inara – hier!« David löste sich aus dem Gestrüpp. Sein Blick wanderte über den offenen Kragen seiner Anglerjacke und den Halsausschnitt meines Kleids darunter. »Du siehst wundervoll aus.«

Hinter seinen Worten hörte ich Salomons Drehbuch, das sich exakt wie ein Lochstreifen abspulte. Dramatisch, ja, klar. Und verrückt. Weil ich mich verliebt hatte, ohne zu wissen, was Liebe war, aber in der Gewissheit, dass sie mich verzehrte und deshalb etwas Gutes sein musste. Doch das war nicht schwer, denn die Wolken hatten sich in der Dämmerung verdichtet, das Zwielicht verwischte die scharfen Ränder und verzieh alle Makel. Es war nicht schwer, mir Gefühle zu erlauben oder mich von Gefühlen mitreißen zu lassen, die größer waren als alle, die ich bis dahin gekannt hatte. David hakte sich bei mir ein, und wir gingen am Fluss entlang. Schließlich führten unsere Schritte uns zwischen den eingezäunten Espen hindurch zum Gutshaus. Es war der einzige konkrete Beweis dafür, dass unsere Familie jemals etwas Wertvolles besessen hatte, und ich wollte David die bröckelnde Venusstatue zeigen, die sich aus dem dunklen Teich erhob. Der Verlust ihres linken Arms und ihres Kopfs betonte ihre edle Haltung nur noch mehr. Ich wollte, dass er den Klang der Walzer hörte, der durch die offenen Türen flutete. Ich wollte, dass er sich so wie ich vorstellte, dass wir eines Tages vielleicht hier leben würden.

Wir gingen über die Steinplatten, die, dem Unkraut in

den Fugen nach zu urteilen, irgendwann so präzise verlegt worden waren, dass eine Frau in raschelndem Seidenkleid darübergehen konnte, ohne sich den Saum oder die Füße zu beschmutzen. Die Koppelfenster aus Bleiglas und die aufwändig verzierten Holzgitter, die sich um das gesamte obere Stockwerk zogen, deuteten auf eine Eleganz hin, die aus einer anderen Zeit stammte. Und jetzt während des Sonnenuntergangs, als die letzten Strahlen durch Birken und Eichen fielen, verwandelten sich diese Fenster in Spiegel, die das Licht vervielfachten, dick und zähflüssig wie Honig. Ich wollte dieses Licht trinken, darin baden.

Später gingen wir zum hinteren Teil des Hauses, wo die Seitentür schief in den Angeln hing. Wir machten kein Licht. Es war nicht nötig: Mittlerweile hatten sich die Wolken verzogen, und der Mond, rund und voll, warf silberne Rechtecke auf den steinernen Boden. Ich breitete Davids Jacke darauf aus.

Als du noch sehr klein warst, hast du nach deinem Vater gefragt und nach den Umständen deiner Geburt. Du wolltest wissen, wo er ist. Du hast gefragt, warum ich ihn nicht genug geliebt hätte, um ihn zu heiraten, und das war die Frage, die mir, abgesehen von Anstand und Würde, den Anstoß gab, dir alles zu erzählen. Du bist mein Sohn, Blut von meinem Blut. Du bist Davids Sohn, Blut von seinem Blut. Und daher will ich dir sagen, dass er Augen hatte, so blau wie ein wolkenloser Himmel im August. In einem bestimmten Licht wirkten sie violett, in einem anderen silbern. Niemand hatte zuvor so Notiz von mir genommen, wie man es sich als junges Mädchen wünscht. Ich liebte ihn so heftig, ängstlich, selig, verzehrend, wie man als junges Mädchen liebt, wenn es das erste Mal ist. Kopflos und unbeholfen stolperte ich durch stürmische Gefühle. Die Zeit bewegte sich in zwei verschiedenen Geschwindigkeiten gleichzeitig: schwindelerregend schnell und zugleich so langsam wie eine alte Kamera, deren Verschluss jeweils ein Bild nach dem anderen macht. Ein Blick, ein Atemzug, eine Geste.

Ich weiß, dass du mich verstehst. Du hast geschrieben, dass wir Geheimnisse bewohnen, für die wir keine Worte haben. Deine Erklärung der gitterartigen Natur des Universums leuchtet mir vollkommen ein. Ich habe beobachtet wie Kammeis entsteht, wie es sich langsam zu Flächen ausdehnt, die so fest sind, dass sie die Last einer Elefantenherde zu tragen vermögen. Ich habe nach Pilzen gegraben, habe die dünnen weißen Fasern des Myzels gesehen, dieses filigranen Netzwerks von Wurzeln, das einen Fruchtkörper mit einem anderen verbindet, der zehn Kilometer entfernt sein kann. Ich weiß, dass die Stärke der Spitze in den Knoten liegt, die die Lücken zusammenhalten. Dass wir eher aus Leere als aus fester Materie bestehen, scheint in vollkommener Übereinstimmung zu stehen mit der Bauweise unserer sichtbaren und unsichtbaren Welt. Alle elementaren Kräfte der Natur, alle Partikel, so schriebst du, lassen sich als Schwingungen winziger Saiten begreifen. Ein Netzwerk aus Fäden, das den Himmel stützt und die Tiefen verbindet. Gespinste, feiner als das dünnste Haar, so fein, dass keine Nadel sie aufnehmen kann. Dieses komplizierte Garn webt sich mit stillem Fleiß selbst, auf einem großen Webstuhl, der nie zu wachsen aufhört.

Und so waren wir da, saßen nebeneinander. Ich hatte zehn Monate darauf gewartet, David wiederzusehen, doch jetzt war ich so nervös, dass ich kaum Luft holen, geschweige denn sprechen konnte. David schien Ähnliches zu plagen, nur dass es ihn seltsamerweise mitteilsam machte. Er erzählte einen Witz über drei ehemalige estnische Rennfahrer. Witze über die allseits bekannte unerschütterliche Ruhe der

Esten brechen bei gesellschaftlichen Anlässen unweigerlich das Eis. Als David sich dann in eine Anekdote über einen Rabbi, einen Priester und einen Mullah stürzte, legte ich den Finger auf seine Lippen. »Du bist doch nicht den ganzen Weg gekommen, um mir Witze zu erzählen.«

»Nein.« Er drückte meine Hand.

Ich sah ihn an, sah in seine graublauen Augen und erkannte darin die Augen des berühmten Liebhabers, desjenigen, der schön ist, egal ob er kommt oder geht, und Schönheit in einer nicht überzeugenden Kandidatin fand, der missverstandenen, ausgestoßenen jungen Sulamith. Als ich meinen Liebsten betrachtete, konnte ich wie die junge Sulamith sagen, dass sein Kopf aus reinem Gold war, sein Haar so dicht und schwarz wie das eines Raben. Seine Augen waren wie Tauben an den Wasserbächen, sie badeten in Milch und saßen an reichen Wassern. Seine Wangen waren wie Balsambeete, darin Gewürzkräuter sprossen, süß wie Blumen. Als ich sah, wie David sich über mich beugte, war er mehr als David, der Mensch, er war der David aus diesen Liebesbriefen. David wiegte meinen Kopf in seinen Armen, und seine Lippen waren Lilien, die tropften von flüssiger Myrrhe. *Mit Küssen seines Mundes bedecke er mich. Süßer als Wein ist seine Liebe.*

Als ich ihm in die Augen sah, antworteten diese in derselben Sprache, einer Sprache jenseits von Worten.

Da küsste ich ihn. Und mit diesem Kuss wurde ich entrückt. Gespalten. Es gab zwei Ichs. Eins, das David küsste, und ein anderes, das in der Luft schwebte, ganz nah, und alles beobachtete. Es war, als wäre mein Leben ein Film und ich Schauspielerin und Zuschauerin zugleich. Als er mir das Kleid über die Hüften schob, küsste ich ihn. Und als er mir das Kleid über den Kopf zog, küsste ich ihn, denn nichts daran war schmutzig oder beschämend. Ich liebte ihn, und er liebte mich, und während sich Körper an Körper schmiegte, unsere weichen Geometrien, schufen wir eine lautlose Sprache zwischen uns, eine Sprache jenseits von Worten. Da der eine Teil meines Ichs mich beobachtete, hielt ich vermutlich einen gewissen Abstand zwischen dem Akt der Liebe und dem Gefühl von Liebe. Denn die Wahrheit war, dass der Akt meinen romantischen Fantasien nicht gerecht wurde. Es gab sogar einen Augenblick echten Schmerzes. Einen plötzlichen Druck, Nässe da unten, Nässe oben. Eine Träne lief mir über das Gesicht.

»Alles in Ordnung?« David musterte mein Gesicht, den Teil von mir, der unter ihm auf der Jacke lag. »Habe ich dir wehgetan?« Und ich lächelte, beide Versionen von mir lächelten, denn ich hätte ihm niemals gesagt, dass er mir wehgetan hatte. Was ist schon ein bisschen Blut für zwei Menschen, die sich lieben? Wir zogen unsere Sachen wieder an, schließlich war es kalt. Ich rollte seine Jacke zusammen, jetzt prangte ein Blutfleck darauf, und beide Versionen meines Ichs waren froh über die Dunkelheit.

Anschließend gingen wir zum Fluss zurück.

David rupfte ein hohes Grasbüschel aus und rollte es zwischen den Fingern. »Was soeben zwischen uns passiert ist, ist das Heiligste, was es zwischen einem Mann und einer Frau geben kann.«

»O ja, das weiß ich«, antwortete ich. Es war so heilig und so besonders, dass ich Mutter niemals darüber hatte sprechen hören, weder innerhalb des Hauses noch außerhalb.

»Es bedeutet, dass wir nun irgendwie verheiratet sind, du und ich.« David knotete einige Grashalme zu einer Schlinge und steckte sie mir wie einen Ring auf den Finger. »Das ist ein feierlicher Bund zwischen uns.«

Ich fuhr mit dem Daumen über den Grasring. Er war

wunderschön, weil David ihn gemacht hatte, aber er würde keinen Tag in der Küche überleben.

David drückte meine Hand. »Ich muss morgen wieder nach Riga und werde frühestens in zwei Wochen zurück sein.«

»Warum?«

»Ich muss ein paar Tests machen.«

»Oh, noch mehr Prüfungen.«

»Nein.« David griff nach meiner anderen Hand. »Andere Tests. Wegen der Kopfschmerzen. Wahrscheinlich brauche ich eine neue Brille oder so was. Ehe du dich versiehst, bin ich wieder da.«

»Wann?«

David lächelte und klopfte auf die Zifferblätter seiner beiden Uhren. »In genau zwei Wochen. Versprochen. Dann bin ich zurück.« Er küsste mich auf die Stirn, auf beide Wangen und auf die Lippen. »Auch mächtige Wasser können die Liebe nicht löschen; auch Ströme schwemmen sie nicht hinweg.«

Ich lächelte. »Kapitel acht, Vers sieben.«

»Nicht vergessen.«

Ich hastete über den Friedhof. Gerade hatte ich den Schuppen erreicht, als die Tür des Plumpsklos aufflog.

»Inara!«, rief Vater. »Wo kommst du her?«

»Vom Fluss.« Ich drückte Davids Jacke fest an die Brust.

Vater richtete die Taschenlampe auf meine hochhackigen Schuhe. »Offensichtlich nicht vom Fischen.«

»Nein. Vom Lesen.«

Vater leuchtete mir in die Augen. »Lesen?«

Ich blinzelte in den Lichtstrahl. »Das Hohelied.«

»Oh, die Bibel. Das freut mich zu hören. Aber versprich mir, dass du deine Ellbogen bedeckst, wenn du das nächste Mal Gottes heiliges Buch studierst. Ich will dich nie wieder wie eine Russin angezogen sehen, bitte.« Der Lichtstrahl glitt über mein Gesicht und den Ausschnitt. »Und wisch dir diesen Schmutz aus dem Gesicht. Du siehst aus wie eine Schlampe.« Damit schloss Vater die Tür des Schuppens hinter sich.

Meine Augen brannten. So hatte dein Großvater noch nie mit mir gesprochen. Und ich schämte mich. Er hatte mich gewogen und für zu leicht befunden, und jetzt konnte ich gar nicht schnell genug in mein Zimmer gelangen, um mich abzuschminken.

In der Woche nach dem Treffen mit deinem Vater am Fluss waren wir alle Nervenbündel, wenn auch aus unterschiedlichen Gründen. Ligita hörte im Dunkeln einen deutschen Radiosender und klagte über ihre schwachen Nerven, weshalb sie nicht in der Küche helfen oder die Wäsche aufhängen könne. Doch in ihren Auseinandersetzungen mit Rudi war sie unermüdlich. Sie verfügte über die Ausdauer eines Menschen, der wusste, wie man seinem Gegenüber verschwindend kleine Vorteile abpressen und sie in einen greifbaren Gewinn verwandeln konnte. Will heißen, sie redete und redete und redete, ihre Zunge war wie ein Mahlstein, mit dem sie Rudi zerrieb, bis er sich in dumpfe Unterwerfung fügte.

Mithilfe einer an der Mütze befestigten Taschenlampe verwandte Vater viele Stunden darauf, Pläne des alten und des neuen Friedhofs zu zeichnen. Mutter arbeitete noch mehr und legte Hamstervorräte für das Enkelkind an, das sie nicht eingeplant hatte. Nach einem Leben voller harter Arbeit machte sich allmählich Erschöpfung bemerkbar. Wenn wir spätabends das Geschirr spülten, erschrak sie vor ihrem eigenen Spiegelbild im Fenster, als sei sie sich in den kleinen Zeichen des Alterns selbst fremd geworden. Mutter war keine eitle Frau, aber sie war immer stolz auf ihr Haar gewesen, das seit ihrer Jugend schwarz und glänzend wie nasser Stein gewesen war. Im Lauf der letzten Jahre hatte sie die ersten grauen Strähnen am Scheitel entdeckt, und mir kam es vor, als wäre ihr Haar ein Beleg für den Stress in ihrem Leben: den Zerfall der Sowjetunion, die ersten demokratischen Wahlen, die Hyperinflation, die fast alle Ersparnisse der Menschen aufgezehrt hatte, Onkel Maris' geräuschvollen Niedergang und plötzlichen Tod, und jetzt auch noch das: ein Enkel, der sich mit einer silbernen Strähne an ihrer Schläfe ankündigte. Doch ich konnte mich nicht damit beschäftigen. Ich hatte nur David im Kopf. Dachte er an mich? Wie kam er mit seinen Tests voran? Hatten seine Kopfschmerzen nachgelassen, und, lieber Gott, fragte ich mich, könnte ich etwa der Grund für seine Kopfschmerzen sein? Nachdem ich an einem Abend drei Teller zerbrochen hatte, warf Mutter ihren Lappen in die Spüle. »Was um Himmels willen ist eigentlich los mit dir?« Sie legte mir die Hand auf die Stirn.

Ich biss mir auf die Unterlippe. »Ich bin verliebt«, antwortete ich.

Trotz des schwachen Lichts in der Küche schirmte Mutter mit einer Hand die Augen ab und warf mir einen bösen Blick zu. »Du bist viel zu vernünftig, um dich zu verlieben. Liebe ist was für Mädchen, die sonst nichts mit sich anfangen können.« Mutter verschränkte die Arme vor der Brust.

Ich musterte meine Handrücken. Mutters Äußerung war ein Kompliment und eine Beleidigung zugleich: Ich war nicht klug genug gewesen, um auf die Universität zu gehen, aber zumindest war ich nicht so dumm, meine Hoffnung in den erstbesten Jungen zu setzen, der zufällig des Weges kam.

Mutter runzelte die Stirn. »Wie gut kennst du diesen Jungen eigentlich?«

»Gut genug, um zu wissen, dass wir uns lieben.«

»Und wer sind seine Eltern?«

»Du hast sie selbst gesehen – auf Juttas Hochzeit. Es sind sehr feine Menschen«, sagte ich.

»Oh.« Mutters Gesicht erstarrte. »Sind sie mit den Ilmyens verwandt?«

»Ja.«

Mutter öffnete das Fenster und streckte den Kopf über die Fensterbank nach draußen. »Um Gottes willen!«, rief sie über die Schulter. »Erzähl das bloß nicht deinem Vater. Er hat schon genug Sorgen.«

»Was soll sie nicht erzählen?«, rief Vater vom Schuppen aus.

»Inara hat sich verliebt – in einen Juden«, rief Mutter zurück.

Vater rannte durch den Garten. Auf dem Treppenabsatz blieb er stehen und rang nach Luft. Dann öffnete er die Hintertür und setzte sich an den Küchentisch. Obwohl ich hören konnte, wie unregelmäßig sein Herz in der Brust pochte, klang seine Stimme gleichmäßig und gefasst. »Wir haben nichts gegen Juden. Wie du weißt, sind die meisten Ilmyens wunderbare Menschen. Also weißt du auch, dass wir an gute nachbarschaftliche Beziehungen zu Juden im Allgemeinen glauben.«

»Das heißt aber noch lange nicht, dass man gleich einen heiraten muss!«, schimpfte Mutter und griff nach einer Scheuerbürste.

»Wieso nicht?«, fragte ich.

Mutter fiel auf die Knie und begann, den Boden zu schrubben wie eine Besessene. »Weil sie keine echten Letten sind«, sagte sie schließlich. »Keine lettischen Letten. Sie sind eher eine europäische Version von Letten, das heißt, sie haben das schwächliche, kontinentale Äußere von Menschen, die ständig auf Achse sind. Außerdem haben sie diesen qualvollen hebräischen Seufzer, der jegliche offene und ehrliche Beziehung verhindert.«

Ich sah Vater an. Er senkte den Blick auf die mit Kerben übersäte Tischplatte. Es hatte keinen Sinn, gegen Mutters Meinung anzukämpfen oder sie ändern zu wollen. Sie war keine boshafte Frau, aber sie hatte die Gewissheiten des Schubladendenkens schon immer zu schätzen gewusst; es war ihre Art, im Auge zu behalten, was sie für eine zunehmend unruhige und konfuse Welt hielt. »Außerdem«, fuhr sie fort und setzte sich kurz auf die Fersen, »können Menschen, die nicht denselben Glauben haben, nicht glücklich miteinander werden. Glaub mir.«

Vater zuckte zusammen. Doch Mutter ließ sich nicht beirren. »Wir wollen keine Spielverderber sein, ganz bestimmt nicht. Wir versuchen lediglich zu helfen.« Mutter warf einen Blick Richtung Wohnzimmer, wo Rudis und Ligitas Stimmen im Verlauf eines Wortwechsels immer mehr anschwollen. »Jedenfalls kannst du dir eine Hochzeit in naher Zukunft aus dem Kopf schlagen«, flüsterte Mutter. »Du wirst Rudi nicht die Schau stehlen. Er würde durchdrehen.«

Ich fummelte an Davids Ring herum. Zeit. Alles ergibt sich von selbst, es braucht nur Zeit, sagte ich mir. Zur Not so viel Zeit wie das Wasser, um einen Stein zu glätten. Irgendwann würden die scharfen Ränder von Mutters unanfechtbarer Logik abgeschliffen sein. Sie hatte recht – ich konnte warten. Und während ich wartete, würde sie sehen, wie unglücklich ich war, und dann würde irgendein Teil ihres Herzens nachgeben.

5

Gran für Gran senkte sich die Dämmerung über das Land. Ich hörte, wie Mutter im Garten sang, ein Arbeitslied, das wir alle kannten:

> Kummer, mein großer Kummer,
> ich schob ihn unter einen Felsen
> und sang weiter.

Ich weiß, dass sie uns schon vor einer Weile verlassen hat. Trotzdem hörte ich ihre Stimme so klar und rein wie kaltes Wasser und hievte mich aus dem Bett, in der sicheren Erwartung, zu sehen, wie sie in der alten Metallwanne neben dem Schuppen ihr pechschwarzes Haar wusch. Stattdessen erblickte ich Tauben, hellgraue Schlieren, die um die Traufen des Ilmyen-Hauses flatterten. Hoch über dem roten Blechdach schleppten die Gänse, dunklen Knoten gleich, das bäuerliche Zwielicht hinter sich her. Eingelullt von diesem stillen Spektakel trieb ich auf einem ausschweifenden, seltsamen und dunklen Traum dahin. Mutter stieg aus dem Fluss. *Inara, komm und trink von diesem frischen, süßen Wasser,* sagte sie. *Ich habe keinen Durst,* gab ich zurück. *Komm zum Fluss, du kannst dich waschen, und ich taufe dich,* sagte sie. *Du glaubst doch nicht an so was, Mutter,* sagte ich. Ihr Arm streckte sich über den hohen Wilden Kerbel, streckte sich lang über das Gras. Ihr kräftiger Arm schlang sich um meinen Körper und zog mich zum Fluss, zog mich in die Tiefe, drückte mich nieder. Obwohl ich mit Armen und Beinen um mich schlug, konnte ich mich nicht befreien. Ich kämpfte. Ich schrie.

Mit diesem Schrei bin ich aufgewacht, meine Beine hatten sich in der Decke verheddert, die Laken waren schweißdurchtränkt. So lag ich da, badete in der Stille, badete im grauen Licht, meine Taufe. Neben meinem Bett eine Wasserlache aus dem Fluss. Du sagtest: »Ruh dich jetzt aus, ruh dich aus.« Doch ich hörte: »Geh und grabe.« Und ich dachte: *Na los, begrab mich*.

Ich bin nicht verrückt; zumindest glaube ich das nicht. Doch ich gestehe, dass es Augenblicke gab, in denen ich nicht sicher war, welche Frau ich war: jene, die sich in einen Mann unten am Fluss verliebte, oder jene im Bett, die sich mit einem Mann auf einem blauen Stuhl unterhält. An welche Geschichte wird sich diese Frau erinnern? In den Tagen nach dem Treffen mit David schwankte ich heftig zwischen Euphorie und Verzweiflung. Ich dachte oft an das Geistermädchen. Man sagt, es krieche auf allen vieren durch das Gras am Fluss. Es könne viele Gestalten annehmen. Während man schläft, schwebe es mit seinen dunklen Schwingen über einem. Man weiß, ob es da war, wenn man vor Durst aufschreckt und Wasser im Innern seines Schuhs entdeckt. Ich kannte einen Bauern, der dunkle Federn neben seinem Kopfkissen fand, sie waren so lang wie eine Sichel. Er ertränkte seinen geliebten Hund, um das Geistermädchen zu verjagen. Ich klammerte mich an diese Geschichten, an Veltas Briefe, weil sie so unheimlich und fremdartig waren, so lebendig und detailliert, weil sie eine Welt sichtbar machten, die aus handfesten kleinen Dingen bestand: Gabeln und Tanzschuhen, Nelken und Aalen. Nur Lesen und Schreiben schenkte mir ein Gefühl von Raum und Zeit.

Ich erzählte David, wie am Tag nach seiner Abreise Hunderte von Störchen – schwarze und weiße – zu ihren Nestern zurückkehrten oder neue bauten, in den Wipfeln der Eichen und Linden am Flussufer oder in den Gabelungen der Telefonmasten.

Vater kehrte zu seiner Arbeit auf dem Friedhof zurück. Herr Zetsche beauftragte eine Mannschaft aus Jekabpils damit, die Objekte des Friedhofs zu verlagern, und jetzt brauchte er Vater, um die Namen der Toten in einen Plan des neuen Friedhofs einzutragen und zu gewährleisten, dass alle an ihrer richtigen letzten Ruhestätte ankamen. »Es ist ganz leicht«, hatte Herr Zetsche Vater eines Abends am schwarzen Telefon versichert. »Das neue Grundstück ist ein Spiegelbild des alten. Der einzige Unterschied besteht darin, dass der alte Friedhof auf der einen Seite der Straße liegt und an den Fluss grenzt und der neue Friedhof auf der anderen Seite der Straße liegt und … nun ja, an andere Dinge grenzt.«

War der alte Friedhof von stattlichen schwarzen Erlen und Eschen geprägt, am Flussufer ein paar vereinzelte Birken, so markierten saftlose Birken, die Jahr um Jahr weder Blüten trugen noch verdorrten, die vier Ecken des neuen Friedhofs. Eine einsame Eiche ankerte in der Mitte. Dieses Stück Land war höher gelegen als der alte Friedhof, eine Tatsache, die Herr Zetsche eifrig hervorhob. »Sie werden mir irgendwann dankbar sein«, sagte er immer wieder.

Alle anderen erkannten im Nu, wie sehr sich die beiden Grundstücke voneinander unterschieden. Jene, die durchsetzten, dass die Gräber ihrer Familien an den besten Stellen lagen – in der Nähe der einsamen Eiche und des berühmtesten Pferds von ganz Lettland –, jubelten insgeheim. Jene, die vermuteten, die Gräber ihrer Vorfahren lägen zu nah an der Stelle, die für unseren Onkel Maris vorgesehen war, rissen Vaters Schnurmarkierungen aus oder verschoben die Pflöcke. Bald herrschte ein heilloses Durcheinander, und jeden Morgen stapfte Vater mit Herrn Zetsches Plan über den neuen Friedhof, schüttelte den Kopf und stellte die Markierungen wieder um, in dem Wissen, dass sie bei Anbruch der Abenddämmerung alle wieder verschoben wären.

Zu Vaters Sorgen kam noch hinzu, dass drei Herren aus Herrn Zetsches Mannschaft, Juden aus Daugavpils, ihre Stellung kündigten und die Jüdische Beerdigungsgesellschaft über Herrn Zetsches zwielichtige Pläne in Kenntnis setzten. Diesem blieb nichts anderes übrig, als Vater zum Projektaufseher, Vorarbeiter und Verbindungsmann zur jüdischen Gemeinde zu befördern. Zwar bedeutete dies nichts anderes, als dass Vater wie gehabt Gräber ausheben musste, doch sah er sich nun obendrein genötigt, die abendlichen Besuche der Witwen Spasski und Sosnowskis zu erdulden, die inzwischen beste Freundinnen waren. Sie brachten Rumkekse und Birkensaft mit und flehten Vater an, ihre Ehemänner an Stellen zu begraben, die ihrer ehrenvollen Stellung in der Welt des Schachs Rechnung trügen. Sie überreichten Vater einen neuen Plan für den Friedhof, der verblüffende Ähnlichkeit mit einem Schachbrett aufwies. Natürlich sollten ihre Ehemänner die Positionen der Könige einnehmen.

All das teilte ich David mit; mein fieberhaftes Schreiben war meine Art, die Tage seiner Abwesenheit zu verkürzen, die Sorge darüber, dass David meine Briefe nicht beantwortete, zu zerstreuen. Am Tag unseres vereinbarten Treffens zog ich Rudis Anglerstiefel an und trug, ungeachtet Vaters Abneigung gegen Kosmetika, eine dicke Schicht Make-up auf. Dann ging ich zum Fluss. Während der ersten drei Stunden angelte ich. Ich fand einen Damenregenschirm, der keinerlei Schutz bot, als die Wolken sich tiefer senkten und der Regen wie tausend winzige Fäuste seitlich auf den Fluss prasselte. Ich stand auf der durchweichten Böschung und beobachtete, wie das Wasser über die Ränder von Rudis Stiefeln stieg. Ich machte einen Schritt vorwärts, spürte das Wasser an den Waden und wenig später an den Knien. Ich würde so lange auf David warten, wie es sein musste. Der Regen ließ nach, und das Licht nahm Strahl um Strahl ab, bis der Himmel rosa wurde, lavendelfarben und schließlich dunkelblau. Plötzlich überfiel mich ein schrecklicher Gedanke: Ein gut aussehender und kluger Mann wie er hatte vielleicht eine andere gefunden. Da konnte ich nicht anders. Ich schluchzte tief auf, und mein Körper erzitterte so mächtig und überwältigend, dass ich von meinem eigenen Kummer überrascht war.

Da stand ich auf, daß ich meinem Freund auftäte; meine Hände troffen von Myrrhe und meine Finger von fließender Myrrhe an dem Riegel am Schloß. Und da ich meinem Freund aufgetan hatte, war er weg und hingegangen … ich rief, aber er antwortete mir nicht.

Ich machte einen Schritt nach vorn. Das Wasser zog an meinen Hüften. Ich hatte das Gefühl, auseinandergerissen zu werden. Als wären zwei Ichs zugegen: eines im Wasser, das so heulte, als ob es kein Morgen gäbe, und ein anderes, das sich fragte: *Wie weit kann ich noch hineinwaten, bevor ich es nicht mehr zurück ans Ufer schaffe?* Ich machte den nächsten Schritt, und mein Atem ging stoßweise. Die Kälte verschob meinen Blickwinkel, sodass ich mich von außerhalb meines Körpers sah. Ich war eine dicke Ophelia, schludrig wie ein unvollendetes Sonett; mein Haar – ein Wirrwarr nasser Strähnen – klebte mir im Nacken und auf dem Gesicht.

Ich stellte mir vor, wie David hinter den Bäumen stand

und mich beobachtete, düster und traurig, dass er mich so weit gebracht hatte. Und dann machte ich noch einen Schritt. Ich stand jetzt bis zur Brust im Wasser, das viel kälter war, als ich vermutet hatte. Es war viel schwerer, der Strömung zu widerstehen, als ich vermutet hatte. Weder kam ich gegen sie an, noch fand ich festen Boden unter den Füßen; die Stiefel hatten sich mit Wasser vollgesogen, und bei jedem Schritt wurde ich weiter in Richtung Flussmitte gerissen. Wenn ich den Mund öffnete und um Hilfe rief, würde das Wasser hereinströmen. Und wer sollte mich in einer Nacht wie dieser schon hören? Zum ersten Mal in meinem Leben zweifelte ich an diesem Fluss. Zum ersten Mal in meinem Leben fürchtete ich mich vor seinem Wasser.

»Inara!« Ein orangefarbener Schwimmer tanzte an mir vorbei; ich griff danach. Die Leine zog mich, und ich strampelte auf das seichte Ufer zu. Ich stellte mir vor, dort auf David zu stoßen. Ich fiel auf die Knie und japste wie ein Karpfen.

Ich sah auf. Es war nicht David, sondern Herr Ilmyen, schwer atmend. Er fuhr sich mit einem Taschentuch über das Gesicht. Ich kroch auf die durchweichte Böschung, und er zog mir die Stiefel aus und kippte das Wasser heraus. »Du kennst diesen Fluss ebenso genau wie jeder andere.« Herr Ilmyen warf mir erst den einen Stiefel vor die Füße, dann den anderen. »Du bist ein braves Mädchen und eine gute Schwimmerin. Aber du bist kein Fisch. Was hast du dir dabei gedacht?«

Ich zuckte die Achseln. »Ich weiß nicht.«

Herr Ilmyen neigte den Kopf und überlegte. »Oh, Inaraleh, du warst immer wie eine Tochter für mich.« Herr Ilmyen wickelte mich in seine Jacke, und ich vergrub das Gesicht an seinem Hemd. Ich weinte, zuerst nur leise, doch dann, weil Herr Ilmyen so nett war, es zu erlauben, mir sogar über den Rücken streichelte, heulte ich bis zur Erschöpfung und befleckte sein Hemd mit meinen tintenschwarzen Tränen.

Du weißt, dass deine Großmutter eine weise Frau war. Sie brauchte jemanden nur anzusehen und blickte schon bis auf den Grund seines Herzens. Ein kurzes Blinzeln, und sie hatte einen komplett durchschaut. Zwar hatte ich oft das Gefühl, dass sie viel zu sehr damit beschäftigt war, etwaige lästige Staubkörnchen zu beseitigen, um Notiz von mir zu nehmen, doch da lag ich falsch. Nie war ihr Blick schärfer als in der Nacht, als ich vom Fluss zurückkehrte. Ich fand sie auf den Knien vor dem Backofen, die Stöpsel von Onkel Maris' Stethoskop in den Ohren und das Bruststück an die Rückwand gepresst. Als sie mich bemerkte, zog sie langsam Kopf und Schultern heraus und setzte sich auf die Fersen. »Jedes Mal, wenn du vom Fluss kommst, bist du völlig durchnässt und trägst eine fremde Jacke. Was hast du da gemacht?«

Ich zögerte mit meiner Antwort. »Geangelt«, antwortete ich.

Jetzt sah sie mich eindringlich an. »Was hast du gefangen?«

Ich blickte auf meine Hände. Der Grasring, den David mir geschenkt hatte, war weg; ich hatte ihn im Fluss verloren.

»Nichts.«

Mutter runzelte die Stirn. »Warte, ich mache dir Tee.« Sie wischte sich die Hände an den Oberschenkeln ab und wuchtete den Kessel auf die Herdplatte. »Mit Honig.«

Ich sank auf einen Stuhl. Mutter befeuchtete ein Geschirrtuch unter dem Wasserhahn. »Und ich mache dir auch das Gesicht sauber. Vielleicht hätte ich dir das öfter sagen sollen.« Sie umschloss mein Kinn mit ihren spröden Händen. »Wahrscheinlich bist du dir dessen gar nicht bewusst. Du bist sehr hübsch – in jeder Hinsicht. Du brauchst keine Schminke.« Sie rubbelte mir das Gesicht mit dem Geschirrtuch ab. »Zu meiner Zeit haben sich nur Flittchen geschminkt.« Als sie die Hände wegzog, kratzte sie mir mit einem Fingernagel dic Wange auf.

In dieser Nacht entdeckte ich einen kleinen Blutfleck in meinem Gesicht, als ich mich in der dunklen Fensterscheibe betrachtete. Ich ließ ihn dort. Ich wiegte mich in den Schlaf, und während ich das tat, webten sich die Worte eines alten Liedes in das lose Gespinst der Nacht. In der Ferne krächzte eine Krähe.

> Seltsame Nachrichten fliegen auf,
> Seltsame Nachrichten sammeln sich.
> Mein Liebster ist gegangen.
> Mein Liebster ist begraben.

Die Krähe flog Dunkelheit in meinen Schlaf, wo ich meine Lieben träumte, wo ich meine Ängste träumte. Das Geistermädchen vom Fluss rief meinen Namen: *Inara! Inara!* Ich ging am Ufer entlang, nahm den alten verbotenen Pfad zum Gutshaus. Meine Füße versanken bis zu den Knöcheln im Schlamm. Die Knochen in meinen Fersen lösten sich auf, und bei jedem Schritt sackten meine Füße tiefer ein, bis ich unterging und von dem dunklen Morast verschluckt wurde. Ich hielt den Atem an und bekam Schuppen – wunderschöne lavendelblaue Schuppen, aber niemand konnte sie in der Dunkelheit sehen. *Inara!* David rief nach mir. *Komm, such mich!* Da erst wurde mir bewusst, dass ich ihn nie verloren hatte – er hatte die ganze Zeit tief unten im Morast geduldig auf mich gewartet. Trotzdem konnte ich nicht zu ihm schwimmen: Meine Arme hatten sich noch nicht in Flossen verwandelt, und ich hatte noch nicht gelernt, durch meine Haut zu atmen.

Zwei Kilometer flussabwärts fand ich Stanka. Sie hatte in der Abstinenzlerzeitung meiner Mutter ihre Dienste als Traumdeuterin angeboten, doch wussten wir alle, dass ihre Behauptungen fragwürdig waren. Egal, munterte ich mich auf, selbst eine kaputte Wetterfahne neigt sich hin und wieder in die richtige Richtung. Sie kauerte im Unterholz am Ufer. Im Herbst suchte sie hier gern nach den kostbaren Rußigen Milchlingen, einer Pilzsorte, die sich ausgezeichnet zum Einlegen mit Zwiebeln eignet. Im Frühling kam sie, um im Schlamm nach Spuren ihrer Familie zu suchen, denn hier waren sie früher auf dem Weg in die Städte vorbeigekommen, wo sie gern ihre Pferde kauften oder verkauften. Doch jetzt war es jedes Frühjahr dasselbe: Die einzigen Spuren stammten von Herrn Ilmyen oder mir; wir hatten sie beim Angeln an unseren jeweiligen Lieblingsstellen hinterlassen.

»Ich hatte gerade einen seltsamen Traum«, sagte ich. »Kannst du ihn mir vielleicht deuten?«

Stanka grunzte.

»Im Traum ist mir David erschienen«, fuhr ich fort. »Wir waren gestern verabredet, aber er ist nicht gekommen. Was hat das zu bedeuten, was glaubst du?«

Stanka richtete sich auf. »Es bedeutet, dass du aufwachen sollst.« Dann eilte sie hastig davon.

Ich ging flussaufwärts. Ich kam an der Schule vorbei, die Fenster in Herrn Bischofs' Klasse waren weit geöffnet, und die Stimmen seiner Zweit- und Drittklässler, die aus voller Kehle deutsche Verben konjugierten, rollten über den Rücken des Nebels. Herr Bischofs hielt viel von frischer Luft, während Fräulein Druviete, die im Klassenraum gegenüber unterrichtete, fürchterliche Angst vor Zugluft hatte. Die beiden Lehrer verbrachten die meiste Zeit ihrer kurzen Mittagspause damit, die Fenster zu öffnen und zu schließen. Wahrscheinlich würden sie heiraten.

Auch die Ilmyens glaubten an die Kraft der frischen Luft. Als ich die Stufen zu ihrem Hauseingang hinaufstieg, zerriss das Geschrei des kleinen Semjon die Luft, obwohl Frau Ilmyen sich größte Mühe gab, ihren Enkel mit einem Wiegenlied, das ich gut kannte, in den Schlaf zu singen: *Aija zuzu, laca berni,* und dann mit einem anderen, das einfacher und älter und viel trauriger war: *Bai, bai, bai.* Ich klopfte, und Herr Ilmyen öffnete mir die Tür.

»Ich suche David. Gestern ist er nicht gekommen, obwohl er es fest versprochen hatte.«

Herr Ilmyen schloss die Tür hinter sich. »Ich weiß, Inara, ich weiß.«

»Wieso ist er nicht gekommen?« Schreckliche, panische Angst stieg vom Grund meines Magens bis in meine Kehle.

Herr Ilmyen schloss mich in die Arme. »Er wollte ja, Inara. Er wäre so gern gekommen.«

»Wo ist er denn jetzt? Sagen Sie es mir.«

»Es tut mir so leid; ich dachte, jemand hätte es dir gesagt«, erklärte Herr Ilmyen. Dann blickte er zu den Wolken auf. Und so wusste ich, dass David niemals zurückkommen würde. Die Kopfschmerzen hatten nichts mit seinen schlechten Augen zu tun gehabt. Er hatte eine schwere Krankheit gehabt, und jetzt war er tot.

Mutter kam mir am Hintereingang entgegen. »Tut mir leid, das mit deinem Freund«, sagte sie.

»Du hast es gewusst?«

Mutter zog zwei Briefe aus der Tasche ihres Kittels – beide Briefe waren in meiner Handschrift geschrieben, beide waren ungeöffnet zurückgeschickt worden. »Ich habe es mir gedacht«, sagte Mutter. »Frau A. hat den Ilmyens einen Brief mit Trauerrand gebracht. Ich habe zwei und zwei zusammengezählt. Außerdem hatte Frau A. den Brief über Wasserdampf gehalten und geöffnet.«

Während der nächsten drei Tage konnte ich nichts anderes tun, als benommen auf der Straße auf und ab zu wandern. »Du wirst einen anderen finden«, versuchte mich Ligita zu trösten. Gelegentlich streichelte mir Vater über den Kopf. Mutter auch, nur hielt sie dabei eine Scheuerbürste in der Hand. *Tu es für mich*, sagte sie, *arbeite.* Es war der einzige Weg, den sie kannte, um sich von einer Tragödie zu reinigen. Stanka brachte mir Lakritzschnecken. Am fünften Tag, nachdem ich ihre Vorräte aufgegessen hatte, setzte sich Stanka zu mir an den Küchentisch. Die Teller trockneten im Gestell. Ich hatte meine Trauer in Arbeit umgesetzt und auch den Boden geschrubbt, aber ich konnte nicht aufhören zu weinen.

»Inara«, seufzte Stanka. »Man kann nicht weiter furzen, als der Arsch reicht.«

Ich wischte mir die Tränen aus den Augen. »Was?«

»Es gibt Grenzen. Für alles.« Stanka schlüpfte in ihre Sandalen und verließ die Küche, Schalen von Sonnenblumenkernen säumten ihren Weg.

Ich ging durch den Wald. Ich dachte, das hätte Velta auch getan. Sie hätte die Trauer unter ihre Füße gelegt, wäre draufgetreten wie auf einen Stein und weitergegangen. Also ging ich durch das Gestrüpp, zwischen Erlen und Birken hindurch zu ihrem Haus. Ich war nicht glücklich, und ich wusste, dass ich sehr lange Zeit nicht glücklich sein würde. Doch ich dachte, dass mir der Anblick jenes vertrauten Ortes, an dem ich mit David gewesen war, vielleicht Trost geben könnte. Ich ging um die dunklen Teiche herum und stellte mir vor, wie ich in ein dunkles Fenster blickte und mein anderes Ich sah, ein Mädchen in einem weißen Kleid mit einem Talglicht in der Hand, und der Mann, der es liebte, saß im Dunkeln. Stattdessen sah ich ein langes, flaches Holzbrett. Darauf waren sieben Krähen mit ausgebreiteten Flügeln festgenagelt. Man hatte sie dort der Fäulnis preisgegeben. Federn, Schnäbel und Knochen. Das war alles, was von ihnen übrig geblieben war. Eine Botschaft, eine Warnung an andere Krähen, denn der Tod ist das Einzige, wovor eine Krähe Respekt hat. Doch wer konnte hier eine solche Botschaft hinterlassen wollen?

»He!«

Ich drehte mich auf dem Absatz um. Ein Mann mit Latzhose drohte mir mit der Faust. In der anderen Hand hielt er einen Eimer mit Schaufel und Besen. »Das Grundstück gehört den Zetsches. Betreten verboten.«

An diesem Abend schmeckte ich Salz, als ich in unruhigen Schlaf mit wässrigen Träumen stürzte. Von Trauer erfüllt, glich mein Körper einem aufgewühlten Meer, das sich unaufhörlich hob und senkte. Drei Mal musste ich aufstehen, um den Abort vor dem Haus zu benutzen. Am Morgen roch die Luft nach Metall und Feuchtigkeit, wie verrostete Schlüssel oder alter Maschendraht. Der Hund der Arijisnikows, ein Hirtenhund mit langen Zähnen, dem man am besten aus dem Weg ging, interessierte sich plötzlich für den Geruch der Haut an meinen Kniekehlen. Egal was ich trank – Tee, Kaffee, Saft –, es schmeckte bitter in meinem Mund, wie eine neue Füllung in einem kranken Zahn. Und ich konnte nichts essen.

Ich hatte immer einen gesunden Appetit gehabt, doch wenn ich jetzt roch, wie Mutter Fett zerließ, oder das Klappern ihrer Pfannen auf dem Herd hörte, drehte sich mir der

Magen um. Vier Vormittage hintereinander setzte ich mich nicht zu Rudi und Ligita an den Frühstückstisch. Am fünften Morgen folgte mir Mutter nach draußen zum Abort, wo ich mich übergab.

»Du bist schwanger«, sagte sie.

Ich wischte mir mit der Hand über den Mund. »Ja.«

»Du dummes Ding!« Mutter gab mir eine Ohrfeige. Dann stürzte sie ins Haus zurück.

Du sollst wissen, dass ich dich immer für das größte Geschenk gehalten habe. Du bist der lebende Beweis für die Liebe, die die Grenzen eines menschlichen Körpers und die von Zeit und Raum überschreitet. Es heißt, Gott liebt uns in unserer Vergangenheit, in unserer Gegenwart und in unserer Zukunft, weil er allgegenwärtig ist. Ich glaube nicht nur daran, weil ich so viel über Gott weiß, sondern weil ich dich liebte, von dem Augenblick an, als mir bewusst wurde, dass ich schwanger war. Ich liebte die Vorstellung von dir, die Tatsache, dass es dich gab. Ich wusste, dass ich dich in der Gegenwart lieben würde, und ich kannte nichts Schöneres, als mir deine Zukunft vorzustellen. Mütterliche Liebe pochte in meinem Herzen, drückte gegen seine Ränder und brach hervor wie das rauschende Wasser einer plötzlichen Schneeschmelze im Frühjahr. Überrascht stellte ich fest, dass ich geglaubt hatte, deinen Vater über alles geliebt zu haben, diese Liebe jedoch nichts war im Vergleich mit der, die ich für dich empfand.

Du weißt sicher, dass deine Großmutter Biruta auf dieselbe Art liebte: maßlos, grenzenlos. Du musst verstehen, dass sie in den nächsten zwei Wochen (aus Prinzip, ich weiß es) nur deshalb nicht mit mir redete, weil sie in einem traditionellen Haushalt erzogen worden war. Es war eine traditionelle Reaktion. Sicher wäre es anders gekommen, wenn ich ein Mann gewesen wäre, Rudi zum Beispiel. Ein Junge, der ein Mädchen schwängert, erfüllt eine natürliche Aufgabe, und solange er es heiratet, nickt die Welt und zwinkert ihm zu. Ein Mädchen, das schwanger wird, ist ein Flittchen, ein Quell der Schande. Und obwohl ich zuvor kaum Scham empfunden hatte und überrascht war, dass mir glücklicherweise ein so elementares Gefühl erspart geblieben war, hatte ich das sichere, starke Gefühl, dass ich Mutter auf eine Weise enttäuscht hatte, die sie mir niemals zugetraut hatte.

Eines Morgens folgte sie mir wieder zum Abort. Dieses Mal strich sie mir das Haar aus dem Gesicht, als ich mich übergab, und wischte mir anschließend mit einem Taschentuch den Mund ab. Da wusste ich, dass sie mir verziehen hatte.

»Weiß Vater Bescheid?«, fragte ich.

Mutter steckte das Taschentuch in die Tasche ihres Kleides. »Noch nicht.«

»Ich muss es ihm sagen.«

Mutter legte mir ihre raue Hand in den Nacken. Ihre Hände waren nicht weich – sind es nie gewesen –, aber kalt, und der Druck milderte augenblicklich den Brechreiz. »Ich erzähle es ihm«, sagte Mutter schließlich. »Später.«

Ich folgte ihr ins Haus zurück und wusch mir das Gesicht über der Spüle. Durch das Fenster beobachtete ich, wie Vater auf dem neuen Friedhof Gräber aushob. Selbst von hier aus konnte ich sehen, wie anstrengend das Graben für ihn war, wie schwer die mit Regen vollgesogene Erde war. Und ich sah auch, dass Vater nicht mehr so kräftig war wie früher.

Eine Woche später kehrte Rudi von der Hochschule zurück. Er zog mit Ligita und ihrer kleinen Garderobe in unser Wohnzimmer. Ihre Ballettschuhe hängte sie an einen Haken an der Wand. Als sie die Schranktüren aufriss, hörten wir ihre Wut. Sie knallte den Koffer auf den Boden. Bei dem dumpfen Aufprall wurde uns klar, wie ängstlich und enttäuscht sie sein musste. Wegen der Wohnverhältnisse. Wegen des Geldes. Wegen ihrer Sehnsüchte. Vom Wohnzimmer über den Flur bis zur Küche folgte ihr ein kleiner Donner.

Ligita stritt sich auch mit mir. Leise. Da wir beide den Tag mit einem empfindlichen Magen begannen, gab es jeden Morgen einen Wettlauf zur Privatsphäre des Aborts draußen, wo Ligita für ihren Gebrauch einen kleinen Plastikeimer aufgestellt hatte. »Was ist los mit dir?«, fragte sie herrisch, nachdem ich dort draußen ganze fünfzehn Minuten über meinem eigenen kleinen Eimer verbracht hatte.

Ich atmete tief durch die Nase ein. »Ich glaube, ich habe mir den Magen verdorben«, sagte ich, während ich ausatmete.

»Das liegt am Essen deiner Mutter.« Ligita rauschte an mir vorbei zu ihrem Eimer und übergab sich. Doch nachdem sich das einige Tage lang wiederholt hatte, sah ich an der Art und Weise, wie Ligita mich mit zusammengekniffenen Augen musterte, dass sie wusste, ich war schwanger, und zwar bloß um sie auszustechen. Von da an redete sie überhaupt nicht mehr mit mir und überließ es Rudi, mir ihre Nachrichten, Fragen und Anweisungen zu überbringen. Vor allem während der Mahlzeiten.

»Bitte reich deiner Schwester die Schüssel mit dem Grünzeug«, sagte Ligita eines Abends. »Folsäure ist sehr wichtig für die gesunde Entwicklung des Gehirns eines Ungeborenen.« Dann warf sie einen bedeutungsvollen Blick auf meinen Bauch.

»Grünzeug ist für alle gut!«, sagte Mutter mit verhaltener Munterkeit. An Vaters und Rudis verwirrten Blicken war abzulesen, dass sie keine Ahnung hatten.

Ich entschuldigte mich und ging in mein Zimmer. Trotz

der kalten Luft draußen öffnete ich das Fenster und legte mich auf das Bett.

»Die Grenze zwischen den Gräbern um fünfzehn Zentimeter zu beschneiden, um mehr Platz für weitere Gräber zu schaffen«, beschwerte sich eine Frauenstimme. »Nur über meine Leiche!«

»Dieser neuer Friedhof ist genauso verkorkst wie Russland, allerdings mit deutscher Gründlichkeit«, antwortete eine Männerstimme.

Später, als es dunkel wurde, nahm die Unterhaltung hässlichere Töne an. Ich wusste, dass jede Stadt ihre Geheimnisse hatte: Geschichten, Fabeln und Lügen, verbunden durch Schweigen, diesen respektgebietenden Faden. Wie wir alle gerade erfuhren, lauerten diese Geschichten wortwörtlich unter der Oberfläche. Jetzt, da Vater die Toten exhumieren würde, war es so, als wäre der Faden gerissen, als holte Vater alle Makel und Flecken aus diesen Gräbern ans Licht, die mit den jeweiligen Familien verbunden waren, Dinge, die wir kannten oder ahnten, aber nicht auszusprechen wagten: dass einer der Gepkars' gewisse Angehörige einer bei uns stationierten sowjetischen Einheit mit bayerischen Kuckucksuhren bestochen hatte (deshalb war von ihnen keiner nach Sibirien deportiert worden); dass der Wildhüter Lukin so eine gute Stellung bekommen hatte, weil seine Frau sich regelmäßig einem sowjetischen Offizier in Riga angeboten hatte; dass gewisse Leute gewisse Informationen über gewisse andere Leute geliefert hatten und diese Leute jetzt verschwunden waren. Ja, Vater war diese Arbeit zugeteilt worden, und obwohl der Tod seine Aufgabe war, wusste ich, dass der Übergriff der Lebenden auf das Reich der Toten ihm den größten Kummer bereitete.

Vater klopfte leise an die Tür meines Zimmers. »Ich bin wach«, sagte ich.

Er setzte sich auf die Bettkante und starrte auf seine Hände. Schließlich blickte er mich an.

»Du bist böse«, sagte ich.

Vater rieb sich über das Gesicht. »Ich bin zu müde, um böse zu sein. Aber ich bin enttäuscht. Das muss ich sagen.«

»Rudi und Ligita kriegen auch ein Baby.«

»Das ist was anderes.«

»Warum?«

»Weil du meine Tochter bist. Nicht die von jemand anderem. Meine Tochter. Und es gibt keinen Mann, der dich heiraten könnte.« Vater fuhr sich mit den Händen durch das Haar.

Da konnte ich nicht anders. Ich heulte los. Mir lief die Nase. Ich schnäuzte in Vaters Taschentuch.

Er klopfte mir auf den Rücken. »Nicht weinen, Inara. Gott hat große Hände.«

Ich blinzelte. »Was soll das heißen?«

»Seine Hände sind groß genug, um auch das zu tragen.« Vater nickte in Richtung meines Bauchs, aber seine Stimme klang traurig, und mir war klar, dass der Kummer, den ich verursacht hatte, den ich noch immer verursachte, eine weitere Last war, mit der er fertigwerden musste.

»Tja.« Vater stand langsam auf und schloss das Fenster. »Ich hoffe, es wird ein Mädchen. Ich hoffe, es wird so, wie du warst: ein glückliches Kind.« Dann tat Vater etwas, das er seit Jahren nicht getan hatte: Er zog mir die Decke bis zum Kinn hoch und küsste mich auf die Stirn.

Ich fiel in einen tiefen, schweren Schlaf, in dem kein Platz mehr war für Träume. Als ich am Morgen erwachte, hatte der Frühling dem Winter die Hand gegeben. Auf der anderen Straßenseite hatten sich Farn- und Krokusschösslinge aus dem Schlamm geschoben, dazwischen ein stilles Büschel Blau: Anna auf dem Eis und eine Handvoll Sibirische

Schwertlilien. Vater nannte diese Farbe das entscheidende Blau, weil es seiner Meinung nach das erste Anzeichen dafür war, dass der Boden aus dem Schlaf erwachte und bereit für das Leben war. Ich saß auf der Bettkante, mein Magen war ruhig, mein Herz aber verblüfft über die Veränderungen, die ein einziger Tag mit sich bringen konnte.

In dieser Woche arbeitete Vater nachts mit dem Bagger und schlug tagsüber die Grabsteine in die Erde. Am Ende der Woche waren die meisten Gräber ausgehoben, die Steine aufgestellt, und Vater konnte sich daranmachen, die Gebeine umzubetten. Behutsam fing er mit den Gräbern an, die der Straße am nächsten waren, und arbeitete sich zu jenen am Fluss vor. Mit Beginn der nächsten Woche hatte er die meisten christlichen Toten umgebettet, auch Onkel Maris.

Mittlerweile hatte ein gewisser Herr Serotsin von der Jüdischen Beerdigungsgesellschaft in Daugavpils Herrn Zetsche einen bösen Brief geschrieben. Er wurde von Frau Arijisnikow abgefangen, die klug genug war, den Brief über Dampf zu öffnen, Vater anzurufen und über den Inhalt in Kenntnis zu setzen, ehe sie den Brief an Herrn Zetsche zustellte. Ob Herr Zetsche nicht wisse, welch ungeheuerlicher Frevel es sei, einen Toten umzubetten? Ob er kein Verständnis für Rituale oder Traditionen habe?

Wenige Stunden später schlug das schwarze Telefon Alarm. Dieses Mal war es Herr Zetsche. Er hatte den Brief von Herrn Serotsin erhalten und gelesen.

»Teilen Sie der Jüdischen Beerdigungsgesellschaft mit, dass sie natürlich mein vollstes Verständnis haben.« Herrn Z.s spröde Stimme brachte Mutters Geschirr zum Klirren. »Sie möchten ihre Toten ehren, was völlig in Ordnung ist. Aber sie wollen das auf dem Grundstück meiner zukünftigen Riviera machen, was ganz und gar nicht in Ordnung ist.

Sagen Sie denen, sie sollen tun, was sie tun müssen, aber betten Sie die übrigen Toten um. So schnell wie möglich. In wenigen Tagen soll die Fläche planiert werden, und danach wird betoniert.«

»Aber mein Herr«, wandte Vater ein. »Ich bin hier ganz allein; ich habe niemanden mehr, der mir hilft.«

»Kein Grund zur Beunruhigung. Juden sind besonders gut darin …, ähem … Dinge von einem Ort zum anderen zu bewegen. Sorgen Sie nur dafür, dass die genügend Seile haben. Sie werden schon wissen, was zu tun ist«, versicherte Herr Zetsche Vater. »Aber erlauben Sie ihnen keinesfalls, mit dem Bagger zu hantieren«, setzte er hinzu. »Er ist neu.«

Und was war mit unserem Gutshaus? Ich lauschte an Fenstern und Türen, ich weiß, das gehört sich nicht. Mutter und Vater unterhielten sich leise, und trotzdem waren ihre Wut und Frustration nicht zu überhören. Nur einmal erhob Mutter die Stimme, und nur einmal benutzte sie das Telefon für eigene Zwecke; das war, um mit Herrn Zetsche zu sprechen. Sie wollte wissen, wie er an die Besitzurkunde des Gutshauses gelangt sei. Sie habe nichts unterschrieben und würde auch nie ihr Elternhaus verkaufen, solange sie im Vollbesitz ihrer geistigen Kräfte sei. »Ganz einfach«, entgegnete Herr Zetsche. »Ich habe die Steuerschulden beglichen. Außerdem bin ich im Besitz einer Vollmacht mit Ihrer Unterschrift, und direkt darunter steht die Ihres Mannes. Es ist ein völlig legaler Kaufvertrag.«

»Das sind unsere Namen, aber nicht unsere Unterschriften«, wandte Mutter ein.

»Wenn Sie vor Gericht ziehen möchten, verstehe ich das vollkommen«, brummte Herr Zetsche. »Aber wirklich, mir sind die Hände gebunden. Ich habe nichts Unrechtes getan.«

Ich konnte nichts anderes daraus folgern, als dass Onkel

Maris dahintersteckte. Die Sache mit dem gelben Umschlag, sein Beharren darauf, dass ich keine Fragen stellte. Onkel Maris hatte die Unterschriften deiner Großeltern gefälscht und frech den Familienbesitz verkauft. Zweifellos hatte das Geld, das er dafür erhalten hatte, viele seiner Heldentaten und möglicherweise die ersten Studienjahre deines Onkels Rudi finanziert.

Mutter legte den Hörer auf die Gabel zurück.

»Ist es weg?«, fragte Vater.

Mutter hob den Blick nicht von dem Holztisch. »Ja.« In diesem einen Wort hörte ich, wie jahrelanges Hoffen zerbarst.

Wie Herr Z. vorausgesagt hatte, trafen die Mitglieder der Jüdischen Beerdigungsgesellschaft mit dem Frühbus in der Stadt ein. Feierlich schritten sie die lange Straße zum Friedhof, als spürten sie unter ihren dünnen Leinenschuhen, wie abgetragen der Mantel der Erde war. Die Ankunft von zehn mit Schaufeln bewaffneten Männern erweckte augenblicklich Neugier, eine Menschenmenge zieht nun einmal eine andere an. Bald versammelten sich alle, die keine Arbeit hatten – das heißt, fast alle Männer und eine Handvoll Frauen, darunter Ligita und ich –, vor dem Friedhof, und keiner von uns machte einen Hehl aus seiner Neugier. Vater stellte sich dem Ältesten der Männer vor, Herrn Serotsin. Dann folgte er ihnen auf den Friedhof, wo die Männer zwischen den Parzellen auf und ab gingen und die Grabsteine berührten. Einer von ihnen sang ein Gebet vor jedem einzelnen jüdischen Grab, und anschließend legten alle Männer einen Kiesel auf den Grabstein, was ich seltsam fand, da alle Steine bald versetzt werden würden. Nachdem zehn Händepaare jeden einzelnen jüdischen Grabstein berührt hatten und man aller, die darunter ruhten, mit einem Gebet gedacht hatte, sangen die Männer ein Lied. Vielleicht war auch das ein Gebet, aber es war so traurig, dass selbst die Elstern und Wachtelkönige verstummten.

»Lassen Sie mich beim Graben helfen. Es ist das Mindeste, das ich tun kann«, sagte Vater.

»Nein.« Herr Serotsin schüttelte den Kopf. »Wir werden es … auf unsere Art machen.« Auf ein Nicken von Herrn Serotsin hin teilten sich die Männer in zwei Gruppen auf und trugen Schaufeln und Seile zu den entferntesten Gräbern, wo sie begannen. Als die erste Gruppe einen tiefen Graben um einen Sarg aus Kiefernholz ausgehoben hatte, zog die zweite Gruppe die Seile durch den großen Flaschenzug und die Umlenkrolle, die über der Parzelle angebracht worden waren. Ohne schwere Maschinen war das die einzige Art, einen Sarg auf die Planen aus festem Leinen zu heben. Danach zogen sie sie langsam über das Gras.

All das beobachteten Ligita und ich vom Tor aus. Es erinnerte mich an die Zeit, als Rudi und ich jünger gewesen waren und die langsamen Prozessionen der jüdischen Sargträger mit ihrer schweren Last beobachtet hatten. Die Männer hatten einige Schritte gemacht, dann angehalten, um den Sarg vorsichtig abzustellen und ihn kurz ausruhen zu lassen. Dann hatten sie ihn wieder hochgehoben und ihn ein paar Schritte weiter getragen. Jetzt war es ähnlich: Die Männer zogen den Leinenschlitten ein paar Meter durch das Gras. Dann hielten sie kurz inne, als wollten sie der Seele, die nun müde und vielleicht verwirrt war, die Möglichkeit geben, zu dem Sarg aufzuschließen.

An nächsten Nachmittag, einem Freitag, standen die Mitglieder der Jüdischen Beerdigungsgesellschaft – alle zehn – an der Bushaltestelle, da, wo der Seitenstreifen etwas breiter war. Der letzte Tote war umgebettet worden. Bis zum Sabbat waren es nur noch wenige Stunden; sie konnten es kaum erwarten, dass der Bus sie wieder nach Hause brachte. Ein feuchtes Wolkenzelt hing über den Kiefernwipfeln in der Ferne, sodass man meinen konnte, es sei schon viel später. Vater wartete mit ihnen, die Mütze in der Hand. Schließlich bog der Bus um die Ecke. Er rumpelte auf den Seitenstreifen zu und blieb mit einem Ruck stehen. Zischend öffnete sich die alte Tür, und die Männer stiegen einer nach dem anderen ein, die Jüngsten zuerst, bis nur noch Herr Serotsin neben Vater stand.

Vater berührte Herrn Serotsin am Ärmel. »Glauben Sie mir, wir sind keine schlechten Menschen. Nicht wirklich.« In seiner Stimme hörte ich die uralte Frage: *Ist es genug?*

Herr Serotsin sah Vater an, dann hob er den Blick zu dem dunklen, tief hängenden Himmel empor. »Der göttliche Schöpfer haucht jeglichem Grashalm Leben ein und segnet ihn.« Herr Serotsin streckte die Hand nach dem Türgriff aus und schwang sich auf die unterste Stufe. »Und Sie haben das Gras auf dem alten Friedhof bemerkenswert gut gepflegt.« Damit stieg Herr Serotsin die letzten Stufen hinauf und ging langsam zu einem Platz vorne im Bus. Die Türen schlossen sich wieder, und der Bus rumpelte davon, so rasch, wie er gekommen war.

6

Während wir gestern zwischen den Grabsteinen umhergingen, sammelte sich eine flüssige Schwere in meinen Gelenken. Du sagtest, der Körper bestünde zu zwei Dritteln aus Wasser. Ich glaube, in meinem Fall sind es eher drei Viertel. Ich frage mich, ob sich Aale auch so fühlen, vom Wasser getragen und zugleich bedrängt. Es kommt mir vor, als würde mein Körper verbogen, gedehnt und verformt, um ihn besser an sein neues Heim anzupassen, das aus einer anderen Luft bestehen wird.

Du hast über das geheime Leben der großen Flusssteine geschrieben. Über ihre Sehnsucht nach Bewegung. Ihre Träume von einem Ozean trockenen Wassers. Ihren Wunsch, im Feuer geläutert, so leicht wie Asche zu wirbeln, um im heißen Atem eines bebenden Berges zu tanzen. Ihren Wunsch nach Verflüssigung. Verwandlung. Mir fallen da die spektakulären Flugversuche deines Großonkels Maris ein, die symbolischen wie die tatsächlichen. Das Streben nach einer anderen Luft, einem schwerelosen Antrieb. Ich verstehe dieses Verlangen. Schließlich vibriert und stöhnt die ganze Schöpfung in Erwartung einer Veränderung. Manche Geschöpfe stöhnen lauter als andere. Du hast mein Mitgefühl.

Du hast mir von einem Traum erzählt, den Onkel Maris neulich hatte. Er saß auf einem dreißig Handbreit hohen Kamel, das schwarz wie Tinte war. Sie durchquerten den schwarzen Sand der Karakumwüste. Onkel Maris ritt vier Tage, ohne Wasser zu trinken. Er ritt so lange, dass die fetten Höcker des Kamels völlig austrockneten und bis auf die Rippen und den Bauch herunterrutschten, wo sie schlaff hin und her schlenkerten. Trotzdem schritt das Kamel ununterbrochen weiter. Onkel Maris war dabei, die Tage seines Lebens ungeschehen zu machen, mit jedem ausgreifenden Schritt der Kamelbeine einen. Er hatte viele Schandtaten begangen, unser Onkel. Es würde ein langer Ritt werden, sagte er sich, während die Zunge in seinem Mund anschwoll.

»Es ist ein schmerzhafter Durst«, sagte er. »Er lässt sich mit gewöhnlichem Wasser nicht stillen.«

Ich finde es seltsam, dass Onkel Maris in letzter Zeit so mitteilsam geworden ist. Du glaubst, er rede sich auf seine Weise der Wahrheit entgegen, wenn auch sehr langsam. Ich liebe deine Großzügigkeit und hoffe, dass du sie nie verlierst.

Und ich stimme dir vollkommen zu: Das ganze diesseitige Leben ist eine Vorbereitung auf die zukünftige Reise. Das heißt allerdings nicht, dass alle Geschöpfe sich unbedingt bewegen wollen. Ich denke an die Arbeit deines Großvaters auf dem Friedhof in jenem Sommer, als ich mit dir schwanger war. Nachdem alle Toten umgebettet waren, blieb noch Alter General. Vater hob mit Herrn Zetsches Bagger einen Graben um seine riesige Gruft aus und stellte fest, dass der Holzsarg, in dem das heldenhafte Pferd gelegen hatte, völlig verfault war. Übrig waren nur feuchte, bernsteinfarbene Holzstücke, die sich bei der kleinsten Berührung in eine kreideartige Paste auflösten. Die gute Nachricht: Alter General sah genauso prächtig aus wie an dem Tag, an dem man ihn zur letzten Ruhe gebettet hatte. Das heißt, er war halbwegs beieinander. Vater und Rudi gelang es, ihm Gurtzeug anzulegen und ihn mit einer Schlinge an

Herrn Zetsches hochmoderner Motorwinde zu befestigen. Fünf Mal ließ Vater den Motor an. Fünf Mal zitterte das Seil und straffte sich, fünf Mal blieb die Winde stecken, und der Motor ächzte. Dann verstärkte Vater die Schlinge mit einem zusätzlichen Seil. Rudi, er und Herr A., der nichts mehr liebte als derartige Spektakel, zogen daran. Nichts. Alter General bewegte sich keinen Millimeter. Jeder weitere Versuch meines Vaters, ihn anzuheben, war vergebens. Mit anderen Worten, Alter General rührte sich nicht vom Fleck.

»Jetzt reicht's.« Vater ließ sein Ende des Seils fallen. »Ich bin erledigt.« Jeder ging seines Weges. Rudi und Vater stapften niedergeschlagen die Treppe hoch. Ich ließ meine Jalousie herunter und legte mich aufs Bett. Meine Kopfschmerzen sprudelten und zischten wie Mineralwasser. Es war, als hätte mir jemand einen Helm aus Reißzwecken auf den Kopf gesetzt. Und dieser Schmerz öffnete mir die Augen; alles, was ich sah, teilte sich in zwei scharfe Kategorien auf – Farben, die schmerzten, und Farben, die nicht schmerzten. Tiefgrün und Blau beruhigten. Alles, was heller war als Taubengrau, löste einen leichten pulsierenden Schmerz aus. Rot, Orange und Fuchsie – die Farben von Ligitas Nagellack – waren unerträglich grelle Stiche. Bloß im trüben Licht der Dämmerung, der Zeit, in der man etwas sah und doch nicht sah, fand ich Erleichterung. In der Dunkelheit wurde die Welt zu Stein. Das silberblaue Licht des Mondes fiel schwer in unsere Zimmer, schwer auf unsere Körper. Schwer auf unsere Lider. Du schwammst wie ein Fisch, nicht größer als ein Reiskorn, durch deine Wasserwelt. Ich konnte nicht schwimmen. Ich hatte den Mond verschluckt. Ich war wie Frau Lis Hühner, die die kleinen Kiesel am Straßenrand aufpicken. Ohne die stetige Reibung im Inneren ihrer Kaumägen können sie nichts verdauen. Was sie brauchen und wollen, müssen sie erst in ihrem Inneren zermahlen. So wird die Welt verständlich: in winzigen Bruchstücken.

Und dann eines Tages hob sich der Stein. Die gleißenden Balken aus Licht am Fenster blendeten mich nicht mehr. An jenem Morgen erzählte ich auf der Post Frau Arijisnikow, dass ich eine Arbeit brauche. Ich wusste, dass sie bei ihrem Mann ein gutes Wort für mich einlegen würde. Herr Arijisnikow betrieb ein mobiles Scherenschleifergewerbe und wusste stets, wer gefeuert worden war und warum. Und tatsächlich ging Vater vor dem eigentlichen Einbruch der Dunkelheit mit Herrn A. zum Fluss, um zu angeln und eine Tasse Tee zu trinken. Sie teilten sich also unten am Ufer eine Flasche, eine notwendige Prozedur vor, während und nach jeglicher Transaktion, geschäftlicher oder sonstiger Art.

Am Nachmittag war Mutter in mein Zimmer gestürzt. »Schnell«, sagte sie und half mir in meine abgetragenen Kleider. »Herr A. hat dir eine Stelle bei den Zetsches besorgt.«

»Bei wem?«

»Bei Herrn Zetsche!«, rief Mutter.

»Wo?«

Mutter zögerte einen Moment. »In ihrem neuen Herrenhaus.« Unserem alten Gutshaus. Sie hatte das alte Anwesen noch immer nicht abgeschrieben, das wusste ich. Trotzdem würde sie sich eher die Lippen blutig beißen, ehe sie das mir gegenüber zugab. »Sie brauchen eine Putzfrau, die weiß, wie man mit einer Scheuerbürste umgeht.« Mutter bückte sich und band mir die Schuhe zu. Das musste sie nicht, aber sie tat es, damit ich nicht plötzlich von Gefühl übermannt wurde. Ich küsste Mutter auf die Wange.

»Jetzt übertreib mal nicht«, sagte sie und drückte mir ihren besten Eimer und sogar ihre Gummihandschuhe in die Hand.

Die Zetsches wirkten gewöhnlich und gleichzeitig unglaublich geheimnisvoll. Lag es daran, dass sie einen Birkenwald gerodet hatten, um Platz für die runde Auffahrt zu schaffen, die mit walnussgroßen Stein- und Achatbrocken ausgelegt war? Oder waren es die neuen gusseisernen kleinen Hengste? Fünf Pferde, keines höher als einen Meter, säumten die grüne Einfassung der Auffahrt. Alle waren in unterschiedlichen Posen gegossen worden: Eins galoppierte, eins graste, ein anderes sah aus, als schnoberte es an einer unsichtbaren Hand, und eins bäumte sich auf, sodass die Vorderbeine die Luft zerschnitten wie eine Schere. *Ungewöhnlich*, dachte ich und versuchte zu schätzen, wie viel dieses Dekor wohl gekostet hatte. Doch während ich auf die Rückseite des Hauses zuging, wohin man als Angestellter gehörte, fiel mir auf, dass die Pferdeköpfe voller Vogelkot waren. Das wiederum fand ich ziemlich gewöhnlich.

Ich klingelte und betrachtete die verschnörkelten Scharniere, kleine Metallzungen, die sich zu Flammen krümmten. Uralt und seit Urzeiten vertraut. Ich hatte diese Tür unzählige Male gesehen, wenn Rudi und ich uns auf dem Grundstück herumgetrieben hatten. Doch damals war die Tür ein Tor in unsere eigene Vergangenheit gewesen, eine zarte Einladung. Jetzt fühlte ich mich wie ein Voyeur, ein Eindringling, der eine Unterhaltung belauschte, an der er sich einst beteiligt hatte.

Hinter der Glasscheibe tauchte ein kleiner Schatten auf. Die Tür öffnete sich. Vor mir stand Frau Zetsche; sie reichte mir gerade bis zur Schulter. Sie musterte meine Schuhe, meine Beine, meine Hand, die den Eimer und die Scheuerbürste umklammerte. Und während sie das tat, schlug mir eine Wolke aus abgestandener Luft und schwerem Zigarrenrauch ins Gesicht wie eine Ohrfeige. Ich blinzelte.

Frau Zetsche verzog das Gesicht. »Mein Herr Zetsche

raucht gern. Es ist nicht gut für ihn, natürlich nicht, aber jeder Mensch braucht sein Laster.« Ihr Lachen war ein schrilles Zwitschern, das sich auf meine Schulter setzte. Dann führte sie mich durch die Räume: den Billardraum, die Küche, die Speisekammer, den Weinkeller, die Toilette im Erdgeschoss, den Speisesaal, Herrn Zetsches unteres und oberes Rauchzimmer, die Toilette im ersten Stock und ihren ganz besonderen Stolz: den Wintergarten, wo sie ihre Meyer-Zitronenbäume und sogar ein paar Töpfe mit mickrigen Bambuspflanzen stehen hatte. Sie hatten das Innere des Hauses so gründlich renoviert, dass ich es nicht wiedererkannt hätte, wenn ich nicht als kleines Mädchen so regelmäßig darin herumgestromert wäre.

»Mein Herr Zetsche hat für den Wintergarten nur das beste Glas verwendet. Er weiß, wie sehr ich meine Zitronenbäume liebe.« Zwitscherzwitscher.

Ich konnte heraushören, wie sehr Frau Zetsche Herrn Zetsche liebte, und das sagte viel darüber aus, was für ein Mann er hinter verschlossenen Türen war. Letztes Jahr hatte er Vater eine winzige Gehaltserhöhung zugestanden, als so viele Menschen gestorben waren und Vater wie ein Besessener ein Grab nach dem anderen hatte ausheben müssen. Im Laufe des Tages jedoch wurde mir klar, dass die Zetsches, zumindest was die Angelegenheiten des Haushalts betraf, eher gewöhnliche als geheimnisvolle Menschen waren. Obwohl Herrn Zetsches Hosen kürzer waren als die der meisten anderen Männer, brauchte seine Kleidung und Bettwäsche dieselbe Menge an Waschmittel und Bleiche wie unsere. Und die Badezimmer von Herrn Zetsche sahen aus und rochen genauso wie alle anderen. Der einzige Unterschied bestand darin, dass Herr und Frau Zetsche zwei Toiletten schmutzig machen konnten, anders als die meisten anderen Menschen.

Und dann waren da noch die gusseisernen Miniaturhengste. Während ich die Fenster putzte, beobachtete ich, wie die Vögel – zumeist Tauben und Krähen, gelegentlich aber sogar ein Storch – langsam über die Auffahrt flogen. Sie ließen ihre grünen Spritzer auf die Auffahrt und die Hintertreppe fallen, hauptsächlich aber nahmen sie die stolzen Pferde ins Visier.

Frau Zetsche folgte meinem Blick. »Jeden Tag, bevor Herr Zetsche nach Hause kommt, musst du die Pferde reinigen, Inara.« Frau Zetsche hob einen Zeigefinger. »Das war der Grund, weshalb wir das letzte Mädchen entlassen mussten; mein Herr Zetsche hat früher ein Rennpferd geritten und den ersten Preis gewonnen, und deshalb hasst Herr Zetsche nichts mehr als den Anblick eines ungepflegten Pferdes.«

Ich nickte feierlich. Frau Zetsche überreichte mir eine weiche Drahtbürste und ein gelbes Polierleder.

Die ganze Woche wusch ich Bettlaken, putzte die Waschbecken in den Badezimmern und reinigte Kommoden. Ich lüftete die durchscheinenden Gardinen und die Vorhänge aus schwerem Brokat, die von der Decke bis zum Boden reichten. Ich brachte sogar Herrn Zetsches Jagdtrophäen auf Hochglanz: eine Reihe von Medaillen, groß wie Goldmünzen, die ihm für seine überragende Treffsicherheit verliehen worden waren. Bei jedem Rundgang durch das Erdgeschoss packte mich der Neid. Austernlöffel, Nussknacker und sogar ein Eiskübel aus gehärtetem Mondsilber. Ich begehrte diese glänzenden Gegenstände, die so viel Eleganz ausstrahlten. Die hauchdünnen Gardinen, die Vorhänge aus schwerem Brokat, die großen Ölgemälde an den Wänden. Die in Leder gebundenen feinen Bücher, die vielen unterschiedlichen Enzyklopädien. Die Gardenien, die Herr Z. zu kobaltblauer und galmeivioletter Blüte getrieben hatte. Die zinnroten und orangenfarbenen Kelimläufer, die jeden meiner Schritte dämpften.

Aber im ersten Stock beschlich mich ein seltsam mulmiges Gefühl. Trotz der umfangreichen Renovierungen, die Herr Z. hatte durchführen lassen, stieß ich hin und wieder auf einen alten Kommodengriff, eine Türklinke oder etwas so Vages wie einfallendes Licht, die mich daran erinnerten, dass Velta hier gelebt hatte. Und dann war da noch dieser Spiegel. Er hing in seinem Harnisch aus rissigem Ochsenleder an der Wand. *Wer rahmt einen Spiegel in einen Harnisch?*, fragte ich mich, während ich mit einem Wäschebündel auf dem Arm darauf zuging. Ruhe umgab mich, verdichtete Stille, wie die Gegenwart von etwas Heiligem. Ich legte die Wäsche auf einen Plüschsessel. Der Spiegel wölbte sich, warf Falten und schwoll an, als hätte sich Wasser dahinter angesammelt. Rinnsale von Silber ergossen sich unablässig über das Glas. Hinter dem Wasser stand eine Frau und starrte mich an. *Nicht Velta*, sagte ich mir. Das ist nicht Velta, mit dem um den Kopf gewundenen Zopf und den Augen, die mich finster musterten. Das ist nicht ihre weiße Hand, die mich mit langen Fingern näher ans Glas winkt. Es ist nicht sie, die von der anderen Seite die Hand nach mir ausstreckt; es ist nicht ihre Stimme, die meinen Namen ruft.

Als ich eines Tages nach Hause kam, saß Vater am Küchentisch, den Kopf in die Hände gestützt, den Telefonhörer am Ohr. An seinen hängenden Schultern erkannte ich, dass Herr Zetsche in der Leitung war.

»Aber mein Herr«, sagte Vater, »Alter General hat im Großen Krieg gedient und zwei Besatzungen überlebt. So ein großartiges Tier hat ein Anrecht auf Würde.«

»Hören Sie zu.« Und wir alle spitzten die Ohren. Angesichts seines geringen Wuchses hatte Herr Zetsche eine laute Stimme, sie drang durch die Leitung und erfüllte den ganzen Raum. »Ich habe in meinem Leben mit einer ganzen Menge sturer Pferde zu tun gehabt. Man muss sie mit starker Hand führen, das ist das Einzige, wovor sie Respekt haben.«

Vater hielt den Hörer vom Ohr weg und starrte darauf.

Nach einer Weile hörten wir so etwas Ähnliches wie ein Wiehern. »Schütten Sie einfach wieder Erde um die Leiche. Vielleicht legen Sie einen Nelkenstrauß daneben. Aber eins nach dem anderen. Ich habe an der Stelle, wo ich meine kleine Rede halten werde, einen Pflock eingeschlagen. Ich möchte, dass Sie dort ein paar Schaufeln Erde aufschütten, bevor die Leute eintreffen.«

»Warum?« Vater konnte seine Verblüffung nicht verhehlen.

»Ich werde meine hohen Schuhe tragen«, erklärte Herr Zetsche. »Ich will mich nicht mit der Schaufel herumschlagen müssen.«

Die ganze Nacht regnete es und auch am Morgen, doch während der Grundsteinlegung lichteten sich die Wolken und verzogen sich dann. Der Himmel war noch immer grau, aber es war ein leichteres, helleres Grau. Perlgrau sagte Stanka dazu und sog misstrauisch die Luft ein. Als wir auf den leeren Friedhof zugingen, den zukünftigen Standort der Riviera, konzentrierte ich meine Blicke und Gedanken auf die Erde. Sicher, dieser Boden war schon viele Male aufgebrochen worden – während der Besatzungen, während der Kriege –, doch die Geschichte hatte für Herrn Zetsche offensichtlich keine Bedeutung, er war ein Mann, der immer nur nach vorn blickte.

Aus Prinzip blieb die halbe Stadt den Feierlichkeiten fern. In jenen Tagen putzte Mutter noch für Dr. Netsulis, der Berühmtheit erlangt hatte, weil er eine Kuh mit fünf statt vier Mägen ersonnen hatte. Inzwischen verbrachte er die meiste Zeit damit, sein Labor zu Hause in Unordnung zu bringen, und beteiligte sich grundsätzlich nicht an Gemeindeangelegenheiten. Die Ilmyens verbarrikadierten sich in ihrem Haus, verschlossener als grüne Walnüsse. Nicht einmal Babel ließ sich am Zaun blicken. Als oberster Friedhofsverwalter musste sich Vater zumindest kurz unter den dunklen Erlen zeigen. Aber wir anderen konnten nicht widerstehen. Wir hatten nichts Besseres zu tun. Mädchen in knisternden Kostümen begrüßten uns, verteilten Zigarren an die Männer und in glänzendes Silberpapier verpackte Laima-Pralinen an die Frauen. Herr Zetsche trug seine hohen Schuhe und lächelte wohlwollend. Er hatte eine vergoldete Schaufel in der einen Hand und ein Mikrofon in der anderen. Die Schaufel hielt er wie einen Talisman, Kompass oder Zauberstab über den Haufen frisch aufgeschütteter Erde. Und dann sprach er. Und sprach. Vater blickte sehnsüchtig auf die vergoldete Schaufel. Ich jedoch konnte nirgendwo anders hinsehen als auf Herrn Zetsches Hals, vor allem auf das italienförmige Muttermal, das auf seiner Haut leuchtete. Als er zum wiederholten Male auf den Wohlstand zu sprechen kam, den wir mit der Ankunft der Zetsche-Riviera genießen würden, trat die Spitze des Stiefels gegen seinen Adamsapfel.

»Motivation ist, wenn Träume die Ärmel hochkrempeln und sich an die Arbeit machen!«, erklärte Herr Zetsche, stieß die Schaufel in die Luft und schüttelte sie. Das war das Zeichen für die Band, ein triumphales Lied anzustimmen. Herr Zetsche kehrte dem Fluss den Rücken zu, hieb die Schaufel in den Erdhaufen, den Vater für ihn aufgeschüttet hatte, und kippte eine Schaufel Erde auf die Seite. Dann noch eine. Und noch eine.

»Tja, zumindest hat er eine vorbildliche Arbeitsethik«, merkte Herr Gipsis an.

»Aber keinerlei Sinn für Rhythmus«, entgegnete der alte Herr Wehowskis, der als Jugendlicher von den Sowjets gezwungen worden war, Massengräber auszuheben. »Sehen Sie ihn sich nur an!«

Von seinen eigenen Worten inspiriert, schien Herr Zetsche fest entschlossen, seinen herrlichen Traum von der Riviera eigenhändig aus dem Boden zu stampfen. Er hörte einfach nicht auf zu schaufeln. Und zu schaufeln. Da er vollauf mit Graben und Träumen beschäftigt war, bekam Herr Zetsche nicht mit, wie weich die Erde an manchen Stellen war und wie das Wasser während seiner Rede sein Grundstück Stück um Stück mit sich gerissen hatte. Wäre sich Herr Zetsche dessen bewusst gewesen, hätte er vielleicht eine Pause eingelegt oder nicht so nah neben Alter General gegraben. Und vor allem nicht so ungestüm.

Wir alle sahen es kommen: ein unguter Gedanke, der wie ein Abszess wuchs und von Sekunde zu Sekunde schlimmer wurde. Aber wir waren machtlos, nicht einer von uns konnte ihn warnen, ihm das zurufen, was unsere Pflicht gewesen wäre: »Halt! Nicht weiter! Keine einzige Schaufel mehr!«

Schließlich stützte sich Herr Zetsche auf seine Schaufel und wischte sich über die Stirn. Und genau in diesem Augenblick schwamm Alter General, endlich vom Schlamm befreit, davon. Von dort, wo wir standen, sah es so aus: Kopf und Nacken wippten im Wasser, die ganze vordere Hälfte des Rumpfs wirkte erstaunlich beschwingt.

Vater schüttelte den Kopf. Herr Arijisnikow pfiff leise durch die Zähne. »Nein! Nein!« Frau Zetsche fuchtelte mit den Armen, als wollte sie Alter General befehlen, zurück ans Ufer zu kommen. Die Band stimmte ein weiteres Stück an, das sich wie ein militärisches Trauerlied anhörte.

Schließlich breitete sich langsam ein Lächeln über Herrn Zetsches Gesicht aus, wie bei jemandem, der gerade in einen weichen Kothaufen getreten ist. Er klatschte in die Hände, und die Band verstummte, mit Ausnahme des Trompeters, dessen Schlussakkord schamlos in der Luft verklang.

»Gut, gut.« Herr Zetsche rieb sich den imaginären Dreck von den Händen. »Tanzen wir!«

Als Frau Gepkars ihr Stichwort hörte, tauchte sie, von purpurroten falschen Straußenfedern umweht, hinter dem Orchester auf. Sie war engagiert worden, um uns einen neuen Tanz beizubringen, und zu Ehren dieses Ereignisses hatte sie auch ihr Haar purpurrot gefärbt, es glänzte ölig wie Miesmuscheln. Außerdem hatte sie es zu kleinen Locken geringelt und mit einer Unzahl von Haarnadeln befestigt. Während sie über die improvisierte Tanzfläche glitt, über den Schlamm gelegte große Sperrholzbretter, wirkte es im blassen Nachmittagslicht so, als hätte sie sich den Schädel mit winzigen violetten Würstchen gespickt. Selbst das wäre wahrscheinlich unbemerkt geblieben, hätte Frau Gepkars, eine Frau mit durchaus üppiger Figur, nicht ein Abendkleid getragen, das ihr zwei Nummern zu klein war. In den Walknochenpanzer ihres unerbittlichen Korsetts gezwängt, ähnelten die Brüste zwei dicken Cantaloupe-Melonen, die jeden Moment zu platzen drohten. Vergeblich krümmte Frau Gepkars den Finger und versuchte, einen jungen Mann nach dem anderen, und dann auch die älteren, zum Tanzen aufzufordern. »Aus erzieherischen Gründen«, sagte sie immer wieder. Sie aber erwogen die damit verbundenen Risiken einer möglichen Körperverletzung und lehnten allesamt höflich ab.

Die Merry Afflictions spielten weiter und stimmten dann ein neues Stück an. Doch außer Frau Gepkars und Fräulein Dzelz, die liebenswürdigerweise – aus erzieherischen Gründen – die Rolle des männlichen Partners übernahm, tanzte sonst niemand.

Dann übernahmen Herr und Frau Zetsche mit kleinen, affektierten Bewegungen die Tanzfläche. Ratlose Stille breitete sich unter uns aus, während wir ihnen zusahen. Nicht dass sie großartige Tänzer gewesen wären – aber wir hatten sonst nichts, das wir hätten betrachten können. Und das, vermute ich, war Teil des Problems. Da es sonst nichts zu betrachten gab, sahen wir umso aufmerksamer den Zetsches zu, die tanzten, als sei dieses Leben ein Walzer, nur für sie gemacht, und die ganze Stadt ihre Tanzfläche.

Zwei von Rudis Freunden, die in der Nähe standen, murrten leise. Hinter uns hörte ich das diffuse Murmeln ungebremsten Unmuts. »Kaum zu glauben«, flüsterte Frau Inkis, »dass die Zetsches einst eine arme lettische Bauernfamilie gewesen sein sollen.« Eine andere Frauenstimme: »Für wen hält der sich eigentlich, dass er nach so langer Zeit hierher zurückkommt? Und für wen hält der sich, dass er uns vorschreibt, wie wir leben sollen?« Der unverhohlene Neid in ihren Stimmen war nicht zu überhören. Die Merry Afflictions verdoppelten ihre Anstrengungen. Und trotzdem konnten wir nicht aufhören, die Zetsches anzustarren.

Ob die Zetsches unseren wachsenden Unmut spürten? Ob sie bedauerten, Alter General auf so unwürdige Art verloren zu haben? Schwer zu sagen. Aber am nächsten Morgen waren sie bereits in ihrem Mercedes verschwunden. Da sie gern Urlaub in Westeuropa machten, würden sie gute sechs Wochen weg sein, um die schwedischen Inseln zu besuchen und an den dortigen Schützenfesten teilzunehmen, erklärte Frau Zetsche in einer Nachricht, die sie mir hingelegt hatte.

Du wirst ein Auge auf unser Haus haben. Daher erwarten wir, dass du die meiste Zeit im Haus verbringst, außer wenn du die Pferde in der Auffahrt sauber machst und während der Mahlzeiten, die du mit deinen Eltern einnimmst. Bitte wasch deine Bettwäsche selbst. Begrenze auch die Nutzung der Toilette im Erdgeschoss auf maximal zwei Toilettenspülungen pro Tag. Wir sind sparsame Leute.

Ja, es ist wahr; eine Zeit lang wohnte ich im Herrenhaus der Zetsches. Wahr ist auch: Ich war schon immer neugierig, vielleicht mehr als andere. Ich wollte wissen, wer die Leute waren, deren riesige Porträts die Wände schmückten: unsere oder ihre Familie? Wem gehörte dieser Gegenstand oder jener, und was verbarg sich möglicherweise noch hinter den Wänden oder in den Kaminen?

Ohne Frau Z., die im Haus herumschwirrte, bewegte sich die Zeit zähflüssig voran, Tröpfchen für Tröpfchen. Ein Löffel. Eine Gabel. Einmal den Boden wischen mit dem Mopp. Ich dachte an David. Ich versuchte, mich nicht zu bemitleiden, und redete mir ein, dass ich ihn niemals verlieren konnte, weil er ja bereits gegangen war.

Ich hatte Zeit, darüber nachzudenken, wie ich mit meinem Baby umgehen wollte. Ich wollte nicht die Art von Mutter sein, die ihr Kind erstickte und das Liebe nannte. Ich wollte daran glauben, dass die Liebe, die ich für dich empfand, grenzenlos sein könnte, und je mehr ich liebte, desto mehr würde ich über die Liebe erfahren und weiter lieben können. Doch während ich das Silber putzte und Teile von mir im glänzenden Metall widergespiegelt sah, fragte ich mich, ob es diese Art von Liebe überhaupt gab. Ich blickte auf meinen Bauch. Ja, sagte ich mir.

Während ich putzte, sang ich dir in meinem Bauch vor. Ich putzte die Treppe und mied den Spiegel im Gang. Ich nahm mir die Zimmer im Uhrzeigersinn vor, so wie Mutter es mir beigebracht hatte. Sie hatte mir auch gezeigt, wie man sich von oben nach unten vorarbeitet, erst Staub zu wischen, dann Wäsche zu waschen, anschließend Waschbecken und Duschen zu desinfizieren und zuallerletzt die Böden zu schrubben und zu bohnern. Das sei gut für den Körper, glaubte sie, da es natürlich war, den Tag aufrecht zu beginnen und anschließend, wenn die Schwerkraft ihren Tribut verlangte, ihn auf allen vieren zu beenden.

Eines Tages machte ich eine kleine Entdeckung im Keller: Zwischen den Dielen eingekeilt fanden sich unzählige Seiten mit Musikpartituren. Stell dir vor: ein Haus, aus Liedern gebaut! Liedern, die in allen Ritzen steckten, in den Wänden, Böden und Balken. Dunkle Melodien, die sich hoben und senkten, verfasst in der stark nach links geneigten Handschrift, die ich als Veltas wiedererkannte.

Es war unrecht, das Haus gehörte nicht mehr uns, nichts darin war unser Eigentum. Doch ich rollte die Notenblätter zusammen und nahm sie mit nach Hause. Mir war klar, dass Mutter sie unbedingt hätte sehen wollen. Doch ich behielt sie für mich. Es war meine Art, sie ein bisschen zu verletzen. Mir gefiel nicht, dass ich diese Bosheit in mir trug, aber so war es, und ich hatte ihr die Ohrfeige und ihre Worte noch nicht verziehen. Jeder Buchstabe in jedem Wort war eine dunkle Note, ein Vogel, der über die Linien hüpfte, die wie Telefondrähte aussahen. Mittlerweile wusste ich genug, um bestimmte Noten bestimmten Buchstaben im Alphabet zuzuordnen. Ich machte eine Tabelle. Der erste Buchstabe des Alphabets, *A*, korrespondierte mit dem A über dem Grundton C, der Buchstabe *B* mit dem B und so weiter. Der Buchstabe *J* hatte als Gegenstück das FIS, das *K* lag unter G und so weiter, bis jeder Buchstabe des Alphabets seinen Partner in der Partitur gefunden hatte. Ich beglückwünschte mich; nicht jedes Mädchen ist so pfiffig. Doch mein Triumph war von kurzer Dauer, als ich las, was ich entziffert hatte.

Wir hatten Tapete. Also kochten wir sie und machten eine Brühe aus Leim und Fasern. Unsere Gedanken klebten aneinander. Wir aßen Farbflecken. Farben blühten hell in unseren Träumen.
Wir hatten Töpfe. Also füllten wir sie mit unseren Tränen. Wir schöpften unseren Kummer, teilten ihn aus und füllten die Mägen unserer Kinder mit unserem Salz. Für die Hungernden schmeckt alles Bittere süß.

Diese Worte waren Tintenkleckse auf Schnee. Ins Licht geschleuderte Düsternis. Was wusste ich von Hunger? Ein Hühnchen und eine Zwiebel ließen sich über eine Woche strecken. Klar. Aber ein Nagen im Bauch, das Menschen dazu trieb, Leim und Schuhlaschen zu essen? Das kannte ich nicht. Was wusste ich von Kummer? Ich war nur bis zu den Hüften darin gewatet. Er war nicht dauernd zu Gast, wie bei Velta. Vielleicht konnte ich deshalb nicht verstehen, was ich las. Womöglich lassen sich manche Erfahrungen lediglich durch Überspitzung und Euphemismen ausdrücken. Vielleicht war dies ein weiterer Code, eine noch kompliziertere Sprache aus Metaphern und Empfindungen, die ich möglicherweise niemals zu entziffern lernen würde.

Die schwarze Schlange, schrieb sie, *gräbt im dunklen Flussbett*. Ihre erste Schwangerschaft beschrieb sie als Ozean. Sie schluckte die Gezeiten, und Felsen rumpelten gegen ihre Magenwände. Die Ziege des Nachbarn hatte verfaulte Kartoffeln gefressen und war gestorben. Die Post war neu gestrichen worden. Die Wäscheleine eines Nachbarn, auf der früher Röcke und Socken in allen Größen geflattert hatten, hing nun schlaff herunter. Offenbar war sie besessen davon, die Welt vor ihrer Tür zu katalogisieren, die Welt in ihrer Straße, alles, was sie durch ihre runden Bleiglasfenster sehen konnte: einen Mann, einen Hund, einen Kastenwagen. Sie beschwor ihre Welt mit kleinen Worten, eins nach dem anderen, als wollte sie sagen: *Das und das und das existiert*. Um ihre Wörter als Privatangelegenheit zwischen Eheleuten zu schützen, hatte sie diese Beobachtungen des Gewöhnlichen in einer Partitur niedergeschrieben. Doch die Bedeutung, die diese alltäglichen Beobachtungen für die beiden enthielt, entzog sich mir. Das war der zweite Code, den sie anwendete. Sie versteckte die wahre Bedeutung im Banalen. Sie hüllte die Wörter in eine Schicht aus Zweideutigkeit, sodass sich keine klare Botschaft ergab, egal wie gründlich man danach suchte.

Die alte Witwe Druviete war verschieden. Wir öffneten alle Fenster und Türen, damit ihre Seele nach Belieben ein und aus gehen konnte. Wir setzten ihren Körper in den Waschstuhl, stellten ihre Füße in eine Schüssel mit Wasser. Wir wuschen sie mit drei langen Tüchern. Anschließend beerdigten wir sie. Wir verbrannten ihre Kleider; wir verbrannten die Tücher. Wir schlugen einen Nagel in den Boden, wo der Stuhl gestanden hatte, und übergossen ihn mit Brandy.

Vermutlich erweckte sie eine Welt für ihren Mann zum Leben, eine stille Welt, die er wiedererkennen würde, eine Welt aus alten Traditionen und Bräuchen, die er nicht vergessen sollte. Und aus Geschichten.

Ein Mann, der von einer Hexe in einen Wolf verwandelt worden war, lief auf die Straße. Wir konnten es an seinen Augen erkennen. Er beweinte sein Schicksal. Er konnte sich nicht an den Zauber erinnern, der ihn in einen Menschen zurückverwandeln würde. Also gaben wir ihm ein Stück Brot, denn das ist es, was Christen tun. Er verschlang das Brot. Er biss uns in die Hand, er schnappte nach unserem Hals. Er heulte und sagte gottlose Dinge. Trotzdem fütterten wir ihn weiter, bis ihm der Magen platzte.

In einer Handschrift, die weder Velta noch Ferdinands gehörte, fand ich so etwas wie eine Daina:

> Ein Mädchen singt im Fluss.
> Ein Mädchen singt vom Felsen aus.
> Beide singen dasselbe Lied.
> Sind sie Töchter derselben Mutter?

Als die Baumsegler von den niedrigen Ästen der Birken herabstießen, sich von den Traufen lösten und den Anbruch des Abends verkündeten, verstaute ich die Putzsachen, steckte die Partituren in meine Jackentasche und machte mich auf den Heimweg. Unser Haus war dunkel, abgesehen von einem Lichtstreifen im hinteren Raum. Ich hörte Mutters Stimme. »Das kommt manchmal vor. Eine kleine Blutung ist normal.« Ich stieß die Tür auf und sah, wie Mutter sich über Ligita beugte und ihr die Stirn mit einem feuchten Tuch abtupfte. Ligita lag auf dem Bett, das Gesicht kreidebleich, das Haar klebte an ihren Schläfen. Ein kleiner dunkelroter Fleck prangte auf dem Laken. Als Mutter mich sah, nahm sie Ligita in die Arme. Ich zog das Laken von der Matratze und stellte Töpfe mit Wasser auf die Herdplatte.

Irgendwann in der Nacht schrie Ligita. Es war wie eine feste Klangmauer, die alle anderen Geräusche verdrängte. Es wurde vollkommen still, als hielte das Haus den Atem an. »Inara!«, rief Mutter. »Komm, schnell!«

Ich suchte ein paar saubere Handtücher zusammen und drehte Ligita mit dem Gesicht zur Wand. Mehr Blut und dieses Mal noch etwas anderes: ein Baby, kleiner als zwei Portionen Butter. Mutter berührte das Baby mit der Fingerspitze, dann wickelte sie es in ein Handtuch. Ich steckte das Bündel unter mein Hemd, hielt Ligitas Baby an meine Brust, wo mein Herz schlug. Ich dachte, vielleicht wäre mein Herz warm und kräftig genug, um auch für dieses Baby zu schlagen. Rudi und Vater begegneten mir auf der Hintertreppe. Ich reichte Rudi das Bündel, und dann gingen wir den kurzen Weg zum Friedhof.

Manchmal vergaß ich, wie viel Intuition Vater besaß, wie viel er verstand, ohne ein Wort darüber zu verlieren. Er hatte bereits ein Grab geschaufelt, klein und tief, nicht weit entfernt von Onkel Maris. Er hatte auch bereits eine kleine Holzkiste aufgetan, kaum größer als eine Kuchenschachtel. Rudi hielt den Deckel auf, und ich legte das Bündel hinein.

»Sollen wir für das Kind singen?«, fragte Vater.

Rudis Blick klebte an der Schachtel. »Nein«, sagte er, drehte sich um und ging zurück nach Hause.

Nachdem das Kind deiner Tante gestorben war, breitete sich Dunkelheit in deinem Onkel Rudi aus. Er sprach nur noch selten, und wenn er es tat, dann nur, um zu klagen oder sarkastische Kommentare abzugeben. Er brachte einen Fernseher nach Hause und saß stundenlang davor. Manchmal blieb er tagelang weg. Ohne deine Großmutter wäre deine Tante in ihren Tränen ertrunken. Während ich bei den Zetsches arbeitete, kümmerte sie sich um Ligita. Mit Kümmern meine ich, dass sie ihr etwas zu tun gab. Es war der beste Weg, die Trauer zu handhaben: Gemüse kochen, Laken und Tischdecken waschen, einen neuen Rübenkeller anlegen. So lernte Ligita die Dainas, die ihre eigene Mutter ihr nicht beigebracht hatte: Deine Großmutter stand neben ihr, sagte den Text und gab mit der Faust den Takt vor, während sie den Teig für das Brot knetete.

Die nächsten fünf Wochen wohnte ich weiter im Haus der Zetsches und wienerte die Köpfe der kleinen Pferde, bis sie glänzten. Eines Tages besuchte mich Vater. Herrn Zetsches Zweitwagen, ebenfalls ein Mercedes – dieser aschgrau –, parkte in der Auffahrt. An Vaters Augen konnte ich ablesen, wie gern er diesen überzähligen Mercedes mit seiner Abdeckhaube aus Kunstleder gefahren hätte. Blitzblank vom Kühlergrill über die Seitenschlitze bis zum Heckspoiler, das Innere mit einem Ozongenerator desinfiziert und jeder kleine Lüftungsschlitz am Armaturenbrett mit Wattebäuschen gereinigt, jede Oberfläche von goldenem Polierleder liebkost. Doch Vater hatte seinen Stolz. Behutsam strich er mit dem Finger über die Chromleisten. Er überlegte kurz, dann öffnete er die Fahrertür. »Ich will mich nur mal eben reinsetzen. Bloß eine Minute. Oder zwei.« Er rutschte auf den Ledersitz, holte tief Luft. Er fuhr mit dem Finger über das Armaturenbrett und schreckte dann zurück, als hätte ihn ein Schlag getroffen. Der goldene Schlüssel baumelte vom Zündschloss. Machtlos gegenüber der Versuchung drehte Vater den Schlüssel. Der Wagen sprang an, der Motor brummte – das leise, wohltuende Geräusch einer gut geölten Maschine.

Vater drückte auf einen Knopf am Ende des Schalthebels, und die Scheibenwischer bewegten sich auf und ab. Auf und ab. Dann schaltete er das Radio an, es erklang eine Wagner-Oper. Sie hörte sich an wie der Lärm eines Vorschlaghammers, als Orchestermusik verkleidet. Vater drehte vorsichtig an dem Knopf und fand auf einem anderen Sender Sibelius.

»Setz dich zu mir«, sagte er. Ich öffnete die Beifahrertür

und glitt auf den Sitz. Wir atmeten den satten Geruch von teurem Leder ein. Wir verfolgten die präzise Synchronisation der Scheibenwischer. Vaters Hand zitterte am Schalthebel, dann senkte er sie wieder auf den Schoß. Er schüttelte den Kopf. »Ich kann nicht – es wäre nicht recht.« Er öffnete die Tür, stieg aus und ließ den Schlüssel bei laufendem Motor im Zündschloss stecken.

Ich blieb allein im Wagen sitzen und lauschte auf das Klagen der Violinen und das Auf und Ab der Scheibenwischer. Ich betrachtete Vaters gebückte Gestalt. Ich dachte über ihn nach, und über Mutter. Ich dachte an die Dinge, die wir wünschten, getan zu haben, in unserer kurzen Lebenszeit. Und dann dachte ich an all die Kompromisse, die wir eingegangen waren. Wir geben zu schnell auf, senken den Blick immer tiefer, bis wir unsere kleinen Träume vergessen, und dann, noch schlimmer, vergessen, wie Träumen überhaupt geht.

So will ich nicht sein, dachte ich und rutschte auf den Fahrersitz. Ich fuhr mit den Händen über das Lenkrad aus Kirschholz; ich würde das tun, was Vater sich versagt hatte. Es war das Mindeste, was ich tun konnte. Ich drehte das Radio zurück zu den wütenden Walküren. Dann legte ich den Gang ein und trat auf das Gaspedal.

Der Wagen schoss über die Einfriedung und knallte gegen das erste Miniaturpferd. Peng, dann ein lautes Klack, Klack, ein schrilles Kreischen, als das Fahrgestell über die gusseisernen Hinterbeine schrammte. Dann ein WUMM und noch einmal WUMM, als die Hinterreifen über das umgestürzte Tier rollten. Peng, Klack, Klack, Schramm, WUMM, WUMM – so walzte ich ein Pferd nach dem anderen platt. Schließlich verhakte sich die Antriebswelle des Mercedes in den aufgerichteten Vorderbeinen des letzten Hengstes.

Vater öffnete die Fahrertür. »Inara!«, keuchte er und

zerrte mich vom Sitz. Wir standen da und betrachteten das Gemetzel. Aus der verbeulten Motorhaube stieg Dampf auf. Vater wippte auf den Füßen auf und ab. Dann krümmte er sich vor Lachen.

»Oh, Inara.« Er hielt sich den Bauch. »Wenn das dein Onkel Maris hätte sehen können!« Er stützte die Hände auf die Knie und schnappte nach Luft.

Ich überreichte ihm die Schlüssel. Dann ging ich zu Frau Zetsches Wäscheschrank und nahm die ältesten Laken heraus, für jedes von Herrn Zetsches schwarzen Pferden eins.

»Sie werden mich feuern«, sagte ich.

»Oh.« Vater rieb sich das Kinn. »Ganz bestimmt.«

»Ich sollte mich nach einer anderen Stelle umsehen.«

Vater legte mir die Hände auf die Schultern. »Das hat Zeit. Ich helfe dir abzuschließen. Dann kommst du mit nach Hause. Wir haben dich beim Abendessen vermisst.«

Ein paar Tage später kehrten die Zetsches aus dem Urlaub zurück. Den ramponierten Mercedes hatten wir in die Garage geschoben. Die umgestürzten Pferde waren mit Frau Zetsches Laken verhüllt. Als das Knirschen auf dem Kies ihre Ankunft ankündigte, standen dein Großvater und ich in der Auffahrt wie Soldaten, die auf eine Inspektion warten. Langsam fuhren die Zetsches an den verhüllten Statuen vorbei bis zur Garage. Herr Zetsche stieg aus dem Wagen und blieb einen Augenblick vor dem ramponierten Mercedes stehen. Dann ging er zur Auffahrt, wo er vor jeder umgefallenen Statue verharrte, das Laken kurz anhob und wieder fallen ließ. Die ganze Zeit über saß Frau Zetsche zitternd im Wagen und murmelte: »Oje, oje.«

»Was die Pferde angeht«, begann Vater.

»Ja – Vandalen, Plünderer – nehme ich an.«

»Nein.«

»Wer dann?«

Vater sah auf Herrn Zetsches Schuhe. »Es war ein Unfall. Wir dachten …«

»Wir. Wer ist wir?«

»Inara und ich.«

»Was dachten Sie?«

»Wir dachten, es wäre nicht schlecht, einmal so einen wunderbaren Wagen zu fahren. Nur ganz kurz.«

Herr Zetsche winkte ab. »Das war ein zurückübereigneter Wagen, praktisch nichts wert. Aber die Pferde, verstehen Sie, sind etwas … ähem … problematischer.«

»Wir kommen für den Schaden auf«, sagte Vater. »Was meinen Sie, wie viel schulden wir Ihnen?«

Ein Lächeln bar jeglicher Wärme huschte über Herrn Zetsches Mund; das italienförmige Mal verfärbte sich rötlich braun. »Hunderte von Hunderten von Hunderten – so viel wie hundert Kiefern Nadeln haben.« Eine unvorstellbare Summe. Damit machte Herr Zetsche auf seinen kleinen Absätzen kehrt und marschierte in sein Haus.

7

Früher maß ich die Zeit danach, wie lange ich brauchte, um das Geschirr zu spülen, es abzutrocknen und einzuräumen. Die Wäsche aufzuhängen. Nie reichte sie für all die Arbeit, die anfiel. Dass ich jetzt so viel davon habe und sich die Tage in die Länge ziehen, während mir Dr. N. gleichzeitig sagt, ich hätte bloß noch ein paar Wochen zu leben, kommt mir seltsam und rätselhaft vor. Wäre dein Großvater hier, würde ich ihn nach der fließenden Zeit fragen. Ob ich so auf mein neues Leben vorbereitet werde? Ich würde gern wissen, ob Gott auf diese Art Ewigkeit in unsere Herzen legt.

Jedenfalls habe ich beschlossen, die Stunden zwischen den Morphiumdosen nicht zu zählen. Stattdessen will ich die Veränderung des Lichts ringsum vermessen. Durch die Ritzen zwischen Türpfosten und Tür, zwischen Dach und Wand, sickert das Licht ein, körniger Staub, der in der dickflüssigen Luft wabert, eine Galaxie von schwimmenden Sternen. Du hast recht: Licht ist beides, Welle und Teilchen, jetzt sehe ich es. Dieses Licht pulsiert in meinen Adern wie Strom, fiebrig und lebendig. Beharrlich. Ich liege hier und höre, wie du mit dem kleinen Semjon in der Küche an der Abstinenzlerzeitung arbeitest. Das Klappern der Metalltypen verschmilzt mit dem Schaben der Quecke an der Schuppenwand. Das Rattern der Wörter ist Musik für mich, ein Rhythmus für meine umherschweifenden Gedanken. So verändert sich die Wahrnehmung, und das Alltägliche wird zu etwas Heiligem, Göttlichem.

Heute habe ich es geschafft, ohne deine Hilfe aufzustehen und mich anzuziehen. Ich bin zum Friedhof gegangen. Ich wollte dich bei der Arbeit beobachten. Ich ging an Mutters Grabstein vorbei, an Vaters Grabstein, an Onkel Maris' Grabstein. Mein Bauch wollte weiter nach Norden, meine Eingeweide nach Süden, deshalb setzte ich mich auf die Mauer, um mein Gleichgewicht wiederzufinden. Es war ein Trick des Morphiums, mich in dem Glauben zu wiegen, dass ich noch meine alten Kräfte besäße. Ich schaffte es bis zu dieser Mauer, und dort blieb ich.

> Im Kiefernwald
> Wurde mein Roggen gesät.
> Im Kiefernwald
> Stehen meine Eichen.
> Der Roggen blüht,
> die Bienen summen.
> Ich tanze vor Freude.

Das ist die Daina, die ich singen wollte. Stattdessen saß ich erschöpft und atemlos auf der Mauer und wartete. Zu Mut gehört auch Geduld, hatte Joels immer gesagt. In diesem Fall ist sie eher das zufällige Produkt meiner Dummheit. Ich hatte mir vorgestellt, wie du und ich auf dieser Mauer sitzen und darauf lauschen würden, wie die Dämmerung aus dem Boden emporsteigt. Wir würden auf dunkles Schilf und das Sirren der Mücken lauschen. Stattdessen kam der kleine Semjon vorbei und sah mich – zum Glück. Er trug mich nach Hause zurück, so mühelos, als wäre ich ein Kind.

»Mach das bloß nicht noch mal!«, schimpfte Jutta. Ich

lachte. Lange und laut. Woher kam dieses Lachen? Vielleicht war es eine Wirkung der Schmerzmittel, trotzdem würde ich gern glauben, dass ich endlich die Freude zu fassen bekomme, die nicht das Gleiche ist wie Glück – ein launisches Gefühl, so unstet wie ein Gedanke.

Doch während ich auf dem Friedhof war, habe ich Onkel Maris' Grabstein ausgebessert. Oder vielmehr das, was davon noch übrig ist. Ich dachte, ich könnte vielleicht seine Stimme hören, wenn ich still genug daneben säße, so wie du. Ich sang: *Seele, erwache, Seele, steh auf, Seele, schieb diesen Stein beiseite.* Dass er in den letzten Wochen seine lange und relativ stumme Totenruhe gebrochen hat – noch dazu so laut und eindringlich –, ist mir unbegreiflich. Meine Theorie ist, dass er die ganze Zeit geplappert hat, aber erst jetzt Bedeutungsvolles von sich gibt.

Es sei die Hölle, hatte Onkel Maris gesagt, sich selbst überlassen zu sein, völlig allein mit dem Bewusstsein seiner selbst und seinen Erinnerungen. »Nicht gerade das, was ich erwartet hatte. Diese Eigenheiten des Ichs«, hatte er gesagt. »Es ist das eine, sich darauf einzustellen, wenn man lebt und nicht allein ist. Aber wenn man tot und …«, hier, sagtest du, habe er eine lange Pause gemacht, » … ganz allein mit sich ist, ist es etwas ganz anderes.«

Warum ich dich nach einem so streitsüchtigen Menschen benannt habe, hast du dich gefragt. David, Joels, Eriks, Oskars, all das waren gute, solide und ehrenwerte Namen, die guten, soliden und ehrenwerten Männern gehört hatten. Und du weißt ja, dass Namen ihre Träger aneinander binden, in einer Art Schleife zwischen Vergangenheit und Gegenwart. Ich vermute, es war ein Akt des Glaubens, meines Glaubens an die erlösende Kraft der Sprache, meines Glaubens, der Junge könne den Mann erlösen. Die Vorstellung, dass die Taten der Lebenden die Seelen der Toten beeinflussen können, ist nicht gerade eine baptistische Doktrin – anders als der Glaube, dass Namen ihre eigene innere Kraft besitzen.

Ich glaube, du hast recht. Es muss um die Zeit gewesen sein, als ich aufhörte, Veltas Briefe zu lesen. Ich hätte sie Mutter geben sollen. Ich hätte so vieles tun sollen. Stattdessen versteckte ich sie und redete mir ein, ich hätte das Recht dazu. Wir hatten so viele andere Sorgen, und die Briefe schienen damals das kleinere Übel zu sein im Vergleich mit meinen anderen Missetaten, die Herr Zetsche als *Überfall, Tätlichkeit und mutwillige Zerstörung wertvollen Eigentums* bezeichnete. Vater musste seine gesamten Ersparnisse opfern, um den Schaden an Herrn Zetsches Wagen wiedergutzumachen. Eine gute Nachricht gab es allerdings: Nach gründlicher Überprüfung hatte Herr Zetsche erklärt, dass seine gusseisernen Pferdchen in dem Gefecht nur geringfügig Schaden genommen hätten. Man müsse sie lediglich wieder im Boden verankern. Deshalb ließ Herr Zetsche Vater tiefe Löcher graben. (»Darin sind Sie ja geübt!«, scherzte er am Telefon.) Dann stellten Rudi und Vater die Pferde wieder auf ihre Sockel und versenkten diese in feuchtem Beton. Herr Zetsche war dermaßen beeindruckt, dass er Rudi als Assistenten des Landvermessers für sein Riviera-Projekt einstellte. Rudi bekam die Aufgabe, mit einem Theodolit Entfernungen zu messen. Wenn die Lastwagen mit Sand, Kies und Zement einträfen, könnte er ihnen sagen, wie viel man brauchte und wo.

Obwohl Ligita nicht glücklich war und vermutlich nie glücklich sein würde, fand sie einen gewissen Trost in seinem Gehalt. Die Stelle war einträglich genug, um sich derart durchsichtige Blusen leisten zu können, dass wir Mutters

Zeitung durch sie hindurch lesen konnten. Das Geld, das nach Ligitas Einkäufen übrig blieb, gab Rudi Vater und Mutter. Sie hatten es bitter nötig. Mutters Haut war so rot und rau, dass ihre Hände bluteten, wenn sie den Boden schrubbte oder das Geschirr spülte. Die Zeiten, da sie bei ihren Kunden in der Stadt putzte, waren vorbei. Ich glaube nicht, dass es ihr etwas ausmachte – sie wollte ohnehin mehr Zeit für ihre Zeitung haben. Politisch und wirtschaftlich war eine Menge passiert. Parteien taten sich zusammen, neue Skandale wurden aufgedeckt, und man redete viel über die EU. Wenn Lettland Mitglied wurde, so wie andere Staaten, mutmaßte Mutter, würde die Zahl der Auswanderungswilligen in die Höhe schießen, denn gute Jobs gab es nur woanders. Das war schlecht. Andererseits lägen dann nur noch zwei Betrunkene im Graben statt zehn. Das war gut. Und dann war da noch die Sache mit den Karotten. Wäre die Qualität von importiertem Gemüse besser oder schlechter? Als Autorin, Herausgeberin und Verlegerin hatte Mutter es schwer, auf dem Laufenden zu bleiben. Und wie sie es während so vieler Jahre getan hatte, putzte nun ich den Gemeindesaal, die Schule und das Haus des schwer fassbaren Genies Dr. Netsulis.

Er war mit Abstand Mutters Lieblingsauftraggeber. Er bevormundete sie nicht und tat auch nicht so, als interessiere er sich für ihr Privatleben, ihre Zeitung oder unsere Familie. Umgekehrt, so sagte sie, schien er auch nicht von ihr zu erwarten, dass sie übertriebene Bewunderung für seine vielen klugen Erfindungen, etwa das automatische Jalousienreinigungsgerät oder den Kerzendocht-Trimmer, an den Tag legte, mit denen er in Schweden großen geschäftlichen Erfolg hatte. Es war ein reines Arbeitsverhältnis, aber Mutter wollte es gar nicht anders.

»Um ehrlich zu sein, der Mann hat mich verschlissen«, vertraute sie mir am Vorabend des Tages an, an dem ich zum ersten Mal zu ihm ging. Anscheinend kamen die Möbel prinzipiell nicht mit ihm klar. Als Mutter noch für ihn putzte, hatte sie häufig mit eigenen Augen gesehen, wie er gegen Stühle, Tische und Schränke stolperte, Geschirr zerschlug oder Verpuffungen in seinen Reagenzgläsern auslöste. Den Gang eines Genies, so nannte Mutter das. Ihr Rat: Geh ihm aus dem Weg oder folge ihm mit Eimer und Mopp. Mutter war überzeugt, dass die Badezimmer und Küchen umso schlampiger aussahen, je intelligenter ihre Arbeitgeber waren. »Sie können nichts dafür«, sagte sie. »Während sie ihren komplizierten Gedankengängen folgen, sind sie einfach abgelenkt.«

So wie Dr. Netsulis' Haus aussah, ein dreistöckiges Gebäude auf sumpfigem Grund, mussten seine komplizierten Gedankengänge phänomenale Ausmaße haben. Als Erstes entschied ich, dass ich zwei Tage pro Woche bräuchte – wenn nicht drei –, allein um die Küche und die Diele in Ordnung zu halten. Beim Putzen bildete ich Reime aus den Namen der Inhaltsstoffe. Ich fügte Texte aus Dainas ein, sang Lieder, verschob Klangfetzen und rieb sie in Dr. Netsulis' durchsichtige Glasgefäße. Ich redete mir ein, dass du mich hören könntest. Und obwohl du so klein warst, hörtest du mir zu.

Als ich in der dritten Woche den Gang im Erdgeschoss wischte, stürmte Dr. Netsulis aus seinem Labor und stolperte über meinen überdimensionalen Eimer. Mit einem Fuß im Wasser und dem anderen auf festem Boden stand er da und staunte über meine Gegenwart. Und ich über seine. Damals war er so dünn wie der Stiel eines Rechens. Es sah aus, als könnte ein kräftiger Windstoß ihn davonwehen; vielleicht trug er deshalb so eine dicke Brille – Standardausrüstung eines Genies, um sein Gehirn an Ort und Stelle zu halten. Die Brillengläser waren mit Schuppen gesprenkelt wie ein Sternbild. Und dann war auch noch die Sache mit seinem schneeweißen Bart, lang und dicht wie der einer Ziege. Irgendwo darunter verbarg sich ein Mund. Und dann tauchte er auf, dieser Mund, ein kleiner dunkler Kreis.

»Sie sind nicht Biruta Kalnins«, sagte er schließlich.

»Nein. Ich bin Inara, ihre Tochter.«

»Oh. Ich wusste gar nicht, dass sie eine Tochter hat.« Er musterte meine Arbeitskleidung, meine Hände, meine Arbeitsschuhe – an den Seiten aufgerissene Turnschuhe. Sein Gesicht nahm den Ausdruck freundlicher Zerstreutheit an. Er zog den Fuß aus dem Eimer und winkte mich zu seinem Labor. Die Tür stand einen Spalt offen, der Geruch von Zigarrenrauch mit Kirscharoma verbreitete sich im Gang. Ein kurzer Blick über seine Schulter offenbarte zwei lange Tische, Unmengen von Reagenz- und Traggläsern, alle schmutzig.

Dr. Netsulis folgte meinem Blick. »Normalerweise – Sie können Ihre Mutter fragen – halte ich mein Haus sauber.« Ein Anflug von Scham stahl sich in seine Stimme. »Aber ich bin gerade mitten in einem streng geheimen Projekt namens Glückliche Kühe.«

»Kühe«, wiederholte ich stumpf.

»Wundervolle Tiere, diese Kühe«, sagte Dr. Netsulis. »Aber darum müssen Sie sich nicht kümmern. Mein Assistent Joels füttert und melkt sie. Doch wenn es Ihnen nichts ausmacht, den Stall hin und wieder auszumisten …«, sagte er, verbeugte sich leicht und verschwand in seinem kirschrauchgeschwängerten Labor.

Dr. Netsulis war ein ruhiger Mensch mit schlichten Gewohnheiten. Sein Frühstück bestand aus Frischkäse auf Haferbrei, einer Mahlzeit, die, wie er sagte, sein Hirn daran hinderte, sich ablenken zu lassen. Er dürfe den Kopf nicht verlieren; er habe täglich fünf verschiedene Viehhöfe zu beobachten. Seine Hypothese war, dass die Atmosphäre und die allgemeine Stimmung im Stall und auf der Weide einen direkten Einfluss auf Geschmack und Qualität der Kuhmilch hätten. Aus diesem Grund machte er sich ausführliche Notizen über die Farbe, mit der die Stallungen gestrichen waren, über die Musik, mit der das Radio sie berieselte, und über die Qualität der Witze, die sich die Melker in Gegenwart der Kühe erzählten. Und natürlich sammelte er eine Vielzahl an Milchproben in Reagenzgläsern, die alle gereinigt werden mussten.

Der Frühling hielt Einzug. Die Rinde der Birken schälte sich und zitterte unter jedem Windstoß. Die schuppigen Stücke waren mit langen und kurzen Strichen, Punkten und Linien bedeckt. Diese schmalen Risse im Gewebe der Rinde waren wie Veltas Briefe, aus Narben komponierte stumme Musik. Die Weidenkätzchen sahen aus wie goldene Tropfen. Die Farne rollten gleichmäßig ihr grünes Blattwerk aus, als wollten sie sagen, dass sich das Leben nicht aufhalten ließ. Die Störche kehrten in Scharen zu ihren riesigen Nestern auf den Telefonmasten zurück. Heftige Stürme schüttelten die Baumwipfel, fällten alte Birken und deckten ganze Scheunendächer ab. Doch diese Nester, erstaunliche architektonische Leistungen aus Zweigen und Schlamm, hielten stand. Als das Licht die Tage länger machte, arbeiteten die Bauarbeiter auch abends weiter an der Riviera. Zuerst begradigten und planierten sie. Befestigten alles. Gossen eine Schicht Beton über die andere. Fundamente, klar, für die Verankerung von Mauern, Pfosten und Stützen. Dann die Rahmen. Ein seltsam taubes Hochgefühl bemächtigte sich der Stadt. Mit jedem Holzbalken sahen wir deutlicher, wie unsere wirtschaftliche Rettung aus dem Boden gestampft wurde. Doch das war lediglich ein kleiner Trost. Als sie mit dem Rohbau begannen, setzte Herr Zetsche Rudi vor die Tür.

Wenn Frauen einen plötzlichen Verlust zu beklagen haben, sagte deine Großmutter, geben sie sich selbst die Schuld. Wenn Männer einen Verlust erleiden, beschuldigen sie die ganze Welt. Als ich den dumpfen, hartherzigen Blick in Rudis Augen sah, sein angespanntes Kinn, verstand ich, dass seine Trauer in Wut und Feindseligkeit gegenüber Herrn Zetsche umgeschlagen war. Dieselbe unterdrückte Wut, die ich in Onkel Maris' Gesicht gesehen hatte, ergriff nun Rudi.

Wie nicht anders zu erwarten, wandte Mutter ihre Aufmerksamkeit dem Gemeindesaal zu. Als heiliger Ort, als Fels in der Brandung, schenkte der Saal ihr den Frieden, den ihr Zuhause ihr nicht geben konnte. Ligita und Rudi, die ständig miteinander stritten, verbreiteten nur Unruhe. Ligitas Stimme dröhnte wie ein Dudelsack. Ihre Klagen drehten sich hauptsächlich um ihre Lebensumstände – sie wollte in einer Sozialwohnung wohnen, so wie andere Paare auch. Doch Rudis unerwartete Entlassung und fehlende Berufserfahrung ruinierten alle Chancen für ihren Antrag.

Um dem nächtlichen Lärm zu entkommen, flüchtete sich Vater, seine Zeitschriften über schnittige deutsche Autos unter dem Arm, auf den Abort. Ich glaube, es war um diese Zeit, als er so etwas wie eine Glaubenskrise durchmachte. Er hörte auf zu trinken und verbrachte mehr Zeit mit der Lektüre der Bibel. Morgens hörte ich, wie er lange Passagen vor- und rückwärts las. Das hatten sein Vater und sein Großvater in Workuta, aber auch nach ihrer Rückkehr ebenso gemacht. Die Bibel auswendig zu lernen gehörte zum Leben eines Baptisten. Vers um Vers arbeitete er sich seiner persönlichen Offenbarung entgegen. Als zukünftiger Großvater musste er sich darüber klar werden, mit welchem Beispiel er vorangehen würde. Also landeten die Flaschen im Holzstapel, wo er sie behutsam als nostalgische Erinnerung ablegte.

Zu dieser Zeit wuchs meine Fähigkeit, einen Teil von mir vom anderen zu trennen. Ein imaginärer Reißverschluss verlief vom Scheitel bis zur Sohle. Wenn ich die Straße entlangging, konnte ich ihn öffnen und aus dem Korsett meines Fleisches heraustreten. Der geistige Teil meines Ichs schwebte neben mir und registrierte alles: die Toiletten, die ich gereinigt, die Wäsche, die ich gewaschen hatte. Der geistige Teil meines Ichs stellte sich vor, er sei Velta, er sei Mutter, er sei jede Frau, irgendeine Frau. Er stellte sich vor, er habe Kalk in die dunklen Böden gepflügt. Er stellte sich vor, er sei eine der Frauen, die sich 1989 Hand in Hand dem Baltischen Weg angeschlossen hatten, der von Tallinn über Riga bis nach Vilnius reichte. In einigen dünn besiedelten Regionen hielten die Menschen Stoffbänder zwischen sich. So bildeten sie eine Kette aus Stoff und Liedern. Beim Putzen sang ich. Der körperliche und der geistige Teil meines Ichs waren sich einig, dass meine Stimme das Stoffband war, das mich mit dir verband. Nach der Arbeit saß ich in unserem kleinen Schuppen am Flügel und drückte auf die Tasten, schlug die Hämmerchen gegen die Saiten und lockte mit Bleistift und Papier Veltas düstere Parabeln ans Licht. *Das Wasser wird uns nicht immer lieben, Liebster. Die Felsen stöhnen unter unseren Füßen, halten den Takt mit leisen Seufzern.* Ich beglückwünschte mich zu jeder Note, in der Gewissheit, aufgrund dieser Leistung ein bisschen weniger durchschnittlich zu sein.

Diese erhabenen Gefühle lösten sich rasch in Luft auf. Wenn ich nach meinen Putzjobs in der Schule oder bei Dr. Netsulis nach Hause ging, machte ich einen Umweg am

Fluss entlang, zu einem einsamen Streifen außerhalb von Herrn Zetsches Riviera-Entwicklungsprojekt. Unser Fluss veränderte sich. Bauschutt lag auf dem grasbewachsenen Ufer. Das Kreischen der Kettensägen und das ständige Dröhnen der Schlaghämmer störten unseren Frieden. Verschwunden waren auch die guten Fischgründe, verschwunden die Aale. Eines Abends ging ich in der Nähe der Baustelle spazieren. Schon wieder war eine Erle gefällt worden. Ich strich über den Stumpf. Rau und unfachmännisch abgesägt, riss er meine spröde Haut auf. Einen Baum zu fällen brachte Unglück. Doch falls die Arbeiter beunruhigt waren, so ließen sie sich nichts anmerken. Gerade betrachteten zwei Männer einen Stapel Stämme, die mit grellen Graffiti geschmückt waren: KRAUTFRESSER RAUS!

Es gab eine Zeit, so schriebst du in dein *Buch der Wunder*, als sich die Getreuen nach dem Klang richteten, nicht nach dem, was sie sahen. Da sie keine freie Sicht hatten, vertrauten die Menschen auf die Propheten, die das Wort des Herrn vernehmen konnten wie die ins Ohr geflüsterte Botschaft eines Freundes. So ein Mann war Samuel. Nirgendwo in den alten Berichten finden wir eine Beschreibung seiner Ohren. Keine Maßangaben. Aber er hatte ein feines Gehör. Das lag daran, so schriebst du, dass kein Rasiermesser je seinen Schädel berührte. Wie bei Samson, dem starken Mann aus uralten Zeiten, war auch Samuels Haar seine Kraft und der Ursprung seiner unglaublichen Fähigkeiten. Als ich das in deinem Buch las, begriff ich zwei Dinge. Zum einen hattest du eine Verbindung zwischen dir, Samuel und unserem Nationalsymbol, dem Bärentöter, hergestellt. Deine Großmutter wäre entzückt gewesen. Zum anderen verstehe ich, dass du mir bis heute nicht ganz verziehen hast, dass ich das Fell auf deinen Ohren entlaust und abrasiert habe. Das tut mir leid. Das Fell war praktisch, aber damals schien es mir ratsam, es abzurasieren.

Heute Morgen hat Stanka den Spiegel im Ochsenharnisch zur Wand gedreht. Wie du dich vielleicht erinnerst oder auch nicht, hat sie ihre eigene Meinung zu Spiegeln. Es sei kein Problem, den Toten kleine Spiegel ins Grab zu legen, sagte sie, aber bringt es nicht Unglück, welche in der Nähe von Sterbenden zu haben? Und ob! Geblendet von der blassen Welt, die der Spiegel zurückwirft, fliegen die Seelen hinein und sitzen in der Falle. Gefangen, unfähig, sich zu befreien, klopfen sie mit ihren langen Fingernägeln an das Glas: tap, tap, tap.

Du sagst, das Wort »spiegeln« gehe auf das lateinische *specere* zurück, sehen, Abbilder erzeugen, glänzen. Ich habe schon immer an solche Dinge geglaubt, man könnte sie auch Wunder nennen. Deinem Großvater verdanke ich die unerschütterliche Überzeugung, dass es Unerklärliches, Ungebetenes und Wundersames geben kann und auch tatsächlich gibt. Außerdem glaube ich an den Segen. Man kann nicht auf wundersame Weise geheilt werden, wenn man nicht zuerst furchtbar verwundet worden ist. Hackt sich das Pelikanweibchen in der Wildnis nicht seine Brust auf und nährt seine Brut mit frischem Blut?, fragtest du in deinem Buch. Du maltest ein Bild von einem Vogelweibchen, das in seinem Nest brütet. Traurige Madonnenaugen, mütterliche Qual in dem langen Hals, der sich zu dem Gelege hinabsenkt. Die Mutter ist es, nicht ihre Brut, deren Herz durchbohrt wurde. Schließlich gehört es zum Wesen einer Mutter, für ihre Nachkommen zu bluten. Wir können nicht anders. Wir verbringen unsere Jugend damit, nachzudenken, wozu wir gemacht wurden, beherrschen uns, sammeln alles Gute in uns. Und dann, in dem Augenblick, in dem wir das Leben um uns herum begreifen – vielleicht in einem Kind –, entblößen wir freiwillig unsere Brust, damit unser Herz sie verlassen kann. Wohin geht dieses Herz? In das Kind. Das ist die Geschichte darüber, wo die Liebe herkommt – es ist eine Geschichte, die weder Anfang noch Ende hat. Eine Geschichte mit tausend Versionen, und jede einzelne ist wahr.

Damals, als ich für Dr. Netsulis putzte, war er im Ausland so etwas wie eine Berühmtheit. Im September fuhr er zu einer wissenschaftlichen Konferenz nach Genf. Dort faselte er ohne Punkt und Komma von einem subatomaren Teilchen namens Higgs. Ich fand es rührend, dass Wissenschaftler klitzekleinen Dingen, die niemand sehen konnte, Namen gaben. Vielleicht würde irgendwer ein subatomares Teilchen nach Herrn N. taufen. Dann würde er ein fettes Stipendium bekommen, und wir hätten alle Butter auf dem Brot und würden teuren Kognak trinken. Unterdessen putzte ich weiter sein Haus und mistete den Stall aus. Dr. Netsulis' neuer Assistent, Joels, musste gelegentlich den Stall verlassen und im Labor Tests durchführen. Ich wusste immer, wenn er im Haus war, weil er sehr darauf achtete, seine schlammverkrusteten Stiefel – die größten, die ich jemals gesehen habe – in der Eingangsdiele auszuziehen. Ich stellte meine Stiefel gern neben seine und malte mir aus, wie unsere Stiefel lange Gespräche führten, während wir unsere Aufgaben erledigten. Wie ich arbeitete Joels am liebsten unbeobachtet, deshalb stimmte ich meine Besuche im Stall auf die seinen im Labor ab. Ich wollte nicht den Eindruck erwecken, dass ich ihm nachstellte. Falls er es schätzte, dass ich Abstand hielt, so hätte er es niemals gezeigt, das wusste ich. Joels kam aus Estland und war für hiesige Verhältnisse ein stiller Mensch. Sein Haar war rostbraun, und in einem bestimmten Licht erinnerte sein Bart an eine feine Kupferbürste. Doch gelegentlich, wenn ich vom Stall zur Diele ging oder er vom Stall zum Labor, begegneten wir uns. Dann lächelte er – nur ganz kurz –, und das war's. Das Lächeln eines Esten konnte lediglich eines bedeuten. Er mochte mich. Zumindest ein bisschen.

Als Dr. Netsulis aus Stockholm zurückkehrte, vergaßen Joels und ich beide unsere Zurückhaltung und liefen los, um ihm mit den Koffern zu helfen. Dr. Netsulis warf mir einen Blick zu. Seine raupenartigen Brauen sprangen in die Höhe.

»Mein Gott, Inara, sind Sie dick geworden!«

Ich antwortete nicht sofort und betrachtete Dr. Netsulis' Koffer. Ich brachte es nicht über mich, Joels anzusehen.

»Ich bin schwanger.«

»Ach so, natürlich. Das erklärt alles. Jetzt sehe ich es auch; evident wie ein Axiom.«

Joels griff nach den Koffern, ohne den Blick von seinen Schuhen zu heben.

Am nächsten Tag führte mich Dr. Netsulis in sein Labor. »Wie würde es Ihnen gefallen, ganztags für mich zu arbeiten?« Er kratzte sich den Bart. »Ja. Vormittags könnten Sie den Haushalt erledigen und nachmittags im Labor sauber machen.«

»Ich verstehe nichts von Wissenschaft«, entgegnete ich.

Dr. Netsulis deutete mit dem Kinn auf meinen Eimer mit der Bleiche. »Sie hantieren jeden Tag mit Chemikalien. Das ist Wissenschaft. Aber ziehen Sie bitte Handschuhe an – immer. Und ab jetzt überlassen Sie Joels das Ausmisten.« Wie bei den Zetsches putzte ich immer zuerst im oberen Stockwerk und arbeitete mich nach unten vor. Am Nachmittag spülte ich die Reagenzgläser im Labor und wischte den Boden. Von dieser Position auf allen vieren aus hatte ich eine exzellente Sicht auf Joels' überdimensionale

Füße. Ich bewunderte die Sorgfalt, mit der er Messbecher hob, Lösungen anrührte und jede Bewegung so genau berechnete, dass er nie mehr Energie aufwandte als unbedingt nötig. Er achtete genau darauf, wo er seine riesigen Füße hinstellte, und trat nie auf die Stellen, die ich gerade gewischt hatte.

Eines Nachmittags beobachtete ich, wie Joels seine Beobachtungen notierte und sich dabei langsam auf das übergroße Metallbecken zubewegte, an dem ich stand. Joels warf einen verstohlenen Blick auf meine Hände.

»Du bist wahrscheinlich ständig mit … ähem … deinen Freunden und Hobbys beschäftigt«, sagte er dann.

»Ich bin weder ständig beschäftigt, noch habe ich Freunde oder Hobbys«, entgegnete ich. Besser, ich sagte die Wahrheit, egal wie pathetisch sie klang. Joels lächelte. Er blickte auf meine Knie. »Zufälligerweise kenne ich ein gutes Jazzcafé. Wir könnten«, sein Blick hatte nun meinen Bauch erreicht, »dort Tee trinken oder so was.«

Wir trafen uns in dem Café, wo ich Tee trank und Joels nach guter estnischer Art ein Bier kippte. Theoretisch billige er das Trinken nicht, erklärte er zwischen zwei großen Schlucken. Praktisch aber trinke er doch. »Um Gott dafür zu danken, dass ich kein Säufer bin«, sagte er. Das kam mir durchaus logisch vor. Nach Onkel Maris' Tod hatte Vater eine Zeit lang mit der Flasche gekämpft. So hatte sich seine Trauer einen Weg vom Herzen durch den Körper gebahnt. Das machte einen Mann nicht zwangsläufig zum Säufer.

»Warum hast du mich eingeladen?«

Joels blickte mir kurz ins Gesicht. »Du hast sehr schöne Kniescheiben, und du bist eine schwer arbeitende Frau.« Es war, das wusste ich, beinahe eine Liebeserklärung. »Und warum hast du angenommen?«

»Weil du riesige Füße hast und ein schwer arbeitender Mann bist«, sagte ich.

Ich bin froh, dass du dein Selbstporträt behalten hast. Moses hatte sein Stottern. Paulus seinen Stachel im Fleisch. Du hast deine Ohren. Ein Fluch, ein Segen. Man hat dich gehänselt, ja schikaniert. Deine Last war zu groß für einen einzelnen Menschen. Und dann der Familienstammbaum. Auch der war eine Belastung.

Du hast dein Bestes gegeben, um ihn zu vollenden, trotz meiner Unterlassungen, Auslassungen. Meiner Abschweifungen. In zahlreichen Gesprächen habe ich gewisse Fakten und Beobachtungen über deinen Großvater, deine Großmutter, deinen Onkel Rudi und sogar deinen Großonkel Maris geäußert. Sicher ist dir nicht entgangen, wie wenig ich von David erzählt habe, und jetzt erzähle ich dir von deinem Stiefvater Joels. Eine schlampige Genealogie. Wo anfangen und mit wem? Ich habe dir den Schlüssel zum Gemeindesaal gegeben. Und jetzt diese seltsamen Gegenstände, die offenbar in jeder Geschichte auftauchen: die Schaufel, die Briefe, der Spiegel. Es gibt natürlich Menschen und Dinge, die hier sein müssten und es nicht sind. Dein Vater David zum Beispiel. Als du jünger warst, hast du gefragt, wie er ausgesehen hat, und ich sagte, *schau in den Spiegel*. Das tatest du eine ganze Stunde lang oder länger. Was mochtest du da wohl sehen? Deine Augen, nicht grau, sondern silbern und hell, sind die deiner Großmutter Biruta. Dein kantiges Kinn – das hast du von mir. Aber die Ohren! Du hast dagestanden und über dein Spiegelbild nachgedacht. Mit dem Zeigefinger fuhrst du vorsichtig, fast ehrfürchtig, über die Ränder deiner Ohren. In diesem Augenblick erinnerte mich dein verdutzter Gesichtsausdruck an ein kleines Kind, das seine eigenen Hände entdeckt. Doch ich schweife ab. Du wolltest wissen, wie Joels und ich ein Paar wurden. In Wahrheit wolltest du wissen, warum wir ein Paar wurden, glaube ich.

Er war solide und verlässlich. Er würde nicht verschwinden. Er würde mich nicht verlassen. Du hast mich gefragt, was Liebe ist, und ich kann dir sagen, dass es Liebe ist, wenn man sich entscheidet zu bleiben, obwohl man allen Grund hätte zu gehen. Das ist kein Vorwurf an deinen leiblichen Vater. Gott weiß, er hatte in dieser Angelegenheit keine Wahl. Doch du wolltest wissen, was ich in Joels sah, und es war das: einen zuverlässigen Mann, solide wie ein Fels.

Joels klopfte mit den Fingern auf den Holztisch. »Jazz ist wie das Leben«, sagte er. »Die Trauer steckt im Frontbeat, und im Backbeat bricht die Freude aus. Man braucht beide Hälften, um den ganzen Beat zu haben.«

Ich nickte, als hätte ich verstanden.

»Pass auf, da kommen sie.« Ein großer, spindeldürrer Mann mit Beinen, die aussahen, als würden sie jeden Augenblick durchbrechen, schleppte einen Bass über die Bühne. Er kam mir bekannt vor, aber ich konnte ihn nicht einordnen. Joels beugte sich über den Tisch. »Das ist Buber.«

Dann baute sich ein junger Mann in einem riesigen Regenmantel vor Buber auf. Er hatte kein einziges Haar auf dem Kopf. Mehrmals strich er sich mit der Hand über die glänzende Glatze wie über eine Wunderlampe. Aus den Tiefen seines Regenmantels zauberte er eine funkelnde Posaune hervor. Er hielt sie an den Mund und machte gymnastische Bewegungen mit den Lippen.

»Der da ist Wanags. Er dehnt seine Lippen«, erklärte Joels.

Zwei ältere Männer schlurften heran. Sie gingen vorgebeugt, als hingen ihre Körper in den Hüften an Scharnieren, und hatten sich untergehakt. Es war nicht klar ersichtlich, wer hier wem behilflich war. Doch irgendwie gelangten beide an ihr Ziel, der eine hinter dem Schlagzeug und der andere am Klavier, wo er derart schnell Tonleitern aneinanderreihte, dass ich mich fragte, ob er in seinem schäbigen Mantel ein Paar jüngere, gelenkigere Hände versteckt hatte.

»Der am Schlagzeug heißt Ludwiks und der am Klavier Mengels.«

»Zwillinge?«

»Vater und Sohn.«

»Ich bin mir sicher, dass ich sie schon mal gesehen habe.« Ich drehte mich zu Joels um und kniff die Augen zusammen. »Und du warst auch dabei. Es war bei der Grundsteinlegung.«

Jetzt erreichte Joels' Blick meine Nasenspitze. »Ich habe mich schon gefragt, ob du dich jemals daran erinnern würdest.«

Eine Reihe von Riffs zum Aufwärmen, die gegen Mengels' quirlige, hochnäsige Glissandi auf dem Klavier prallten, zogen Joels' Blick auf einen langen schwarzen Kasten neben dem Klavier.

»Das ist deine Band. Du solltest bei ihnen sein«, sagte ich.

Joels lächelte dankbar und sprang auf die Bühne. Ludwiks gab den Takt an, und dann stürzten sich die Merry Afflictions in einen Song. Ich konnte den Blick nicht von Joels abwenden, der sich vor meinen Augen in einen völlig anderen Menschen verwandelte. Als er in sein goldenes Saxophon blies und eine lange, traurige Melodie anstimmte, war er nicht mehr derjenige, der sorgfältig das Verhalten der Kühe oder die Qualität der Milch erfasste. Und auch wir anderen machten eine Verwandlung durch. Was immer uns quälte – düstere Gedanken, Verzweiflung –, Joels hatte ihm mit seinem klagenden, stöhnenden Saxophon eine Stimme gegeben. Wir mussten es nicht mehr mit uns herumschleppen. Wir konnten zulassen, dass die Musik es wegspülte, zumindest für eine Weile.

Vielleicht ist das der Grund, warum er die Hand hob und den Song unterbrach, als er eine falsche Note spielte. Dann entschuldigte er sich, zuerst bei Buber am Bass: »Ich bitte um Verzeihung«, dann bei Mengels am Klavier: »Ich bitte um Verzeihung«, bei Wanags an der Posaune: »Ich bitte um Verzeihung«, und schließlich wandte er sich Ludwiks zu, der jetzt so schwach aussah, als könne er kaum die Schlagstöcke halten: »Es tut mir schrecklich leid – bitte entschuldige.« Nachdem er die Melodie auf diese Art korrigiert hatte, nahmen sie den Faden genau an der Stelle wieder auf, wo sie ihn verloren hatten.

Ich versuchte, mit einem Fuß den Takt zu klopfen. Da spürte ich die Bewegung wie ein kaum merkliches Zucken. Der Beweis von Leben – da, in mir. Ich hatte den biologischen Akt vollzogen, der nötig war, um Leben zu erzeugen, aber nichts getan, um es zu verdienen. Dass Gott im Himmel viel großzügiger sein könnte, als ich jemals gedacht hatte, überwältigte mich, rührte mich zu Tränen. Dann spürte ich es erneut – ein kurzes, hastiges Zucken hinter meinem Nabel. Dieses Zucken warst du. Ich dachte an Mutters Worte: Alles Gute hat seinen Anfang im Wasser. Du fragtest mich, wie ich mich so schnell, so einfach in Joels verlieben konnte, und ich glaube, ich liebte ihn, weil du getanzt hast, als er zu spielen begann.

»Du warst wunderbar«, sagte ich später zu Joels, als er mich zur Bushaltestelle brachte. »Ich habe ein paar Fehler gemacht«, antwortete er.

In der Ferne verströmte eine Reihe violetter Bäume süße Dunkelheit. Vögel und Fledermäuse schnitten dunkle Muster in den Saum der anbrechenden Nacht. Joels summte

Jazzsongs, bis der alte Bus ankam. Als quietschend die Türen aufgingen, schüttelten wir uns die Hand. Alles in allem eine sehr erfolgreiche erste Verabredung.

In dieser Nacht schlief ich mit dem Gedanken an deinen Vater ein. Ich dachte an dich – das Einzige, was mich mit ihm verband. Ich fragte mich, ob meine Verabredung mit Joels ein Betrug war, und falls ja, ob er entschuldbar war. Ich träumte vom Wald in der Nähe unseres Hauses. Wie üblich in Träumen mit ihren unlogischen Fetzen von Klängen und Bildern, sah ich mich selbst beim Sammeln von Steinpilzen, die ich in einen Korb aus Igelstacheln legte. Als ich dann hineinfasste, um meine Ausbeute zu inspizieren, zog ich statt der Pilze einen Säugling hervor, nicht größer als ein schlagendes Herz. Ich berührte seinen Nabel, einen winzigen, pochenden rosa Knoten. »Was fällt dir ein!«, rief das Baby mit seiner dünnen Babystimme. Die bernsteinfarbenen Augen blickten wütend. Und spiegelten Angst. Vor mir. Wenn ich den Nabelknoten aufzöge, würde ich seinen verletzlichen Körper auflösen, und es würde verschwinden. Die Erinnerung an das Baby würde zerfließen. Und dann biss es mich in die Hand. Aus weiter Ferne hörte ich das Schluchzen einer Frau. Nicht ich, sagte ich mir, das bin nicht ich, die weint, nicht ich, die ihre Schreie erstickt. Nicht ich, die ihr wütendes Baby erstickt. Es ist Ligita, die ihr totes Kind beweint.

Unsere erste Verabredung endete mit einem Handschlag, die zweite mit einem Heiratsantrag. Es war Ende August, in der Abenddämmerung, wir gingen zum Fluss und standen auf der kleinen Fußgängerbrücke, dem einzig Guten, das Herrn Zetsches Unternehmung hervorgebracht hatte. Die Brücke hatte ein solides Geländer, welches das Gewicht zahlreicher mit Angelruten bewaffneter Angler tragen konnte. Von dieser kleinen Erhöhung sahen wir, wie das Wasser unter uns dahinfloss. Über uns hockten die Störche in ihren riesigen, in Telefonmasten und Eichen verkeilten Nestern. Sie klapperten mit den Schnäbeln und stießen im Tiefflug Schreie aus, wie immer, kurz bevor sie zu ihrem Winterquartier aufbrachen.

»Nicht besonders musikalisch«, merkte Joels an.

»Nicht angenehm, nein«, pflichtete ich ihm bei.

Mit kräftigen, unbeholfenen Flügelschlägen erhoben sie sich scharenweise in die Luft. Ein wunderschöner Anblick, Vögel und Himmel verschmolzen zu einem Dunkel.

Ich nahm ein paar Milchbrötchen aus der Tasche. Weil die Fische es so lieber mochten, hatte ich dem Teig absichtlich etwas mehr Anissamen und Butter beigefügt. Aus dem schwarzen, unbewegten Wasser stiegen Karpfen auf. Auch andere Fische, Forellen und Barsche, bahnten sich einen Weg an die Oberfläche – ein wahres Farbenmeer: dunkelgrau, türkisblau, olivgrün mit gelben Flecken. Während sie um die Eintagsfliegen kämpften, kam das Blau des einen Fischs dem Gelb und Grün eines anderen so nah, dass das Wasser vor unseren Augen zu Gold wurde. Über uns ein unbeständiges Dunkel, unter uns ein unbeständiges Gold.

Wir standen da, ohne ein Wort zu sagen, wir mussten nicht sprechen. Das Wasser glättete sich wieder, und auf der Oberfläche schwammen Sterne.

Joels stützte sich mit den Ellbogen auf die Brüstung und beugte sich über das Wasser. »Weißt du, warum das Licht der Sterne so klar und rein ist?«

»Warum denn?«

»Sie sind einsam.«

Ich blickte auf die Sterne im Wasser. »Kennst du die Geschichte, in der sich der einsame Igel im Wald an seine Artgenossen kuscheln muss, um sich zu wärmen? Dabei verletzen sie sich. Wenn sie es aber nicht tun, würden sie wahrscheinlich vor Kälte sterben. Das Aneinanderdrängen ist den Schmerz wert.«

Joels sah mich an. »Du bist völlig normal, Inara«, sagte er. »Hoffentlich findest du mich nicht zu dreist. Aber es scheint, als könnte ich eine Frau gebrauchen und du einen Mann. Außerdem«, und hier suchte sein Blick meinen, »habe ich dich so gern, dass ich dich heiraten möchte.«

Es lag etwas absolut Bezauberndes darin, wie er sich dazu durchrang, seine wahren Gefühle zu zeigen, und da Joels eine ehrliche Haut war, wusste ich, dass alles, was er sagte, genau das war: aufrichtig. »Das klingt vernünftig«, sagte ich schließlich. »Wenn wir heiraten, gehe ich den Weg mit dir bis ans Ende.« Das waren die Worte, mit denen Mutter zufolge meine Großmutter Velta auf den Heiratsantrag meines Großvaters Ferdinands geantwortet hatte.

Unsere Hochzeit fand Erwähnung in der Kolumne »Freundliche Ratschläge« deiner Großmutter: *Haben Sie einen unerwarteten Heiratsantrag erhalten? Sagen Sie Ja, ehe er es sich anders überlegt.* Der Vorschlag erhielt Reaktionen, die sämtliche Rekorde brachen, und in allen ging es um überstürzte Anträge und anschließende Hochzeiten, die in einer Katastrophe geendet waren. Natürlich erforderte das ein heftiges Trommelfeuer von »Biruta antwortet!« Noch nie hatte ich deine Großmutter so glücklich gesehen.

Frauen, nehmt eure Männer an die Kandare. Sie sind wie große Kinder. Gebt ihnen zu essen, und sagt ihnen dann, was sie zu tun haben. Sonst haben sie zu viel Freizeit, und wir alle wissen, welche Gefahren das birgt!

Und dann gab sie, wie so oft in ihren Kolumnen, hilfreiche Tipps, wie man einen Backofen verstehen lernte, Aale marinierte oder Flusen von einem Pullover entfernte. Für die Sparte »Alte Hausmittel« verließ sie sich auf Stanka.

Sie leiden an Gicht? Tränken Sie ein Kohlblatt zwei Tage lang in Wodka. Dann legen Sie das Blatt auf die von der Gicht befallenen Stellen. Nein, wirklich. Probieren Sie es aus.

Worte stoßen an meine Zähne wie Pflaumenkerne. Sie klopfen gegen die Wand des Schuppens. Ich weiß nicht, ob es Mutter ist, die auf ihrer Schreibmaschine tippt, oder du und der kleine Semjon. Ist das die Art, wie Worte von einem Ort zum nächsten wandern, von einem Körper zum anderen? Sie bedeuten nicht dasselbe, diese Worte: *Stein, Fluss, Salz, Durst*. Aber sie machen dasselbe Geräusch. Das hätte mir klar sein sollen. *Sibirien*, sagte jemand, und Herr Gepkars warf die Hände in die Luft, als hätte man auf ihn geschossen. *Mach schon*, sagte er. *Mach weiter und lache. Geh raus und spiel im Sand. Mach schon*, sagte er. *Mach weiter.* Doch seine Stimme klang wie eine Schaufel, die in die Erde stößt.

Das war mein Traum, zart wie eine Wimper. Und ratter, ratter, ratter, hörte ich die Schreibmaschine. *Mach schon*, sagte ich. *Mach weiter, begrab mich*. Ich wachte im Feuer auf, Flammen an den Füßen, Erde im Mund. Ich hatte Angst. *Lies mir vor, lies mir irgendetwas vor. Mach schon, mach weiter.* Du hast mir aus Veltas Briefen vorgelesen:

Mittlerweile schrammte die Sonne über den zerklüfteten Horizont. Nachts war ein Klopfen an der Tür. Die Krähen schlugen mit den Schnäbeln, schwangen ihren finsteren Zauber über das Land. Unterdessen schlug die Frau mit einem Hammer auf den Stein. Sie brach den Stein in Brocken und die Brocken in Stücke. Sie schüttete Wasser über die Stücke und verrührte sie zu Schlamm. Sie haben unsere Männer und Jungen in Steinbrüche und Minen verschleppt. Sie werden unsere Jungen zerbrechen. Sie rührte den Schlamm um, neigte die Schale und trank sie leer.

Da sitzt du, in Joels' blauem Sessel, und betrachtest mich. Ich habe keine Angst mehr. *Bist du müde?*, fragst du mich oft. *Schlaf nur, ich beschütze dich*, sagst du. *Träum nur*, sagst du, und ich glaube, genau das habe ich die ganze Zeit getan. Es fällt mir immer schwerer, Tag und Nacht auseinanderzuhalten, gestern von heute zu unterscheiden. Es ist so, als versuche man, mit einem Kamm Wasser zu zerteilen. Doch es gibt keine Zähne, die fein genug wären. Manchmal frage ich mich sogar, ob wirklich du da sitzt. Vielleicht träume ich dich nur. Doch dann bemerke ich einen Stapel Briefe, die Notenblätter, die Fotos, und es fällt mir wieder ein. Ich war dabei, eine Geschichte zu erzählen. Keine Geschichte sollte unvollendet bleiben.

Meine langen Märsche die Straße hinunter zu Dr. N., das Hantieren mit Mistgabel und Schaufel wiegten dich in den Schlaf. Ich liebte die körnige Luft im Stall, feucht, kalkig, mit ihrem Geruch nach Heu und Wärme. Ich liebte den Duft von Dr. N.s Tabak, Vanille, Kirsch, Aprikose. Er hatte ganze Obstgärten in seiner Pfeife. Wenn ich im Labor putzte, wärmte das Licht die Fenster. Und ich ertappte mich oft dabei, wie ich hinausblickte und auf die Ankunft, besser gesagt, die Rückkehr von Dr. N. und Joels wartete. Sie fuhren um vier oder fünf Uhr morgens mit dem kleinen roten Motorroller zu den nahe gelegenen Bauernhöfen. Gegen neun kamen sie zurück; und die beiden langen Körper balancierten auf dem kleinen Roller, der unter ihrer Last ächzte. Den Rest des Tages machten sie Tests mit Milchproben und kümmerten sich um die Kühe im Stall, die Kontrollgruppe, wie Dr. N. sie nannte. Unsere Kühe wurden regelmäßig mit genetisch verändertem Gras gefüttert. Da wir jetzt ein Paar waren, wurden Joels und ich angehalten, vor den Kühen weder zu schmusen noch etwas zu sagen, das auch nur annähernd von Verliebtheit oder Humor zeugte. »Es hat was mit der Atmosphäre zu tun«, erklärte Joels mit andächtig gedämpfter Stimme.

Anfangs hatte ich versucht, Gummihandschuhe zu tragen. Doch meine Hände waren geschwollen, die Finger dick wie Würste. Deshalb spülte ich, so wie Mutter es immer getan hatte, ohne Handschuhe. Bis zum Herbst hatte ich so viele von Dr. N.s Reagenzgläsern mit Soda gespült, dass meine Finger sich ständig glitschig anfühlten. Eines Tages zeigte ich Mutter meine Hände: tiefrote Handflächen, weiße Fingerspitzen. »O ja, am Anfang ist das immer so«, sagte sie. »Irgendwann werden sie ganz taub.«

Nähere Betrachtungen förderten zutage, dass ich keine Fingerabdrücke mehr hatte. Ich war wie eine Birke, ich häutete mich und vergaß mit jeder neuen Jahreszeit, wer ich war. Jetzt begriff ich – ansatzweise –, warum Frau Li jedermann korrigierte, der sie als Chinesin statt als Koreanerin bezeichnete, warum Frau Arijisnikow bei jeder Gelegenheit die Sprache auf ihre Heimatstadt Almaty brachte oder warum Onkel Maris so viel Wert auf seinen Wehrpass gelegt hatte. Es waren verbale Fingerabdrücke, in Unterhaltungen eingeflochten, die zu einer zweiten, besseren Haut wurden. Doch was wurde aus mir? Ich konnte meine Haut nicht lesen, da sie sich jeden Tag ablöste und ich jeden Tag neu beschrieben wurde.

Zu dieser Zeit schmiedeten Ligita und ich Hochzeitspläne. Meine Verlobung setzte die beiden unter Druck, denn es gilt als Inbegriff schlechter Manieren, wenn die Jüngeren die Älteren überholen. In Pfützen springen, sagte man dazu. Dass Mutter und Vater nicht für zwei kirchliche Hochzeiten oder auch nur zwei Hochzeitskleider aufkommen konnten, machte alles noch komplizierter. Diese Tatsache verursachte Tränenströme bei Ligita. Ich glaube, sie wollte in Tüll gehüllt durch das Kirchenschiff der großen Kathedrale schweben. Auch ich hatte insgeheim solche Flausen im Kopf. Doch Mutter trieb sie uns schnell wieder aus.

»Zu meiner Zeit fuhren die Mädchen mit dem Bus in die Stadt und ließen sich auf dem Standesamt registrieren. Wir kleideten uns so elegant wie möglich und ließen uns ablichten. Im Großen und Ganzen war es sehr schön. Ich meine, ihr beiden könntet es genauso machen. Und danach könnten wir zu einem Empfang in den Gemeindesaal bitten – falls es ein Samstag ist.«

Wir waren vernünftig genug, dem zuzustimmen. Nachdem wir uns auf ein Datum geeinigt hatten, befanden Mutter und Vater, es sei höchste Zeit, den Bräutigam kennenzulernen. Am nächsten Abend stand Joels mit einem Sträußchen Ringelblumen für Mutter vor der Tür.

»Inara hat uns erzählt, dass Sie aus Estland stammen?«, sagte Mutter, während sie das Teegeschirr auf dem Tisch verteilte.

»Ja.« Joels hob seinen Blick nicht von der Tischplatte.

Mutter seufzte. »Ein sehr sauberes Land.«

»Und was halten Sie von Friedhöfen?«

»Ich liebe Friedhöfe«, antwortete Joels.

»Dann sind Sie wohl ein Trinker?« Mutter suchte in Joels' Gesicht nach Hinweisen auf einen Leberschaden.

Joels hustete. »Nur um meine Eingeweide zu stärken und meinen Gedärmen etwas zum Nachdenken zu geben.«

Daraufhin breitete sich Totenstille aus. Wenn die Sprache auf Gedärme kommt, ist es schwierig, zu entscheiden, in welche Richtung man das Gespräch lenken soll.

»Inara ist schwanger, wie Sie wissen«, sagte Mutter schließlich.

»O ja.« Joels fand meine Hand unter dem Tisch und drückte sie. »Sie wird eine großartige Mutter sein, und ich kann eine Familie ernähren.«

»Nun, das war ein sehr gutes Gespräch«, sagte Vater.

»Ich habe die Esten schon immer gemocht«, sagte Mutter, an Joels gewandt. »Ich habe einige gekannt, die durchaus vernünftig und großzügig sein konnten – wenn die Situation es erforderte.«

Drei Wochen später heirateten zuerst Ligita und Rudi, so wie wir es geplant hatten, und gleich danach ließen auch Joels und ich uns von der Standesbeamtin registrieren. Jedes Paar zahlte die Gebühren und trat als Trauzeugen für das andere auf. »So glücklich«, murmelte die Beamtin mit dem zerzausten Haar. »Ich bin überzeugt, dass Sie alle sehr glücklich sein werden.« Ihr mattes Lächeln strafte sie Lügen. Dann fuhren wir mit dem Bus zurück.

Da sie darauf bedacht waren, sich möglichst rasch im Gemeindesaal blicken zu lassen, gingen Ligita und Rudi schon voraus, während Joels und ich noch zu Herrn Zetsches neuer Brücke schlenderten. So etwas machten frisch Vermählte – sie schlenderten am Fluss entlang. Manche schrieben ihre Sünden auf Steine und warfen sie ins Wasser. Andere ritzten ihre Namen in Vorhängeschlösser und hängten sie an die Brüstung einer Brücke. Joels und ich standen nebeneinander und sahen zu, wie die Wolken auf der Wasseroberfläche vorbeizogen. Nach einer Weile nahm Joels ein Vorhängeschloss aus der Tasche und hängte es an das Geländer von Herrn Zetsches neuer Brücke. In das Schloss hatte er unsere Initialen eingravieren lassen. »Hier.« Joels drückte mir den Schlüssel in die Hand. »Erweis du ihm die Ehre.«

Ich hielt den Schlüssel in der Hand. »Ich gehe den Weg mit dir bis ans Ende«, sagte ich noch einmal, wie Velta einst zu Ferdinands. Und dann warf ich den Schlüssel, so weit ich konnte, in den Fluss.

Als wir den Gemeindesaal erreichten, war das Hochzeitsfest schon in vollem Gange.

»Da sind sie ja, unsere Turteltauben!«, rief Herr Arijisnikow, und die Männer machten gut gemeinte, aber geschmacklose Witze, bis Frau Arijisnikow die Türen öffnete und uns hineinscheuchte.

Als sie uns sahen, spielten die Merry Afflictions einen Akkord, und alle klatschten. »Zeit für einen Trinkspruch!«, rief Herr Lim, und Becher mit Rigaer Schwarzem Balsam machten die Runde.

»Möge das Glück sie behüten!« Herr Ilmyen erhob das Glas. »Mögen die Tränen bald versiegen«, sagte Herr Gipsis.

Vater, Rudi und Joels erhoben ihre Gläser, und die Band spielte *Viele weiße Tage,* ein Lied, das bei lettischen Hochzeiten zum Pflichtprogramm gehört. Joels führte mich während des ganzen Stücks über die Tanzfläche und dann noch halbwegs durch Charlie Parkers *Bird of Paradise,* wobei er die ganze Zeit im Flüsterton den Takt mitzählte. So glücklich wir auch beide waren, ich wusste, dass er noch viel glücklicher wäre, wenn er sein Saxophon spielen könnte. Ich berührte seinen Ellbogen. »Spiel doch einfach«, sagte ich. »Ich muss mich sowieso ein bisschen hinsetzen.«

Joels lächelte mich dankbar an. »Du bist außergewöhnlich«, sagte er und küsste mich auf die Stirn.

Eichenäste hingen von den Balken, und Mutter hatte Girlanden aus Birken- und Kiefernzweigen für die Fensterbänke gemacht. Auf jedem Tisch stand eine Kerze, was sie in Alarmbereitschaft hielt, das wusste ich, doch unseretwegen hatte sie sich selbst übertroffen. Strahlend stand sie an einer langen Tafel, hinter einer Schüssel mit *rasols*, einem Kartoffelsalat, den Mutter nicht einmal im Traum ohne Hering und Gurken, Rote Bete und Schmand auf den Tisch gebracht hätte. Jetzt reichte sie Frau Gipsis einen Teller davon. Mutter mochte Joels; immer wenn sie seinen Namen sagte, hob sie leicht das Kinn. Und sie war froh, dass so viele Menschen im Saal waren. Das Schöne an Hochzeiten ist, dass die Musik genauso strömt wie das Bier. Alle kommen, selbst wenn sie die Braut oder den Bräutigam nicht ausstehen können.

Vater unterhielt sich selig mit Herrn Baltmanis über die theologischen Implikationen gewisser Gemüsesorten. »Leider findet sich in der gesamten Bibel nichts über Kartoffeln.«

»Eine Schande«, pflichtete ihm Vater bei. »Der verborgene Teil des Gemüses ist am faszinierendsten. Das Unsichtbare ist viel wertvoller als das Sichtbare.«

Ich dachte daran, wie du in meinem Bauch still deine Purzelbäume machtest.

»Inara!« Jutta drückte meine Schulter. »Ich glaube, Hochzeiten bekommen dir gut. Du strahlst ja richtig. Und dein Bräutigam da drüben, was für ein Mann!«

Ich errötete. »Ja. Er ist ein …«

»… hart arbeitender Mann. Ich weiß, ich weiß.« Jutta tätschelte meine Hand. »Nur Arbeit, kein Spaß, nun ja, du weißt ja, was man darüber sagt.« Jutta zwinkerte mir zu und rauschte zu ihrer Familie zurück. Kein Wunder, dass der große Semjon und sie die Rollos stets unten hatten.

»Ähem.« Dr. Netsulis stand vor mir und verbeugte sich.

»Ich bin ein alter Mann mit wenigen Freuden.« Er streckte mir die Hand entgegen.

Ich stand auf und legte die Hände auf seine Schultern, während er nach meiner Taille suchte. Wir lachten. Und dann tanzten wir. Stanka sagte, wenn irgendwer in die Zukunft gesehen und mir gesagt hätte, dass alles, was mir widerfahren war, Gutes und Schlechtes, mich zu diesem Mann geführt hatte, der die Musik machte, die auch meine Füße bewegte, hätte ich es niemals geglaubt. Ich hätte nie geahnt, dass ich zwei Mal im Leben das Glück finden würde, während doch so viele andere es nicht ein einziges Mal erleben.

Dr. Netsulis tanzte mit mir zum hinteren Teil des Saals, wo Frau Gipsis Ligita in die Ecke gedrängt hatte.

»Und wo ist dein Vater, mein Kind?«, schrie sie. Nachdem sie so viele Jahre Sechstklässler unterrichtet hatte, war ihr Gehör nicht das allerbeste, und sie weigerte sich, ein Hörgerät zu benutzen.

Da Ligita halb Ukrainerin war, war sie mit der westslawischen Aussprache geschlagen, weshalb die meisten Menschen sie nicht verstanden, vor allem, wenn sie nuschelte. Frau G. aber legte die Stirn in Falten und ließ sich nicht abwimmeln. »Sprich ein bisschen deutlicher, mein Kind. Die Musik ist so laut.«

»Er ist in Liepaja!« Ligitas Stimme war jetzt so schrill, dass sich einige Köpfe nach ihr umwandten.

Verwirrung sprach aus jedem einzelnen Muskel in Frau Gipsis' Gesicht. »Aber wieso ist er dort, wenn du hier bist?«

»Er ist im GEFÄNGNIS!«, rief Ligita. »Er hat eine Waffe gestohlen und einem Mann in den Kopf geschossen.« Die Musik hatte lediglich für einen Takt ausgesetzt, dann stürzte sich Wanags in einen lebhaften Reel. Frau G. klopfte Ligita auf die Schulter und brachte ihr eine Serviette. Arme Ligita. Nichts ist schlimmer, als in einer Kleinstadt zu leben und sich immer wieder eine Blöße geben zu müssen. Doch diese Art von Leben hatte auch ihr Gutes. Ja, jetzt wusste jeder, wo ihr Vater war. Und wir nahmen Anteil. Weil jeder Haushalt einen abwesenden Vater oder Onkel hatte. Einen Großvater, der nach Sibirien deportiert worden war. Einen Alkoholiker. Einen Ehemann, der seine Frau schlug. Wenn wir das wussten, diese schlimmen Dinge, konnten wir uns zusammenschließen und so tun, als würden sie uns nicht für immer zeichnen.

Ich beobachtete Joels. Fragte er sich, was andere über ihn dachten, über unsere Hochzeit, über das Baby, das ich in mir trug und das nicht seins war? Dachte er an seine Familie – Tante Tufla, oder hieß sie Tevya? –, bei der er aufgewachsen war und die es vorgezogen hatte, heute nicht hier zu sein? Dachte er daran, wie sehr sie mit ihren Gefühlen gegeizt hatte? Sie hatte es ungerecht gefunden, dass man ihr das Kind ihrer toten Schwester aufbürdete, und sich nur widerwillig um Essen und Kleidung für den kleinen Joels gekümmert. Jeden Tag, egal zu welcher Jahreszeit, hatte sie ihn um fünf Uhr nachmittags in die Diele geschickt, wo sein Bett stand, und ihm untersagt, vor sieben am nächsten Morgen aufzustehen. Einmal hast du ihn gefragt, wie er so viele Songs hatte auswendig lernen können, und er antwortete, er habe so viel Zeit gehabt. Doch er verriet dir keine Details. Während seine Tante Beiträge für ihre akademischen Zeitschriften schrieb, saß er auf der Bettkante und stellte sich vor, wie sich ein Takt nach dem anderen auf den grauen Wänden der Diele entfaltete. Die Rötelgrundammern trillerten den Sopran. Die Frösche quakten den Bariton. Grillen waren seine Geigen. Dazu die Oboenrufe der Eulen. Der Wind dröhnte wie Pauken, und der Regen, tap, tap, tap, klopfte den Rhythmus gegen die Fensterscheiben und auf das Dach. In wenigen Jahren hatte er ganze Sinfonien komponiert, eine Partitur nach der anderen, voller Freude und Kummer. Und jetzt kamen all der Schmerz, das Leid und die Verletzungen, die er in sich trug, aus dem Saxophon. Das war er, der seine Geschichte erzählte. Und er tat es für uns, für Menschen, die er nicht kannte. Darin lagen die Schönheit und die Kraft der Musik: Sie entblößte uns alle und machte uns wahrhaftig, und zwar auf einzigartige Weise.

Gegen Mitternacht brachen die Gäste allmählich auf. Dr. Netsulis warf jedem einen Handkuss zu, bestieg seinen Roller und tuckerte in die Dunkelheit davon. Die Merry Afflictions packten behutsam ihre Instrumente ein. Wanags fuhr seinen grauen Pobeda vor. Die Instrumente luden sie zuerst ein, den Kontrabass auf den Beifahrersitz, wo der Gurt noch einigermaßen intakt war. Ludwiks, Mengels und Buber quetschten sich auf den Rücksitz und zogen die Beine an die Brust. Dann rasten sie mit halsbrecherischer Geschwindigkeit zur nächstgelegenen Kneipe.

Joels und ich gingen die Straße hinunter, durch den Garten bis zum Schuppen. Mutter hatte das Tor offen gelassen, damit frische Luft hineinkam. Vater hatte das Bett aus ihrem Schlafzimmer in den Schuppen getragen und auf die Matratze Mutters Steppdecke und frische Laken gelegt. Sie hatten sogar Holzscheite und Anzündholz neben dem Ofen gestapelt und eine Leine für unsere Kleider von einer Wand des Schuppens zur anderen gespannt. In dem Kanonenofen zischte und knisterte ein Feuer, das eine orangefarbene Glut aus Licht und Schatten bildete. Joels nahm mich in die Arme und trug mich über die Schwelle, als wäre ich so leicht wie eine Feder. Er setzte mich auf die Bettkante. Und dann sah er die Schubkarre, gefüllt mit den Holzteilen des Flügels. Er prüfte den Resonanzboden, den gusseisernen Rahmen, meinen unbeholfenen Versuch, die Saiten mit einer Decke zu schützen. Er sank davor auf die Knie, fuhr andächtig über die Holzteile in der Schubkarre und dann erneut über die Hämmerchen und Tasten.

»Ich kann das reparieren.« Glühende Verehrung für den Flügel, für einen Flügel, der ihn brauchte, wärmte seine Worte. Ich deutete auf mein Kleid, auf unser Bett. »Später«, sagte ich und stand auf. Joels öffnete den Verschluss meines Kleides und half mir, es auszuziehen. Er legte es sorgfältig über die Rückenlehne des Stuhls. Ich half ihm aus seinem Jackett und hängte es auf Mutters guten Kleiderbügel aus Holz. Dasselbe tat ich mit seiner Hose, damit die Bügelfalten intakt blieben, und mit seinem Hemd. Den langen Socken. Dann standen wir uns gegenüber und starrten auf unsere Füße.

»Tja«, sagte Joels.

»Tja.« Ich betrachtete das Feuer im Ofen. »Da steht ein Bett, und es ist Schlafenszeit.«

Wir schauten auf das Bett. Wir blickten uns an. »Hast du bestimmte Vorlieben?«, wollte Joels wissen.

Ich hustete. »I-ich glaube nicht – nicht mehr als jeder andere auch.« Jetzt errötete Joels. »Ich meine beim Schlafen. Liegst du lieber auf der rechten oder auf der linken Seite?«

»Auf der Seite, die dem Abort am nächsten ist«, sagte ich und schlug Mutters beste Daunendecke zurück. Auf dem Laken lagen ein Rechen aus Metall, ein Hufeisen und eine Schaufel: alle nagelneu und glänzend. Sie sollten uns Glück bringen, aber man konnte schlecht darauf schlafen. Joels lachte und stellte die Werkzeuge neben den Ofen, dann kletterten wir ins Bett, Joels streckte seinen langen Körper neben mir aus. Er summte ein paar Akkorde aus einem Song. So lagen wir das erste Mal nebeneinander, Seite an Seite, wie Mann und Frau. Wir lauschten dem Bellen der Hunde in der Nachbarschaft. Im Schutz der Dunkelheit unterhielten wir uns – leise natürlich. Schicht um Schicht redete sich Joels den Kummer von der Seele. Auf diese Art erfuhr ich, dass er bei einem internationalen Werbesong-Wettbewerb für Instantkaffee drei Songs eingereicht hatte. Die Gewinner sollten in einigen Tagen bekannt gegeben werden, doch Joels war deswegen ein solches Nervenbündel, dass sein Darm sich seit einer Woche nicht gerührt hatte. Dr. Netsulis hatte ihm gedämpfte Feigen gegeben, doch das hatte das Problem lediglich verschlimmert.

»Oh, Joels«, sagte ich und streichelte seinen Arm. »Das tut mir so leid.«

Er seufzte. »Um es auf einen kurzen Nenner zu bringen, meine Leidenschaft ist erheblich eingeschränkt.«

»Macht nichts«, sagte ich. »Das kann warten.« Ich nahm seine Hand und legte sie auf meinen Bauch, der hart und fest war wie eine unreife Wassermelone. Ich spürte, wie die Muskeln in meinen Hüften zitterten wie bei einer bevorstehenden Wehe. Sie üben schon mal, sagte Mutter dazu. Mein Körper brachte sich bei, was zu tun war, wenn die Zeit kam.

Joels hob die Hand. »Tut es weh?«, fragte er.

»Nein«, sagte ich. »Pass auf.« Ich drehte mich auf die Seite und legte seine Hand wieder auf meinen Bauch. Und im selben Augenblick hast du so stark gegen die Bauchdecke getreten, dass Joels' Hand in die Luft flog.

»Lieber Himmel!«, rief er aus.

Ich nickte feierlich. »Ich weiß.«

8

Jedes Geschöpf trägt eine innere Uhr in sich, das untrügliche Gefühl dafür, wann die Zeit gekommen ist, um etwas Bestimmtes zu tun oder eben nicht. Ich glaube, das meinte Salomon, als er schrieb, alles habe seine Zeit. Dass Sterne langsam verlöschen und ihr Licht uns noch viele Jahre später erreicht oder die Tatsache, dass Samen von bestimmten Bäumen nur bei plötzlicher und ungeheurer Hitze abfallen, bestätigt mir, dass wir in einem geordneten Chaos leben. Ich weiß, dass es nicht zeitgemäß ist, an Gott zu glauben. Das verblüffte deinen Großvater, der in den Adern der Blätter und in der Maserung der Felsen den Beweis für die Existenz eines Schöpfers sah, der seine Schöpfung liebte. Er sah die Ewigkeit in den Sternbildern und einen brillanten Plan dahinter, wie die ersten Schösslinge, die nach einem Waldbrand aus dem versengten Boden sprießen, diejenigen sind, mit deren Rinde wir Brandwunden behandeln.

Nein, es war nicht Ärger, was er empfand, eher Kummer. Ich glaube, es gab Tage, an denen dein Großvater um Gott trauerte. *Kannst du dir vorstellen,* fragte er mich einmal, *dass man dein Handwerk, die Krönung all deiner schöpferischen Gedanken und Träume, als Zufall abtut oder, noch schlimmer, als Fehler?*

Haie entleeren einmal im Monat ihre Mägen, um sie zu säubern. Was für reinliche Geschöpfe! Das, so schriebst du in dein *Buch der Wunder*, würdest du sehr gern einmal sehen. Auch der Lebenszyklus eines weiblichen Kraken faszinierte dich. Sobald das Weibchen befruchtet ist, sucht es eine abgelegene Höhle und schmiegt sich flach in deren dunkle Nischen. Es kann Tausende von Eiern legen, und wenn die Kraken schlüpfen, so winzig wie Pailletten, hängen sie in einem vom Weibchen eigens dafür gemachten Gespinst. Die Krakenmutter verwendet ihre gesamte Energie für die Aufzucht ihrer Brut; nie verlässt sie ihre Höhle – nicht einmal zum Jagen. Sobald der Nachwuchs in der Lage ist, außerhalb der Höhle zu überleben, atmet sie tief aus und schickt ihn im Strom ihres Atems fort. Das ist ihre letzte Handlung vor dem Tod.

Du schriebst von Lichtpunkten, die in manchen Felsen begraben sind. Als ich dein *Buch der Wunder* las, versetzten mich deine Wörter in eine Zeit zurück, als ich ein ausgeprägtes Bewusstsein und Ehrfurcht hatte vor allem, was lebt.

Es war, als wäre ich blind, taub und stumm gewesen und konnte nun in allem eine Ordnung und ein Muster erkennen, sei es in einem Geschöpf, das so klein war wie eine Biene, deren träges Summen für mich untrennbar zusammengehört mit der mühevollen Umwandlung von Äpfeln in Essig, sei es in einem Roggenfeld, durch das der Wind singt: *Schhhh-schhhh-schhhh*. Mitte Oktober sprossen aus den verwaisten Nestern der Störche auf den Telefonmasten üppige Farne. Jetzt war Mikeli, die Zeit, in der die Geister an Fenster und Türen klopfen und um ein Glas Wasser bitten. Gibst du ihnen welches, wirst du als Nächster sterben. Wenn du ganz plötzlich Durst bekommst, solltest du nichts trinken, um nicht in diesem Wasser unterzugehen. Auf keinen Fall darfst du dem Fluss zu nahe kommen.

All das hielt deine Großmutter in ihrer Zeitung fest, und ich glaube, dass ihre Hingabe an diese Art von Folklore eine therapeutische Wirkung hatte. Trotzdem sagte mir das wütende Klappern der Schreibmaschine, dass sie Onkel Maris nicht ganz verziehen hatte, das Gutshaus verkauft zu haben. Man kann einen toten Menschen nicht ewig hassen, aber dieser Verlust machte ihr schwer zu schaffen. Es war gut, dass die deutsche Olympia so robust war; nur wenige andere Schreibmaschinen hätten ihren Zorn ertragen.

Mittlerweile erteilte deine Großmutter auch gewagte Ratschläge, die Frau Lim beisteuerte, unter dem Titel »Dein Kohl und seine heftige Gärung«. Offensichtlich produzierte Kohl, wenn man ihn unbeaufsichtigt ließ, einen kräftigen Alkohol; drei Eichhörnchen und ein Igel waren gestorben, nachdem sie davon getrunken hatten. »Halt bloß meine Kühe von dem Zeug fern«, sagte Dr. N. eines Tages, als ich bei ihm putzte. Dann fügte er nachdenklich hinzu: »Ich selbst hätte allerdings nichts gegen einen Schluck einzuwenden. Oder auch zwei.«

Meine Füße waren so schwer geworden, dass sie mir vorkamen wie Anker, die mich auf den Grund zogen. Ich konnte mich nicht mehr bücken, ohne das Gleichgewicht zu verlieren. Dr. N. senkte den Sitz seines Rollers, damit ich ihn watschelnd durch den Flur bewegen konnte. Ich befestigte den Mopp am Rücksitz und wischte so den Boden, ohne mich hinknien zu müssen. Wenn ich ihn neben die Laborbecken manövrierte, konnte ich die Reagenzgläser und die Teströhrchen im Sitzen spülen. »Wie eine richtige Dame«, erzählte ich Mutter, obwohl ich breitbeinig auf dem Sattel sitzen musste, was alles andere als damenhaft war.

Joels drückte sich in Dr. N.s Gutshaus herum und fragte ständig, ob er mir etwas bringen könne. Seine Aufmerksamkeit war so rührend, dass ich manchmal sagte, ich könnte ein Glas Wasser gebrauchen, obwohl es nicht stimmte. Joels hatte bereits sämtliche verfügbaren Informationen über die Kühe in den nahe gelegenen Bauernhöfen gesammelt, sodass Dr. N. jetzt in fiebriger Einsamkeit arbeitete. Joels hatte nichts weiter zu tun, als die Kühe in Dr. N.s Stall zu füttern, auszumisten und sich neue Werbesongs auszudenken. Zur großen Erleichterung seines verknoteten Darms war er bei dem Wettbewerb für Instantkaffee auf dem zweiten Platz gelandet. Um diese Zeit verkündete die Firma Chem-Do-Trockentoiletten, einen Werbesong-Wettbewerb für ihre neueste Reihe von mobilen Toiletten ausschreiben zu wollen: die Tuxedo-Toilette. Joels machte sich umgehend daran, Veltas Flügel zu reparieren.

Das war am späten Nachmittag. Vor dem Schuppen senkte sich in feuchten Streifen die Dunkelheit herab.

Ich faltete die Wäsche und beobachtete Joels. Es hat etwas Wunderschönes, wenn ein großer Mann so feine, komplizierte Arbeiten verrichtet. Behutsam barg er den Stimmstock und die Hämmerchen; zärtlich schlug er die Tasten an. Ich liebte seine Hingabe an alles, was klein und zerbrechlich war. Doch nach einigem Klimpern setzte sich Joels auf die Fersen. Seine Hände zeichneten eine große Kiste in die Luft, so groß wie ein Sarg, nur breiter.

»Stell dir das vollkommen hygienische, vollkommen würdevolle und vollkommen private, tragbare Abort-Erlebnis vor. Stell dir den Taj Mahal unter den mobilen Toiletten vor.«

»Na schön«, sagte ich und schloss die Augen. »Ich stelle es mir vor.«

»Okay. Und jetzt den Werbesong dazu: Niemand muss müssen, aber wenn, dann mit Stil. Tuxedo-Toiletten: Austreten mit Klasse.«

»Das ist sehr gut«, sagte ich. Manchmal muss man zugunsten einer gesunden Beziehung darauf verzichten, komplizierte Dinge wie die Wahrheit zu sagen. Man nennt es auch etwas *durch die Blume* sagen. Manche Leute finden, es sei dasselbe wie lügen; ich aber ziehe es vor, von mitfühlendem Weglassen zu sprechen.

»Oder wie wäre es hiermit: Das Kuschelklo – so gemütlich, dass du nie wieder aufstehen willst.« Ich bemerkte, wie Joels ein Auge auf sein griffbereites Saxophon warf.

»Auch gut.«

Jetzt nahm Joels sein Instrument, suchte in seiner Tasche nach dem Mundstück, befeuchtete die Lippen und spielte ein paar Töne. Dazu sang er: »Gönn dir nicht nur Erleichterung, sondern ein Erlebnis – Popo-Pop.« Joel hielt inne. »Und?«

»Lustig«, sagte ich. Und dann noch einmal: »Sehr lustig.« Vielleicht hatte auch Joels schon mal von kreativem Weglassen gehört; jedenfalls widmete er sich der Reinigung seines Mundstücks, als hinge sein Leben davon ab.

Abendschule. Ich halte sie für eine wunderbare Einrichtung; viele Menschen in deinem Alter und auch manche, die viel älter sind, haben davon profitiert. Die Bücherliste hat mich ein bisschen verblüfft. Puschkin ist meiner Meinung nach sinnvoll, aber *Die Leiden des jungen Werther*? Ist es eine gute Idee, wenn ein junger Mann, der seinen Lebensunterhalt damit verdient, Gräber auszuheben, ein so deprimierendes Buch liest? Du hast mir versichert, dass es für die moralische Erziehung äußerst brauchbar sei. Immerhin steht es auf der Leseliste des Monsters in Mary Shelleys *Frankenstein* ganz oben.

Du hast eingeheizt, und ich bin froh über die knackende Hitze, die die Flüssigkeit in meinen Gelenken trocknet. Ich will nicht klagen, aber du hast mich gefragt, wie sich das Sterben anfühlt, und ich antworte dir. Stiche im Handgelenk, ein Brummen im hinteren Teil des Gehirns. Der Schmerz ist eine harmonische Reihenfolge von Empfindungen, eine über die andere gestapelt. Die Kälte kriecht in die Knie und Knöchel. Mit jedem Atemzug spüre ich, wie sie sich über meinen Rippen spannt. Die Kälte ist der Teppich des Teufels, das Eis sein einziger Freund. Er lässt sich von den bitterkalten Winden tragen, auf der Suche nach einem Platz, an dem er sich niederlassen kann. Unrast ist seine Suppe und sein Brot, doch in Wirklichkeit will der Teufel nur schlafen. Deshalb darfst du nie dem Bedürfnis nachgeben, die Augen zu schließen, wenn du draußen von der Kälte überrascht wirst. Der Teufel wird sich deines Körpers bemächtigen, deine Haut über die seine ziehen und tausend Jahre in deinem Körper schlafen.

Es ist die Hölle, sich nach Schlaf zu sehnen und keinen zu finden. Du sagst, dass Onkel Maris über Schlaflosigkeit klagt, sie brenne Löcher in seinen Bauch. Ich verstehe nicht, warum seine Erfahrung so ganz anders ist als die von anderen. Herr Dumonowski hat dir erzählt, dass er sich zerschlagen fühlte und daraufhin seine Fehler, Sünden von mir aus, zerstoßen und zu feinem Pulver zermalmt und vom Wind verweht worden seien. Niemals sei er so froh gewesen, etwas verschwinden zu sehen. Anschließend wehte derselbe Wind durch das, was von ihm übrig geblieben war, streifte über ihn hinweg wie Atem über ein Blatt, wie Papier über einen Kamm, und verwandelte ihn in Musik. Dass dies Onkel Maris nicht widerfahren ist, wundert mich. Er macht keine Musik. Da ist Juckreiz, den man nicht wegkratzen kann. Durst, der sich nicht stillen lässt. Eine Geschichte, die nie zu Ende erzählt wird. Der Tod sei ein gewaltiges Ärgernis, hat er dir erzählt.

»Was könnte seinen Übergang, seine Erneuerung denn verhindern?«, sinnierte ich.

Du sahst mir in die Augen. »Du«, sagtest du.

Als der Herbst einzog, überragte Herrn Zetsches Riviera die Bäume um gute zwei Meter. Wegen der Schatten, die das Gebäude nachmittags und abends auf den neuen Friedhof warf, mochte Vater es nicht. Unsere Stadt schien von einer Düsterkeit befallen, die wir weder benennen noch abschütteln konnten. Nachdem Ligita keine der Prüfungen für eine Stelle an der Riviera bestanden hatte, verbrachte sie ihre Tage damit, die Straßen auf und ab zu spazieren oder durch den Wald zu wandern. Sie suchte nicht nach Pilzen – es war zu spät im Jahr, um Maronenröhrlinge zu sammeln, und nach unserem schicksalhaften gemeinsamen Abend hatte sie ihren Appetit auf Pilze nie wiedergewonnen. Was sie suchte, war schwerer zu finden: ein Getreidehalm mit zwei Ähren. Eine Frucht oder ein Gemüse, das zusammengewachsen war. Irgendein Zeichen, das Gutes verhieß für eine Frau, die schwanger werden wollte. Und obwohl die Gefahr bestand, dass sie sich bei der Suche verausgabte, war ich froh, dass diese Hoffnung Ligita aus dem Haus gelockt hatte. Rudi nahm das gar nicht wahr. In diesem Herbst bekamen wir ihn kaum zu Gesicht. Er trank mit anderen Männern in der *kafejnica*. Er ging zu politischen Versammlungen. Er brachte Zeitungen und Flugblätter mit nach Hause, die vor nervöser, zorniger Energie strotzten. Obwohl Mutter Rudis finsteres Gebaren nicht thematisierte, gab es Tage, an denen sie an der Spüle stand und einen Teller von einer Hand in die andere wandern ließ. Und über ihr Gesicht senkte sich der Kummer wie ein Schatten. Wir veränderten uns auf eine Art, die sie weder kontrollieren noch verstehen konnte. Nur unsere Bräuche änderten sich nicht – oder jedenfalls fast nicht.

In jedem Frühjahr feierten wir die Schaukelzeremonie, im Sommer den Janitag und im Winter die Weihnachtsaufführung im Gemeindesaal. Das bedeutete, dass in jedem Oktober das Komitee für die Weihnachtsfeier zusammenkam, um festzulegen, wer welche Rollen übernehmen sollte. Jedes Jahr versuchte Mutter, sich aus diesem Wahnsinn herauszuhalten, indem sie sich auf ihren Atheismus berief. Trotzdem endete es immer damit, dass sie hinging, schon aus Angst, dass jemand versuchen könnte, den Herd zu benutzen. Dieses Jahr bildete keine Ausnahme. Der einzige Unterschied bestand darin, dass Joels mir den Rücken stärkte, indem er mich begleitete. Und dass Fräulein Dzelz, der letzte Neuzugang im Lehrerkollegium, vom Komitee zur Vorsitzenden gewählt worden war.

Sie war die perfekte Besetzung für das Amt, eine tatkräftige Frau und leidenschaftliche Anhängerin des Nordic Walking, eines energischen Wanderstils, der aussah wie Langlauf ohne Skier und Schnee. Joels und ich hatten an den Wochenenden beobachtet, wie sie mit ihren Stöcken auf Herrn Zetsches frisch zementierte Flusspromenade einstieß. Woher sie so viel Energie nahm, war mir ein Rätsel. Sie war mindestens doppelt so alt wie ich: eine ältere, ledige Frau, die keinen Hehl aus ihrer Suche nach einem Ehemann machte. Jeden Monat färbte sie sich das Haar in einem unverwechselbaren Magentaton, so speziell, dass wir ihn in Dzelz-Rot umtauften.

In den vergangenen Jahren hatte das Komitee den Ruf gehabt, allzu leicht über die Stränge zu schlagen. Das lag daran, dass die Witwen Sosnowskis, Rezniks und Spasski, die nicht der Sünde der Trägheit oder spiritueller Langeweile anheimfallen wollten, jedes Jahr auf ihrer Teilnahme bestanden hatten, und zwar aus vollem Herzen, so wie sie alles taten. Sie konnten sich über die kleinsten Kleinigkeiten in die Haare geraten, weshalb Mutter für diese Treffen so wichtig war. Sie kochte den Tee, der sie alle wach hielt, drei Kannen, manchmal auch vier.

Fräulein Dzelz ermahnte die Versammlung zur Ruhe. Natürlich legte Witwe Spasski augenblicklich Einspruch ein. Da sie russisch-orthodox war, wollte sie Weihnachten ganze dreizehn Tage später als alle anderen feiern – nur um die Dinge zu verkomplizieren. Die Argumente flogen hin und her: War Jesus ein russisch-orthodoxer, ein baptistischer oder ein lutheranischer Erlöser?

Schließlich schritt Mutter ein. »Wir werden das Programm am 1. Januar mittags abhalten, genau in der Mitte der beiden infrage kommenden Termine. Jeder, der dafür ist, sagt Ja.«

Alle verstummten. Der Vorschlag war beinahe blasphemisch, zeugte aber auch von gutem altem Pragmatismus.

»Ja«, kam dann die Antwort. Ich hörte nur ein einziges leises Nein, es stammte von Frau Friemane, einer einsamen Nihilistin, die trotzdem Jahr um Jahr ihr Talent als Kostümdesignerin zur Verfügung stellte.

»Na dann.« Fräulein Dzelz warf einen Blick auf ihr Klemmbrett. »Die Besetzung. Die Schüler von Herrn Gipsis spielen die Schafe. Die Schüler von Frau Gepkars bilden die Engelschar. Die drei ältesten Jungen in Frau Ineses Klasse sind die Hirten, die nachts ihre Schäflein hüten.« Fräulein Dzelz hielt inne und lächelte mich an. »Inara Kalnins, ich meine Henriksen, wird in diesem Jahr die Maria spielen. Aus naheliegenden Gründen ist sie wie geschaffen dafür.« Daraufhin warfen sich die Witwen vielsagende Blicke zu. »Und natürlich fällt die Rolle des Joseph ihrem Ehemann Joels zu.«

Joels rutschte auf seinem Stuhl hin und her. »Leider muss ich dieses Angebot respektvoll ausschlagen, Fräulein

Dzelz. Ich bin mir meiner Haltung Jesus gegenüber nicht sicher.«

»Aber ich habe in meinem Drehbuch mehrere wirkungsvolle Denkerposen für Sie vorgesehen.«

Joels holte tief Luft, hielt sie in der Lunge und stieß sie dann so langsam und gleichmäßig aus, als spielte er ein imaginäres Solo. »Ich würde in Erwägung ziehen, das Saxophon zu spielen – in einiger Entfernung. Ich würde sogar in Erwägung ziehen, die Kulissen zu bauen. Aber die Rolle des Joseph kann ich nicht übernehmen.«

»Warum nicht?«, wollte Fräulein Dzelz wissen.

»Um die Wahrheit zu sagen: weil ich Jude bin.«

Fräulein Dzelz runzelte die Stirn. »Macht Ihnen Jesus als Mann Probleme oder Jesus als Kind?«

»Jesus als Mann.«

»Ach, dann ist ja alles halb so schlimm.« Sie war hörbar erleichtert. »Wir sind kein bisschen an dem Mann interessiert und noch weniger an seinem messianischen Eifer. Wir konzentrieren uns ausschließlich auf Jesus als Kind. Und die Schafe. Und die Kühe. Apropos – weiß jemand, wo ich ein paar Kühe auftun könnte?« Fräulein Dzelz sah sich ziellos im Raum um.

Mutter verdrehte die Augen.

Joels berührte mich am Ellbogen. »Ich habe doch nicht Ja gesagt, oder?«

»Doch. Auf diesen Treffen bedeutet Schweigen so viel wie Zustimmung.«

Ich tätschelte sein Knie. Joels empfahl sich und ging nach Hause. Keine schlechte Idee, denn die Sache war noch längst nicht ausgestanden. Wer das Solo singen würde, war zu entscheiden, und das war die Stelle, an der die guten Manieren abhandenkommen und Freunde und Nachbarn unflätig werden konnten.

»Die kleine Ksinia sollte das Solo singen«, sagte die Witwe Rezniks.

»Das hat sie schon letztes Jahr getan«, wandte Frau Li ein.

»Und sie hat es wunderbar gemacht«, flötete Witwe Spasski dazwischen.

»Lassen Sie die kleine Aija singen. Ksinia war letztes Jahr dran«, sagte Frau Lim.

»Und sie hat es wunderbar gemacht«, beharrte Witwe Spasski.

»Jeder sollte eine Chance bekommen. Wir sind in Lettland«, sagt Frau Gipsis.

»Wollen wir Gleichheit, oder wollen wir Qualität?«, fragte die Witwe Rezniks.

»Wissen Sie eigentlich, was Sie da reden?«, fuhr Frau Lim sie an.

Die Witwe Rezniks schlug mit beiden Händen auf den Tisch.

»Jede Kuh leckt ihr eigenes Kalb«, murmelte Mutter.

»Wie bitte?« Die Witwe Rezniks drehte sich zu Mutter um.

Mutter lächelte, warf sich die Handtasche über die Schulter und stand auf. »Ich muss mal. Und dann gehe ich nach Hause. Ich bitte lediglich darum, dass niemand die Küche in Unordnung bringt.« Mutter zupfte an meinem Ärmel. »Gehen wir.«

Wir gingen zur Toilette, von wo aus wir die Frauen weiterhin hörten. Immerhin hatten sie noch eine volle Kanne Tee, bei der sie sich streiten konnten. Kaum kam die Sprache auch nur im Entferntesten auf die Politik, gab es kein Halten mehr. Stell dir das Durcheinander vor: fünfzehn Frauen, die über die heiklen Punkte der Einwanderungsgesetze und die theoretischen und praktischen Unterschiede zwischen Besetzung und Besatzung stritten. Ich saß auf dem Klo und ließ den Kopf hängen. Frau Lim und Fräulein Dzelz diskutierten darüber, warum eine Frau eine bessere Vorsitzende war als ein Mann oder auch nicht. Und die Witwe Rezniks beklagte verbittert, dass Lettland niemals Mitglied der EU werden könne, solange ethnische Russen wie sie verfolgt würden.

»Verfolgt!«, rief Frau Baltmanis. »Ausgerechnet *Sie* reden von Verfolgung?«

Mutter klopfte an die Trennwand zwischen den beiden Abteilen. »Womit füttert man einen Letten am besten?« Die Antwort: mit einem anderen Letten. Ich stöhnte. Das war ein lahmer Witz im Osten unseres Landes.

Mutter öffnete ihre Tür und trat an das Waschbecken. »Was für ein Theater, bloß wegen eines *Babys*«, murmelte sie. So wie sie das Wort *Baby* aussprach, wusste ich, wie viel Ärger ich ihr machte und noch machen würde. Mir stiegen Tränen in die Augen. Ich hustete und schniefte, alles nur um die Tränen aufzuhalten. Ich erfand eine Ausrede nach der anderen, bis Mutter schließlich ohne mich nach Hause ging.

»Inara? Ist alles in Ordnung da drin?« Fräulein Dzelz klopfte leise an die Toilettentür.

Ich wischte mir mit dem Ärmel die Tränen aus dem Gesicht und öffnete die Tür. »Ich wette, dass die echte Maria nicht in Tränen aufgelöst war«, sagte ich.

Fräulein Dzelz verschränkte die Arme über der knochigen Brust. »Und ob! Ich wette, dass es noch nie ein so ängstliches und missverstandenes junges Ding gegeben hat. Aber sie hatte ein paar starke Unterstützer.«

»Sie meinen doch nicht den Esel?«

»Denk mal drüber nach.« Fräulein Dzelz hakte sich bei mir ein und führte mich aus der Toilette durch die winzige

Garderobe und aus dem Gebäude. »Sie hatte ihren Mann, der zu ihr hielt. Und sie hatte Gott.«

»Ist das genug?«, fragte ich.

Fräulein Dzelz blieb stehen und sah mir in die Augen. »Das weiß ich nicht. Ist es genug?«

Wir gingen um den hinteren Teil des Saals. Weiter unten die Straße hinab, sahen wir, wie Dr. Netsulis neben seinem Roller kniete. Es wirkte so, als betete er neben seinem rot lackierten Gefährt oder gar zu ihm.

Fräulein Dzelz drückte meinen Arm. »Wer ist dieser Mann?« Ich hörte unmissverständliche Bewunderung aus ihrer Stimme, die Bereitschaft, ihr Herz in seine Hände zu legen, sobald sie einander vorgestellt worden waren.

»Das ist Dr. Netsulis. Er ist Teilzeitdoktor und Vollzeitgenie. Joels und ich halten sein Haus und seinen Stall sauber.«

»Stall?«

»Er hat Kühe. Lettisches Braunvieh.«

»Kühe!«, schrie sie, eilte an mir vorbei zu dem guten Doktor, der aufsprang, als hätte ihn ein Pfeil in den Hintern getroffen.

Am Tag der Aufführung war ich ein Nervenbündel. Ich konnte nicht still sitzen. Meine Hände hörten nicht auf zu zittern. Alle zehn Minuten musste ich pinkeln.

»Du bist nur nervös. Obwohl ich keine Ahnung habe, warum«, sagte Ligita, als wir auf dem Weg zum Gemeindesaal waren. »Du brauchst doch bloß eine Plastikpuppe in Windeln anzulächeln.« Ich schrieb diese vernichtende Ermutigung ihrem eigenen Kummer zu.

Deine Großmutter stampfte vor uns her und zermalmte mit ihren Stiefeln die dünne Schicht Kammeis. Wir gingen am Haus der Ilmyens vorbei, wir gingen an Stankas Haus vorbei. »Frohe Weihnachten!« Stanka stürzte heraus und schloss sich uns an. Jesus ließ sie mehr oder minder kalt, aber Weihnachten liebte sie. Jedes Jahr stellte sie nicht nur einen, sondern gleich zwei Weihnachtsbäume auf und schmückte sie mit Mistelzweigen, verschrumpelten weißen Schneebeeren und puffroten Schleifen.

Deine Großmutter senkte den Kopf wie ein Bagger seine Schaufel und ging voran. Da sie den Gipfel ihrer Festtagsstimmung bereits erreicht hatte, murmelte sie: »Fahr zur Hölle.« Jetzt weißt du, von wem ich meine unflätige Sprache habe.

Die Merry Afflictions stellten sich uns als moralische Unterstützung zur Verfügung. Doch schon bei Ludwiks' erstem Trommelschlag verkrampfte sich mein Rücken. Es war, als spannte sich eine Schnur in meinem Bauch. Ich beugte mich über Dr. N.s roten Roller, der jetzt mit falschem Fell und lang herabhängenden Eselsohren geschmückt war. »Mir ist nicht gut«, flüsterte ich Ligita zu und setzte mich auf die Maschine.

»Behalt's bloß drinnen!«, zischte Ligita.

Die himmlischen Heerscharen drängten sich mit ihrer frohen Botschaft für die Wache haltenden Hirten auf der Seitenbühne zusammen. Fräulein Dzelz gab das Zeichen für ihren Einsatz, und die Engel stellten sich in einer Reihe hinter dem Vorhang auf. Die kleine Öffnung zwischen den beiden Trennwänden war so gebaut, dass gewöhnliche Kinder hindurchpassten. Doch diese Engel waren keine gewöhnlichen Kinder mehr. Sie waren Engel, denen gewaltige Flügel gewachsen waren. Frau Friemane hatte gebrauchte Expander von irgendwo aus den Vereinigten Staaten organisiert. Sie sorgten dafür, dass die Flügel ausgebreitet blieben, sobald sie den Kindern auf den Rücken geschnallt waren, und man brauchte eine Menge Kraft in den Armen, um sie wieder zusammenzufalten. In null Komma nichts hatte sich ein Stau in dem schmalen Durchgang zur Bühne gebildet.

»Um Himmels willen«, stöhnte Mutter, stellte jedem einzelnen der kleinen Engel den Fuß auf den Rücken und stieß ihn kurzerhand durch die Öffnung.

Ich ließ den Motor an und rollte langsam durch den Gang. Mitten in meinem grandiosen Auftritt machte der Roller einen Satz und blieb dann stehen. Ich klammerte mich an den Lenker und keuchte. Und stöhnte.

»Nein, nein!«, rief Fräulein Dzelz aus den Kulissen. »Es ist noch nicht so weit, Inara!«

»Zu früh!«, zischte Ligita.

»Weiß ich«, stöhnte ich. Eine warme Flüssigkeit strömte an meinen Schenkeln herab.

Dr. Netsulis eilte mir zu Hilfe und legte sein Stethoskop auf den Motor des Rollers. »Wo kommt denn all das Wasser her?«, fragte er mich.

»Es ist das Baby«, keuchte ich. »Es kommt. Jetzt.«

Und was geschah dann? Ich nehme an, dass Fräulein Dzelz die Kinder nach draußen bugsierte. Frau Arijisnikow und Mutter liefen in der Küche hin und her, stellten Töpfe auf den Herd und suchten nach sauberen Handtüchern. Ligita hängte ein Laken auf, um für Privatsphäre zu sorgen. Dr. Netsulis förderte aus seiner Hosentasche Latexhandschuhe zutage.

Ich lag auf dem Stroh und krümmte mich. Joels rieb mir den Rücken.

»Das gefällt mir gar nicht«, vertraute Dr. Netsulis Joels an. »Es ist lange her, dass ich ein Kind auf die Welt gebracht habe.«

Und dann schnitt mich ein Dolch entzwei.

»Pressen!«, rief Stanka.

»Aber nicht zu stark«, warnte Mutter. »Atmen«, riet mir Vater sanft von der Küche aus.

»Aber nicht das Pressen vergessen«, sagte Stanka.

Ich hatte das Gefühl, in einer lettischen Parlamentssitzung festzustecken. Jeder hatte einen Ratschlag parat, und die meisten widersprachen sich. Gott sei Dank tut die Natur, was sie tun muss. Der innere Chor meines Ichs, meiner zu vielen, zu lauten, zu selbstbewussten Ichs verschmolz. Fiel in sich zusammen. Wurde zu einer geballten Empfindung von Schmerz.

»Gott!«, schrie ich.

»Ja!«, sagte Vater. »Wende dich an Gott. Er erhört dich. Ganz sicher.«

»Gott!«, schrie ich lauter.

»Aber taub ist er nicht«, tönte Ligita.

»Atmen!«, flüsterten Joels und Dr. N. unisono.

Der Schmerz schoss durch mich hindurch, von oben bis unten. Ich fühlte mich nicht stark genug, ihn zu ertragen.

»Du schaffst das. Ich glaube ganz fest an dich«, flüsterte Joels.

In diesem Augenblick fiel mein Blick auf Mutter, deren Gesicht sich vor meinen Augen verwandelte.

Sie sah etwas, das ich nicht sehen konnte. »Was – was ist?«, fragte ich.

»Das Baby«, sagte sie und brach in Tränen aus. »Ich kann seinen Kopf sehen.«

Dr. Netsulis runzelte die Stirn. »Hör auf zu pressen«, sagte er. Stanka und Mutter breiteten Handtücher unter mir aus. Joels hielt meine Hand und zählte die Takte eines unhörbaren Rhythmus. Ein neuer Werbesong war im Entstehen begriffen.

Dann sagte Mutter: »Ein Junge!«

Stanka hielt dich in die Höhe, während Mutter die Nabelschnur durchtrennte. Vater wischte sich mit einem Taschentuch über die Augen, und sogar Ligita hielt sich freundlicherweise zurück. Schließlich legte Stanka dich in meine Arme, und ich konnte sehen, was für ein wunderschöner Junge du warst. Du hattest einen schwarzen Haarschopf und graue Augen, so ganz anders als die Augen unserer Familie. Du warst still wie ein Stein und starrtest mich an.

Mutter legte ihre Hand um eine winzige Ferse. »Wie wirst du ihn nennen?«

»Gib ihm einen guten Namen«, sagte Stanka.

»Einen starken Namen«, sagte Rudi.

»Einen Namen aus unserer Familie«, sagte Vater.

Ich sah dich an, so winzig, so schrumpelig. So ein Wunder hatte ich nicht verdient. Und trotzdem hielt ich eins in den Händen.

»Maris«, sagte ich. Und niemand widersprach.

9

Letzte Nacht habe ich wieder von Mutter geträumt. Sie schwebte über dem Wasser, in Nebel gehüllt, mit tintenschwarzem Haar, mit Haar wie Kohle. Ihre Lippen bewegten sich. Sie sang. Ich sagte: *Komm näher, ich kann dich nicht hören; komm näher.* Sie tat einen Schritt in den Fluss, und ich hörte: *Bring eine Maus, süßer Schlaf für ein kleines Baby.* Taubengrau und weich waren ihre Worte. Sie stand auf ihrer Seite des Flusses im flachen Wasser; ich stand auf meiner Seite des Flusses. Ich sang: *Süßer Schlaf für ein kleines Baby.*

Wir waren zwei Frauen, die dasselbe Lied sangen. *Komm näher,* rief ich ihr zu. *Ich kenne den Rest des Liedes nicht.* Sie sagte: *Wirf das Seil, ein Seil, das an beiden Enden geknotet ist, und ich ziehe dich herüber und erzähle dir den Rest.* Also machte ich Knoten in die Enden des Seils und steckte einen Löffel in eines davon. Ich warf das Seil über den Fluss, wo es zu ihren Füßen landete. Ich hielt mich an meinem Ende fest, an meinem Knoten, weil es der Knoten ist, an dem man ein Seil festhält, und weil der Knoten ein Mädchen mit seiner Mutter verbindet. Und was tat sie?

Sie fiel auf die Knie und zog den Löffel aus dem Knoten. Dann, Löffel um Löffel, trank sie gierig den Fluss leer. *Ich bin so durstig,* sagte sie und setzte sich auf einen Felsen. *Warum stirbst du nicht einfach, liegst still und ruhst dich aus, so wie andere Tote es tun?,* fragte ich. *Ach, das ist so klischee-*

haft, antwortete sie, flocht ihr Haar zu einem dicken Zopf, zu einer Schlinge, die sie sich um den Hals legte. *Die Menschen glauben, dass sie lediglich die Augen schließen und schlafen, wenn sie sterben. Aber das stimmt nicht. Sterben bedeutet Arbeit und noch mehr Arbeit.* Ihre Finger lösten das Ende des Zopfs. *Wenn ich nicht arbeite, werde ich sterben.* Ich ging über das trockene Flussbett und setzte mich auf den Felsen neben sie. *Du bist doch schon tot*, sagte ich. *Ich weiß*, sagte sie, *aber was soll ich sonst tun?* Sie zuckte die Achseln, ihre Schultern hoben und senkten sich in hilfloser Verwunderung über ihre unmögliche Lage. *Mein kleiner Wolf knurrt, mein kleiner Wolf brummt. Mein kleiner Wolf hat eine weiße Pfote. Vielleicht macht es das nicht besser, aber schlimmer auch nicht.* Sie lächelte traurig und müde. Dann stieß sie den Löffel in den Schlamm, auf der Suche nach mehr Wasser.

Ich wachte auf. Ihr Durst, mein Durst; ihr Brandmal, mein Brandmal, ihre Wunden, meine Wunden. So viele Missverständnisse zwischen uns, und dabei sind wir uns so ähnlich. Obgleich ich müde bin, weiß ich, dass noch viel Arbeit vor mir liegt. Das Lied, das sie sang, war übrigens ein Wiegenlied. In jenen ersten Monaten deines Lebens sangen wir dir alle abwechselnd vor. Joels schmetterte seine Instantkaffee-Songs, und sogar dein Onkel Rudi machte mit.

Die Biene, die Biene
Wohnt im Wald,
Summt auf der Heide,
Sticht uns in den Finger,
Ins Gesicht und die Ohren,
Und gibt uns Honig.
Das ist ihre Aufgabe.

O Mann, o Mann,
Sieh sie dir an.
Es sticht genug
Im Herzen, im Herzen;
Trotzdem, tu Gutes
Für deinen Bruder.
Das ist deine Aufgabe.

Beim Singen fuhr dir Rudi mit der Hand über das feine Haar auf deinem Köpfchen und den Flaum auf deinen Ohren, und ich hielt seinen Gesang für einen Beweis, dass er noch einen Rest von Zärtlichkeit in sich hatte. Damals machte ich mir Sorgen um ihn. Auf der Suche nach Arbeit pendelte er zwischen Madona, Balvi und Daugavpils. Herr Zetsche hatte Mitleid mit ihm und stellte ihn im Rimi ein, einer Filiale der schwedischen Lebensmittelkette, wo man nach schwedischer Art einkaufte. Das bedeutete, uns konnte nun das Wasser im Mund zusammenlaufen beim Anblick all der prachtvoll ausgestellten Wecken, Milchbrötchen, deutschen Bonbons und Obst. Obst! Zwei, manchmal sogar drei verschiedene Apfelsorten, Wurzelgemüse, Kohl und Blattsalat, in appetitlichen Reihen arrangiert. Auch Käsestücke und bunte Zellophanpackungen mit Keksen und Knäckebrot. Wir konnten träumerisch in den Gängen stehen und taten das auch, stemmten gelbe Körbe in die Hüften und schmachteten angesichts der übersichtlich angeordneten Überfülle, die wir anfassen, in unseren Korb legen, dann wieder herausnehmen und liebevoll ins Regal zurückstellen konnten. Es entging mir nicht, dass Rudi oft Kleinigkeiten mit nach Hause brachte: Kaugummi, Fettstifte für die Lippen, Zigaretten. Ich hegte die Befürchtung, dass dein Onkel Rudi austestete, wie weit sich die Grenzen des freien Marktes in diesem neuen gesellschaftlichen Kontext dehnen ließen.

Wenn Rudi nicht im Rimi war, saß er auf dem Sofa und sah sich Zeichentrickfilme an, Folgen von *Hase und Wolf*, in denen der schlaue Hase unweigerlich den flohverseuchten Wolf austrickst. Dann und nur dann konnte man ihn lachen sehen. Doch selbst dabei bebte sein Körper in stummer Wut, die mit den Jahren in Resignation münden würde. Doch wenn Rudi dich auf dem Arm hielt, waren seine Hände ruhig und fest. Jede Mutter meint, ihr Kind sei etwas Besonderes, du aber hattest eine spürbare Wirkung auf jeden, der dich berührte. Es war das Wunder eines Babys, dein Wunder. Ein Baby mahnt die Eiligen zur Geduld und die Lauten zur Ruhe. In der Nähe von Kindern atmen die Menschen sogar sanfter und rhythmischer, als befänden sie sich in Gegenwart von etwas, das heilig und zerbrechlich ist. Vermutlich war das der Grund, weshalb ich dich so nah wie möglich bei mir behielt. Weder Geräusche noch Luft sollten die Verbindung zwischen uns unterbrechen, deshalb trug ich dich entweder auf dem Rücken oder vor meiner Brust. Eines Morgens hatte ich dich auf dem Rücken, als wir den langen Weg zu Dr. Netsulis einschlugen. Ich ging durch unseren Garten, über den alten/neuen Friedhof und dann langsam an den Geschäften der Riviera vorbei. Neben dem Rimi und der *kafejnica* gab es dort nun eine Konditorei, und Herr Vaido, ein Zauberer, der sich seine Kunst selbst beigebracht hatte, betrieb eine kleine Apotheke. Auf dem Bürgersteig davor verkaufte Herr Li Zeitungen: *Diena*, die Rigaer Tageszeitung, und *Kurzemes Vards*, eine Zeitung, die Mutter wegen der schmuddeligen Anzeigen von Herrenklubs nicht mochte. Es gab den Hasty-Pasty-Supermarkt mit Einkaufswagen und LazyQuick, einen Copyshop, in dem man schneller Lebensläufe produzieren konnte, als sich Qualifikationen ausdenken ließen. In einem Anfall unternehmerischen Scharfsinns hatte Stanka Herrn Zetsche die Erlaubnis abgeluchst, auf einem Gartenstuhl sitzend wahrzusagen oder Ratschläge für die Lotterie und die Börse zu erteilen.

Stanka erspähte uns von Weitem, sprang auf und eilte uns entgegen. »Eine Prophezeiung! Gute und schlechte Neuigkeiten!«, rief sie. »Welche willst du zuerst hören, die gute oder die schlechte?«

Du fingst an zu schreien und zu strampeln. »Die schlechte«, sagte ich.

»Ärger mit Steinen.« Stankas Stimme wurde tief und geheimnisvoll.

»Du meinst in den Nieren, oder was?«

»Auf dem Friedhof. Dort herrscht furchtbare Unruhe.«

»Und die gute?«

»Ich sehe deine Treppe, sie ist mit Butter und Öl übergossen. Und zwanzig weiße Ponys – entschuldige, zwanzig weiße Häschen.«

»Häschen?«

Stankas Nase zuckte. Es war die Morchelsaison, und ihr modriger Geruch war verlockend. »Keine Zweifel an meiner Quelle!«, rief sie. Und dann eilte sie davon, auf der Suche nach dem dunklen Schatz.

Ich glaube, ich habe dir gesagt, dass ich Stankas außergewöhnlichen Fähigkeiten nicht allzu viel Aufmerksamkeit schenkte, doch selbst ein blindes Huhn findet hin und wieder ein Korn. In Dr. Netsulis' Haus erledigte ich rasch meine Aufgaben, das wenige, das zu tun war, und dann gingen wir zum Friedhof, um uns ein Bild zu machen.

Auf fast allen Friedhöfen im Osten Lettlands kann man von einem Grabstein zum anderen, von einem Namen zum nächsten, nach Russland, in die Ukraine, nach Deutschland, Polen und sogar in die Mongolei reisen. Und natürlich sagen die Grabstellen genauso viel über die Lebenden aus wie über die Toten. Deine Großmutter hielt Grabsteine für eine protzige Methode, um auszudrücken wie groß der Verlust eines geliebten Menschen war. Eine bizarre Zurschaustellung der eigenen Trauer. Sie wies darauf hin, wie manche Familien um den besten Grabschmuck wetteiferten: Girlanden aus Tannenzweigen, Plastikkränze auf Ständern oder auch Steinbänke, die eine längere und besinnlichere Kontemplation ermöglichen sollten. Obwohl es kostspielig war, hatten einige russische Familien ihre Grabstellen sogar mit hüfthohen Metallzäunen umgeben, solchen schwarzen Gittern mit kleinen Spitzen. Sie hängten Kerzen in die Bäume und bauten Kästen für ihre Ikonen – alles in dem Bemühen, die Grabstellen ein wenig orthodoxer, heiliger oder exklusiver erscheinen zu lassen. Auf Zehenspitzen ging ich um das Grab von Rudis Baby. Auf Zehenspitzen an den Grabsteinen von Veltas und Ferdinands' letzter Ruhestätte vorbei. Ich zeigte dir das Grab deines Namensvetters. Mir fiel auf, dass das Gras dort zerwühlt war, als hätte Onkel Maris sich im Schlaf herumgewälzt. Auf der Seite seines Grabsteins waren Spuren zu sehen, schwarze Schuhcreme oder Farbe.

Ich habe versucht, dir die Dinge so zu erzählen, wie ich sie damals wahrnahm und wie ich sie jetzt im Nachhinein begreife. Jede Erinnerung lädt ein zu Berichtigungen, Anpassungen, Vergleichen mit den Erinnerungen anderer. Das Problem ist natürlich, dass nur noch wenige von uns übrig sind. Meine Art, Geschichten zu erzählen, das wird mir jetzt klar, ist fehlerhaft. Das Erzählen ist ein Akt des Bewahrens, doch manchmal ringen die Worte einem Gedanken unabsichtlich eine neue Bedeutung ab. Und wer wird mich korrigieren, wenn ich nicht mehr da bin? Ich habe das, woran ich mich erinnere, auf eine bestimmte Art und in einer bestimmten Reihenfolge erzählt und weiß nicht, welchen Eindruck es auf dich machen wird. Ich habe Knoten in ein langes Seil geknüpft. Ich habe gesagt: *Hier und hier. Das ist wichtig und das auch*. An den Knoten kannst du dich festhalten. Das Seil wird sich straffen und durch deine Hände gleiten, und ein Knoten nach dem anderen wird deine Handflächen zerfetzen. Sie werden dich versengen; sie werden dich brandmarken. Doch eine einmal begonnene Geschichte muss beendet werden, so vollständig wie nur möglich. Und daher muss ich dir von der Schaukel erzählen, die dein Onkel baute. Obwohl es keine schöne Geschichte ist.

Traditionsgemäß richteten Herr und Frau Vicins die Schaukelzeremonie aus. Du wirst dich an die beiden nicht erinnern: Einige Jahre nach deiner Geburt warf er sich vor einen Milchlaster. Sie wurde zu einer fanatischen Katholikin und weigerte sich, etwas anderes zu sich zu nehmen als die eucharistischen Gaben: ein Stückchen Brot und einen Schluck Wein am Morgen. Sie hungerte sich zu Tode, die Arme. Wie auch immer, diese Schaukelzeremonie war ein Frühlingsritual, eine durch und durch lettische Angelegenheit: Herr und Herrin schaukeln, um den Feldern und allen, die dort arbeiten, Glück zu bringen. In diesem Jahr machten Herr und Frau Zetsche Druck, damit die Feier auf dem grünen Hang neben ihrer Riviera abgehalten wurde, der Grünfläche also, wo früher der Friedhof gewesen war. So viele von uns waren auf die eine oder andere Art für die Zetsches tätig, und die klopften uns mit ihren endlosen Appellen weich. »Die Riviera – sie gehört allen«, beschwor uns Herr Zetsche einmal an dem schwarzen Telefon. »Sie ist unsere wirtschaftliche Hinterlassenschaft. Es hat doch nur Sinn, wenn die Schaukel an einem Ort angestoßen wird, den die Leute ohnehin aufsuchen. Um einzukaufen, zum Beispiel. Außerdem werden wir für Freibier sorgen.« So wurde es entschieden.

Einige Tage vor der Zeremonie fand ich deinen Großvater

auf dem Friedhof. Er saß in seinem Wärterhäuschen, die Ellbogen auf die Knie gestützt, einen Eimer mit Putzlappen zu seinen Füßen.

»Onkel Maris' Grabstein …«

»Ich weiß«, sagte er. »Nur einer von vielen.«

Ich griff nach dem Eimer. »Sag mir, welche, und ich wasche sie ab.«

»Mein liebes Kind.« *Mein liebes Kind.* Welche Erschöpfung sprach aus diesen Worten. »Du und der kleine Maris solltet nicht in die Nähe dieser Chemikalien kommen. Geh nach Hause und hilf deiner Mutter.«

Wir überließen deinen Großvater seinen Pflichten und gingen auf die gelben Rechtecke aus Licht zu, die aus unserem Haus fielen. Mutter hatte bereits unser Abendessen aufgetragen: eine Mischung aus Fleisch, Zwiebeln, klein gehacktem Kohl und Karotten, die sie faule Tauben nannte. Faul, weil Mutter nicht alles in die Kohlblätter eingewickelt hatte. Aber sie hatte das Fleisch gewürzt und den Kohl und die Zwiebeln fein geschnitten.

Ohne Vater zu essen fühlte sich falsch an. Wir unterhielten uns über Belanglosigkeiten. Rudi erzählte einen Witz aus der Stadt, den er von einem Vermessungsingenieur aus Rezekne hatte. »Warum wirft jemand eine schwarze Katze in eine neue Wohnung, bevor er sie betritt?«

Wir warteten auf die Pointe.

»Um sicherzugehen, dass der Boden nicht unter seinen Füßen nachgibt«, sagte Rudi.

Ligita verdrehte die Augen. »Uralt.« Aber es stimmte: In aller Eile hochgezogene Gebäude, die kurz nach der Fertigstellung eingestürzt waren, hatten in den Lokalnachrichten Schlagzeilen gemacht: ein Grund mehr, warum Menschen nicht in Großstädten wohnen sollten.

»Die Korruption greift um sich«, folgerte Joels.

»Nichts ändert sich«, sagte Mutter. »So ist es. Die Krähen sitzen in Scharen auf den Ästen. Ein Schuss, und alle fliegen auf. Doch nach wenigen Minuten setzen sich andere auf dieselben Äste. Genauso ist es mit der Korruption in Lettland: derselbe Baum, nur andere Vögel.« Mutter trank ihren Tee in einem Zug aus.

»Der Bürgermeister von Ventspils trägt knallbunte Pullover, die er sich vom Geld der Steuerzahler gekauft hat«, verkündete Ligita.

»Was mir gegen den Strich geht, ist die Art, wie manche Ausländer herkommen, ein oder zwei Pflöcke in die Erde rammen und sich das Land unter die Nägel reißen.« Rudi betrachtete angelegentlich das Essen auf seinem Teller. »Sie sind nichts weiter als illegale Siedler mit ein bisschen mehr Geld als andere.«

»Wenn sie das Land für einen fairen Preis kaufen, ist es legal«, wandte ich ein.

»Lettland gehört den Letten«, sagte Rudi.

Ich blickte Mutter an, in der Erwartung, dass sie etwas sagen würde, doch sie starrte nur auf ihren leeren Teller. Dann kam Vater durch die Küchentür herein. Rudi spießte ein großes Stück Fleisch auf und kaute energisch.

Mutter sprang auf und brachte Vater seinen Tee. Sie machte ein großes Theater darum, brachte zuerst die Kanne, dann Zucker und Milch. Joels aß einfach weiter, als wäre das Gespräch lediglich Wasser, das um ihn herumfloss, und er ein Stein, unbewegt und taub.

»Es wäre schön, wenn wir zur Schaukelzeremonie unsere Janitag-Hemden tragen würden«, sagte Vater, an Rudi gewandt. »Sind deine Manschetten sauber?«

»Ja.«

»Und die Schaukel? Hängt sie gerade?«

Rudis Kiefer drückte Anspannung aus. »Ja.«

»Und die Seile?«

»Ich habe sie mehrmals überprüft. Es ist alles in Ordnung.« Rudi schob seinen Stuhl zurück und ging durch die Hintertür hinaus.

In jener Nacht schliefen Joels und ich auf dem Sofa im Wohnzimmer. Rudi kehrte nicht nach Hause zurück. Ligita saß mit ihrem Handy auf der Hintertreppe und sprach mit ihren Freundinnen. Zwischen Lärm und Stille, Schlaf und Schlaflosigkeit gefangen, konnte ich weder die eine noch die andere Welt wirklich betreten. Ich betrachtete die schwankenden Lichtflecken, die der Mond durch die Gardinen an die Wand des Wohnzimmers warf. Alles ist schön, wenn das Licht schwach genug ist, dachte ich. Im Dunkeln hörte ich Vater und Mutter leise miteinander flüstern.

»Was war denn los auf dem Friedhof?«

»Unflat, wie schon letztes Mal. Und ein Hammer mit Sichel. Nur dieses Mal gesprayt.«

»Auf welchem Grabstein?«

»Auf dem von Herrn Zetsches Onkel.«

»Auf welcher Seite hat er denn gekämpft?«

»Auf beiden, glaube ich.«

Lange Pause. »Was hast du benutzt?«

»Salzsäure.«

»Kriegst du es ab?«

»Wenn nicht, kann ich es vielleicht wie etwas anderes aussehen lassen. Einen Stern vielleicht.« Lange Pause.

»Frau A. hat gesagt, dass Herr Zetsche darüber nachdenkt, sich einen Hund anzuschaffen. Du weißt schon, einen von denen, die beißen.«

Das Bett quietschte.

Dann ein langer Seufzer von Mutter. »Manchmal glaube ich, dass ich weder diese Welt noch irgendeinen Menschen darin verstehe.«

Wir hörten die Merry Afflictions, noch bevor wir sie sahen. Aus Joels' Saxophon drangen ein paar traurige Seufzer und aus Wanags Posaune vereinzelte Pupser. Ludwiks rührte seine Stöcke hektisch kratzend über das Schlagzeug. Es war ein perfekter Tag. Die Aussicht auf Freibier hatte alle in Hochstimmung versetzt.

Rudi und Herr Li standen hinter der Eiche und richteten den Sitz der Schaukel aus. Mithilfe einer Tretleiter stiegen die Zetsches auf die Schaukel, die Füße auf dem Sitz, die Hände um die Seile gelegt. Rudi und Herr Gipsis gaben ihnen einen vorsichtigen Schubser. Dann noch einen. Und noch einen. Höher und höher flogen die Zetsches durch die Luft; Rudi stieß sie immer kräftiger an. Steif wie Metronome zeigten die Zetsches den Takt eines lautlosen Liedes an. Herr Zetsche grinste, doch Frau Zetsches Miene zeigte nackte Angst. Die Schaukel hatte inzwischen Schlagseite, eine Seite hing ein wenig tiefer als die andere. Frau Zetsche war kreidebleich.

Einige Männer husteten. »Jetzt reicht es«, flüsterte Vater Rudi zu, denn Frau Zetsche war eindeutig in Bedrängnis. Doch es heißt, dass es großes Unglück bringt oder zumindest sehr unsportlich ist, einzugreifen, wenn die Schaukel erst einmal in Schwung ist. Deshalb standen wir alle da und schauten zu.

»Das machen Sie wunderbar!«, rief Frau Dzelz. Im selben Augenblick übergab sich Frau Zetsche.

Doch solange das Bier fließt, ist ein solches Missgeschick bei derartigen Festivitäten höchstens ein kleiner Rülpser. Das einzige Heilmittel ist, so schnell wie möglich noch mehr Bier zu trinken. Mutter und ich halfen Frau Zetsche von der Schaukel, während Herr Zetsche nach Bier winkte und die Merry Afflictions ein fröhliches Stück anstimmten. Die Unterhaltung flatterte von einem Thema zum anderen, von der wirtschaftlichen Lage (die in jeder Hinsicht vor die Hunde ging) über das Bier (ganz passabel) und die EU (»Wir müssen Mitglied werden! Wir müssen mit der Zeit gehen und Teil der großen europäischen Gemeinschaft werden!«) wieder zurück zum Bier, das allmählich knapp wurde, und der Frage, ob eine Frau wirklich Vorsitzende werden durfte (Mutter rief laut dazwischen, dass Frauen wunderbare Vorsitzende seien), und dann von der Keramikfabrik, die gerade dichtgemacht hatte, zu den Berichten von latenter russischer Aggression (Witwe Sosnowskis würdigte Witwe Spasski allerdings keines Blickes). Dann kehrte sie zurück zum Bier, definitiv nicht mehr passabel, weil inzwischen alle. Die Menschenmenge zerstreute sich. Zu allem Übel verteilte Herr Zetsche auch noch Marzipan, das einem wie Blei im Magen lag.

»Zu wenig Mandeln«, sagte Mutter und wandte sich zum Gehen. So wie alle anderen auch. Die Merry Afflictions packten ihre Instrumente ein; Wanags holte den grauen Pobeda. Joels wartete auf der Grünfläche. Wir standen nebeneinander, Joels drückte sein Saxophon zärtlich an die Brust, und ich dich. Der Rasen war mit kleinen gelben Papierfetzen übersät, die der Wind auf den Fluss zutrieb.

Herr Zetsche stand unter der Eiche und hatte eine Hand am Seil. Der Sitz der Schaukel neigte sich stark zur Seite. Er blickte auf die Stelle an der Eiche, wo die Seile über den Ast gezogen worden waren. Ein Seil war viel stärker ausgefranst als das andere. Tatsächlich sah es aus, als würde es bei der kleinsten Reibung oder Last zerreißen. Herr Zetsche sprach mit jemandem, aber ich konnte nicht sehen, mit wem. Er blickte auf den Fluss, der sich in der Dunkelheit zu verengen schien.

»Ich bin nicht so glücklich, wie es scheint. Sie wissen ja, dass auch ich meine Probleme habe.« Herr Zetsche hielt eins der gelben Flugblätter in der Hand. »Ich bin ein Mann mit Prinzipien. Ich habe meine Versprechen gehalten. Ich habe Arbeitsplätze in die Stadt gebracht. Die Sache ist, ich eigne mir kein Land unrechtmäßig an. Ich liebe dieses Land. Genau wie mein Großvater, vor dem Krieg. Bevor all … das passierte.«

Jetzt drehte sich Herr Zetsche zu uns um. Er hatte die ganze Zeit gewusst, dass wir da waren. »Wir haben einen fairen Preis für das Herrenhaus bezahlt. Warum also passieren dann solche Dinge? Warum die vielen eingeschlagenen Fensterscheiben? Mich trifft es nicht so sehr, aber meine arme Mildi hat das nicht verdient.«

Joels ging auf die Schaukel zu. Ein paar Schnitte mit seinem Taschenmesser, und die Schaukel fiel zu Boden.

Herr Z. reichte mir das gelbe Flugblatt. LETTLAND DEN LETTEN, ein Slogan, den vor einigen Jahren eine vaterländische politische Partei populär gemacht hatte. Ich spürte die alte Last und wie die Furcht in mir wuchs. In diesem Augenblick auf dem Rasen, mit den durchschnittenen Seilen, wurde ich mir meiner naiven Selbstgefälligkeit und Komplizenschaft zum ersten Mal bewusst. Mir wurde klar, dass wir immer Wege finden würden, die Zetsches zu bestrafen, ganz gleich, wie unsere kollektiven oder individuellen Absichten auch aussehen mochten.

In den folgenden Wochen taute der Boden auf, und am Morgen stieg Dampf hoch, der mich davon überzeugte, dass die Erde genauso schläft, aufwacht und atmet wie wir. Mit jedem Ausatmen waberten die letzten Winterträume in weißen Schwaden über die dunkle Erde und wurden zu Licht. So verließ der Winter unsere Straße und stieß die Tür zur Fastenzeit auf. Vater sprach im Gemeindesaal die Osterbotschaft für die beiden Baptistengemeinden. Als er sich über die Macht des Wassers ausließ, neues Leben entstehen zu lassen, blickten wir aus den Fenstern und sahen, wie sich eine Welt von Möglichkeiten auftat: Das Regenwasser strömte in Rinnsalen über die Straße, die am Gemeindesaal vorbeiführte. Auf den Feldern hinterließen kräftige Bäche tiefe, dunkle Risse im Boden. Es war die Jahreszeit der überraschenden Veränderungen, und keiner von uns war davon ausgenommen. Joels, der sich den ganzen Winter mit der Arbeit an neuen Werbesongs herumgeschlagen hatte, erhielt endlich eine gute Nachricht: Eine neue Wodkabrennerei in Kaliningrad kaufte drei seiner Produktnamen und die entsprechenden Jingles. Den ersten Namen, Ewiges Feuer, fand ich ein bisschen trostlos. Der zweite, Halswürger, würde die Fans von Kampfsport ansprechen (so die Hoffnung der Abfüller) – eine wachsende Zielgruppe, versicherten sie Joels. Der letzte lautete Skak oder »im vollen Galopp« und war an Russen gerichtet, die sich für besonders wagemutig hielten. Faktisch handelte es sich um denselben Wodka, der von einem Hersteller in verschiedene Flaschen abgefüllt wurde. Das Honorar war noch nicht überwiesen worden, aber dafür hatte die Brennerei zwanzig Kisten Wodka geschickt. Der Auslieferungszeitpunkt war meiner Meinung nach vom lieben Gott persönlich ausgewählt. *Nein, nur ein glücklicher Zufall!*, beharrte Mutter später, als sie Vater davon erzählte: Zufällig hängte sie im Garten Wäsche auf, als der Fahrer des Lieferwagens hupte. Keine zwei Minuten später hatte sie die Kisten im Rübenkeller in Sicherheit gebracht, dem Ort, wo sie alles verstaute, von dem niemand etwas wissen sollte. Schließlich hatte sie als Vorsitzende des Abstinenzlervereins einen Ruf zu verlieren. Doch wenn man sie so reden hörte, merkte man, wie stolz sie auf Joels war.

Dr. Netsulis, der alles andere als ein Müßiggänger war, hatte den ganzen Winter über ebenfalls hart gearbeitet und verschiedene Währungen in verschiedenen Lösungen ausgekocht: Euro, lettische Lats, Rubel, Pfund und Dollar. Es stellte sich heraus, dass die schwedische Krone die stabilste Währung sowohl in festen als auch in flüssigen Milieus war. Seiner Meinung nach erklärte das die starke Sehnsucht so vieler junger Leute nach den skandinavischen Ländern. Wie zur Bestätigung dieser Erkenntnis kürzte Dr. Netsulis meine Arbeitsstunden, kaum dass ich all die verschmutzten Reagenzgläser gesäubert hatte (der amerikanische Dollar ist mit einer widerstandsfähigen Tinte bedruckt, die wie keine andere am Glas haften bleibt). »Die letzten Experimente waren ganz hervorragend, aber jetzt sind meine finanziellen Mittel erschöpft.« Bedauernd senkte er den Kopf, sodass die beiden Enden seines Schnurrbarts über den weißen Bart hingen. »Ich kann es mir nur noch einmal die Woche leisten, dich zu beschäftigen – um nach den Ställen zu sehen.«

Ich gestehe, in den ersten drei Jahren deines Lebens kam es mir vor, als schwämme ich in einem dichten, zähflüssigen Gewässer, als wären meine Gedanken und Wahrnehmungen benebelt. Das ist so, wenn eine Frau nicht genügend Schlaf bekommt. Du hast einmal gesagt, dass Geräusche nie verstummen, nie ganz verschwinden. Einmal erschaffen, breitet sich eine Klangwelle endlos aus. Ich glaube, das stimmt. Ich habe erlebt, dass Geräusche wiederkehren, dass sie durch einen Geruch, einen Riss in den Wolken oder einen Gedanken ins Gedächtnis zurückgerufen werden. Mutter sagte immer, unsere Worte seien wie Pfeile. Einmal abgeschossen, fliegen sie davon, und wir können sie nicht zurückrufen. Das ist wahr und auch nicht wahr, wenn man bedenkt, wie ein Wort, nur eins, immer am Rand der Erinnerung schwebt, an der Schwelle zwischen Wachsein und Schlaf. Welches Wort? *Arbeit.*

Frau Ilmyen legte in der Klinik ein gutes Wort für mich ein, und so putzte ich dreimal in der Woche das vordere Büro und das Sprechzimmer. Abends machte ich in der Schule sauber. Unterdessen passte Mutter auf dich auf.

Ich bot an, dich mitzunehmen, doch davon wollte Mutter nichts wissen. »Du und Joels müsst arbeiten; ich nicht. Dann kann ich mich wenigstens mit dem Jungen nützlich machen.«

Ich verstand die Ethik, nach der Mutter lebte: In der Arbeit verwirklichen wir uns; die Arbeit macht uns zu dem, was wir sind. Das wird der Grund sein, weshalb sie sich in jenen frühen Jahren so sehr um dich kümmerte, auf gewisse Weise viel mehr, als sie es bei Rudi und mir getan hatte. Obwohl du schon über zwölf Kilo wogst, trug sie dich auf dem Arm herum. Sie schützte dich vor jeglichem Windzug, ob tatsächlich oder eingebildet, indem sie dich in Decken und Schals wickelte. Und sie erzählte dir Dinge, die sie mir gegenüber nie erwähnt hatte: Roggen blüht zwei Wochen, reift zwei Wochen und trocknet zwei Wochen lang. Erst dann und nur dann ist es Zeit für die Ernte. Anschließend stecken die Schnitter und Erntehelfer immer ein kleines Brot unter die Garben, für die Felder. »Wie kommt es, dass du so viel über Roggen weißt?«, fragte ich sie. Der Hof deiner Urgroßmutter Velta war beschlagnahmt und kollektiviert worden, als Mutter noch ein kleines Mädchen war. Sie konnte nicht auf den Feldern aufgewachsen sein. Doch sie zuckte lediglich die Achseln und sang weiter.

Ich habe Mutter niemals so viel singen hören wie in der Zeit, als sie dich mit sich herumtrug.

Möge Gott uns satt machen!
Die Kraft eines Bären schenken,
Den Magen eines Zwerges,
Die Leichtigkeit eines Hüpfers!

Sei stark wie ein Bär, der Wunsch jeder Mutter. Werde satt mit dem wenigen, das den Magen eines Zwerges füllt, und wenn du dich auf die lange Reise machst, seien deine Schritte so leicht wie Hüpfer.

Ich entwirre ein Haar nach dem anderen. Ein Büschel von dünnem, strähnigem Haar auf meiner Schädeldecke, das ist alles, was wiedergekehrt ist, und mehr ist auch nicht zu erwarten. Nicht silbern, nicht weiß. Es hat dieselbe Farbe wie Frau Zetsches Silber, wenn es angelaufen war und geputzt werden musste. Ligita und Jutta waren da und haben sich zu mir gesetzt. Ligita hatte eine von Onkel Maris' alten Vitaldrink-Dosen aufgetrieben. Onkel Maris hatte recht, als er sagte, das Zeug schmecke nach Scheiße. Jutta kämmte mir die spröden Strähnen, die bei der geringsten Berührung abbrachen. Bei der Gelegenheit fragte sie, wie ich den Unterschied zwischen sterblich und unsterblich beschreiben würde. *Brüchig,* sagte ich, und wir lachten. Ich bin weder Theologin noch Philosophin, mein Glaube ist von durchlässiger Art: unverkrampft, aber stark. Ich weiß, woran ich glaube; meine Erfahrung legt Zeugnis davon ab. Da wir unsterblich seien, antwortete ich, wüssten wir, dass wir auf dieser Welt nur Durchreisende seien; sie sei nicht unser wahres Zuhause. Da wir sterblich seien, ertrügen wir es nicht zu gehen. Das macht Onkel Maris' gegenwärtige Situation noch verstörender. Menschliche Stärke, göttliche Laune, die Ungerechtigkeit der Kausalität. Er kocht vor Empörung und spuckt gleichzeitig in seiner steinernen Behausung ständig irgendwelche Psalmsprüche aus. Er langweilt sich. Tot seit fünfzehn Jahren und doch genauso gefangen wie immer. *Wäre dein Onkel Jude gewesen*, sagte Jutta, *hätte sein Aufenthalt in der Hölle nicht länger als zwölf Monate betragen. Das ist das Problem mit der christlichen Hölle, Raum und Zeit haben keine festen Grenzen*, sagte sie. *Und das Fegefeuer auch nicht*, setzte Ligita hinzu. *Deshalb können Christen jederzeit und überall schrecklich unglücklich sein.*

Jedenfalls habe ich über die frühen Jahre nachgedacht, als du sprechen lerntest. Heute wünschte ich, dass ich mehr von dem aufgeschrieben hätte, was du gesagt hast. Es würde dein *Buch der Wunder* füllen. Wir vermuteten, es lag an deinen Ohren, dass du so spät zu sprechen anfingst. Aber als es dann so weit war, um deinen fünften Geburtstag herum, hast du an Vaters Hosenbein gezupft und gesagt: *Nacht ist, wenn Gott seine Hand um die Sonne legt.*

Vater drehte sich verdutzt um. »Der Junge ist ja ein Dichter!«

Der Himmel, sagtest du, *ist nichts anderes als ein papierdünn ausgezogener Lampenschirm und Gott das Licht, das sich dahinter bewegt. Die Dunkelheit ist erloschenes Licht.*

Außer sich vor Freude schleppte dich Vater jeden Sonntag in die Kirche, denn er glaubte, dass du das Ohr eines Propheten besäßest. »Eines Tages könnte er predigen«, erklärte Vater auf eine Art, die nahelegte, dass er sich diesbezüglich sicher war. Und der Stolz in Vaters Gesicht war der, welcher einem Lieblingssohn vorbehalten ist.

Mittlerweile konnte ich dich nicht mehr auf dem Rücken tragen. Wenn ich Wäsche aufhängte, band ich dich an mich. Mit diesem Stoffband. Nicht mit einer Leine, sondern einem Stoffband. Damit wir uns recht verstehen.

Ich bin dankbar, dass dein Onkel Rudi und du euch immer nahestandet. Er brachte dir bei, wie man Aale fängt. Er brachte dir bei, wie man wittert, aus welcher Richtung der Wind weht, und seine Rute entsprechend ausrichtet. Er liebte dich wie seinen eigenen Sohn, und ich erzähle dir das, damit du nicht einen Augenblick denkst, meine Liebe zu ihm hätte je nachgelassen. In jenen Jahren deiner Kindheit war er eine rastlose Seele. Abends, wenn er im Rimi hätte arbeiten sollen, war er irgendwo anders. In der *kafejnica*, nehme ich an, wo der Wirt Rudi und seine Freunde anschreiben ließ, während sie ihre radikalen politischen Reden schwangen. Sie hatten eine Menge zu diskutieren – mindestens dreiundzwanzig politische Parteien hatten einen Kandidaten für das Präsidentenamt aufgestellt. Einer davon war eine Frau, was deine Großmutter unendlich glücklich machte. Doch Rudis Abwesenheit ließ Ligita nur noch mehr klagen. Beim Abendessen pflegte sie uns über seine Antriebslosigkeit auf dem Laufenden zu halten. Sein größtes Manko: Er hatte keinen Erfolg – und das war ein übermächtiges Wort in Lettland. Ihre beredte Enttäuschung senkte sich über den Tisch wie ein durchsichtiger Schleier: Wir erhaschten einen flüchtigen Blick auf eine künftige Witwe, die für noch größere Enttäuschungen ausersehen war.

Was keiner von uns anzusprechen wagte, war Rudis Trinkerei, die etwas Hartnäckiges, Zielstrebiges hatte. Er trank nie im Haus, aber im Garten, hinter dem Holzstapel fand ich Ewiges-Feuer-Halswürger-Skak-Flaschen. Das war eine weitere Enttäuschung für uns alle; er versuchte nicht einmal, seine Trunksucht auf kunstvolle oder überzeugende Weise zu verbergen. Eine Zeit lang schrieb ich die Veränderung in seinem Verhalten einer bestimmten Form von männlichem Kummer zu. Wer konnte es ihm verübeln, wenn er sich den ganzen Tag und die ganze Nacht herumtrieb, jähe Wutausbrüche bekam, lange Schweigeperioden hatte oder nach Schlamm und Wodka stank? Es war noch nicht so lange her, seit er diesen Sarg, der gerade mal so groß wie eine Keksschachtel war, unter die Erde gebracht hatte.

Nachts unterhielt ich mich leise mit Joels darüber. Konnte er vielleicht an die falschen Leute geraten sein? Wer waren diese Männer in der *kafejnica*, mit denen er über Politik redete? Wieso ging er an manchen Tagen in seinen besten Sonntagsschuhen in die Stadt und an anderen in Stiefeln? Oder war er vielleicht nur angeln?

»Er kann nicht so faul sein, wie Ligita ihm vorwirft«, sagte ich einmal spät in der Nacht. »Jeden Sonntagmorgen gibt er Mutter einen Fünf-Lats-Schein. Irgendetwas muss er tun.«

»Ja«, sagte Joels. »Davon können wir ausgehen.«

Möglich, dass wir mit der Zeit vergessen hätten, dass Rudi trank. Doch dann geschahen zwei Dinge: Einer von Herrn Zetsches Riviera-Läden, die Apotheke, brannte völlig aus, und Vater wurde sechzig. Stanka erzählte uns als Erste von dem Feuer und berichtete in allen Einzelheiten, wie viele Quadratmeter zu Asche geworden waren und wie hoch ihrer Meinung nach der Schaden war. Rudi, der an diesem Tag lediglich zu Hause aufgetaucht war, um sich umzuziehen und mit billigem Eau de Cologne einzusprühen, erzählte, Herr Vaido hätte einen neuen Zaubertrick vermasselt. Wir alle hatten Herrn Vaidos Blendwerk auf Kindergeburtstagen erlebt und wussten, dass er kein besonders guter Zauberer war. »Wie lange kaufen wir schon unser Aspirin bei ihm?« Mutter legte die Stirn in Falten. »Viel zu lange«, sagte Vater. »Wir können von Glück sagen, dass wir noch am Leben sind.«

Um die Verluste wettzumachen, kürzte Herr Zetsche Vaters Arbeitsstunden auf dem Friedhof von halben Stunden auf Viertelstunden und erhöhte die Miete für alle Pächter seiner Geschäfte an der Riviera: Hasty Pasty, LazyQuick, Rimi und die *kafejnica*. Die Pächter revanchierten sich freundlicherweise damit, dass sie aus ihren Vollzeitkräften Teilzeitkräfte machten und die bisherigen Teilzeitkräfte vor die Tür setzten. Auch uns war klar, dass wir trotz unserer vielen Teilzeitjobs neue Arbeit suchen mussten. Nur wo? Alle, die älter als fünfzehn oder jünger als vierzig waren und größere Ambitionen hatten, als nur zur Flasche zu greifen, zogen nach Riga oder nahmen eine Stelle im Ausland an, wenn sie konnten. Rudi sprach von Schweden. Vater versuchte, in Daugavpils Arbeit zu finden, doch vergeblich. Ligita unternahm einige Versuche, indem sie von unserem schwarzen Telefon an der Wand ihre Freundinnen anrief, um zu erfahren, ob eine von ihnen jemanden kannte, der Leute einstellte. Von ihren fünf Freundinnen in Daugavpils hatten drei bereits einsame Männer in Wales zum Heiraten gefunden, und die beiden anderen konkurrierten um eine ähnliche Stelle. In meiner Verzweiflung bahnte ich mir mit Eimer, Mopp und Terpentinflasche einen Weg durch das Brombeergestrüpp zu Frau Z. Auf dem Treppenabsatz blieb ich stehen und sammelte mich. Was für ein lächerliches Vorhaben: Eine junge Frau, die gefeuert worden war, weil sie die hochgeschätzten Hengste niedergewalzt hatte, tauchte hier auf, als wäre nichts geschehen. Eine Frau, die sich bewusst war, dass ihre potenziellen Arbeitgeber gerade erst ihren Bruder auf die Straße gesetzt hatten, bettelte um eine Stelle.

Als Frau Zetsche die Tür öffnete, schlug mir der Duft von Zedern und Kiefern entgegen.

»Wenn ich keine Arbeit finde, werde ich sterben«, sagte ich, wohl wissend, welche Dramatik die Verzweiflung meinen Worten verlieh.

»Es ist nur …« Frau Zetsche senkte die Stimme zu einem vertraulichen Flüstern. »Wir haben bereits eine Putzfrau.« Dann trat sie auf die Schwelle, zog jedoch die überdimensionale Haustür nicht schnell genug hinter sich zu. In der halbmondartigen Lücke zwischen dem Türpfosten und ihrer Schulter sah ich eine Bewegung: einen matten backsteinroten Streifen. Ligita.

Ich wechselte den Eimer von einer Hand in die andere.

»Aber wenn du das mit der Arbeit ernst meinst, wir könnten eine Hilfe für die Reinigung der Außenanlagen gebrauchen. Und um die gusseisernen Pferdchen müsste sich auch jemand kümmern. Aber so wie die Zeiten sind, kann ich dir nicht viel anbieten.« Frau Zetsche hatte die Handflächen nach oben gedreht, als trüge sie ein Tablett mit unsichtbaren Cocktails.

Ich warf einen Blick auf den Eimer in meiner Hand. Hatte sich Mutter unseretwegen auf niedrige Entlohnung eingelassen? Ja, ja, das hatte sie. Viel zu oft. Und sich kein einziges Mal beklagt. »Ich würde auch für weniger arbeiten, Frau Zetsche.«

Anders ging es einfach nicht. In zwei Tagen würde Vater sechzig werden. Während dieser beiden Tage war das Haus ein einziges Durcheinander: Mutter rannte vom Herd zum Spülbecken und wieder zum Herd, würzte ihre Soßen und schmeckte alles ab, hängte Wäsche auf und überwachte meine unbeholfenen Versuche, aus Bündeln von Weizenähren Girlanden zu flechten. Dann kam der große Abend, und wir versammelten uns zu einem Fest: deine Großmutter, Stanka, Dr. Netsulis, Fräulein Dzelz, Rudi, Ligita, Joels, du und ich. Mutter hatte einen speziellen Kuchen namens Tschernobyl gebacken, für den man nicht eine, sondern zwei Dosen gezuckerte Kondensmilch kochen und karamellisieren musste, und obendrein Walnüsse und mehrere Eier brauchte. Als sie den Kuchen erblickten, ein bebendes Ungetüm aus Zucker, sprangen Dr. Netsulis, Rudi und Joels auf. Der Tradition entsprechend, hoben sie Vater mitsamt seinem Stuhl sechzig Mal in die Luft, für jedes Lebensjahr ein Mal. Zum Glück war Vater nicht besonders groß, im Unterschied zu Joels, Rudi und Dr. Netsulis. Während die Männer sich erholten, versorgten Ligita und ich sie mit einer kleinen Stärkung: Birkensaft für den Doktor und Vater, Ewiges-Feuer-Halswürger-Skak für alle anderen.

Mutter klopfte mit der Gabel gegen das Glas. »Lasst uns anstoßen!«

In diesem Augenblick klingelte das Telefon. Wir alle starrten es an wie einen unerwünschten Gast.

»Wir tun einfach so, als wären wir nicht zu Hause«, bettelte Mutter, doch Vater war bereits quer durch die Küche gegangen und hatte den Hörer abgehoben.

»Ja«, sagte er nach einer Weile. »Ich verstehe.« Vater legte den Hörer auf die Gabel und sank auf seinen Stuhl. »Das war Herr Zetsche«, erklärte er. »Er bedankt sich für all meine Dienstjahre und hat entschieden, dass die Pflege des Friedhofs zu anstrengend für einen Mann in meinem Alter ist.«

Rudi sprang auf. »Dieser Mistkerl! Er hat uns beschissen – wieder einmal!«

»Nein, mein Sohn.« Vater schüttelte den Kopf und bedeutete Rudi, sich hinzusetzen.

»Lasst uns anstoßen!«, sagte Mutter erneut, dieses Mal leiser. Vater schüttelte nur den Kopf. »Wenn das Herz so voll ist mit Gutem und Schlechtem, mit Reichem und Armem, mit Himmel und Hölle wie das meine, was soll man dann sagen?« Vaters Blick schweifte zum Kuchen. Er holte tief Luft, hielt sie einen Moment an und blies. Die Kerze erlosch. Er verschränkte die Arme vor der Brust, und es war, als hätten sich alle seine Worte mit dem Ausatmen in Luft aufgelöst, alles, woran er möglicherweise gedacht oder was er hätte sagen wollen.

Du stecktest deinen Löffel in seine Schale und einen Finger in dein Ohr. »Ein See trocknet aus; die Krähen fallen ein«, sagtest du. Es war ein Spruch, den Mutter dir beigebracht hatte. Er bedeutet, wenn die Schale leer ist, klappert der Holzlöffel auf dem Grund. Ein Rätsel, das irgendwie einen Sinn ergab: Trotz seiner Leere war Vater voll. Oder vielleicht andersherum.

Im Haus herrschte Totenstille. Wochenlang sagte Vater kein Wort. Man hatte ihn von dem einzigen Ort verbannt, an dem er handfest Gutes zu tun geglaubt hatte. Niemand würde diese Grabsteine so lieben wie er. Niemand würde daran denken, die Fußspuren auf dem sandigen Kiesweg vor dem Friedhof wegzuharken. Niemand würde so gut wissen wie er, wie man Graffiti und andere Zeichen von Unzufriedenheit beseitigte. An all das dachte er, das wusste ich. Mutter und ich versuchten, ihm die glücklichen Momente in Erinnerung zu rufen. Ich erinnerte Vater an die schönen Gebote des Friedhofs, dass man den Gästen bei einer Totenwache Bier und Whisky ausschenkte und ihnen am Grab gesalzene, getrocknete Erbsen und Bohnen reichte. Die Erbsen symbolisierten die Tränen vor einer Bestattung. Das Bier war die Ermahnung, nach Freude zu streben. Mutter erinnerte Vater daran, welche Sorgfalt Oskars beim Bau der Särge hatte walten lassen, wie er einen dicken, großen Holzbalken aushöhlte. An den Deckel, für den er eine passende Planke zurechthobelte, um dem alten Brauch zu entsprechen: ein ewiger Sarg, ein vorläufiger Deckel.

Jeden Morgen las Mutter Vater aus ihrer Zeitung vor:

Eine Keramikfabrik in Latgale hatte dichtgemacht und eine weitere Zuckerfabrik ihre Tore geschlossen. Die Arbeitslosenrate schoss in ungeahnte Höhen. Rudi zog hieraus seine eigenen Schlussfolgerungen. Angesichts von Akademikern mit Abschluss, die in Scharen das Land verließen, erklärte er: »Keine Arbeit für echte Letten in diesem Land.« Die neuesten Entwicklungen in der Umgebung von Rezekne prangerte er als »schamlose Landaneignung durch Deutsche und Lefse fressende Norweger« an. Während er redete, bastelte er Schlingen aus den Papierservietten.

Und Vater sagte noch immer kein Wort.

Wir kamen zu dem Schluss, dass stetige Wiederholung sein Schweigen brechen würde. Wir erzählten Geschichten, und unsere Worte waren wie Garn, das sich zu einem Knäuel aufrollte: kein Anfang, kein Ende, nur das stetige Geräusch menschlicher Stimmen. Wir erzählten von Onkel Maris' Anregung, eine rein lettische Profifußballmannschaft aus nackten Frauen zu bilden. Es war ein Vorschlag, der ihn in gewissen Kreisen überaus populär gemacht hatte, in anderen weniger. Rudi erzählte, wie Onkel Maris einmal finnische Geologen in einen nahe gelegenen Wald gelockt hatte mit der Behauptung, dort seien unzählige Meteoriten gefunden worden. Sie kamen in Scharen, diese Finnen, und als sie merkten, dass man sie mit wertlosem Kimberlit übers Ohr gehauen hatte, verkaufte Onkel Maris ihnen Handys und bot ihnen Gratisunterricht im Rutengehen an.

Mutter erinnerte Vater daran, wie Onkel Maris einmal mit dem Fallschirm auf einer Wiese abgesprungen war und den Kühen einen solchen Schreck eingejagt hatte, dass sie keine Milch mehr gaben. Der Bauer präsentierte Onkel Maris eine Rechnung für all die Milch, die sie hätten liefern sollen, ein Stück Papier, das Onkel Maris in den Mund steckte und mit einem Glas Milch herunterspülte. Wir wollten Vater lachen hören. Und so redeten und redeten wir, während du da saßest und jedem Wort lauschtest. Du wandtest deine Ohren erst in die eine, dann in die andere Richtung, deine Ohrmuscheln suchten den Klang, und deine Augen blinzelten, als speichertest du still jedes Wort, das wir sagten.

Vater saß im Sessel und rauchte seine Pfeife. Während wir redeten, waberten blaugraue Rauchwolken um ihn herum. Ob unsere Worte sie durchdrangen, war schwer zu sagen, denn seine Augen starrten nur auf die Uhr auf dem Kamin, die vor sich hin tickte und jede volle Stunde schlug. Er hatte seine Zunge dazu verurteilt, in seinem Mund zu vertrocknen, und ich fragte mich, ob er noch hätte reden können, wenn er gewollt hätte.

Wenn ich ihn so sah, drehte sich mir der Magen um, in dichten, kalten Spiralen.

Das hatte Herr Zetsche Vater angetan. Hatte Frau Zetsche es kommen sehen? War das vielleicht der Grund, warum sie mich erneut angestellt hatte, als eine Art präventive Wiedergutmachung? Ich weiß es nicht. Und ich ließ nicht zu, dass ihre Nettigkeit meinen Hass auf Herrn Zetsche minderte. Es war das erste Mal, dass ich jemanden aus vollem Herzen hasste. Einige Jahre zuvor, nach der Schaukelzeremonie, hatte ich Herrn Zetsche neben der Eiche beobachtet. Als er die ausgefransten Seile seiner Schaukel betrachtete, hatte er mir leidgetan. Jetzt überwältigte mich eine animalische Traurigkeit, hatte ich doch die ganze Zeit insgeheim geglaubt, über Hass erhaben zu sein. Mir wurde klar, dass dem nicht so war. Ich war so unbedeutend und gewöhnlich wie jeder andere auch.

Drei Wochen lang hasste ich Herrn Zetsche. Irgendwann in dieser Zeit baute ich das Telefon ab. Wobei *abbauen* reichlich untertrieben ist. In Wahrheit riss ich es aus der Wand. Ich zertrümmerte es mit einem Hammer. Die Einzelteile warf ich in den Rübenkeller, auf dass sie dort verschimmeln mochten. Jeden Morgen ging ich zur Arbeit und konnte Frau Zetsches Pferde kaum ansehen, denn für mich symbolisierten sie albernen Überfluss und Eitelkeit. Herr Zetsche besaß zwei hervorragende, schöne Wagen. Vater hingegen nicht mal einen, und das, was einer guten, schnellen Maschine am nächsten gekommen war, der Bagger, war ihm jetzt auch genommen worden.

Nur Joels verstand. Er lebte in der Welt der Musik; wenn ein Instrument verstummte, fiel ihm seine Abwesenheit auf. Und wenn ein anderes Instrument schiefe oder falsche Töne hervorbrachte, merkte er auch das augenblicklich. Doch er war kein Schwarzseher. Er versuchte, die Lage – das heißt mich – zu analysieren, und eines Nachts, als wir im Bett lagen, schaute er mir in die Augen.

»Die Tiefe des Hasses in einem Menschen ist das Maß seiner Beschränktheit.«

Ich drehte Joels den Rücken zu.

»Du solltest diesen Mann nicht hassen, Inara.«

»Warum nicht?«, fragte ich wutentbrannt.

»Weil Hass Harmonie und Kontinuität zerstört. Er wird dich zerfressen, und nichts kann ihn läutern, nur ein noch größeres, alles vernichtendes Feuer.«

»Woher weißt du das?«

Joels strich sich über das Haar. »Weil ich auch schon mal gehasst habe.« Dann schloss er die Augen. Er glaubte an die stärkende Kraft des Schlafes. Der Schlaf, so hatte er mehr als einmal erklärt, erneuere alles: die Steine im Fluss, Ton und Schattierung der Farben, unsere Wörter. Sogar die Buchstaben der Heiligen Schrift würden einmal im Jahr durch den Schlaf erneuert.

Da legte ich wie früher mein Ohr auf seine haarige Brust. Ein stetiges Muster dumpfer Beats schlug einen gleichmäßigen Takt. Schlaf, so schien mir, ist die Zeit, in der jeder von uns leise Musik macht. Wie schön sein Herz war und die Musik, die es erschuf. Denke ich an diese Nacht, dann sehe ich den Augenblick, in dem sich in mir etwas veränderte. Ich war dankbar für Joels, für die Tatsache, dass es ihn gab. Dankbar, dass ich Dankbarkeit empfinden und spüren konnte, wie sie sich anfühlte.

Joels zog die Schulter unter mir weg und fing an zu schnarchen. Ja, ich war dankbar und von Ehrfurcht ergriffen, dass er unter den gegebenen Umständen mich auserwählt hatte. Jetzt wälzte er sich auf die Seite, und sein Atem pfiff durch die Nase. Ich spürte, wie sich etwas Festes und Fundamentales auf dem Grund meines Herzens veränderte. Ich würde diesen Mann lieben, dessen Liebe ich weder entsprechen noch sie verstehen konnte, einen Mann, dessen Liebe für mich besser war als meine für ihn. Und selbst wenn es mich umbrachte, würde ich seinen Ratschlag befolgen und nicht zulassen, dass die Loyalität gegenüber meinem Vater meinen dummen Hass nährte. Schließlich hatte Vater selbst kein einziges negatives Wort über Herrn Zetsche geäußert.

Am Morgen folgte ich Ligita zur Arbeit. Schweigend betraten wir das Haus durch den Lieferanteneingang. Obwohl wir beide seit Ostern für die Zetsches arbeiteten, seit drei Monaten also, redete sie noch immer nicht mit mir – weder über Rudi noch über ihre Arbeit für Frau Zetsche. Stattdessen hielt sie ihr Handy ans Ohr und tat so, als telefonierte sie. Zufälligerweise wusste ich, dass ihr Vertrag mit der Telefongesellschaft ausgelaufen war, doch mir war auch klar, wie wichtig es war, den Schein zu wahren, zumal wenn er das Einzige war, was man hatte.

Wir traten unsere Schuhe auf dem Rost ab und zogen sie aus. Von der langen Diele aus Eschenholz kam das Geräusch sehr kleiner Füße. Dann erschien Frau Zetsche.

»Inara.« Frau Zetsche rang die Hände. »Ligita.« Ich hatte sie noch nie so bekümmert gesehen. »Bitte.« Frau Zetsche deutete auf die Stühle am Tisch, den sie nur benutzte, wenn sie eine vornehme Gesellschaft erwartete.

Ligita und ich setzten uns nebeneinander auf die gepolsterten Stühle mit den geraden Lehnen und den Klauenfüßen, während Frau Zetsche auf der anderen Seite des langen, blitzblank polierten Tisches Platz nahm. Sie nagte an ihrer Unterlippe, zupfte an einer Haarlocke. Sie legte die Hände auf den Tisch, spreizte die Finger und betrachtete sie einen Augenblick versonnen.

»Kinder, das ist so schrecklich schwierig, weil ihr wisst, was ich für euch zwei empfinde.«

Ich sah Ligita an. Sie sah mich an, unter ihren bösen kastanienbraunen Stirnfransen. Frau Zetsches Gefühle für uns waren praktischer Natur: Sie mochte uns, solange es keine offensichtlichen Flecken oder sonstigen Makel in ihrem Miniherrenhaus oder dessen Umgebung gab.

»Ich habe das Silber und die versilberten Servierteller gezählt. Ihr wisst doch, welche ich meine, oder?«

Wir nickten.

»Nun, es fehlen drei. Und ich hätte es nicht erwähnt, wenn nicht bereits letzten Monat vier gefehlt hätten. Ich bezichtige niemanden, versteht ihr, es ist lediglich eine Feststellung.« Frau Zetsche musterte mich aufmerksam.

»Verstehe«, sagte ich.

»Ihr beide seid die einzigen Angestellten, die einen Schlüssel für den Lieferanteneingang haben.«

»Wir würden Sie niemals bestehlen, Frau Zetsche«, sagte schließlich Ligita mit erbärmlich dünner Stimme, und trotzdem schwang unüberhörbar Trotz darin mit. Ligita würde dieses Treffen in der Gewissheit verlassen, dass sie, und nicht etwa Frau Zetsche, durch den Diebstahl geschädigt worden war.

Frau Zetsches Kinn zitterte. Sie zupfte an ihrem Ärmel, dann flatterte ein Taschentuch zu ihren Augen. Sie weinte. »Ich weiß, dass ihr es nicht wart, weder du, Inara, noch du, Ligita. Aber es ist so beunruhigend. Weil, in letzter Zeit ist uns so vieles widerfahren.«

Ihre Hand schob ein gelbes Blatt Papier über die polierte Tischplatte. Ich erkannte das Flugblatt wieder – PATRIOTISCHE LETTEN FÜR EIN LETTISCHES LETTLAND. »Irgendwer schiebt ständig diese Flugblätter unter unserer Tür durch.«

Ich stand auf und nahm das Blatt an mich. »Das tut mir sehr leid, Frau Zetsche. Es ist Unsinn, beachten Sie es einfach nicht.«

»Nur ein paar dumme Jungs, die sich aufspielen«, fügte Ligita hinzu.

Auf dem Heimweg stieß mich die altbekannte Bürde vorwärts. Ich blickte auf das Blatt und schämte mich. Was wusste ich schon von Frau Zetsches Problemen? Wir wussten nicht, wo sie gelebt hatten, ehe sie gekommen waren, oder unter welchen Umständen sie fortgegangen waren. Und ich hatte auch keine Ahnung, wie schwer es war, fremd zu sein oder zumindest ein Neuankömmling. Ich dachte daran, wie Frau Zetsche sich mit einem parfümierten Taschentuch die Augen abgetupft hatte. Welchen Grund hatte ich, sie so zu hassen? Es war nicht ihre Schuld, wer sie war oder wo sie war. Es war nicht ihre Schuld, dass sie reich war, während andere nichts hatten.

Ligita und ich fanden Rudi neben dem Holzstapel. Eine Flasche Ewiges-Feuer-Halswürger-Skak klemmte zwischen ein paar dicken Harthölzern. Ich zeigte ihm das gelbe Blatt.

»Sag mir, dass du nichts damit zu tun hast«, bat ich.

»Die meisten Männer sind Feiglinge oder Sklaven«, entgegnete Rudi.

»Und zu welchen gehörst du?«

Mutter, die praktischerweise gerade Wäsche aufhängte, tauchte hinter einem Vorhang aus nassen Laken auf. Sie hielt dich an einer Hand; mit der anderen presste sie den Wäschekorb an ihre Hüfte. Rudi bemerkte sie nicht. Der Alkohol hatte ihn überschwänglich, geschwätzig und laut gemacht.

Rudi zuckte die Achseln. »Wir gehen zurück auf unser Land. Wir holen uns wieder, was uns gehört.« Da ließ Mutter ihren Korb fallen, und Rudi fuhr zusammen. Sie musterte Rudi, als sei er etwas Fremdes, Gefährliches. Sie kam einen Schritt näher und beugte sich zu Rudi hinüber.

»Ich verbiete dir, so zu sprechen.«

Rudis Gesicht machte eine seltsame Verwandlung durch. »Er hat uns unseren angestammten Familienbesitz weggenommen.«

»Nein«, entgegnete Mutter. »Den haben wir an ihn verkauft.«

Rudis Gesicht war wie eine Schale mit Wasser, das sie mit ihren Händen aufstörte. Während seine Miene zuvor gleichgültig, ja arrogant, gewesen war, hoben sich nun die Brauen, und seine Augen weiteten sich in echter Verwunderung. Ein ganzer Reigen von Gefühlen huschte über sein Gesicht: Besorgnis, Belustigung, Verärgerung. Schließlich beruhigte er sich wieder, und ein beschwichtigendes Lächeln glättete seine Züge.

»Ihr habt euch einschüchtern und manipulieren lassen.

Wenn wir geschickt taktieren, bekommen wir das Gutshaus zurück.«

Mutter runzelte die Stirn. »Die meisten Menschen werden mit dem Alter klüger. Aber du, mein Sohn, machst mir Sorgen.«

Rudis Stimme verhärtete sich. »Denk mal darüber nach. Wann hat Lettland jemals den Letten gehört? Wir sind ein kluges und tüchtiges Volk. Wir haben Ideen, Energie und Ressourcen. Wir müssen nur zusammenhalten und für ein gemeinsames Ziel kämpfen.«

»Und was wäre dieses Ziel?«

»Die Umverteilung von Reichtum zugunsten derjenigen, die ihn am meisten brauchen.« Rudi grinste. »Stell dir eine kleine Bande von modernen Robin Hoods vor.« Rudi zog einen Fünf-Lat-Schein aus der Tasche und legte ihn auf die restliche Wäsche im Korb.

Mutter warf einen Blick auf den Schein. »Du bist nicht der Sohn, den ich aufgezogen habe.«

»Ich bin genau der Sohn, den du aufgezogen hast. Hast du nicht selbst immer gesagt, dass die falschen Leute vom Fleiß der Letten profitieren? Ich begleiche lediglich eine alte Rechnung.«

Mutters Gesicht wurde aschfahl. »Mach, dass du wegkommst.« Ihre Stimme zitterte.

Ganze fünf Sekunden lang stand Rudi stocksteif da. Und dann, als hätte ihn ein Stromschlag getroffen, machte er einen Satz nach hinten und lief die Straße hinunter. Wir hörten nicht einmal das Knirschen seiner Stiefel auf dem Kies.

10

Was wäre, wenn die Welt aus Geschichten bestünde? Wenn der Boden unter unseren Füßen ein Fundament aus Wörtern wäre? Der Himmel eine Trennwand aus Klang und Gesumm und Hymnen uns in einer unsichtbaren Umarmung hielten? Wie finde ich das – wäre es ein Gedicht für die Zeitung?

Ich weiß nicht, ob deine Großmutter jemals Hassbriefe erhielt. Bestimmt gab es hitzige Auseinandersetzungen, vor allem, wenn es um Politik oder Rezepte mit Karotten ging. Sie mochte sie nicht besonders, wie du dich erinnern wirst. Vielleicht aber auch nicht. Meistens hatte sie in ihrer Kolumne »Freundliche Ratschläge« das letzte Wort. *Wenn Sie nichts Nettes zu sagen haben, halten Sie lieber den Mund!* Ob man ihre Zeitung schätzte? Wahrscheinlich nicht. Perlen vor die Säue, meinte Vater. Trotzdem glaube ich, dass sie entzückt wäre, wenn sie sehen könnte, wie du ihre alte Kolumne wieder zum Leben erweckst und etwas Neues schreibst: »Pannen mit Kamelen in Kirgisistan!«

Und dann die alten Fotos. Dasjenige, das du mir heute Morgen gezeigt hast, war ihr absolutes Lieblingsfoto. Der legendäre Baltische Weg. Sie hatte einen Artikel darüber verfasst, wie es war, auf der Landstraße nahe Riga in einer langen Kette von Menschen zu stehen, die sich an den Händen hielten. Da, wo die Lücke zwischen ihnen zu groß war, behalfen sie sich mit Stoffbändern. So wurde die Kette nicht unterbrochen. Mutter schrieb über den Tag, an dem Frau Ilmyen und sie zuerst mit dem Bus nach Balvi gefahren waren, dann in einen nach Riga umstiegen und von dort zu einem Nest südlich von Riga gefahren waren. Sie beschrieb, wie es sich angefühlt hatte, Menschen an den Händen zu halten, die sie noch nie zuvor gesehen hatte: einen Lastwagenfahrer aus Daugavpils an einer Seite und eine Altgläubige mit langem Rock und einem eng anliegenden Kopftuch auf der anderen. Frau Arijisnikow stand ein paar Schritte weiter weg, ebenfalls Hand in Hand mit wildfremden Menschen. Entlang der gesamten Strecke hatten sich mehr als eine Million singender Menschen versammelt. Auf diese Art protestiere man im Baltikum, hatte mir deine Großmutter erklärt. Wir werfen keine Ziegelsteine. Wir feuern keine Granaten ab. Wir versammeln uns und bilden mit unseren Händen, unseren Worten und unseren Liedern eine Kette. Unseren Unterdrückern sagen wir: Ihr könnt uns nicht auseinanderreißen. Wir kommen zusammen und singen.

Du hast die Geschichte vom jungen Samuel immer gemocht. Niemand sonst in der Bibel hatte Ohren wie er. *Rede, denn dein Diener hört.* Er war dem Propheten Eli anvertraut worden, damit er dem älteren Mann diente und von ihm in den Dienst im Tempel eingewiesen wurde. Hatte Eli denn keine Söhne, keine anderen Schützlinge? Natürlich hatte er welche. Aber sie waren faul wie Kastanien im Gras.

Eli war ein alter Mann, der ein Gutteil seiner Zeit damit verbrachte, mit geschlossenen Augen auf Gott zu horchen. Das tat er auch, als Gott den jungen Samuel rief. *Samuel, Samuel!* Und der Junge, in der Annahme, Eli habe ihn gerufen, rennt in das Zimmer des alten Mannes und sagt: *Hier bin ich, du hast mich gerufen.*

Geh, leg dich schlafen, sagt Eli. *Ich habe dich nicht gerufen.*

Dann geschieht es erneut. *Samuel!* Und der Junge läuft zu Eli. *Geh,* sagt Eli. *Ich habe dich nicht gerufen,* und selbst in der spartanischen King-James-Bibel kann man den Zorn in der Stimme des greisen Propheten hören. Vielleicht dachte er, der Junge wolle ihm einen Streich spielen, dem alten Mann eine seiner wenigen Freuden im Leben nehmen. Als Samuel seinen Meister zum dritten Mal weckt, begreift Eli schließlich. Wenn der Knabe in seinen jungen Jahren so klar und deutlich hören konnte, brauchte er keinen Mentor mehr. Ich habe darüber nachgedacht, wie die Jungen die Alten übertreffen und überflügeln. Wenn die Alten sie gut betreut haben, ist es natürlich und richtig, dass es so kommt. Ich bin keine Prophetin, keine Heilige. Ich habe Fehler gemacht. Aber ich singe die alten Lieder, erzähle Geschichten. Ich webe einen Umhang aus kleinen und großen Knoten. Ich halte das Stoffband.

Du stehst im Zentrum des Liedes und hörst das, was ich nicht hören kann. »Ich habe Fehler gemacht«, hat Onkel Maris zu dir gesagt. Der Teufel musste nur pfeifen, schon sprang er. Und jetzt fühlt er sich ein bisschen schuldig. Unbehaglich. Wie ein Fuß auf der Suche nach einem Schuh. Oder eine Tasse ohne Wasser. Onkel Maris ist so durstig, dass er Nägel ausspucken könnte. Zumindest hat er dir das gesagt. An dieser Unrast, sagst du, seien wir schuld: Vaters Trauer, Mutters Ärger, mein Zorn, Rudis Verehrung, all das hielte Onkel Maris, nicht gerade angenehm, im Schlamm fest. *Hingeschüttet wie Wasser bin ich, gelöst haben sich all meine Glieder; mein Herz ist geworden wie Wachs … Ich kann all meine Knochen zählen.* Das, sagst du, sei seine ständige Klage.

»Das ist aus Psalm 22«, sagte ich mit klopfendem Herzen.

»Onkel Maris liest die Bibel.« Endlich. »Ja«, erwidertest du. »Und sie bohrt Löcher in seine Hüftknochen.« Die Tinte brannte sich in seine Haut, ätzte unleserliche Zeichen in die Tafel seines Herzens. Ja, ich habe Fehler gemacht. Jetzt wird mir klar, dass ich seine Heimsuchung bin, dabei glaubte ich die ganze Zeit, es wäre umgekehrt.

Nach seiner Entlassung ging dein Großvater gern abends im Dunkeln mit dir auf dem Friedhof spazieren. So viele Jahre seines Lebens hatte er hier verbracht, sich um jedes Grab, jeden Grabstein und jede Ikone gekümmert. Er konnte sie einfach nicht dem neuen Bestatter überlassen, einem Slowenen, der klug genug war, sich in der Stadt rarzumachen. In der Dämmerung seid ihr losgezogen, über das hintere Tor geklettert und dann, so stellte ich mir vor, lautlos durch das hohe Gras geschlichen. Ich fragte mich, ob diese langen Spaziergänge durch die stille Welt der Toten nicht seine Art waren, die Nähte zwischen dem Leben, das er für sich gewählt hatte, und dem, welches ihm gegeben worden war, zu festigen. Versetzten ihn Geruch und Geräusche des Roten Klees, der Wicken und Bienen in irgendeine frühe Erinnerung zurück, in eine Zeit vor den Wörtern? Ich fragte mich, ob das der Grund war, weshalb er nie gesprochen hatte, wenn er auf dem Friedhof arbeitete, lange bevor er das Sprechen eingestellt hatte. Wenn er die Gräber von Menschen pflegte, deren Familien weggezogen waren und vermutlich niemals zurückkehren würden, dachte er da womöglich an seine Eltern, die er als junger Mann eigenhändig im sibirischen Morast begraben hatte? War das der Grund, weshalb er sich immer um den Friedhof gekümmert hatte, mit einer Zärtlichkeit, die jeglicher Vernunft trotzte (ja, *Zärtlichkeit* ist das einzige Wort, das mir einfällt, wenn ich das Bild heraufbeschwöre, wie Vater vor den Grabsteinen kniete, ihre

Farbe erneuerte oder sie mit einer kleinen Bürste von Staub und Schlamm säuberte).

Was immer der Grund gewesen sein mochte, es war gut, dass dein Großvater das tat. In den vorangegangenen Monaten hatte es so stark geregnet, dass das Wasser nicht mehr versickerte. Manche Grabsteine waren umgekippt. Herrn Zetsches neuer Angestellter harkte fleißig das Laub zusammen und schichtete es zu Haufen, doch es war Vater, der das Moos von den Grabsteinen kratzte, Vater, der mitten in der Nacht Reparaturen ausführte, Vater, der die Schmiererei entfernte, mit der jemand den Grabstein eines entfernten Verwandten von Herrn Zetsche verunstaltet hatte. So sieht Liebe aus: sich um andere zu kümmern, auch wenn es gar nicht erwünscht ist.

Mittlerweile warst du zehn und hättest im vierten Schuljahr sein sollen. Dein Wachstum hatte mit dem deiner Ohren nicht Schritt gehalten, und du hattest dich damit abgefunden, dass es nie dazu kommen würde. Doch die Pilotenmütze mit den Ohrenklappen wolltest du nicht tragen. Sie mache die Welt blass wie Bleiche, sagtest du, fad wie ein Busfenster. Stattdessen hast du dir das Haar lang wachsen lassen und eine Wollmütze aufgesetzt. Du hast fast so ausgesehen wie die anderen Jungs. Aber du hast dich nie wie andere Menschen bewegt. Nicht dass es dir an Koordination oder Anmut gefehlt hätte. Doch während manche Menschen – deine Tante Ligita zum Beispiel – so gehen, dass ihre Hüften den Körper vorwärts schieben, oder andere – deine Großmutter zum Beispiel, die die Temperaturveränderungen ihres Backofens erschnüffelt –, sich bewegen, als folgten sie nur ihrer Nase, hast du dich stets nach deinen Ohren gerichtet. Als wären Geräusche etwas Lebendiges, das dich durch das rechte Ohr in die eine Richtung und dann durch das linke in die andere Richtung lenkte. Du konntest das Gezerre der Töne nicht ignorieren, selbst wenn du es wolltest.

Manchmal, wenn du nach solchen spätabendlichen Spaziergängen auf dem Friedhof nach Hause zurückkamst, war dein Haar auf einer Seite feucht, weil du das Ohr an die Grabsteine gehalten hattest. »Ich glaube nicht, dass Frau Ecis tatsächlich an einer Magenverstimmung gestorben ist«, hast du dann vielleicht gesagt, oder: »Das Gras um Herrn Berzins' Grab ist so braun, weil er sich darüber ärgert, dass seine Tochter ihn nicht öfter besucht.« Obwohl Vater noch immer nicht sprach, wechselte er einen vielsagenden Blick mit Mutter, ebenso Joels und ich. Später, vor dem Einschlafen, wenn du vermutlich dem Kratzen der Sterne lauschtest, die ihre fernen Muster in die Dunkelheit ritzten, kritzelten wir unsere Diagnosen zur Sicherheit auf Zettel, statt uns mündlich auszutauschen: *Er hat nicht so ein scharfes Gehör. Das ist die lebhafte Fantasie eines Zehnjährigen, dessen Einbildungskraft mithilfe von Übertreibungen ihre Grenzen austestet.* Mit meinem leichtfertigen Urteil habe ich versagt. Warum war ich nicht imstande, dir Fähigkeiten zuzugestehen, die meine eigene Vorstellungskraft übertrafen?

Wie sehr habe ich mir damals gewünscht, den Lärm um dich herum dämpfen zu können. Wir bestimmen den Ton, den wir anschlagen, in unseren Leben, in unseren Liebesbeziehungen. Und da die Worte, die folgen, eine natürliche Weiterentwicklung dieses ersten schicksalhaften Tons sind, wollte ich, dass meine Worte sanft sind. Eine seltsame Unruhe hatte sich unserer kleinen Stadt bemächtigt. Nicht einmal Stankas Hund war dagegen immun: Jeden Tag schnappte er auf dem Weg zum Fluss oder zurück nach Herrn Arijisnikows Fersen. Manchmal beklagte sich Herr A., doch Stanka zuckte lediglich die Achseln. »Ach, damit will er Ihnen nur seine Zuneigung zeigen. Wenn er wirklich etwas gegen Sie hätte, würden Sie jetzt bluten.«

Einen Teil der Verzweiflung konnten wir den beiden Zuckerraffinerien und der Textilfabrik in Rezekne zuschreiben, die stillgelegt worden waren. Es gab sogar Gerüchte, denen zufolge die *kafejnica*, wo einige von Rudis Freunden saßen und Tee und anderes tranken, ihre Öffnungszeiten verkürzen könnte. Dieses Gerücht schürte noch mehr Unmut und Spekulationen – die Läden an der Riviera würden bald pleite sein. Ich schob es auf die Kälte und den endlosen Regen. Die älteren Häuser der Rentner wurden vom Winter hart in Mitleidenschaft gezogen. Zwei betagte Frauen, die die Heizkosten nicht hatten bezahlen können, waren erfroren. Stanka hatte alte Ausgaben von Mutters Abstinenzlerzeitung dazu verwendet, die Ritzen zwischen Dach und Seitenwänden zuzustopfen. Andere, die keinen Strom mehr hatten, griffen auf ihre verrosteten Karbidlampen zurück. Doch wenn ich an der *kafejnica* vorbeikam, hörte ich, dass die Schuld an anderer Stelle gesucht wurde: bei korrupten Regierungsbeamten und Behördenmitarbeitern, im allzu laschen Führungsstil allgemein, bei Ausländern, die mit Blick auf unsere Mitgliedschaft in der EU nun beliebig nach Lettland einreisen und in manchen Fällen sogar Grundstücke kaufen durften. Wenn man die Leute so reden hörte, waren ausländische Investoren entweder skrupellose Spekulanten oder wirtschaftliche Heilsbringer.

Ich wusste nicht, was ich glauben sollte. Ich wusste nur, dass wir trotz all der Schufterei – trotz unserer pieksauberen Schule, unseres genialen Dr. Netsulis, unseres Rübenkellers voller Skak und unserer Abstinenzlerzeitung – noch immer nach einer Möglichkeit suchten, unseren eingelegten Aal und die Kartoffeln so zu strecken, dass wir durch den Winter kamen. Das Einkommen der meisten Leute, mit

Ausnahme von Herrn Ilmyen, der wichtige Behördendokumente übersetzte, war inzwischen geschrumpft statt gewachsen. In den Regalen von Herrn Zetsches Läden gab es immer weniger Waren, dafür kletterten die Preise stetig in die Höhe. Erst letzte Woche hatte er einen weiteren Angestellten entlassen, einen Mann, der mit Rudi zur Schule gegangen war. Mutter hämmerte auf die Tasten, und die Typen schlugen mit einer derartigen Wucht gegen das Farbband, dass die ganze Schreibmaschine wackelte.

Ärger mit der Steuer? Bezahlen Sie einfach nicht. Jeder macht das so.

Deprimiert? Willkommen im Klub! Dem letzten Weltgesundheitsbericht zufolge hat Lettland die dritthöchste Selbstmordrate weltweit.

Umtost von diesem Lärm, der laut und schrill oder auch als Seufzer daherkam, als wäre es zu anstrengend, unsere Probleme tatsächlich in Worte zu fassen, sehnte ich mich nach Ruhe.

Die Plakate der politischen Kandidaten, denen man mit einem Schlüssel oder einer Münze den Mund weggekratzt oder in einem Fall Reißzwecken in die Augen gebohrt hatte: Das war Karikatur, kleinkarierter Vandalismus, nichts, womit sich ein Zehnjähriger beschäftigen sollte. Ich riss die Plakate ab. Die mit Kreide auf den Spielplatz geschmierten Hassparolen überschüttete ich mit Spülwasser. Liebe, vermute ich – das war Liebe und also das, was eine gute Mutter eben tut. Sie fängt ab, was aus dem Gleichgewicht ist, so wie sie die harte Kruste von einem alten Stück Brot abschneidet und ihren Kindern lediglich das gibt, was sie ihrer Ansicht nach kauen können. So wollte ich die Dissonanz einer rasch zerfallenden Welt in kleinere Töne aufbrechen, in Worte und Nichtworte. Sie würden sich zu einem leisen Summen reduzieren, das wir vielleicht ignorieren könnten.

Eine Beschäftigung bot dir Trost: Schach. Um die vergiftete Atmosphäre in der Stadt zu bekämpfen, hielt Mutter einmal pro Woche ein Abstinenzlertreffen ab. Die Gründungsmitglieder Stanka und Frau Ilmyen nahmen pflichtbewusst daran teil, ebenso Fräulein Dzelz und Jutta. Jutta brachte immer den kleinen Semjon mit, der gar nicht mehr so klein war, und ich dich. Schnell hattet ihr eine dieser mühelosen Freundschaften von Kindern geschlossen, die in dem jeweils anderen einen Leidensgenossen sehen. Ihr wart beide eher still und hattet daher nicht viele Freunde. Doch jeden Dienstagabend, wenn ihr euch traft, hörte die Welt um euch herum auf zu existieren. Sobald das Schachbrett vor euch stand und die Figuren in Reih und Glied aufgestellt waren, habt ihr euch einer lautlosen, intensiven Kriegsführung gewidmet. Manchmal habt ihr die weißen Figuren als Letten bezeichnet und die schwarzen als Sowjets. Manchmal waren die weißen Figuren Deutsche und die schwarzen Sowjets. Dann gab es Zeiten, in denen die weißen Figuren alle Außenseiter der Welt verkörperten und die schwarzen eure Klassenkameraden, die euch so erbarmungslos gehänselt hatten.

Es war bei einem dieser Abstinenzlertreffen, die zugegebenermaßen zu Lästerabenden verkommen waren, als Fräulein Dzelz so etwas wie eine Erleuchtung hatte. Wir machten gerade unseren Herzen Luft. Frau Ilmyen gefiel das Äußere der jungen Männer nicht, die sich in der *kafejnica* herumtrieben. Sie hielt ihre ständigen Besäufnisse für Verzweiflung, als wollten sie sich für die verlorene Zeit entschädigen. Mutter pflichtete ihr bei: Der Alkoholkonsum in unserer Stadt sei enorm gestiegen, während es mit der gemeinnützigen Arbeit bergab gehe. Mit anderen Worten, die Beiträge für ihre Abstinenzlerzeitung waren zurückgegangen. Stanka hatte schlechte Laune, weil Frau Lim ihr zuvorgekommen war und eine ergiebige Morchelstelle leer gepflückt hatte.

Fräulein Dzelz kramte ein Geschichtsbuch aus ihrer kunstledernen lila Krokohandtasche. Das Geschichtsbuch. Das einzige Geschichtsbuch, das man je in der Grundschule Nummer zwei gesehen oder benutzt hatte. Ja, dasselbe Geschichtsbuch, das dein Onkel und ich vor vielen Jahren aus dem Fenster geworfen hatten. Offensichtlich verfolgte uns dieses Buch. Doch niemanden verfolgte es mehr als Fräulein Dzelz, die es tatsächlich gelesen hatte. Wut und Qualen hatte es in ihr ausgelöst! Sie schwankte auf dem Stuhl hin und her wie ein menschliches Kummerpendel. »Dieses Buch«, erklärte sie mit zittriger Stimme, »… dieses Buch enthält ein derartiges Ausmaß an Falschinformationen, dass ich für unsere Kinder das Schlimmste, jawohl, das Schlimmste, befürchten muss. Unsere Geschichte und unsere Bräuche geben uns Halt, und ich fürchte, dass wir größte Gefahr laufen, diesen Halt zu verlieren.«

Manche Menschen glauben, das kulturelle Gedächtnis zu bewahren sei eine moralische Verpflichtung. Doch eine Erinnerung festzuhalten, sei sie kollektiver oder sonstiger Art, bedeutet, barfuß durchs Feuer zu laufen. Vielleicht zuckte Stanka deshalb zusammen. »Wenn man sich über Geschichte unterhalten will, gibt es immer ein Problem: Alles ist verworren. Die Fakten stehen an einem Flussufer und die Erinnerung an dem anderen. Die Geschichte ist der Schlamm dazwischen.«

Mutter reichte Tassen mit schwarzem Tee herum. In ihrem Gesicht, das normalerweise feste Entschlossenheit ausstrahlte, wenn es darum ging, ein anstehendes Problem zu lösen, spiegelte sich Unsicherheit wider.

»Es ist noch viel schlimmer«, sagte Frau Ilmyen. »Über Geschichte zu sprechen ist so, als müsste man auf jeden Zahn klopfen, ehe man denjenigen findet, der schmerzt. Und gerade wenn man meint, den Übeltäter ruhiggestellt zu haben, meldet er sich erneut, schmerzt und zwickt. Wir alle wissen ja, wie so etwas die Menschen zu verschiedenen Zeiten quälen kann.«

Ligita zog eine Grimasse und verdrehte die Augen. Sie machte sich die meisten Sorgen um die Zukunft. Insbesondere beschäftigte sie der Wettlauf auf Stöckelschuhen. Er wurde für junge Frauen veranstaltet, deren Herzen für Kosmetika schlugen. Die Gewinnerin des Sprints würde mit dem Titel »Bernsteinmädchen des Jahres« geehrt und eine Lastwagenladung Kosmetika plus Fotoshooting in Russland gewinnen. Vielleicht sogar in Bulgarien. Es war kein Geheimnis für die Anwesenden, dass Ligita spätnachts schwankend über die kaputten Bürgersteige trabte, um ihre Knöchel zu kräftigen.

Fräulein Dzelz ließ sich nicht beirren. »Natürlich haben Sie recht. Keine Frage. Da sich aber jeder bemüßigt fühlt, unsere Geschichte für uns zu schreiben, sollten wir ein Wörtchen mitzureden haben, und sei es nur, um das Gespräch der Wahrheit anzunähern, und wenn nicht das, so doch wenigstens, um gewisse Tatsachen richtigzustellen.« Fräulein Dzelz hob das orangefarbene Buch an, das auf ihrem Schoß gelegen hatte. »Zum Beispiel steht in diesem Geschichtsbuch kein Wort über Lettland, über unsere vielfältige Kultur, unsere zahlreichen Beiträge zur Wissenschaft, unseren scharfen Intellekt, unsere Musik und unsere Tänze. Über unsere Dainas. Nichts!« Fräulein Dzelz schrie jetzt fast.

Ich verstand ihren Ärger. In der plumpen, selbstherrlichen Rhetorik der Sowjetära geschrieben, konzentrierte sich der Text auf militärische Leistungen und wirtschaftliche Errungenschaften. Über Lettland hatte das Buch wenig zu sagen, abgesehen davon, dass es bei Fernsehproduktionen führend und Riga ein wichtiger Handelshafen sei. Über den versuchten Völkermord an der lettischen Bevölkerung und die Deportationen – fünfzehntausend im Jahr 1941, sechzigtausend im Jahr 1945 und noch einmal dreiunddreißigtausend im Jahr 1949 – war nichts zu finden. Auch die Baptisten, die von den Sowjets erschossen worden waren, oder die unzähligen von den Kirchen gerissenen und in Tümpel und Sümpfe geworfenen Kreuze wurden nicht erwähnt. Wenn solche Ereignisse überhaupt auftauchten, dann wurden sie indirekt als »ethnische Säuberungen« oder »Ausgrenzung staatsfeindlicher Elemente« bezeichnet.

Fräulein Dzelz' Stimme senkte sich zu einem Flüstern. »Kein Wort über 1940.«

»Was war denn 1940?«, meldete sich Ligita zu Wort.

Mutter spannte den Kiefer an und knirschte mit den Zähnen.

Fräulein Dzelz fuhr mit dem Finger über eine aufgeschlagene Seite und begann vorzulesen. »Im Sommer 1940 wurde Lettland in die UdSSR aufgenommen. Die Sowjetunion war keine Demokratie, aber ein Beispiel für eine gute und gerechte Gesellschaft und ein Vorbild für Millionen von Menschen in der ganzen Welt.«

»Aufgenommen?« Stankas Blick schweifte von Fräulein Dzelz über Frau Ilmyen zu Mutter. »Wurden wir denn jemals gefragt, ob wir das wollten?«

Diese Frage traf ins Schwarze. Wir stimmten ab und waren einer Meinung. Unsere Kinder sollten mit ihren Worten eine bessere und wahrheitsgetreuere Version unserer Geschichte erschaffen; wir würden einen Geschichtsabend abhalten.

Tut mir leid, dass ich dir bei der Kolumne »Freundliche Ratschläge« keine Hilfe sein kann. Wie man ein Hühnchen so streckt, dass es für einen ganzen Winter reicht – das kann ich dir sagen. Witze über Esten, egal ob schmutzig oder sauber, kenne ich im Überfluss. Und du hast recht: Lästige Körperbehaarung mit Schmirgelpapier oder Ähnlichem zu entfernen ist keine gute Idee.

Ich kann dir aber etwas erzählen, was sich in deiner Kindheit zugetragen hat. Du hast Joels und mir erklärt, dass du eine Mine anlegen wolltest. Deine Großmutter fragte: »Was willst du schürfen? Silber oder Gold?« Du hast sie angesehen, als täte sie dir wegen ihrer beschränkten Vorstellungskraft leid. »Sterne«, sagtest du. »Ich will Sterne schürfen.«

Und das tatest du. Du grubst und grubst. Einen Meter, zwei Meter, drei Meter tief. War es eine oder zwei Wochen, nachdem du zu graben begonnen hattest, als du in den Schuppen stürztest? Mit einem Stein in der Hand, den du mit dem Hammer zerschlagen hattest. Mikanit oder Quarz, ich wusste es nicht. Jedenfalls funkelte der dunkle Stein. »Sterne«, sagtest du. Eine Galaxie aus Sternen im Innern des Steins. Dass Gott verborgene Lichtuniversen erschaffen und sie dann vergraben konnte – einfach nur so –, versetzte dich in Staunen.

Heute ist Stanka wieder vorbeigekommen. Diesmal hatte sie ein Enzianpräparat dabei, eine starke violette Tinktur, die angeblich gut ist gegen meine Schwindelanfälle und die hektische Röte im Gesicht. Sie ließ mir ein Stück ihrer hochgeschätzten schwarzen Lakritze gegen meine Verstopfung da und stellte Bananenextrakt her – falls ich Durchfall bekommen sollte. Sie bereitete einen Wickel aus Orangenschale gegen Gebärmuttervorfall; nichts, was ich brauche. Außerdem hatte sie mir ein Buch zu homöopathischen Arzneimitteln mit anekdotischen Anleitungen mitgebracht, zerknittert und in Leder gebunden. Danke, dass du mir daraus vorgelesen hast. »Es gibt keine Gruppe von Menschen, deren System aufgrund seiner spezifischen Beschaffenheit so anfällig ist wie das einer Frau.«

Ich weiß nicht, wo sie es aufgetrieben hat, stelle mir aber vor, dass es für lebhafte Diskussionen in deiner Kolumne sorgen wird.

Ich habe dir erzählt, dass das einfallende Licht die Wände mit Spitze verziert. Netterweise hast du so getan, als hätte ich das nicht schon ein- oder zweimal gesagt. In diesem Universum ist alles, sei es so fein wie Spitze oder so zerbrechlich wie Erinnerungen, aus Abwesenheit und Anwesenheit gesponnen, aus Dunkelheit und Licht. Schwarze Materie – Dr. Netsulis und du, ihr habt in letzter Zeit von nichts anderem geredet als von dieser Masse, die überall vorhanden und doch nirgendwo sichtbar ist. Masse, die Licht weder ausstrahlt noch absorbiert. Masse mit einer eigenen Anziehungskraft. Ich stelle mir Galaxien aus Spitze vor, deren sichtbare Planeten, Sterne und Meteoriten feste Knoten in die Dunkelheit knüpfen.

Welche Spitze aber schnürt und bindet die Tiefen der Erde an das Himmelsgewölbe? Du lachst über meine Fragen, und ich lache mit dir. *Mach weiter*, sage ich mit meinem Lachen. Unmögliche Fragen sind dazu da, das Geheimnis des Daseins zu festigen, nicht, es aufzudecken. Ein Heiliger, ein wichtiger obendrein, soll das gesagt haben. Ich glaube es.

Eine Zeit lang hast du aufgehört, in dein Buch zu schreiben. Du fandest es kindisch. Ich sagte: *Nein, es ist kindlich.*

Die Ehrfurcht und Wertschätzung – das Staunen –, die du dem Leben und allen lebenden Geschöpfen entgegenbrachtest, hatten eine kindliche Reinheit, die mich überrascht. Sie sind der Beweis für deine grenzenlose Neugier, diese Notizen. Eine Hummel ist ganz und gar mit Haar bedeckt, schriebst du. Alle drei Tage erneuert sich die Magenschleimhaut eines Menschen. Der Kolibri ist der einzige Vogel, der rückwärts fliegen kann. Er kann sogar Purzelbäume in der Luft schlagen. Deine Bildung in diesen jungen Jahren war wunderbar, seltsam und abenteuerlich. Was auch immer der Wind herantrug, du hast dich damit auseinandergesetzt. Das Horn eines Rhinozeros, so schriebst du, besteht nicht aus Knochen, sondern aus grobem, dunklem Haar, das zusammengepresst und verdichtet ist. Dass etwas Weiches so hart werden konnte, war ein Rätsel, über das du viele Tage nachdachtest. »Woher hast du das eigentlich alles?«, fragte ich eines Tages, und du hast gelächelt wie ein Kind, das mehr weiß, als es zugeben will.

Du schriebst von Planeten, die ihre elliptischen Muster um die Sonne stanzen. Du stauntest über den Klang des Lichts und fragtest dich, ob das Nagen und Knirschen, das du undeutlich wahrnahmst, von den Wachstumsschmerzen des Universums kündete. Mit zunehmendem Alter wurden deine Einträge philosophischer. Deine Faszination für Klang, Schwerkraft und Licht gipfelte in einer Reihe von Annahmen. Das lag wahrscheinlich an deinen Gesprächen mit Dr. Netsulis. Das Problem, so schriebst du, besteht darin, dass unser Universum sich jetzt noch schneller ausdehnt als jemals zuvor. Es hat den relativ schwachen Halt der Schwerkraft überwunden. Unsere Welt ist eine winzige Boje unter Millionen von Bojen in einem weiten, sich grenzenlos ausdehnenden Meer. Unser Universum trotzt der Reduktion.

Ich würde Frau Zetsche, die mich fast jeden Morgen besucht, liebend gerne versichern, dass das langsam sich ausbreitende Feuer in meinem Inneren Gott ist. Glut in meiner Lunge. Mit jedem Atemzug fache ich die Flammen an. Welches Wasser wäre nass genug, um sie zu löschen? Sie weiß keine Antwort auf meine Frage. Deshalb lesen wir gemeinsam deine Kolumne »Freundliche Ratschläge«.

Es ist eine Sünde, Papier zu zerreißen.
Es ist ein Verbrechen, Brot zu zertrampeln.
Salz ist wertvoller als Tränen,
und ein einmal ausgesprochenes Wort
kann nicht zurückgenommen werden.

Ich erzählte ihr Geschichten aus deiner Kindheit. Etwa diese triumphale Entdeckung: Galaxien, im Inneren eines dunklen Gesteins gefangen. Waren das nicht wunderbare Brocken von Erinnerung? Reflektierende Oberflächen, die uns gemahnen: Wir sind da, wir existieren, hier ist das, was wir wissen.

Sie hatte sich eigene Kinder gewünscht, und ich dachte, das Mindeste, was ich tun könnte, sei, ihr von den seltsamen und wundersamen Beobachtungen zu erzählen, die du als Kind gemacht hattest. Sie war nicht zum Geschichtsabend gekommen. Herr Zetsche und sie waren irgendwo im Urlaub gewesen, wo sie reiten und schießen wollten. Das wusste ich noch. Daher erzählte ich ihr von deiner Untersuchungsmethodik und deinem Auswahlprozess. Wie du den Stammbaum herausgekramt und finster auf die beschrifteten Ovale gestarrt hattest. Du solltest ein verstorbenes Familienmitglied auswählen und Szenen aus seinem oder ihrem Leben nachspielen. Vermutlich war das absurd, aber ich hatte gehofft, deine Wahl würde auf Onkel Maris fallen. Ich dachte, wenn Menschen die Gelegenheit bekämen zu erfahren, wie großzügig, lustig und energiegeladen er gewesen war, würden sie ihre Meinung über ihn ändern. Er hatte eine durchaus feinfühlige Seite. Einmal fragte ich ihn, ob er sich an Sibirien erinnere. Damals war er schon ziemlich krank, sein Gesicht war kreidebleich, Schweißperlen standen ihm auf der Stirn. Er lag auf der Pritsche im Schuppen. Es war dämmerig, der Kanonenofen verbreitete ein trübes, orangefarbenes Licht. Seine Augen füllten sich mit Tränen, und er machte nicht einmal den Versuch, sie zu unterdrücken, als sie über die Wangen auf seine Brust flossen. Und dann geschah etwas Unglaubliches: Er beantwortete meine Frage.

»Den Gesang. Ich erinnere mich an die wunderschönen Lieder, die leise gesungen wurden, so leise wie langsam fließendes Wasser in tiefer, dunkler Nacht.« Er sah mich an. »Ohne Steine hätte ein Fluss keine Lieder«, sagte er, und das werde ich niemals vergessen.

Ich erzählte Frau Z., wie du vor deinem Schachbrett gesessen und den weißen König verschoben hast, den schwarzen König, die Bauern, mal in die eine, dann in die andere Richtung, als ließe sich eine solche Entscheidung mit Schachfiguren treffen. Du schlugst seltsame Moll-Akkorde auf dem Flügel im Schuppen an. Dann eines Abends hast du viel Zeit damit verbracht, auf dem Friedhof dein Ohr an jeden Grabstein unserer Familie zu legen. Schließlich hast du dich dafür entschieden, Großvater Ferdinands zu sein. In jenem Frühjahr bist du sehr oft zum Friedhof gegangen. Manchmal mit deinem Großvater. Meistens allein. Mir sagtest du, dass du für den Auftritt am Geschichtsabend recherchiertest. Obendrein sammeltest du Unmengen von Korken. Noch so ein Projekt von Fräulein Dzelz. Ich wollte deswegen nicht streiten. Wir hatten beschlossen, dass du dir deine Interessen selbst aussuchen solltest. Eines Nachmittags hast du gesagt, du glaubtest nicht, dass jemand unter dem kleinen Grabstein neben Veltas Grab läge. *Natürlich liegt da jemand*, protestierte ich. *Eine Mutter will immer neben ihren Kindern bestattet werden*. Du warfst mir einen Blick zu, der besagte, dass du es besser wusstest, und mir lief es kalt den Rücken hinunter.

Ich erzählte Frau Zetsche, wie du Mutter Tag und Nacht über Details ihrer Kindheit ausfragtest. Wenn Mutter die Stirn runzelte, fragtest du sie über Velta aus. Ich bewunderte deine Hartnäckigkeit. Natürlich hatten Rudi und ich, als wir so alt waren wie du, auch diverse Anläufe unternommen und uns laut gefragt, was aus den beiden Großelternpaaren geworden war, die wir nie kennengelernt hatten. Wer waren diese Menschen, deren Gegenwart unter Mutters liebevollem Polieren spürbar wurde? Warum hatte Velta den Mund zu einem flachen Strich zusammengepresst? Biss sie sich auf die Zunge, um eine geheimnisvolle Welt zurückzuhalten, oder war sie einfach nur wütend?

»Wie war sie wirklich?«, hast du Mutter eines Nachmittags gefragt. Bis zum Geschichtsabend war es kaum mehr eine Woche. Mutter hatte das Fenster geöffnet, und ein ungewöhnlich warmes Lüftchen wehte durch die Räume. »Welche Haarfarbe hatte sie? Hat sie getanzt? Welches war ihr Lieblingslied? Konnte sie auch so gut Fische fangen wie du?« Dein hastiger, atemloser Tonfall musste Mutter den Eindruck vermittelt haben, dass der Vorrat deiner Fragen endlos war.

Sie musterte dich einen Augenblick und zupfte dich dann am Ärmel. Zusammen gingt ihr den Korridor entlang zum Elternschlafzimmer. Von dort hörte ich undeutlich deine hohe Stimme, rein und aufrichtig, wie die Stimmen von Kindern sind, die keine Ahnung haben, was sie da fragen.

Mutters Stimme, die ungewöhnlich entgegenkommend war, klang ein bisschen dumpf, als sie deine vielen Fragen beantwortete. *Vielleicht muss das so sein,* dachte ich und schlich auf Zehenspitzen durch den Korridor. *Vielleicht überspringen die Geschichten eine Generation. Dir konnte sie die schlimmen Dinge erzählen, die sie mir gegenüber nicht ansprechen wollte.* Eifersucht nagte an mir, als ich vorsichtig weiterging und mein ganzes Gewicht auf die Zehen verlagerte.

»Das ist Velta«, sagte Mutter.

Ich konnte nicht in das Zimmer hineinsehen, aber ich spürte, wie du Veltas Bildnis hinter dem Glas betrachtetest, das weiße Hochzeitskleid mit den Schleifen, den Janikranz im Haar.

»Sie hat ja einen Baum auf dem Kopf.«

Mutter lachte. Es war ein perlender Klang, der den Raum erfüllte; ein Klang, den ich seit Monaten nicht mehr gehört hatte. »Auf diesem Foto ist sie erst neunzehn. Du kannst ihre Hände nicht sehen, aber ich wünschte, du könntest. Sie hatte wunderschöne lange Finger, und sie spielte Klavier. Aus jeder Pore ihres Körpers strömte Musik. Aber fleißig war sie auch.« Mutter klopfte mit dem Finger auf den Rahmen. »Sie spann Wolle zu langen Strängen, selbst dann noch, als es nicht mehr zeitgemäß war, selbst zu spinnen.«

Ich musste nicht durch den Türspalt spähen – ich kannte das Foto. Unter dem Kranz aus Eichenblättern hatte Velta das Haar zu langen Zöpfen geflochten und um den Kopf gewunden. Ich stellte mir vor, dass die Blätter, ihr Haar und die Stränge, die sie spann, ein und dasselbe waren, und alles wurde mit dunklen Noten festgesteckt und zusammengehalten.

»Kurz nachdem dieses Foto aufgenommen worden war, begannen die Schwierigkeiten. Zuerst die Sowjets, dann die Deutschen und danach wieder die Sowjets.« Das Schrammen von Holz auf Holz – Mutter griff nach dem anderen Foto. Auch dieses kannte ich: ein Porträt von Großmutter Velta, das ein Jahr nach Ferdinands' Rückkehr aus dem Lager aufgenommen worden war. Da war keine Ähnlichkeit mehr mit dem jungen Mädchen auf der ersten Aufnahme. Das spröde Haar zeugte von schlechter Ernährung, das Gesicht wirkte jetzt flach und kantig. Sie war körperlich anwesend für den Fotografen, aber ihr Geist war woanders.

»Du siehst genauso aus wie sie«, sagtest du. Ich hoffte, hoffte inständig, dass du das Foto der jungen Velta meintest.

Deine Füße tappten über den Boden. Ich drückte mich an die Wand, sah, wie du zur Küche gingst, und seufzte erleichtert, weil du nicht bemerkt hattest, dass ich hier lauschte.

»Du kannst jetzt reinkommen, Inara«, sagte Mutter. Sie stand vor der Kommode und betrachtete Veltas Foto. »Eine stille Frau«, sagte Mutter. »Stille in Gestalt einer Frau. Eine Art Schlaf war diese Stille. Lautlosigkeit wie eine Decke. Stille wie Schnee. Im Innern dieser Frau hätte es schneien können. Jahrelang hielt sie den Atem an, hielt ihn an, bis es in ihrem Inneren kalt und weiß war. Sie lebte in einer so vollkommenen Stille, dass sie wahrscheinlich nach einer Weile vergessen hatte, warum sie so still war.«

»Wegen des toten Babys?«

»Das dachten wir zuerst alle. Das Baby war gestorben, als Ferdinands im Lager war. Und wir wissen ja, wie Kummer eine Frau verändert. Ihr einziger Trost bestand darin, Briefe zu schreiben, sich auf eine Welt zuzuschreiben, in der es sich zu leben lohnte. Acht Jahre lang wartete sie und schrieb Briefe. Dann starb Stalin, und Menschen wie mein Vater wurden entlassen – rehabilitiert.«

Mutter zeichnete die Umrisse von Veltas Gesicht nach.

»Sie mochte die Dunkelheit nicht. Jedes Jahr irgendwann im Winter weigerte sie sich, das Bett zu verlassen, aß nicht und trank nicht. Und jeden Winter holte ein weißer Kastenwagen sie ab. Zwei Männer in weißen Uniformen wickelten sie in gelbe Decken, hoben sie auf die Trage und rollten sie in den dunklen hinteren Teil des weißen Wagens. Die ganze Zeit sang Mutter. Seltsame Lieder über Walnüsse und Ringelblumen. Auf der Trage festgeschnallt, den Blick auf die Wolken gerichtet, leckte sie sich die Lippen und sagte: *Die Wolken schmecken heute nach nichts. Sie haben nicht genügend Salz*. Jeden Winter passierte das. Und vier, vielleicht fünf Wochen später kam der weiße Kastenwagen zurück. Die Sanitäter brachten sie bis an die Haustür, oder es war ein Nachbar, der sie abgeholt und mit dem Bus nach Hause gebracht hatte. Dann stand sie verwirrt in der Tür, mit geschorenem Schädel und leerem Blick. Jedes Mal habe ich geglaubt, sie hätten sie endlich geheilt. Ich sagte: *Sprich mit mir, Mama, erzähl mir was, irgendwas.*«

»Wahrscheinlich war ihr im Winter etwas Schlimmes passiert«, vermutete ich.

»Ja«, sagte Mutter. »Ich. Ich war ihr im Winter passiert.«

Du hast dich immer sehr für die Geschichte vom Geistermädchen interessiert. In jenem Frühling vor dem Geschichtsabend stelltest du sehr viele Fragen. Ich fand deine Obsession makaber, aber schließlich sind wir eine Familie von Totengräbern. Also erzählte ich dir, dass die Stimme, die über den Fluss ruft, nicht einer Frau gehört, sondern einem Mädchen. In dunklen, nebligen Nächten steigt es empor wie Dunst. Es ruft um Hilfe. Es nennt die Menschen bei ihren Namen. Es legt einem eine scharfe Schere neben das Bett, während man schläft. Tatsächlich wurde einmal ein kleines Mädchen im Fluss ertränkt. Die Leute sagen, dass es Rache oder Vergebung sucht. Niemand weiß es ganz genau, denn niemand, der es sieht und ins Wasser steigt, kehrt jemals zurück.

Du hast gehört, wie es deinen Namen rief. Jetzt glaube ich es. Ich glaube an die lenkende Kraft des Wassers, seinen Sog, rein und unbestreitbar. Wie sonst sollte ich mir erklären, warum du ein paar Nächte vor dem Geschichtsabend zum Ufer gegangen bist, warum du den Fluss betreten hast, als hätte er die ganze Zeit auf dich gewartet? Ich war dir zu dem kalten Wasser gefolgt. Der Fluss war damals noch gefroren und lag unter einem Mantel aus windgepeitschtem Eis, das wie silbernes Glas schimmerte. Ein Spiegel. Du gingst darüber, als gäbe es nur wenige Zentimeter unter der Oberfläche festen Boden. Als glaubtest du an den Mythos deines eigenen Lebens: Du warst der Bärentöter und der Fluss dein wahres Zuhause. Und da fiel dir plötzlich ein, wer du wirklich warst: ein kleiner Junge, der nicht schwimmen konnte. Du brachst ein. Ich wollte dich schon immer fragen, was du gesehen hast, als du untergingst. Dunkles Wasser und Schlamm? Die vielen Steine, die wir in Papierfetzen gewickelt und hineingeworfen hatten – unsere Sünden und Geständnisse auf dem schlammigen Grund des Flusses? Was hast du gehört, als du unter die Eisschicht rutschtest? Ich sprang hinterher und zog dich empor. Heraus stiegst du glänzend, triumphierend und furchtlos.

In jenen feuchten Tagen notiertest du Niederschläge und Wasserstände bis ins kleinste Detail in deinem *Buch der Wunder*. Und auch in den Anmerkungen am Rand. Der Regen singt nie zweimal dasselbe Lied. Ich denke an jenen Frühling, jenen Regen, wie an ein zweites Erwachen, eine zweite Taufe. Ist es möglich, dass eine ganze Stadt auf einmal getauft wird? Ja, ich weiß, dass es möglich ist, weil ich gesehen habe, wie es geschah. Es begann in dem Frühling, in dem der Geschichtsabend stattfand. Morgens machte ich meine übliche Runde: zuerst zu Dr. Netsulis' Stall. Ich hörte das Muhen der Kühe, noch ehe ich Dr. Netsulis sah, der auf dem Heuboden saß, den Kopf von blauem Dunst umhüllt, die Pfeife in der Hand. Unter ihm standen die Kühe bis zu den Knien im Wasser. Das Muhen hätte man unmöglich als glücklich beschreiben können, trotz der heiteren Orchestermusik, die aus dem Radio auf dem Heuboden kam.

Dr. Netsulis hatte jeder Kuh eine hellgrüne Wathose verpasst, doch das schien ihre Verzweiflung nur zu verstärken. Ihre Euter hingen schwer herab. Dr. N. schaltete das Radio aus und wedelte mit seiner Pfeife in meine Richtung. »Diese Welt wird allmählich zu Wasser.«

Ich legte Heuballen zu einer niedrigen trockenen Plattform aneinander und baute aus mehreren Planken eine Rampe. Es dauerte seine Zeit, bis ich sie auf die Rampe gedrängt hatte, aber da Kühe nicht besonders intelligent sind und dazu neigen, dem breiten Hintern zu folgen, der ihnen vorangeht, schaffte ich es.

»Ja«, fuhr er fort. »Trotzdem darfst du uns nicht für faul halten.«

»Wen?«

»Deinen Mann, Joels, und mich.«

Ich hatte die letzte Kuh aus dem Wasser geführt und beruhigt. Jetzt schob ich ihr einen Eimer unter das Euter. »Das würde ich niemals denken, Dr. N.«, sagte ich und umschloss mit jeder Hand eine Zitze.

»Ich habe um den ganzen Stall herum Planken befestigt. Eine Art Halsband aus Holz. Wenn das Wasser steigt, werden die Planken emporgetragen. Wir fertigen Pontons aus Gummi, für den Auftrieb. Wäre nicht schlecht, wenn wir sie mit Helium füllen könnten.«

Nachdem ich die letzte Kuh gemolken und die Eimer auf

den Heuboden getragen hatte, überließ ich den vor sich hin murmelnden Dr. Netsulis seinen genialen Gedanken: Wie könnte man die Schwimmwesten an den Kühen befestigen? Und sollte man ihre Beine lieber mit Pflanzenöl oder mit Butter einschmieren?

Ich machte mich auf den Weg zum Herrenhaus der Zetsches in der dunklen Waldsenke. Mit der Pflege ihres Wassergartens hatten sie schon alle Hände voll zu tun. Bestimmt würden sie nicht wissen, was sie gegen den ganzen Regen tun sollten. Als ich an den Miniaturpferden vorbeiging, wirkten sie weniger triumphierend als sonst. Das Wasser leckte an ihren Hufen. Auf den Köpfen saßen Krähen und stießen ein kehliges Klicken aus. Sie lachten.

Frau Z. kam mir im Flur entgegen. Wir gingen an Herrn Z.s Arbeitszimmer vorbei, dessen Schreibtisch mit Finanzzeitschriften und Zeitungen übersät war. Es sah aus, als hätte er einen ganzen Haufen Zeitungen auf einmal gegen die Wand geschleudert. Frau Z. winkte mich zu ihrem prachtvollen Esstisch, griff unter ihren Stuhl und förderte einen in grünes Papier gewickelten Ziegelstein zutage. Ich erkannte den Slogan wieder: PATRIOTISCHE LETTEN FÜR EIN LETTISCHES LETTLAND.

»Bitte nehmen Sie das gar nicht zur Kenntnis, Frau Zetsche. Wahrscheinlich ist es nur eine dumme Rotznase, die Ihnen einen Schreck einjagen möchte«, sagte ich.

»Seit einhundertundzwanzig Jahren besitzt meine Familie Land in dieser Gegend, und trotzdem behandelt man uns wie Fremde.« Frau Zetsche berührte den Ziegelstein. »Als wäre mein Vater nicht im Krieg umgekommen. Als wäre er nicht auch ins Gefängnis geworfen und geschlagen worden.« Sie hob den Blick und sah mich an.

In ihren Augen lag der Schmerz einer verletzten Frau. Ich musste den Blick abwenden. In Wahrheit gehörte sie nicht hierher; sie und ihr Mann würden nie hierhergehören. Und langsam dämmerte es ihr.

»Weißt du, warum wir zurückgekommen sind?«

»Nein, Frau Z.«

»Weil Lettland seine Heimat war, es war wie eine verheißungsvolle Heimkehr. Wir haben unseren Familienbesitz zurückgefordert, das Land unserer Ahnen. In Bonn haben wir uns völlig verausgabt.«

Schüsse im Wald unterbrachen ihre Worte.

»Wir wollten Kinder. Es kostete uns unser ganzes Vermögen, auszuwandern und die Anwälte zu bezahlen. Alles, was wir hatten, brauchten wir auf, um herauszufinden, ob unsere Forderungen gerechtfertigt waren. Ich hätte Söhne und Töchter haben können, viele, aber sieh uns an!«

Weitere Schüsse aus dem Wald.

»Das tut mir leid, Frau Z.«

Ihr kleiner roter Mund verzog sich. »Du bist fast wie eine Tochter für mich, weißt du, Inara, eine entfernte und fremde Tochter. Ich glaube dir, dass es dir leidtut. Aber warum fühle ich mich deshalb schlechter statt besser?«

Zu Hause fand ich Vater vor, der stumm die Flammen im Kamin betrachtete. Ich setzte mich neben ihn und legte den Ziegelstein auf den Tisch neben seinem Stuhl. Ich versuchte nicht, ihn an bessere Zeiten zu erinnern. Ich dachte daran, was Frau Zetsche vor fast drei Jahren gesagt hatte, als die Apotheke in Flammen aufgegangen und völlig ausgebrannt war – dass all unser Leid eine Folge unseres Kampfes gegen die Zwänge von Zeit, Raum und Erinnerung sei, und nichts davon lässt sich verschieben, verändern, verkleinern oder loswerden. *Raum, Zeit, Erinnerung*, sagte sie. *Wir brauchen diese Mauern, um gegen etwas anrennen zu können, um etwas zu haben, das uns zerbricht*. Damals waren mir ihre Worte seltsam vorgekommen. Was wusste sie schon über Anrennen oder Zerbrechen? Jetzt fragte ich mich, wie dieses Stück Weisheit Zähne bekommen, zugebissen und eine blutende Wunde hervorgerufen hatte, so wie jede Wahrheit. Und hinter ihren Worten pochte noch eine andere, dunklere Wahrheit. Wir konnten Menschen wie die Zetsches hassen, wir konnten sie lieben, aber wir konnten sie nicht hassen, ohne zugleich uns selbst zu hassen. Wir konnten ihnen nicht vergeben, wenn wir nicht zuvor mit uns selbst ins Gericht gingen.

Eines ist mir ein Rätsel: Wie kommt es, dass du keine Erinnerung an den Geschichtsabend hast? Immerhin liegt er nur zehn Jahre zurück. Du sagst, du kannst dich nicht daran erinnern, wie Joels dich in einen von Rudis alten Sonntagsanzügen steckte. Du sagst, du kannst dich nicht daran erinnern, wie deine Großmutter einen zerlumpten Mantel aus ihrer Truhe nahm und sagte: »Der gehörte meinem Vater, er hätte gewollt, dass du ihn trägst.«

Unter einem wolkenverhangenen Himmel gingen du und ich die Straße entlang zum Gemeindesaal. Als wir am Friedhof vorbeikamen, fiel mir auf, wie sich dein Kopf den Grabsteinen zuwandte, als zöge das Murmeln aus einem Traum dein Ohr an oder als nähmst du in letzter Minute Anweisungen entgegen. Ein stürmischer Wind, der einem Mann den Schnurrbart aus dem Gesicht reißen und ihn auf das Gesicht eines anderen hätte heften können, peitschte über die Felder und Straßen. Mit dem Wind kam Wasser und noch mehr Wasser. Dieses Wetter, gepaart mit der traurigen Erkenntnis, dass an Dienstagabenden sonst nichts los war, verleitete viele Familien dazu, den Elementen zu trotzen. Die Gepkarses, Inkises, Lis, Lims und sogar die Witwen Sosnowskis und Spasski kamen. Und die fast sichere Aussicht auf ein Spektakel lockte viele junge Männer in den Saal, manche davon frühere Freunde von Rudi.

Um Punkt sieben trafen die Eltern mit ihren Kindern ein, alle völlig durchnässt. Die Querlatte der Garderobe krümmte sich unter dem Gewicht durchweichter Mäntel, die nicht trocknen würden. Die Kinder liefen wie verrückt im Kreis und spielten Flugzeug, Pferd oder sonst was, während die Erwachsenen auf Klappstühlen saßen, die an den Wänden aufgereiht waren. Mutter, ganz in ihrem Element, stellte schon einmal die Tassen für die Bowle bereit, die sie mit der Schöpfkelle einschenken würde, wenn der Augenblick dafür gekommen war. Nach einer knappen Begrüßung durch Fräulein Dzelz erhoben wir uns und sangen die Nationalhymne, *Gott segne Lettland*. Vater sang nicht mit, doch seine Wangenmuskeln zuckten im Takt der Musik. Das hielt ich für ein gutes Zeichen.

Als die Nationalhymne zu Ende war, nahmen wir wieder Platz. Ein schneller Blick durch den Raum offenbarte einmal mehr, was für eine bunte Mischung wir waren. In diesem Landstrich prallten jede Menge Widersprüche aufeinander, die sich im Laufe der Jahre miteinander ausgesöhnt hatten. Dies zeigte sich Tag für Tag in unseren kleinsten Handlungen: wenn wir bei Herrn Tamirow Brot kauften, einem Ukrainer, der genauso lettisch war wie jeder von uns, oder wenn Frau Arijisnikow, deren Großvater es ohne jegliches Verschulden und gegen seinen Willen mit der Bahn von Usbekistan nach Daugavpils verschlagen hatte, uns die Post aushändigte. Es gab die jüdischen Familien. Und dann waren da auch noch die Zetsches, die von manchen Leuten als Neureiche und Eindringlinge bezeichnet wurden. Sie waren nicht zugegen. Doch das war auch besser so; konnte ich doch hören, wie ein Mann, den sie erst letzte Woche entlassen hatten, vor sich hin schimpfte.

Die Lampen wurden gedimmt, und dann erstrahlte ein größerer Kreis aus Licht. In der Mitte dieses Kreises standen zwei hohe Mikrofone und hinter jedem Mikrofon einer der Indrikis-Zwillinge. Einer trug einen Straßenanzug, der andere Lumpen, außerdem war sein Gesicht mit Holzkohle verschmiert.

»Ich bin Major Berzins aus Sabile. Vielleicht erinnern Sie sich daran, wie ich die Zigeuner beschützte, als die Nazis in unsere Stadt einmarschierten. Ich habe nicht zugelassen, dass diese Faschisten meine armen Brüder und Schwestern in Züge pferchten, um sie in die Vernichtungslager zu bringen, wie ich sehr wohl wusste.«

»Und ich bin ein namenloser Zigeuner«, sagte der andere Zwilling und grinste wie ein Irrer. »Als die Nazis von den Sowjets vertrieben wurden, versuchten die Sowjets, Major Berzins mitzunehmen. Aber meine armen Brüder und Schwestern erinnerten sich an seinen Mut und seine Großzügigkeit und taten sich zusammen. Mit Steinen und Stöcken haben wir die Soldaten vertrieben.«

Dann reichten sich die Zwillinge die Hand, umarmten sich und traten steif von der Bühne ab. Ihre Mutter sprang auf. Von dort, wo ich saß, konnte ich nicht sehen, ob ihr Tränen über die Wangen liefen oder nicht – solche ergreifenden Geschichten zu erzählen fühlte sich gut an, und noch besser fühlte es sich an, sie zu hören. Und das Beste war, wir wussten, dass diese Geschichte wahr war: Einige Jahre zuvor war eine Filmcrew nach Sabile gekommen, um einen Dokumentarfilm darüber zu drehen.

Ein anderer Junge erzählte, wie sein Urgroßvater auf einem Eisbrecher in der Antarktis unterwegs war. Pure Erfindung, trotzdem klatschten wir. Ein Junge behauptete, ein entfernter Verwandter hätte die Kadmiumschleife erfunden. Das nächste Kind erzählte von einer Großmutter in

Balvi, die eine jüdische Frau in einer winzigen Aussparung in der Wand versteckt hatte. Die Jüdin hatte kein Tagebuch geführt, und es war Jahre später auch nicht zu einer tränenreichen Versöhnung gekommen. Als die Deutschen abzogen, war sie verschwunden. Nach Estland, nahm die Familie an. Doch die Erzählung des Mädchens erregte Unmut. Was ist der Sinn einer Geschichte, wenn wir nicht wissen, wie sie ausgegangen ist?

Schließlich war die Reihe an dir und dem kleinen Semjon. Ihr hattet beschlossen, die Geschichte zweier Familien gleichzeitig zu erzählen. Semjon trug einen langen Bart aus mehreren zusammengeklammerten Bällen Stahlwolle. Er stand hinter dem einen Mikrofon und du hinter dem anderen.

Ihr beide begannt mit einer alten Daina, die wir alle kannten:

Mein kleiner Wolf knurrt.
Mein kleiner Wolf brummt.
Mein kleiner Wolf hat eine weiße Pfote.
Vielleicht macht es das nicht besser,
Aber schlimmer auch nicht.

Ein bisschen Salz in die Wunde, es brennt, doch der Schmerz macht uns stärker. Ich war stolz, dass ihr beide das bereits verstanden hattet, obwohl ihr erst zehn wart.

»Die Geschichte ist ein alter Kamm mit großen Lücken«, fingst du an. Deine Stimme klang so bärbeißig, wie du dir die von Großvater Ferdinands vorstelltest. »Und wir sind die Zähne in diesem Kamm. Das, woran ich mich erinnere, ist das, was bleibt: Meine Frau schrieb mir Briefe, damit wir nichts vergaßen. Man hatte mich in ein Lager geschickt. Sie blieb allein zurück. Sie schrieb von gewöhnlichen Ereignissen, alltäglichen Begebenheiten, von Hunden, denen man die Schwänze zusammenband, bevor man sie in Brand steckte und auf einem Feld von der Leine ließ. Von den Ochsen, denen sie die Beine gebrochen hatten, damit wir nicht mehr pflügen konnten.«

Semjon trat vor das Mikrofon und las aus seinen Notizen vor. »1940 wurde auch ich in ein Lager geschickt. Auch ich schrieb Briefe – an meine Frau Anna. Und sie antwortete.«

Eines Tages wurde ein Junge von einem Armeelaster erfasst. Die Mutter des Jungen warf sich über seinen Körper, während ein Panzer sie überrollte. Meine Anna sah all das. Sie zündete eine Kerze für den Jungen und seine Mutter an. Mehr konnte man nicht tun.

Ich hörte auf zu lächeln. Frau Ilmyen zupfte an den Rändern ihres Taschentuchs. Herr Ilmyen rutschte auf seinem Stuhl hin und her.

Du nahmst einen Brief aus der Tasche. Er hatte dieselbe Größe und Form wie jene, die ich im Flügel versteckt hatte.

Acht Jahre war ich im Lager gewesen. Als ich nach Hause zurückkehrte, war ich eine leere Schale, eine Hülse. Hohl. Doch im Vergleich mit der Leere meiner Frau erschien mir meine eigene Leere wie Fülle. Die Frau, die mich an der Tür empfing, war nicht die, die ich verlassen hatte. Damals war sie mit unserem ersten Kind schwanger gewesen. Doch nicht ein acht Jahre altes Kind vergrub sein Gesicht im Rock der Mutter, sondern ein drei, vielleicht vier Jahres altes Mädchen. »Wo ist das andere?«, fragte ich. »Es gibt kein anderes«, sagte sie. »Na gut, wessen Kind ist dieses dann?«, fragte ich. »Unseres«, sagte sie, und ihre Stimme war so glanzlos wie ein Feuerrost. »Unseres.« Kein Wort der Erklärung. Also nahm ich das, was ich hatte, ihre Briefe und meine Briefe, und sechs Monate lang las ich sie ihr vor. Was wir im Lager getan hatten, Stühle mit unebenen Beinen gebaut, wackelige Tische. »Gummi dehnen« wird diese Art von minderwertiger Arbeit genannt. Das war ein Brief. Wie viele Tage die Sowjets brauchten, um das Kreuz vom Turm der Lutherkirche zu reißen – das war ein anderer Brief. Ihre Beschreibung eines Feuers, in dem Bibeln verbrannt wurden, wieder ein anderer Brief.

Semjon räusperte sich und las vor.

In den Wäldern von Bierkiniki hatte man uns zusammengetrieben, alte Großväter mit langen Bärten, Großmütter mit müden Händen, Frauen und Kinder, kräftige Männer, schwache Männer. Wer braucht Märchen, um zu lernen, was für schreckliche Dinge in dunklen Wäldern geschehen können?

»Das schrieb meine Anna in ihr Tagebuch.«

Schatten flogen über uns hinweg: Krähen. Schatten liefen über den Boden: Wölfe. Und dann Wölfe auf zwei Beinen: Menschen. Sie gaben uns Schaufeln, und wir gruben, wir gruben, wir gruben. Was gruben wir? Einen Ort zum Ausruhen. Wir gruben unsere eigene private Stille. Wir beteten aus den Psalmen, flehten darum, dass der Berg auf uns fallen möge, um uns zu verbergen.

Semjon hielt inne. Die kurze Pause fülltest du rasch mit dem Inhalt eines Briefes.

Wenn es dazu kam, dass einer Frau wie unserer Nachbarin Gewalt angetan worden war, konnten wir uns vor Zorn die Haare ausreißen, vor Scham die Pulsadern aufschneiden. Wie es aussieht, mein Liebster, singen die Vögel noch immer, und meiner Meinung nach singen die Zaunkönige mit dem schlichteren Federkleid die süßeren Lieder.

Mutter auf der einen Seite, Vater und Joels auf der anderen. Zusammen hielten wir den Atem an, hielten die Luft in uns. Die Worte, die über eure Lippen kamen, gehörten nicht Jungs im dritten Schuljahr, Jungs, die lediglich Familienanekdoten gesammelt hatten und die Leerstellen mit ihrer Vorstellungskraft füllten. Was wir hörten, waren die Stimmen dieser Männer: zweier gepeinigter Ehemänner, die versuchten, all das zusammenzufügen, was ihren Frauen widerfahren war, während sie im Arbeitslager gewesen waren. Ich hörte die schwer verständlichen Passagen, Wörter, die Velta in dunkle Noten gefasst hatte, Umrisse kleiner Vögel, die nie fliegen würden, der Text einer Partitur, für deren Entzifferung ich zu faul oder zu unwillig gewesen war.

Der Überfall auf die Nachbarin. Drei Soldaten rissen ihr die Kleider vom Leib, beugten sie über das Sims eines offenen Fensters. Danach ließen sie sie liegen in der Annahme, sie sei tot.

»Meine Velta schrieb, wie die Frau, verstört von dem Überfall, tagelang die Straße auf und ab wanderte. Sie war dermaßen außer sich, dass sie keinerlei Scham empfand, nicht wusste, dass sie nackt war und blutete. In ihrem Brief fragte Velta: *Wie soll sie unter den Nachbarn und diesen Soldaten leben? Wie soll sie weitermachen, als sei nichts geschehen? Sie wird alles in einen Brunnen in ihrem Inneren werfen müssen, der tief genug ist, um diese Dinge und auch die Worte, mit denen man darüber spricht, unauffindbar zu machen. Sie werden fallen und immer weiter fallen, weil dieser Brunnen kei-*

nen Boden hat. Und da verstand ich, dass die Frau, von der meine Velta in ihren Briefen erzählte, die Nachbarin, die den Verstand verloren hatte – dass sie sich selbst beschrieben hatte.«

Wie von einem Stromschlag getroffen, richtete ich mich auf. Ich verrenkte mir den Hals nach Veltas Foto an der Wand. Kein Wunder, dass ihre Worte so spärlich gewesen waren und jene, die wir hatten, so seltsam klangen. Wie sonst kann eine Frau ihrem Mann das Unaussprechliche mitteilen, wenn sie doch weiß, dass ihm jedes einzelne Wort das Herz brechen wird?

Ich hielt den Blick starr auf Veltas Bild gerichtet, im Bewusstsein, dass andere um mich herum das Gleiche taten: Mutter, Vater, die Tamirows, die Arijisnikows, die Indrikises, die Witwen Spasski und Sosnowskis, auch die Gepkarses und Inkises wandten sich verstohlen zu Großmutter Veltas Foto um. Und während sie das taten, vollzog sich eine wundersame Wandlung. Sie projizierten die Bilder ihrer eigenen Tanten und Großmütter, Schwestern und Mütter darüber. Jetzt war nicht mehr nur Velta auf diesem Foto zu sehen, sondern jede Frau im Ort.

Doch du hast uns keine Pause gegönnt.

Nackt ging die verrückt gewordene Nachbarin zu einem Scheiterhaufen mit verbrannten Bibeln. Sie fand Fetzen von Papier, Fetzen von Leder. Sie machte sich ein Kleid aus Papier, Leder, Asche. Der Regen fiel. Tinte und Asche liefen ihr über den Rücken, über Arme und Beine – eine Prophetin, eine heilige Irre, eine befleckte Frau, gebrandmarkt von all der Tinte und all den Worten, die wertzuschätzen man uns gelehrt hatte.

Vaters Gesicht war bleich wie eine Rübe. Als hätten die Gräueltaten aus den Mündern der beiden zehnjährigen Jungen ihn in seine eigene Kindheit zurückversetzt, in eine Zeit voller Eisenschaufeln, hart gefrorenen Morasts, Kohlenstaub, gefangen in der dunklen Faust des Winters.

Semjon erhob seine Stimme, beinah singend fuhr er fort: »Mit welchen Worten beschreiben wir die dreitägige Folter eines zwölfjährigen Zigeunermädchens? Später fand ihre Mutter ihre Leiche, mit einer Kugel in der Stirn, und sie nannte es Gnade.«

Du hast die Briefe zusammengefaltet und in deine viel zu weite Hose gesteckt. »Welches Leid quälte meine Velta, dass sie nicht einmal nach so vielen Jahren darüber sprechen konnte?«

»Waren es die zusammengetriebenen Juden, die in einer Scheune eingesperrt und verbrannt worden waren? Oder diejenigen, die man im Wald von Sisenu zum Schweigen gebracht hatte?« Semjons Brillengläser waren Spiegel; sie reflektierten ein grelles Licht, unter dem wir zusammenzuckten.

Aus den hinteren Reihen drang ein leises Stöhnen nach vorn, ähnlich dem klagenden Muhen von Dr. Netsulis' Kühen. Stanka umschlang ihren Bauch mit beiden Armen, als müsste sie ihre Eingeweide festhalten. Frau Ilmyens Mund verzog sich wie ein schief genähter Saum. Fräulein Dzelz vergrub das Gesicht in den Händen und murmelte: »Nein, nein, nein, das wollte ich nicht.«

Ja, wir wussten es, hatten gewusst oder zumindest geahnt, dass diese Dinge geschehen waren. Die Verantwortlichen, Menschen, die wir alle kannten, lagen auf dem Friedhof begraben. Doch das minderte nicht das Entsetzen darüber, all das mit schneidender Klarheit zu hören, was wir nicht auszusprechen wagten. Denn sobald der eine Junge eine verstörende Frage gestellt hatte, lieferte der andere eine weitere, eine schlimmere, schier unlösbare.

»War es das Schicksal der Zigeunerfamilie, deren Namen niemand aussprechen will und die im Sumpf ertränkt worden ist?«

»Wer will schon erfahren, dass seine Großeltern an einem Massaker beteiligt gewesen sind?«

Ungeachtet unseres Stöhnens, das sich immer mehr verstärkte, fuhr Semjon mit schwankendem Körper fort: »Wir konnten über diese Dinge nicht sprechen. Jedenfalls nicht offen. Warum unsere Kinder mit einer Geschichte peinigen, die ihnen ihr Leben verleidet hätte?«

»Wer will schon von einer braven Frau wissen, die, vom Wahnsinn getrieben, ihre kleine Tochter ertränkte? Sie nannte es eine Taufe für ihr Baby. Wer will von den vielen Vergewaltigungen und der anderen Tochter hören, die sie nicht wollte, Frucht einer solchen Vergewaltigung. Meine Velta schrieb das und …«

Da sprang Vater auf. »Um Gottes willen, lieber Junge, schweig!«

Als hätten sie denselben Gedanken, stürmten Vater und Herr Ilmyen aufs Podium, packten jeder einen von euch am Arm, schleiften euch von der Bühne und durch die Seitentür hinaus.

Wir stapften durch den Regen nach Hause: Mutter und Vater voran, Ligita und Stanka hinter ihnen, Joels, du und ich am Schluss. Vater war in sein Schweigen zurückgefallen. Joels summte seinen Kaffee-Werbesong, bloß klang es jetzt wie eine Totenklage. Als versuchte sie, das, was sie gehört hatte, abzuschütteln, hob Ligita ihren Rock an und rannte über die holprige Straße nach Hause.

Ich musterte Vater, seinen gebeugten Rücken, den gequälten Gang. Mutter passte ihren Schritt dem seinen an, beide gingen jetzt Seite an Seite und trugen gemeinsam den Abend. Du legtest deine Hand in meine. Ich drückte sie fest. Wer braucht schon Worte, wenn wir doch Hände haben? Ich wollte dich wissen lassen, dass das, was du uns mitgeteilt hattest, wahr und nicht zu ändern war. Dass du es offen ausgesprochen hattest, warf man dir nicht vor. Dass es so schwer zu ertragen war, auch nicht.

»Aus diesem Grund wurden die Geschichtsbücher nicht aktualisiert«, sagte Mutter, an niemanden speziell gerichtet.

Liegt denn ein Körper unter diesem Grabstein? Nein. Da er die Leichen aus dem alten auf den neuen Friedhof umgebettet hatte, war dein Großvater vermutlich der Erste, der es bemerkte. Es ist wahr, Velta hatte das Mädchen im Winter nach seiner Geburt ertränkt. Einige Jahre später versuchte sie, auch deine Großmutter zu ertränken. Es wäre ihr gelungen, wäre nicht dieser Nachbar gewesen, der stromaufwärts im Eis fischte. Er beobachtete, wie sie ein Loch ins Eis schlug, sah, wie die Axt bis zum Stiel versank. Er hörte das kleine Mädchen schreien. Er muss gewusst haben, was Velta vorhatte, und brachte die kleine Biruta in die Klinik, von wo jemand den weißen Kastenwagen schickte. Zumindest erinnerte sich deine Urgroßmutter so daran. Du hast all ihre Wörter entziffert. Du weißt also, dass wahr ist, was ich sage. Dein Onkel Rudi würde die Briefe am liebsten verbrennen. Ich kann mich nicht dazu durchringen. Gemeinsam haben wir beschlossen, die Entscheidung dir zu überlassen.

11

Wie recht du hast: Gott gab uns zwei Ohren, aber nur einen Mund. Damit wir besser hören. Ich will es dir also verraten, weil du mich mürbe gemacht hast. Das Rezept für den Aal.

Zuerst wasch ihn mit Salzwasser, dann zieh ihm die Haut bis zum Bauch oder Nabel ab, nicht weiter; nimm ihn so sauber wie möglich aus, ohne das Innere zu waschen. Mach drei Einschnitte in das freigelegte Fleisch und fülle sie wie die Bauchhöhle mit süßen Kräutern, Muskat (frisch gerieben), Butter und Salz. Schneide den Kopf ab. Zieh die Haut wieder über den Körper und verknote das Ende. Wickle den Aal in Folie und röste ihn in einer Kuhle oder über einem offenen Kohlefeuer. Oder leg ihn in eine Pfanne und begieße ihn mit Wasser und Butter. Übrigens eignen sich dafür und für manches andere auch Neunaugen und Meeraale. Ob das koscher ist? Um Himmels willen, nein.

Heute habe ich über Visionen nachgedacht. Meistens kommen sie ungelegen. Ich wollte schlafen, spürte, wie ich wegdriftete, aber die Geräusche des Winds und der Flügel, die draußen vor dem Fenster die Luft durchpflügten, zerrten an mir. Eine Krähe flog durch das offene Fenster herein. Sie schwebte über dem Bett. *Nun mach schon,* sagte ich. *Mach das, wozu du gekommen bist.* Sie kam mir so nah, dass ich mich in ihren Augen spiegelte, mit denen sie mich durchdringend ansah. Dann schoss sie vor und durchbohrte mir mit ihrem spitzen Schnabel das Herz. Mein Blut war Tinte, schwarz und dick auf den weißen Laken. Das Pelikanweibchen in der Wildnis ernährt seine Jungen mit dem eigenen Blut. Was soll ich bluten? Was nährt am besten? Ein Lied, ein Lied aus dem Stein meines Herzens.

Ich bin die Erste des Liedes.
Ich stehe in der Mitte.
Wäre ich nicht die Erste
des Liedes,
stünde ich nicht in der Mitte.

Wenn meine Zeit gekommen ist, sing dieses Lied für mich.

Da die Leute nicht allzu viel Geduld mit Menschen haben, die das Treiben in dieser oder der nächsten Welt deutlich hören oder sehen, behielt ich dich in den Wochen nach dem Geschichtsabend in meiner Nähe. Mutter schaffte die wöchentlichen Treffen des Abstinenzlervereins ab; es war zwecklos, den starken, verbissenen Alkoholkonsum zu bekämpfen – und das, obwohl die *kafejnica* nur noch halbe Tage offen hatte.

Es regnete weiter, immer weiter, unentwegt. Vater fiel zurück in sein Schweigen, als wollte er sagen: *Was können Worte gegen so viel lautes, beharrliches Wasser schon ausrichten?* Auch Mutter setzte stumm ihre Arbeit fort, die wie eine Zuflucht war, eine Hülle, ein Schutzschild. Nur Ligita schien unbeirrbar. Gegen Abend, wenn sich die diesige, körnige Dämmerung mit dem Regen vermischte, trabte sie bis zum Friedhof und zurück. Dabei trug sie irgendwelche Bündel auf dem Rücken, ich vermutete, dass dieses zusätzliche Gewicht Teil ihres Trainings war. Bis zum Wettlauf um den

Titel des Bernsteinmädchens war es nicht mehr lange hin. Ich glaubte, dass sie eine echte Chance hätte; ihre Knöchel und Beine waren erheblich kräftiger geworden.

Eines Morgens stand Vater nicht auf. Bis zum Abend, wenn er üblicherweise zum Friedhof ging, um seine Reparaturarbeiten in aller Stille durchzuführen, hatte er sich immer noch nicht gerührt. Mutter und ich sahen nach ihm. Drei Worte flüsterte er: *Ich bin müde.*

Die nächsten Tage hast du am Bett deines Großvaters gesessen und ihm von einem Taubenwettbewerb in Samarkand erzählt. Auch vom Verlauf eines Hockeyturniers drei Städte weiter hast du berichtet. Weder gingst du auf die Neuigkeiten ein, die du auf dem Friedhof gehört hattest, noch auf die neueste Welle von Vandalismus. Du hast ihm auch keine weiteren Passagen aus Veltas Briefen vorgelesen. Ich selbst war mit Putzen und Aufräumen beschäftigt. Ich fand Ferdinands' Mantel, denjenigen, den du am Geschichtsabend getragen hattest. Er hing am Haken hinter deiner Tür, eine Seite schien schwerer zu sein als die andere. Nein. In der Tasche war kein Stein. Es waren Briefe. Ich breitete sie auf deinem Bett aus, alle durcheinander, ungeordnet. Ich überflog eine ganze Palette von Schreiben, die meisten ordnete ich Velta zu. Welche Verletzlichkeit, welche Kraft.

Dann entdeckte ich Annas Briefe. Niemand hatte danach gefragt. Auf die Idee, dass die Ilmyens sie möglicherweise nicht zurückhaben wollten, kam ich gar nicht.

Ich schlüpfte in meine Gummistiefel und watete durch den Schlamm zur Haustür der Ilmyens. Seit dem Geschichtsabend vor sechs Wochen hatten unsere Familien nicht miteinander gesprochen. Ich klopfte an die Tür. Schüchtern. Es klang weder aufdringlich noch drängend, meine Knöchel berührten das Holz ganz sanft, als wollten sie sagen: *Solltet ihr dies für das Klopfen eines Spechts hal-*

ten, solltet ihr beschließen, nicht zu reagieren, hätte ich Verständnis. Dann gehe ich zurück nach Hause. Als ich mich abwandte, ging hinter mir quietschend die Tür auf, nur einen Spaltbreit. Jutta.

»Ich habe die Briefe deiner Familie und noch, äh … ein paar andere Sachen.« Ich drückte ihr alles an die Brust.

Jutta zuckte nicht mit der Wimper, würdigte das Bündel keines Blickes, klemmte es lediglich unter den Arm und bat mich mit einer Geste herein, als hätte sie schon die ganze Zeit auf mich gewartet.

Da es Samstag war, Sabbat, waren die Rollos noch von der Nacht zuvor heruntergelassen. Eine Menorah hielt einen langen Spitzenläufer auf dem Esstisch fest, an dem Jutta versucht hatte, mir das Schachspielen beizubringen *(Denk nach, Inara, denk nach, als hinge dein Leben davon ab!)*. Obwohl die Spitze ein wenig vergilbt war, strahlte sie noch immer Vornehmheit aus. In einem Eckschrank sowjetischen Stils – das heißt mit Glastüren und einem Spiegel hinter den Borden – standen die Schachtrophäen der Familie. Das oberste Bord war für die Trophäen des kleinen Semjon reserviert und fast voll.

Jutta führte mich an ihrem Zimmer vorbei durch den schmalen Gang, in dem sich eine weitere Glasvitrine mit kostbaren Büchern, ein altes sepiafarbenes Familienporträt und der Wäscheschrank befanden, der, wie ich wusste, keine Wäsche enthielt, sondern noch kostbarere Bücher. In einem winzigen, rundum mit dunklem Eichenholz getäfelten Zimmer – so etwas hatte Mutter sich immer für unser Wohnzimmer gewünscht – lag Herr Ilmyen. Er sah aus wie zerknittertes Papier, als könnte er in Schnipsel zerfallen und verwehen, würde die graugrün gestreifte Decke ihn nicht niederhalten.

Auf dem Nachttisch stand sein Schachbrett. Herr Ilmyen

folgte meinem Blick zu den aufgestellten Figuren. Mit ausgestrecktem Finger winkte er mich näher ans Bett. »Ich habe mein ganzes Leben befürchtet, dass ich eher klug als gläubig bin. Jetzt wünsche ich mir nur noch, dass mein Herr und Schöpfer mich für würdig erachtet.« Herr Ilmyen packte mich am Handgelenk. »Ich werde bald sterben. Es gibt Dinge, die ich mit deinem Vater besprechen möchte.« Dann ließ er los.

Mein Mund wurde trocken. »Natürlich, Herr Ilmyen, natürlich«, murmelte ich. Dann brachte mich Jutta aus dem Zimmer und in die Küche.

»Wird er wirklich sterben?« Ich musste das fragen. Er war bereits mehrmals krank gewesen, hatte sich aber jedes Mal wieder erholt.

»O ja.« Jutta sank auf den Stuhl neben dem Herd. »Er ist im Krankenhaus gewesen, aber sie haben ihn wieder nach Hause geschickt. Dr. Netsulis sagt, er hat Schatten auf der Lunge.«

Menschen mit solchen Beschwerden lebten gewöhnlich nicht lange. Quecksilbervergiftung, schloss ich, das letzte giftige Andenken an das, was die sowjetische Besatzung unseren Böden und Gewässern angetan hatte.

»Wenn es irgendetwas gibt, das ich tun kann, Jutta, egal was …« Meine Worte hingen in der Luft, und ich schwieg die obligatorischen drei Sekunden, in denen ich nichts anderes erwartete und hoffte, als dass die resolute Jutta, die weder beim Gebären ihres Kindes noch sonst wann im Leben Hilfe gebraucht hatte, sagen würde: *Ach, danke. Es ist alles in Ordnung.*

Stattdessen berührte sie den Ärmel meines Pullovers. »Ich dachte … Ich weiß, dass es eine Zumutung ist, aber unser Hausmädchen hat unerwartet gekündigt.« Die Röte kroch über ihren Hals und das Gesicht. »Du weißt ja, dass wir am Sabbat nicht arbeiten.« Sie zeigte auf das benutzte Geschirr, das sich neben der Spüle stapelte, und auf einen Stapel schmutziger Wäsche. Von Herrn Ilmyen, folgerte ich. Da begriff ich, dass Wiedergutmachung auf diese Weise funktioniert: mit Kleinigkeiten wie Geschirr spülen oder Bettwäsche wechseln. Sie brauchte jemanden, der putzte und sich um ihren Vater kümmerte, der am heiligen Sabbat Hilfe brauchte wie an jedem anderen Tag. Mir war klar, dass sie mich niemals darum gebeten hätte, wenn ich nicht an ihre Tür geklopft hätte. Doch weil es Jutta war, die Schwester, die ich mir immer gewünscht und nicht hatte haben dürfen, willigte ich ein.

Ich krempelte die Ärmel hoch und füllte die Töpfe, um Wasser zu erhitzen. Jutta verschwand im Flur, ihre Stimme schwebte hinter ihr her.

> Ho, Kutscher! Ho, Kutscher!
> Lass den Schlitten sanft dahingleiten.
> Wenn er sanft dahingleitet,
> Ist mein Schlaf leicht.

Ich spähte am Rollo vorbei nach draußen und sah dem Regen zu, der wie ein funkelnder Vorhang herabrauschte. Ich horchte auf die Melodie des Wassers, das in die Regenrinnen fiel, und ein paar Minuten lang war ich wieder fünfzehn Jahre alt. Ich tauchte die Hände in das kochend heiße Wasser, froh, dass ich dort war, froh, tun zu können, was ich tat.

Als ich bei den Ilmyens fertig war, wurde es allmählich dunkel. Die Sonne zeigte sich noch einmal blass, ehe sie in die Wolken tauchte. Zwanzig herrliche Minuten lang glitzerte jeder Farnwedel, jeder Grashalm, jede Knospe auf jedem Baum nass und silbern. Die Pfützen auf der Straße waren nicht Wasser, sondern Scheiben aus Quecksilber, in denen sich das Licht spiegelte. Am Horizont glänzte ein Streifen wie zusammengeknüllte Aluminiumfolie. Joels hatte im Schuppen ein Feuer angezündet. An jenem Abend – abgeschlossen von der Außenwelt, die Ohren vor dem Wasser draußen und der Ungemach um uns herum verschlossen – kam es mir vor, als hätten er und ich alles, was wir brauchten: uns.

Unsere Welt war nicht in Ordnung und auch vieles, was zu ihr gehörte, nicht. Doch inmitten dieser verwirrenden Veränderungen, die ich weder nachbessern noch steuern konnte, empfand ich eine merkwürdige Ruhe. Trotzdem wurden meine Gedanken hin und wieder aufgewirbelt wie trockenes Laub im Wind. Hatte Velta nicht das gleiche Gefühl gehabt, bevor man ihren Ferdinands verschleppt hatte? Erwarten nicht alle Frauen, dass ihre Ehemänner lange leben und ihre Kinder gesund bleiben? Stellen sich das nicht alle vor? Sind diese Frauen nicht betroffen, wenn ihre Männer vor ihren Augen altern? »Es ist so«, hatte mir Mutter vor einigen Tagen zu erklären versucht. »Der Körper eines Mannes lässt eher nach als der einer Frau. Sie arbeiten so hart, und wenn sie die Reise Richtung Tür antreten, gehen sie schnell.« Ich wusste, das war genau das, was Vater sich erhoffte: einen schnellen Abgang.

Ich schmiegte mich an Joels. Seine Haut roch nach Sägemehl, dunkel und süß zugleich. Er schlief, versunken im tiefen Schlummer eines Mannes, der unter freiem Himmel arbeitet. Wie so oft in jenen Tagen legte ich mein Ohr an seine Brust und horchte im Dunkeln auf den dumpfen Antriebsmotor. Wie trügerisch der menschliche Körper ist: Er arbeitet und arbeitet, und dann gibt er plötzlich geräuschlos auf.

»Bitte, werd nicht müde«, flüsterte ich. »Bitte, bitte, bitte verlass mich nicht.«

Im Dunkeln suchte Joels' Hand die meine. Er drückte sie fest. »Mach ich nicht. Versprochen.«

Am Morgen fand ich Vater aufrecht im Bett sitzend vor, die Decke um die Hüften gestopft, ein aufgeschlagenes Buch auf dem Laken. Es war eine Sammlung von Psalmen.

»Herr Ilmyen ist krank«, sagte ich.

Die Nachricht lockerte augenblicklich seine Zunge. »Frechheit!«, sagte Vater. »Ich liege im Sterben. Ich bin zuerst auf die Idee gekommen.«

»Er würde dich gern sehen. Er hat etwas mit dir zu besprechen.«

Vaters Finger tanzten über den Rand seiner Decke. Das Futter hatte sich gelöst, da, wo seine rastlosen Finger an den Nähten gezupft hatten. Er schien seine Antwort auf den Rand der Decke zu klopfen. »Gut«, sagte er schließlich. »Ich habe auch etwas zu bereden.«

Und so führte Joels ihn am nächsten Tag, als der Regen für eine halbe Stunde nachließ, nach draußen. Daraufhin brachte der große Semjon Herrn Ilmyen ebenfalls hinaus. So trafen sie mitten auf der Straße aufeinander, beide von ihren Schwiegersöhnen gestützt.

Zuerst tauschten sie Symptome aus.

»In meinen Augen haben Spinnen eine Spitzenfabrik gebaut«, sagte Vater. »Wohin ich auch blicke, überall sehe ich Spinnweben und Schleierwolken.«

»Und ich habe Schmirgelpapier geschluckt«, krächzte Herr Ilmyen. »Jeder Atemzug ist wie hundert Kerben mit hundert Nägeln.«

»In meinen Beinen wütet ein Dreschwagen mit vielen scharfen Zacken«, entgegnete Vater.

Das Geplänkel kannte ich. Es war ein altes Spiel: Man nimmt einen Vers aus der Bibel und verändert ihn leicht.

Vater liebte es, weil er so vieles aus der Bibel auswendig kannte. Es war nicht schwer, an einen Vers zu denken und ihn für seine Zwecke zu verdrehen.

»Meine Brust ist eine Platte aus Stein. Sie nagelt mich ans Bett; sie erdrückt mich.«

»In meinen Zähnen wühlen Würmer.«

Als er der Metaphern schließlich müde war, räusperte sich Herr Ilmyen. »Ich muss Ihnen etwas beichten«, sagte er. »Ich habe sieben Jahre gebraucht, um den Hass in mir zu erkennen. Sieben Jahre, um denen, die ich hasste, zu vergeben, und sieben weitere, um sie um Vergebung zu bitten.«

»Was meinen Sie damit?«, fragte Vater.

»Sieben Jahre habe ich gegen den Grabstein Ihres Bruders getreten.«

Verständnis sprach aus Vaters Blick. Dann lächelte er. »Ich habe mich immer gefragt, woher die Schrammen kamen.«

Herr Ilmyen umklammerte Vaters Hand. »Vergeben Sie mir.«

»Nur wenn Sie mir zuerst vergeben, Bruder. Viele Jahre lang habe ich den Kasten Ihrer Angelausrüstung mit Bananenschalen abgerieben. Und Kaliumkügelchen in der Nähe Ihrer Lieblingsangelstelle verstreut.«

Herr Ilmyen hob die buschigen grauen Augenbrauen. »Natürlich. Das erklärt alles.«

»Vergeben Sie mir«, flehte Vater.

»Nein, zuerst müssen Sie mir vergeben, dann vergebe ich Ihnen.«

»Auf keinen Fall. Es ist offensichtlich, dass ich immer schwächer werde.«

»Ja, aber ich verliere meine Kräfte noch schneller, deshalb müssen Sie zuerst mir vergeben.«

Dieser erste Streit endete mit einem heftigen Hustenanfall, das Zeichen für Joels und den großen Semjon, sie in ihre jeweiligen Betten zurückzubringen.

Er war ein Grund zur Erleichterung, dieses Geplänkel. Ihre Energie, ihr Bedürfnis, sich zu streiten, hielt ich für ein Zeichen, dass sie auf dem Weg der Besserung waren. Als wir am Abend an der Spüle standen, klärte Mutter mich auf. Wir waren dabei, Suppe zu kochen. Im Licht der Dämmerung wirkte ihr Haar viel grauer als sonst. Sie nahm eine Kartoffel und schrubbte sie mit Stahlwolle ab. Beim Arbeiten kamen ihr die besten philosophischen Gedanken, obwohl sich dies fatal auf das Wurzelgemüse auswirken konnte.

»Das Leben«, sagte sie und hielt inne, um die Sehnen in ihrer Hand zu massieren, »ist lediglich eine Tür, die auf und zu geht. Und wir sind die Scharniere, die das Gewicht tragen.«

Wie seltsam dieses Gewicht ist, dachte ich, als ich später im Bett lag und die Hunde bellen hörte. Wie schnell sich die Bürde von den schweren Aufgaben des Lebens auf die des Sterbens verschiebt. Während Joels und ich in den Schlaf glitten, unser jeweiliges dunkles Gewässer, spürte ich, wie diese Last mich hinunterzog. Menschen sprechen gern über Bürden, darüber, sie für andere zu tragen, und ich dachte dann an in Metzgerpapier gewickelte kleine Päckchen oder Bündel, die man auf der Schulter trägt. Doch jetzt spürte ich sie, diese Bürde. Dieses Gewicht, das sich, obwohl man es nicht einfach hochheben und abgeben konnte, für uns alle so konkret anfühlte wie ein Sack Zement – war Sorge. Und jeder von uns weiß, dass sie sich lediglich ertragen lässt, wenn man sich kopfüber in eine Vielzahl von Aufgaben stürzt: waschen, kochen, putzen, pflegen, flicken. Ich war nicht allein mit diesen Aufgaben, mit dieser Bewältigungsstrategie. Ich wusste, dass auf der anderen Straßenseite Jutta und Frau Ilmyen genauso schwer schufteten, und sogar Ligita, die mich überraschte, indem sie sich bei uns zu Hause um die nie kleiner werdenden Berge von Wäsche zu kümmern begann. Ich vermute, das war der Grund, weshalb wir so schockiert waren, als Frau Zetsche eines hellen, frühen Morgens die Straße hinunterkam. Sie in unserer Straße zu sehen war so ungewöhnlich wie ein Flamingo in Sibirien; allein dass sie wusste, wo wir wohnten, war erstaunlich. Sie war klitschnass, und von unserem Beobachtungsposten aus war es schwierig zu entscheiden, ob das Wasser, das ihr über das Gesicht lief, Regentropfen oder Tränen waren.

Joels eilte zur Tür und öffnete. Eine weitere Aufforderung brauchte sie nicht. Kaum war sie eingetreten, platzte sie mit der Neuigkeit heraus: Herrn Zetsches gusseiserne Pferdchen waren verschwunden.

»Ich flehe dich an, Inara, du bist die Einzige, die das versteht. Ohne seine Pferde ist mein Herr Zetsche nicht ganz richtig im Kopf. Wir müssen sie zurückbekommen.« Wie um ihren Appell zu untermauern, kamen rasch nacheinander mehrere Schüsse aus dem Wald am Fluss. Herr Zetsche mit seinem Gewehr.

Mutter führte Frau Zetsche zu Vaters gutem Sessel, und Frau Zetsche versank tief in den Polstern. Aus der Handtasche zog sie ein kleines Bündel, das in mehrere blaue Taschentücher eingewickelt war. Mit ihren zitternden winzigen Fingern wickelte sie das Bündel auseinander und überreichte Mutter den metallisch glänzenden Inhalt.

Mutter runzelte die Stirn. »Sind das die …«

»Die Hoden, ja«, sagte Frau Zetsche. »Wir haben eine Lösegeldforderung erhalten. Die Kidnapper werden jede Woche, in der wir ihren Forderungen nicht nachkommen, einen Hengst kastrieren: Sie fordern fünfhundert Lats pro Tier.«

Mutter biss sich auf die Unterlippe. Sie gab sich alle

Mühe, ein Lächeln zu unterdrücken. Und ich konnte mir gut vorstellen, wie aufgewühlt Herr Zetsche sein musste. Die gusseisernen Pferde waren seine starke, unvergängliche Nachkommenschaft. Und nun war sie bedroht.

Frau Zetsche vergrub das Gesicht in den Händen. Und dann hörten wir ein leises, ersticktes Schluchzen.

Mutter tätschelte Frau Zetsche sanft die Schulter. Ich wickelte die Hoden wieder ein.

»Die Sache ist die, wir haben unsere Pächter an der Riviera verloren. Wir haben fast alle unsere Ersparnisse an der Börse verloren. Wir können die Forderung nicht erfüllen; wir haben einfach nicht das Geld.«

Mutter und ich wechselten einen Blick. Nie war uns in den Sinn gekommen, dass der Reichtum der Zetsches begrenzt sein könnte. *Warum hassen die Menschen uns so*? Frau Zetsches Worte hallten in meinen Ohren nach, während ich mit ansah, wie sie weinte, untröstlich, als hätte sie ein Kind verloren, oder in diesem Fall fünf.

»Nun, nun, nichts wird so heiß gegessen, wie es gekocht wird. Das lässt sich schon irgendwie regeln«, sagte Mutter, obwohl ihr Gesichtsausdruck besagte: *Das lässt sich nicht regeln. Nie im Leben.*

Frau Zetsche hielt mitten im Schluchzen inne und putzte sich mit einem Papiertaschentuch die Nase. »In diesem Fall lasse ich sie Ihnen am besten da.« Sie kramte in ihrer weit geöffneten Handtasche und nahm ein weiteres Paar Hoden heraus, die sie mit einem dumpfen Hall auf den Fernsehtisch fallen ließ.

Du sagst, du kannst dich nicht daran erinnern, dass deine Großmutter je mit dir geschimpft hat. Das überrascht mich nicht. Sie hatte nur selten Anlass dazu. Doch kaum war Frau Zetsche gegangen, trieb sie dich in der Küche in die Enge.

»Wo sind die verfluchten Pferde?« Ihre Finger packten dich wie eine Zange am Ellbogen.

Du wandest dich, sic drückte kräftiger zu. Ich hinderte sie nicht.

»Unsere Arbeitsstellen stehen auf dem Spiel, ist dir das klar? Du sagst mir jetzt, was du weißt, und vielleicht können wir sie dann behalten.«

Du sahst wirklich beunruhigt aus; deine Ohren wurden knallrot. »Sie sind in einer Scheune irgendwo in Balvi. Mehr weiß ich auch nicht.« Du wagtest nicht, sie anzusehen.

Sie ließ deinen Ellbogen los und verschränkte die Arme vor der Brust. »Balvi. Das ist nicht so weit weg.« Ich sah, wie sie überlegte, wen sie für eine Rückholmission einspannen konnte. Und ehrlich gesagt war ich froh, dass Frau Zetsche damit zuerst zu uns gekommen war. Sie brauchte uns. Noch ein Plus: Jemanden in Tränen aufgelöst zu sehen, namentlich sie, war irgendwie tröstlich. Erscheinen einem die Probleme der anderen nicht immer interessanter und womöglich leichter lösbar als die eigenen?

In dem Jahr, als dein Großvater erkrankte, wurden meine Spaziergänge immer merkwürdiger. Mein erster Halt: das Herrenhaus der Zetsches. Frau Z. begrüßte mich mit einem kurzen Nicken. Wenn sie sich ein Taschentuch an die Augen hielt, bedeutete dies, dass ein weiteres Pferdchen hatte dran glauben müssen. Mittlerweile hatte sie mir ihre Schlüssel wieder anvertraut, und es war ihr lieber, dass ich ihre vielen Porzellanbecken in ihren vielen Badezimmern sauber machte. Ligita, sagte sie, schrubbe nicht so gründlich, wie sie es hätte tun sollen. Ich jedoch vermutete, dass Frau Zetsche in Wahrheit ein aufmerksames Publikum suchte, jemanden, der Mitgefühl zeigte und gleichzeitig arbeitete. Ich tat das, obwohl ich wusste, dass Frau Zetsche mir nicht so viel zahlte, wie sie Ligita gezahlt hatte, mich möglicherweise überhaupt nicht bezahlen würde.

Anschließend schaute ich bei Dr. Netsulis vorbei, der in jenen Tagen die meiste Zeit in seinem Stall verbrachte. Mittlerweile hatte er ihn vollständig mit Holzplanken umgeben. Stanka fand, sein Haus sehe aus wie das riesige Rad eines Planwagens, die Planken seien zugleich Speichen und Radkranz, und der Stall in der Mitte halte alles fest zusammen.

Im Stall ergossen sich Kaskaden von klassischer, Chor- und Jazzmusik aus den Lautsprechern unter dem Dach auf die Kühe, obwohl Dr. N. und seine Tiere sichtlich verwirrt wirkten.

»Sie widersetzen sich allen Versuchen, sie aufzumuntern«, klagte er manchmal.

Er hatte sie mit Gummistiefeln ausstaffiert, und ich hatte den Verdacht, dass das zu ihrer jämmerlichen Verfassung beitrug. Dr. N. waren die Fördergelder gestrichen worden, was ihn allerdings nicht in seinem Eifer bremste: Die Reagenzgläser gurgelten und brodelten vor sich hin, und ich hatte in seinem Haus und auch außerhalb alle Hände voll zu tun. Bei Fräulein Dzelz und anderen hatte er mindestens fünfzig Fässer voller Korken eingesammelt, Bojen daraus gemacht und diese an den Außenwänden des Stalls befestigt. Es war durchaus denkbar, dass der Stall tatsächlich auf dem Wasser schwimmen konnte – ein Ende schien gelegentlich leicht auf und ab zu wippen, als freundete es sich allmählich mit dem Gedanken an.

Ich hielt Mutter über Dr. N.s Aktivitäten auf dem Laufenden. Jeden zweiten Tag arbeitete er im Krankenhaus, an freien Tagen widmete er sich seinem Experiment mit dem schwimmenden Stall und behauptete zudem, er arbeite an der Entwicklung des sogenannten Sambischen Raumfahrtprogramms, blieb aber in den Einzelheiten vage. Meine Berichte über Dr. N.s Experimente veranlassten Mutter zu einer unerwarteten Enthüllung. Sie legte mir die Hände auf die Schultern. »All die Jahre hatte ich gehofft und gebetet, dass du ein Genie wirst. Inzwischen bin ich aufrichtig froh, dass du keins bist.« Und in ihren Worten schwang kein Fünkchen Häme oder Sarkasmus mit.

Wenn du nicht gerade für irgendein Schulprojekt Korken sammeltest oder Schach spieltest, setzte ich mich zu dir.

Nachdem Fräulein Dzelz sich von dem Geschichtsabend erholt hatte und das viele Wasser bemerkte, das in den Straßen stand und vom Himmel fiel, wandte sie, die sich nie eine Gelegenheit zur Erziehung ihrer Mitmenschen entgehen ließ, sich unseren seltsamen Witterungsverhältnissen zu. Sie beauftragte euch alle damit, die Niederschläge dieses Jahres im östlichen Landesteil unter die Lupe zu nehmen und sie mit denen der letzten hundert Jahre zu vergleichen. Ihr musstet täglich den Wasserstand des Flusses messen, der bereits die Ränder von Herrn Zetsches leer stehenden Läden an der Riviera erreicht hatte. Ihr solltet schätzen, in wie vielen Tagen alle niedrig gelegenen Häuser und Bauernhöfe unter Wasser stünden, wenn es im selben Maße weiter regnete.

Aus deiner Reaktion – fieberhafte Suche nach Metermaß, Blechtassen und ein Besuch bei Dr. N. – folgerte ich, dass die Drittklässler die Aufgabe mit großer Begeisterung ausführten. Nichts ist so faszinierend wie eine bevorstehende Katastrophe. Für mich hatte all das Wasser etwas Wunderbares. Wenn der Regen kurz aufhörte – das schien vor allem während der Morgen- und Abenddämmerung der Fall zu sein –, war das Wasser in den tiefer gelegenen Feldern so glatt wie ein Spiegel. Und in diesen Hunderten von Spiegeln leuchteten die Wolken silbern und grau. Wir sahen hin und wussten alles, was wir wissen mussten. Nicht mehr.

Herr Ilmyen und Vater stellten einen Zeitplan für ihre Gespräche auf. Von Montag bis Freitag trafen sie sich um zwölf Uhr mittags und taten ihre allgemeinen und besonderen Klagen kund. Am Sabbat, der für Herrn Ilmyen am Freitagabend begann und bis Samstagabend dauerte und der für Vater am Samstagabend begann und sich über den ganzen Sonntag erstreckte, ruhten sie sich voneinander aus. Und das hatten sie auch bitter nötig! Bei ihren Treffen, am liebsten mitten auf der Straße, stritten sie sich über theologische Themen, dass die Fetzen flogen.

»Der Glaube ist wie ein Fisch, den man nicht zu fassen bekommt«, sagte Herr Ilmyen an einem Mittwoch. Es fiel ein leichter Nieselregen, nicht weiter schlimm, und es gelang uns, die beiden Patriarchen einigermaßen trocken zu halten, indem wir eine Plastikplane über zwei Wäscheleinen breiteten.

Vater zog eine Grimasse. »Der Glaube ist wie ein Grab, das man nie ganz ausheben kann.«

»Der Glaube ist wie ein Boot auf einem Fluss; er ist sowohl eine individuelle Erfahrung, beispielsweise, wenn man das Ruder bewegt, als auch eine gemeinschaftliche. Schließlich hat das Boot eine Menge Sitze.« Herr Ilmyen sah zum Himmel empor. Irgendwo stromaufwärts feuerte Herr Zetsche sein Gewehr ab, wir hörten kurze, scharfe Schüsse.

»Eine Menge Sitze schon, aber nicht jeder x-beliebige Idiot kann das Ruder übernehmen«, sagte er.

Vater musterte Herrn Ilmyen mit zusammengekniffenen Augen. »Was meinen Sie?«

»Dass Juden und Baptisten nicht gemeinsam rudern können«, entgegnete Herr Ilmyen.

»Trotzdem können sie im selben Boot sitzen«, beharrte Vater.

»Nein.« Herr Ilmyen schüttelte den Kopf, und es schien ihm tatsächlich leidzutun, als er sagte: »Sie können nicht einmal denselben Fluss befahren.«

Und so begann der zweite Streit.

»Wie können Sie so etwas sagen? Ihr Gott ist mein Gott, und mein Gott ist Ihr Gott.«

»Vielleicht«, sagte Herr Ilmyen.

Vaters Gesicht färbte sich violett. »Wahrscheinlich werden wir niemals ganz derselben Meinung sein. Aber da Sie sich Gottes Anwesenheit wünschen und ich mir ebenfalls Gottes Anwesenheit wünsche, haben wir einen gemeinsamen Wunsch.«

»Ja«, wand sich Herr Ilmyen. »Aber vergessen wir eines nicht: Da ich schneller sterbe als Sie, bin ich dem Ziel näher als Sie.«

Der Disput wäre noch stundenlang weitergegangen, hätten Ligita und ich nicht Wäsche aufgehängt. Sie hängte Unterwäsche auf die Leine, die unserem Haus am nächsten war; ich hängte Handtücher und Laken auf die Leine, die der Straße am nächsten war. Zu dem Zeitpunkt redete sie wieder mit mir. Ich schrieb ihr Geplapper allein der Langeweile zu, und wir hatten eine Menge Wäsche aufzuhängen.

Jeder erfolgreiche Besuch auf dem Abort war für Vater ein Grund zum Feiern; aber es kam noch immer vor, das er es nicht rechtzeitig schaffte, und ich wusste, dass ihm das unendlich peinlich war.

Mutters Hände waren inzwischen völlig verkrümmt und schmerzten so sehr, dass sie kaum ein Buch halten, geschweige denn darin blättern oder ein Bettlaken auswringen und aufhängen konnte. Ich war froh, das tun zu können, was getan werden musste, froh, gebraucht zu werden. Ich nahm ein zusammengeknülltes Laken, peitschte es gefügig und hielt es hoch, die Wäscheklammern zwischen den Zähnen. Jemand hatte das Licht in der Küche angeschaltet. Ein diesiger, heller Fleck hing über dem Garten. Schwaden von silbernem Regen fielen sanft zur Erde. Ich betrachtete das dunstige Licht, das Küchenfenster. Dann fiel mir eine dunkle Gestalt hinter dem Fenster auf. Nicht Mutter, nicht Joels. Und ganz gewiss nicht Vater.

»Wer ist das?«, fragte ich Ligita. Doch sie war weg.

Ich senkte das Laken. Rudi saß am Tisch, als wäre er nie fort gewesen. Ich hob das Laken. Wenn ich bis drei zählte und das Laken wieder herunterließ, würde ich den Wahnsinn erkennen, mit dem ich auf dieses Laken wie auf eine Kinoleinwand projizierte, was ich sehen wollte, weil es das war, was Vater sehen wollte.

Drei, zwei, eins.

Ich ließ das Laken herunter. Rudi war noch immer da. Jetzt stand Ligita neben ihm, stellte Tasse, Untertasse und Teekanne auf den Tisch. Hoch mit dem Laken. *Drei, zwei, eins.* Runter mit dem Laken. Jetzt saßest du am Tisch, ein Ohr deinem unberechenbaren Onkel zugewandt.

Als ich in die Küche kam, hatte Mutter Vater von der Straße zum Küchentisch geholfen. Jetzt saßen sie nebeneinander und starrten Rudi unverhohlen an.

Auch Rudi und Ligita saßen nebeneinander. Sie hielten sich an der Hand, mit der freien Hand streichelte er ihren Bauch. Und sie sahen sich an, als wäre der eine Fleisch und der andere Salz.

Mutter machte ein Gesicht, als hätte sie ein schwieriges Problem gelöst, könne es aber selbst nicht fassen. Ligitas mitternächtliche Trainingsläufe waren die Einsätze einer

Ehefrau, sie hatte ihm Essen und Trost gebracht. So wie Rudi ihren Bauch streichelte und ständig auf ihre Knöchel schielte, war der Trost erwidert worden.

Vermutlich fiel mir deshalb nicht sofort auf, dass Rudis Gesicht sich verändert hatte. Seine Nase war mindestens zwei Mal gebrochen. Sie saß wie ein krummes S in der Mitte seines Gesichts. Man konnte kaum den Blick davon abwenden. Das hätte peinlich werden können, doch dann lächelte Rudi.

»Eine Zeit lang hatte ich meinen Schatten verloren. Bis er mich fand und mir ins Gesicht schlug, zwei Mal.«

»Deinen Schatten?«, fragtest du.

»Ja. Er hat große Hände«, sagte Rudi.

»Und offensichtlich auch starke Fingerknöchel«, merkte Vater an.

»Gottes Hände sind aus Stein«, sagte Rudi.

Jetzt spielten sie das alte Spiel: Nimm eine Stelle aus der Bibel und verdreh sie.

Vater warf Rudi einen Blick zu. Er blickte nicht auf seine Nase, sondern in seine Augen. »Bist du gebrochen?«

»Nein, Vater. Zerschmettert«, sagte Rudi.

»Wo warst du, mein Sohn?«, fragte Mutter leise.

Rudis Blick wanderte von Ligitas kräftigen Fußgelenken zu Mutters Augen und senkte sich erneut. »Liepaja.«

Wir alle wussten, was das bedeutete: Gefängnis. Und ich begriff, warum wir nichts von ihm gehört hatten und er nicht aufblickte. Er schämte sich, und ich hatte ihn niemals zuvor so gesehen.

Mutter trat langsam ans Fenster und öffnete es. »Was hast du getan?« Ihre Stimme schwebte in der Luft, geisterhaft und dünn.

»Mancherlei und dann noch mehr.«

»Wenn du bleiben willst, musst du arbeiten«, sagte Vater.

Rudi hatte den Blick noch immer nicht von Ligitas Knöcheln gehoben. »Was soll ich machen?«

Vater zeigte auf die Hoden auf dem Fernsehtisch. »Finde den Rest der Pferde.«

Und das tat Rudi mit beängstigender Eile. Da er im Gefängnis gesessen hatte, was ihn in der fragwürdigen Wertschätzung seiner früheren Freunde vermutlich mächtig hatte steigen lassen, war sein Wort jetzt Gesetz. Keine zwei Tage vergingen, bis wir nachts Geräusche in unserem Garten hörten. Am Morgen entdeckten wir die Hengste. Glänzend vom Regen, standen sie, mitten in ihrer Bewegung erstarrt, hinter dem Schuppen.

Wir erfuhren nicht, welcher seiner Freunde die Hengste entführt hatte. (*Keine Namen! Wenn du uns liebst, mein Sohn, dann nenn nicht einen einzigen Namen*, hatte Mutter gewarnt.) Und es war auch wirklich nicht wichtig. Hauptsache, wir hatten alle fünf zurückbekommen.

Was als Nächstes anstand, war klar. Joels, Rudi und Dr. N. führten zahlreiche Debatten über die besonderen Schwierigkeiten beim Verschweißen von Gusseisen mit Gusseisen und über die Vorzüge des Autogenschweißens gegenüber dem Elektrodenschweißen. Schließlich schmiedeten sie einen Plan. Dr. N. hatte einen Bekannten, den sie überreden konnten, ihnen eine Maschine und verschiedene Elektroden zu leihen. Viele weitere Stunden vergingen, viele Streitereien mussten ausgefochten werden, ehe die Männer aus dem Garten zurückkehrten: Rudi und Joels in dicker Arbeitskleidung, Dr. N. in seinem OP-Kittel. Die Hengste waren wieder heil und im Vollbesitz aller Teile.

Mutter und ich begutachteten ihre Arbeit. Sie war nicht perfekt, ihre Schweißerei, aber es würde reichen.

Rudi sah Vater an. »Und jetzt?«

»Jetzt bringen wir sie ihm zurück«, sagte Vater.

Das war genau die Art von geheimer Mission, für die Rudi lebte. Vater beaufsichtigte alles, während Joels, Dr. N. und die Merry Afflictions ihre Fachkompetenz zur Verfügung stellten. Dr. N. baute einen Schlitten aus Dichtungsblech und bastelte einen Gurt samt Haken, um ihn an Wanags' robusten Pobeda anzukoppeln. Er war ein gutes Omen, der Pobeda, denn sein Name bedeutet »Sieg«.

Gegen drei Uhr morgens, als die Luft so trübe und dunkel war wie Ruß, fuhren Wanags und Buber im mattgrauen Pobeda vor. Sie mussten schwer heben und brauchten mehrere starke Gummiseile, ehe das erste Pferd auf dem Dach festgezurrt war. Wanags liebte seinen Wagen wie ein Mann eine schöne, anspruchsvolle Frau. Mit ansehen zu müssen, wie sich das Dach unter der Last bog, brach ihm das Herz. Doch da es für Rudi und für eine ziemlich gute Sache war, setzte er sich ans Steuer und fuhr langsam los.

Wir beobachteten, wie die dunklen Nebelschwaden den Pobeda unmerklich verschluckten. Wegen der vielen Schlaglöcher musste er extrem langsam fahren. Doch gerade das war so großartig am Pobeda: Dank seiner hohen Achse ließ er sich im Schneckentempo gut über unebenes Terrain lenken. Als wir den Wagen selbst längst aus dem Blick verloren hatten, konnten wir den Motor noch hören. Er war alles andere als leise. Er stotterte, prustete und schnaufte, und das machte ihn weniger großartig. Das war auch der Grund, warum Dr. N. einen Schlitten und einen Haken hatte bauen müssen und warum sie nicht unmittelbar bei den Zetsches vorfahren würden. Sie wollten sich mit dem Pobeda so weit wie möglich dem Grundstück der Zetsches nähern, einen Hengst nach dem anderen vom Wagen auf Dr. N.s Schlitten umladen, zu seinem Standort ziehen und auf sein Podest stellen. Und all das, ohne die Zetsches zu wecken. »Wozu taugt Wohltätigkeit, wenn man sie hinaustrompetet?«, ermahnte Vater uns.

Du bliebst bei Mutter, Ligita, Vater und mir, hieltest die Augen offen und horchtest Richtung Straße. Nach dem ersten wurde das nächste Pferd abgeladen, dann das übernächste. Was wir nicht sehen konnten, erzähltest du uns: wie sie den Hengst vom Dach des Wagens auf den Schlitten hoben, wie sie den Schlitten zogen, wie sich die Gurte spannten, dann die triumphalen Augenblicke, als der erste, dann der zweite und der dritte Hengst an ihren Standorten aufgestellt wurden.

Wegen des Wassers auf den Feldern und in der Auffahrt der Zetsches war es nicht leicht, den vierten Hengst dazu zu bringen, aufrecht stehen zu bleiben. Er war so gegossen, als befände er sich im Flug: Keiner seiner Hufe berührte den Boden. Eine kräftige Stange zwischen Bauch und Zementsockel stützte ihn.

Und schließlich kamen sie mit dem fünften Pferd, informiertest du uns. Mittlerweile hatte sich der Himmel schiefergrau gefärbt.

Wir stießen einen kollektiven Seufzer aus.

Da hörten wir einen lauten Knall, der aus der Richtung des Zetsche-Anwesens kam. Es war ein Geräusch, das wir alle kannten: Herr Zetsche hatte sein Gewehr abgefeuert.

Du sprangst auf. »Onkel!«, riefst du und stürztest aus der Tür.

Wir hörten sie, noch ehe wir sie sahen. Rudi fluchte aus vollem Halse: »Mistkerl, verdammter Mistkerl!«, während Joels und der große Semjon ihn durch den Nieselregen trugen. Rudis Gesicht war weißlich-grau, wie Birkenrinde.

Dr. N. lief hinter ihnen her, die schwarze Arzttasche in der einen Hand und eine Flasche Wodka in der anderen.

Sie brachten Rudi in die Küche und legten ihn auf den Tisch. Mutter setzte einen Topf mit Wasser auf. Sie umklammerte mit beiden Händen die Herdkante und stützte sich schwer dagegen. Sie konnte sich nicht dazu durchringen, Rudi anzuschauen, das viele Blut zu sehen. Besser etwas tun, das war das Gesetz, nach dem sie lebte. Genau wie ich. Zwar konnte ich ihm den Schmerz nicht nehmen, konnte nichts tun, um ihn zu trösten. Aber ich konnte frische Tücher holen, Salz, Gaze. Ligita streichelte seine Hand und sprach ihm leise Mut zu, während Joels und der große Semjon ihn festhielten.

»Trink!«, befahl Dr. N., während Ligita Rudis Kopf hochhielt. »Das wird dir helfen, den Schmerz zu ertragen.«

Es war ungewöhnlich, dass ein solcher Eingriff zu Hause durchgeführt wurde, doch wie Dr. N. erklärte, waren bei uns wie im Krankenhaus die Instrumente und das Vorgehen identisch, also hatte es wirklich keinen Sinn, Rudi wegzubringen, wenn es nicht unbedingt sein musste. Zumal im Krankenhaus natürlich eine Menge Papierkram anfallen und es Fragen geben würde sowie eine gesalzene Rechnung.

Sie brauchten eine Flasche Wodka für Rudi und eine für sein Bein, doch am Ende zog Dr. N. die Kugel heraus. Rudi knirschte mit den Zähnen und blickte während der Sterilisierung, des Stocherns und Bandagierens unverwandt Ligita an. »Du hast wunderschöne Knöchel«, murmelte er irgendwann, wobei mir auffiel, dass sein Blick inzwischen beträchtlich höher, nämlich bis zu ihren Brüsten, gewandert war.

»Es ist nicht perfekt«, sagte Dr. N. zu Mutter, während er sich an der Spüle die Hände wusch. »Es wäre besser gewesen, das im Krankenhaus zu machen, aber es wird reichen.«

Mutter sagte kein Wort, sondern lehnte sich nur gegen ihren Herd, der rumpelte und bebte.

Gegen Abend machte sich die Infektion bemerkbar. Ein übler Gestank nach Fäulnis, nach Verwesung erfüllte den Raum, in dem Rudi lag. Und so, wie Onkel Maris' Bein schwarz wie Ochsenblut geworden war, wiederholte sich das Ganze innerhalb von fünf Tagen bei Rudis Bein. Es war klar, auch ihm selbst, was als Nächstes geschehen musste. »Macht es kurz und schmerzlos«, sagte er zu Mutter.

Das Risiko einer weiteren Infektion konnten wir nicht eingehen. Dieses Mal bestand Dr. N. darauf, Rudi in sein Labor zu bringen. Wie zuvor stellte uns Wanags seinen Pobeda zur Verfügung. Als Joels und Wanags Rudi in den Wagen luden, hätte dessen Gesicht nicht bleicher sein können. Seine Hände zitterten; sein ganzer Körper bebte. Ich wusste, dass Vater bei seinem Sohn sein wollte, doch er konnte das Bett nicht verlassen. Die Ereignisse der letzten Tage hatten ihn allzu sehr mitgenommen, und deshalb erklärtest du dich bereit, bei ihm zu bleiben.

»Blut ist so laut«, sagtest du.

»Setz deine Mütze auf«, befahl ich, und du gehorchtest ohne ein Wort.

Mutter, Ligita und ich folgten dem Pobeda. Der Himmel, dieses Lagerhaus für Unmengen von Wasser, öffnete seine Schleusen. Der Regen prasselte hernieder und drückte uns förmlich in den Schlamm. Wanags fuhr ganz langsam die Straße entlang, um Rudi nicht allzu sehr durchzurütteln.

Als wir Dr. N.s Haus erreichten, trugen die Männer Rudi hinein. Joels würde Blut spenden, und Wanags stellte sich ebenfalls zur Verfügung. Wir Frauen warteten im Flur. Wir putzten die Fenster. Wir sortierten Dr. N.s Wäsche. Wir betrachteten den Himmel. Auf allen vieren drängte Mutter den Schlamm von Dr. N.s Hintertreppe zurück. Das Wasser stieg leise und stetig, während der Regen in einem ununterbrochenen Schwall aus Grau und Silber herabfiel. Dr. N. hatte irgendwo Morphium besorgt, und das war ein Segen. Niemand sollte mit anhören müssen, wie man ihm das Bein absägt. Mutter summte beim Putzen laut und ununterbrochen vor sich hin. Keine Mutter sollte mit anhören müssen, wie man ihrem Sohn die Knochen durchsägt. Dasselbe gilt für eine Ehefrau. Ligita stimmte ein; ihr Summen war wie ein rasselndes Brummen im hinteren Teil ihrer Kehle.

Als es vorbei war, lag Rudi reglos da. Er rührte sich nicht und wachte auch nicht auf, als Wanags und Joels ihn zum Wagen trugen. Während der langsamen Fahrt durch den Nieselregen nach Hause glaubten wir ihn stöhnen zu hören, doch Mutter summte unentwegt weiter. Und die ganze Zeit hörte es nicht auf zu regnen.

Die Zeit wird langsamer, bleibt stehen, bewegt sich rückwärts, wenn Krankheit eine Familie befällt, ein Zimmer, einen Körper. Rudi faselte wirres Zeug. Einiges davon war allerdings nützlich. Endlich erfuhren wir, welcher seiner Freunde den Ziegelstein in das Haus der Zetsches geschleudert hatte. Anderes war weniger brauchbar. Die Anekdoten aus seiner Zeit an der Universität, die Ausflüge in den Wald, wie oft und mit welchen Mädchen, wer wollte das schon wissen? Und dann über das Gefängnis. Das brachte Mutter dazu, den Kopf in den Backofen zu stecken.

»Es reicht, mein Junge«, sagte Vater und fuhr sich mit der Hand über die Stirn. »Schlaf jetzt.«

Vater betete für Rudi; ich betete für Rudi. Zwei Tage ließ sich Dr. N. nicht in der Klinik blicken. Stattdessen ging er in unserer Küche auf und ab und trank fast den ganzen Wodkavorrat leer.

Mutter wollte singen. Ich sah es an ihren Augen. Doch welche Melodie trägt man in sich, welches Lied stimmt man in Zeiten wie diesen an? Wir warteten einen Tag, reglos, sprachlos, und dann noch einen. Am dritten Tag wussten wir es: eine Infektion. Schon wieder. Und das, so glaube ich, gab Vater den Rest. Um seiner selbst willen war er direkt auf den Tod zugelaufen, doch der Tod wollte ihn nicht. Der Tod forderte seinen Sohn. Davon wollte Vater nichts wissen. Deshalb kämpfte er Stunde um Stunde um das Leben seines Sohnes. Vater übernahm die Infektion in sein eigenes Blut und rang mit ihr. Rudis Haut brannte; Vaters Haut brannte noch stärker. Rudis Schweiß tränkte drei Laken; Vaters vier. Rudi murmelte unablässig seltsame Lieder vor sich hin; Vater rezitierte Passagen aus dem ersten Brief an die Korinther. Die Liebe ist langmütig, die Liebe ist gütig. Sie ereifert sich nicht, sie prahlt nicht, sie bläht sich nicht auf. Sie handelt nicht ungehörig, sucht nicht ihren Vorteil, lässt sich nicht zum Zorn reizen, trägt das Böse nicht nach.

Am fünften Tag senkte sich absolute Stille über unser Haus. Rudi und Vater schliefen fest. Der Kampf gegen den Tod hatte Vater ausgelaugt; seine Haut war weiß und sein Gesicht von langen Falten gezeichnet, tiefer als die von Männern, die bei jedem Wetter im Freien arbeiten.

Am Abend klopfte es. Mutter ging zur Tür und öffnete zögernd.

Herr Zetsche stand auf der Schwelle, mit seinem Filzhut in der Hand.

Mutter blieb in der Tür stehen. Weder grüßte sie ihn, noch bat sie ihn herein.

»Ich bin gekommen, um Ihnen zu sagen, wie leid es mir tut. Ich wollte sie lediglich abschrecken, verstehen Sie, weil wir so viel Ärger mit unserem Haus hatten. Und ich dachte …«

»Ja.« Mutters Stimme klang so stumpf wie eine abgenutzte Pfanne.

»Es war noch dunkel, und bei all dem Regen … Es war keine Absicht, wissen Sie.« Herr Z. fummelte an seinem Hutband herum. »Kann ich ihn sprechen?«

Mutter blickte über die Schulter zum hinteren Zimmer. Rudi murmelte den Text eines alten Liedes – eines schmutzigen Liedes, nebenbei bemerkt –, Vater rezitierte Passagen aus Jesaja.

»Es passt gerade nicht so gut«, sagte Mutter.

Herr Zetsche drehte langsam seinen Hut in den Händen. »Ja, ich verstehe«, sagte er schließlich.

12

Ich bin froh, dass du alles aufgeschrieben hast, was Stanka uns in dieser schweren Zeit brachte: Zitronen und Ingwerwurzeln für Rudi, Gewürzsumach für Vater. Ich glaube nicht, dass sie ihre Hausrezepte jemals aufgeschrieben hat, weder wie die Kräuter, Wurzeln und seltsamen Cremes zubereitet, noch wie oft und in welcher Dosierung sie verabreicht werden sollten. Du hast in deinem *Buch der Wunder* notiert, dass sie ihre Anweisungen – *Hier, trink. Na los, mach schon! Reib dir hiermit die Brust ein. Leg das unter die Zunge, ja, jetzt, aber schluck es um Gottes willen nicht runter* – auf eine Art erteilte, die jeglichen Zweifel an deren Wirksamkeit ausräumte. Und für kranke Menschen kann die beste Medizin eine kräftige Stimme sein, die ihnen sagt, was sie zu tun haben, obwohl ich meine, mich zu erinnern, dass dein Großvater einmal zu Joels sagte, Stanka habe ihm besser gefallen, als sie nur vorbeikam, um uns unsere Milch wegzutrinken.

Stanka brachte auch die jüngsten Neuigkeiten den Fluss betreffend mit, die du alle bestätigen konntest. Wahrscheinlich war es ihr Bericht über die Vehemenz, mit der das Wasser anstieg und kleine Brocken aus dem ungeschützten Fundament der Riviera riss, was mich dazu veranlasste, Veltas Briefe, dein *Buch der Wunder* und ein paar Fotos hinter dem Herd im Gemeindesaal zu verstauen. Es war der höchste und sicherste Platz, der mir einfiel. Dr. N.s Stall stand zu zwei Dritteln unter Wasser. Er unterbrach das Experiment mit den glücklichen Kühen, um die Rinder mit Schwimmwesten auszurüsten. Ich weiß, dass Dr. N. froh über deine Hilfe war; nicht jeder Zehnjährige ist geeignet, eine kleine Herde von Kühen mit Pflanzenöl einzureiben und sie in Ganzkörperschwimmwesten zu stecken.

Um diese Zeit trug Joels Herrn Ilmyen zu uns nach Hause. Das schien Vater ein bisschen zu beleben. Seine Augen leuchteten, als Joels Herrn Ilmyen auf die Pritsche neben Vaters Bett legte. Das Schachbrett wurde auf den Nachttisch gestellt, der zwischen Pritsche und Bett eingekeilt war.

Herr Ilmyen bewegte einen Bauern. »Der Glaube ist wie eine Ehe. Er überrascht; er enttäuscht. Dann überrascht er wieder.«

»Nein«, sagte Vater. »Er ist wie eine ansteckende Krankheit.« Vater rochierte seinen König.

Herr Ilmyen verrückte einen Läufer und setzte Vater ins Schach. »Dann werden wir uns vielleicht nie mehr erholen«, sagte er leise.

In dieser Nacht rief dein Großvater mich zu sich. Du saßest auf seiner Bettkante und hieltest seine Hand in deiner. Vater zeigte auf die Bibel am Fußende.

»Ezechiel. Siebenundvierzig«, krächzte er. Du begannst vorzulesen: »Und ließ mich durch das Wasser gehen; das Wasser reichte mir bis an die Knöchel.«

Vater legte eine Hand auf die Brust. »Das Wasser im Innern steigt. Horch mal.« Du legtest dein Ohr auf Vaters Brust. Und dann rezitierte er aus den Psalmen.

Hilf mir, o Gott, denn das Wasser geht mir bis an die Seele!
Ich bin versunken in tiefem Schlamm und habe keinen Stand; ich bin in tiefes Wasser geraten, und die Flut will mich ersäufen.

Ich erkannte diesen Psalm nicht deshalb wieder, weil ich über ein ähnlich gutes Gedächtnis wie Vater verfügte, sondern weil es einer dieser seltsamen Psalmen war, die Großmutter Velta in ihren Briefen niedergeschrieben hatte. Jetzt kam er mir nicht mehr so seltsam vor.

Du hieltest dein Ohr noch immer an Vaters Brust. Der Regen prasselte auf das Dach, machte Musik in den Traufen. »Es regnet im Innern dieses Psalms«, sagte Vater. »Und du«, er drehte sich mir zu, »bist ein Mädchen aus silbernen Fäden. Und du«, Vater wandte sich Rudi zu, »du bist Eisen und Stein, sauber zusammengeschweißt. Doch deine wahre Stärke …« Er hob den Finger und deutete auf Ligita.

Dann rief er Mutter. Er konnte nur noch mühsam atmen. Zwischen den einzelnen Worten musste er eine Pause einlegen. »Habe ich genug getan?«

Mutter berührte seinen Arm so sanft, dass es schmerzte, ihr zuzusehen. »Du hast genug getan. Ruh dich jetzt aus.«

Und wieder beugtest du dich über Vater, drücktest dein Ohr an seine Brust.

Deine Ohren brannten hellrot, sie glühten, während du hörtest, wie Vater um jeden Atemzug kämpfte. »Hab keine Angst«, flüstertest du. Und dann war Vater gegangen.

Noch in derselben Nacht sägte Joels die Bretter zurecht, während Rudi von einem hölzernen Klappstuhl aus alles beaufsichtigte. Lange durchdringende Klagelaute stiegen von der Handkreissäge auf. Joels' wohlklingender Bariton füllte die Lücken zwischen dem Hin und Her der Säge. »Wenn du in der Scheiße sitzt, denk an uns.« Sein neuer Werbesong für die Chem-Do-Trockentoiletten. Am Morgen war der Sarg fertig. Joels und Buber gingen zum Friedhof und hoben ein Grab neben dem von Onkel Maris aus. Sie mussten sich beeilen. Die ganze Nacht hatte es geregnet, und der Fluss war bis an den Rand unseres Grundstücks gestiegen. Als sie fertig waren, rief Joels Wanags an, der mit dem Pobeda kam. Sie klappten die Sitze herunter und ließen die Hecktür offen, und so wurde aus dem Auto, das zuvor ein Krankenwagen gewesen war, ein Leichenwagen. Mutter, Ligita, du und ich stapften in unseren Gummistiefeln durch den Schlamm. Wir hatten keine Zeit gehabt, um einen richtigen Grabstein meißeln lassen. Ein schlichtes Holzkreuz, das von einer Schnur zusammengehalten wurde, musste vorerst genügen.

Obwohl Vater ein schweigsamer Mensch gewesen war, hatte er über die Jahre hinweg viele Freunde gewonnen. Auf dem Friedhof warteten, eng aneinandergeschmiegt, die Witwen Sosnowskis und Spasski unter einem gelben Regenschirm in Form einer Tulpe. Die Familien Li und Lim, Arijisnikow und Gipsis und sogar die Familien, die am heftigsten über die Verteilung der Parzellen gestritten hatten, waren gekommen, um ihm die letzte Ehre zu erweisen. Und Frau Ilmyen. Sie stand neben Rudi und mir. »Euer Vater hat viele komplizierte Rätsel gelöst.« Ihre Stimme war ein leises Summen; sie klang wie ein straff gespannter Draht. »Er wusste zu leben.« Dann drehte sich Frau Ilmyen um und ging zurück zu einer Gruppe dunkler Gestalten, die gleich hinter der niedrigen Steinmauer standen: der große Semjon, Jutta und der kleine Semjon. So erfuhren wir, dass Herr Ilmyen ebenfalls in der Nacht gestorben war.

Die ganze Zeit hatte Stanka still zugeschaut. Ich glaube, sie war fassungslos. Keine ihrer Tinkturen oder Cremes hatte den Tod aufhalten können. Sie ging rückwärts um den Grabhügel. Das tat sie drei Mal. Dann holte sie tief Luft. Und als sie endlich ausatmete, war ihr Atem kein Seufzer, sondern ein Lied:

Süß bläst der Wind,
So süß,
So süß,
Von den Gartenpfaden.

Es war ein Zigeunerlied, und Stanka, deren Stimme normalerweise an Kies erinnerte, den man mit einer Harke bearbeitet, gelang es, sie so weich klingen zu lassen, als würde für einen Moment der Regen aufhören. Als sie fertig war, stimmten wir die alten Dainas an, die wir schon seit Jahren nicht mehr gesungen hatten. Die Texte kannten wir auswendig. Sie waren Wasser über Felsen. Sie waren Atem in der Lunge. Wir sangen unsere Liebe durch Zeit und Licht und die derzeitigen Schwierigkeiten hindurch. Unsere Lieder trugen unsere Tränen, und unsere Tränen legten das stille Grübeln der Felder, der Steine und der Erde bloß und derjenigen, die unter den Steinen und der Erde lagen.

Immer wenn einer von uns nachließ, hob Rudi seine Krücke und trieb uns an. Du warst der Einzige, der nicht sang. Du hast bloß zugehört. Irgendwann winkte dich Ligita zu sich. Sie zeigte auf ihren Bauch. Du legtest ein flaumiges Ohr auf ihren runden Bauch. Ein Lächeln breitete sich auf deinem Gesicht aus.

»Sie singt«, sagtest du.

Der Regen wurde immer heftiger. Einer nach dem anderen verschwanden unsere Nachbarn und Freunde. Ich wollte nicht nach Hause. Ich wusste, dass der Schlamm bis zur obersten Stufe reichen würde, und der Schuppen stand bereits einen Meter unter Wasser. Minuten verstrichen. Eine Stunde. Ich ging nicht zum Fluss, er kam zu mir. Ich hatte untröstlich an seinen Ufern gestanden. Ich hatte fröhlich an seinen Ufern gestanden. Als er jetzt über die Ufer trat, schwappte er gegen meine Füße, und ich war verwirrt. Eben noch hatten wir gesungen, und es hatte sich gut und richtig angefühlt. Jetzt kam ich mir leer, klein und besiegt vor. Auf der Wasseroberfläche spiegelten sich die Störche, ihre Schatten unscharf dahinter. Von den niedrigen Hügeln hörte man Hundegebell, es klang wie halb verschlucktes Gähnen. Nur das Wasser vom Himmel war wie immer, ein Tropfen fiel nach dem anderen, jeder eine Bestätigung. Der Himmel zog sich immer weiter über uns zu, Tropfen für Tropfen drückte er hernieder.

Mutter trat zu uns und legte einen Arm um dich und den anderen um meine Hüfte. Mit Ligitas und Joels' Hilfe humpelte Rudi durch den Schlamm auf das Birkenwäldchen zu. »Unsere Welt ist so klein«, sagte Mutter. »Viel zu klein, und wir sind so winzig darin.«

»Aber nicht unsichtbar«, sagte ich.

»Nein. Unsichtbar nicht, nur winzig. Gebrochen, aber nicht zerschmettert. Also wäre es töricht zu weinen, nicht wahr?« Sie wandte sich an dich, doch mich sah sie an. Die Frage war zu schwer, um sie allein zu tragen. »Ich habe immer geglaubt, ich könnte Kraft aus dem Fluss schöpfen, wie mit einem Eimer.« Mutters graue Augen und der Fluss hatten die gleiche Farbe. »Ich habe geglaubt, die Kraft würde emporsteigen und mich erfüllen. Aber jetzt weiß ich nicht mehr, ob ich noch daran glaube.«

Sie drückte mich fest an sich. Wir fühlten uns alle beschädigt, doch unsere schartigen Kanten waren keineswegs gleich. Das ist das Besondere an der Trauer: Jeder trägt sie anders. Sie ist einzigartig und daher auch auf einzigartige Weise schmerzlich.

Das Wasser leckte an unseren Stiefeln; der Schlamm kroch an meinen Waden hoch. Ich wollte gerade vorschlagen, trockenes Gelände aufzusuchen, vielleicht zum Gemeindesaal zu gehen, als sich weiter stromaufwärts ein gewaltiger Lärm erhob. Gänse schrien, Hunde kläfften, und dazu kam etwas, das sich anhörte wie das Muhen sämtlicher Kühe in Lettland.

»Ahoi!« Etwa hundert Meter stromaufwärts wedelte Dr. N. mit den Armen. Er stand auf dem Dach seines Stalls, nun ein Floß, das mithilfe des dicken Unterbodens aus Hunderten und Aberhunderten von Korken auf dem Wasser trieb. Neben ihm stand Fräulein Dzelz und hielt ein Ruder. Das Floß kam auf uns zu: noch fünfzig Meter, fünfundzwanzig. Seine Kühe hatte er an Vorder- und Rückseite angebunden. In ihren Schwimmwesten wippten sie neben dem Dach auf und ab wie große gelbe Bojen. Sie schienen sich ihrer lächerlichen Lage bewusst zu sein, denn ihr Schnaufen und Prusten zeugte von Verwirrung und ging gelegentlich in empörtes Brüllen über. Das Floß stieß sanft gegen die Erlen und verhakte sich dort.

»Seid so nett«, rief Dr. N. »Stoßt uns ein bisschen an, bitte. Und dann springt an Bord.«

Die Kühe, die am vorderen Teil von Dr. N.s schwimmendem Stalldach festgebunden waren, muhten und ächzten. Die Kühe am hinteren Teil taten es ihnen gleich. Ich sah Mutter an. Sie sah mich an. Wir hatten zwei Möglichkeiten: Wir konnten hier dicht beieinander stehen bleiben. Oder auf das ehemalige Stalldach klettern und höher gelegenes Gelände aufsuchen.

Mutter stellte vorsichtig einen Fuß auf eine Planke, zögerte. »Offensichtlich kann übermäßiger Alkoholkonsum wunderbare Dinge hervorbringen«, sagte sie, als sie schließlich an Bord ging. Wir anderen folgten, die Ilmyens bildeten das Schlusslicht. Joels und Dr. N. stießen sich mit den Rudern von den Erlen ab, und das Dach kam frei. Noch nie hatte ich Dr. N. so glücklich gesehen. Endlich ein Experiment mit handfesten, nützlichen Ergebnissen! Wir trieben auf dem Wasser, keine Frage. Und die Kühe ebenfalls. Vom Strom des Flusses getragen, traten sie gelegentlich lustlos mit den Beinen und betrachteten die vorüberziehende Landschaft.

Dr. N. stieß Joels an. »Wer hätte gedacht, dass sie so gut schwimmen können?«

An seiner Seite trug Fräulein Dzelz ein breites Lächeln im Gesicht. Hätten die beiden sich nicht schmachtende Blicke zugeworfen, wäre es auf dem Stalldach ziemlich unbehaglich gewesen. Denn dort saßen eng beieinander, klein und verlassen, auch die Zetsches. Herr Zetsche ohne seine hohen Schuhe. Frau Zetsche ohne ihre vielen hübschen Dinge. Es waren nur sie beide. Wir konnten ihnen nicht entkommen und sie uns auch nicht.

Herr Z. ließ seinen Blick über uns schweifen, blieb an Rudi hängen und senkte ihn dann. Er drückte den Hut tief in die Stirn, sodass die Krempe ihn abschirmte. Er war nicht mit uns an Vaters Grab gewesen; es war klar, dass er dort nicht willkommen gewesen wäre. Es tat mir weh, zu sehen, wie sehr er sich dessen bewusst war.

Vorsichtig balancierte Mutter über das Dach. Sie ging auf Frau Zetsche zu und setzte sich neben sie. Einen langen Augenblick sagte keine der beiden Frauen etwas. In der Ferne sahen wir die blauen, grünen und roten Dächer unserer Häuser und Ställe. Ein flaches Land mit abgeflachten geometrischen Formen. Weiter unten tanzten gelbe Lichtflecken, die aus dem Schulgebäude und dem Gemeindesaal fielen, über das Wasser.

»Wir sind ruiniert«, sagte Frau Zetsche leise. »Das Herrenhaus – es ist nicht mehr.« Frau Zetsche zitterte.

»Ich weiß«, sagte Mutter, zog ihren Mantel aus und legte ihn Frau Zetsche sanft über die Schultern. Wie schnell doch dieser Fluss den großen Graben zugeschüttet hatte zwischen jenen, von denen wir meinten, sie hätten zu viel, und jenen, von denen wir meinten, sie hätten mehr verdient. Wir waren dabei, gemeinsam alles zu verlieren, sahen zu, wie es auf dem Wasser trieb, aneinander stieß und davongetragen wurde. Die Katastrophe machte uns gleich. Wir konnten niemanden mehr beneiden. Und vielleicht war das der allergrößte Verlust: Wen sollten wir nun für unser Elend verantwortlich machen?

Wir trieben an den Arijisnikows vorbei, die auf ihrem Schornstein saßen und uns aufmunternde Worte zuriefen. Inzwischen hatte es aufgehört zu regnen, die Wolken hatten sich gelichtet. Die Grenze zwischen dem dunklen Himmel und dem dunklen Wasser war verwischt. Dann Lichter, Sterne. Sterne tanzten am Himmel; Sterne tanzten auf der tiefschwarzen Wasseroberfläche. Und da hatte ich so etwas wie eine Vision, vielleicht war es aber auch nur ein Funke von Erkenntnis, die über mein normales Auffassungsvermögen hinausging. Glorreiche dreieinhalb Minuten lang begriff ich, was das alles bedeutete. Wir wurden alle gemeinsam getauft. Wir trieben über unseren üblichen Sehnsüchten, unseren hässlichen Fehlern, unserer komplizierten Geschichte und über sie hinaus. Alles für diesen einen Augenblick. Und ich wäre die Frau, die ich schon immer hatte sein wollen: weiser, als es meinem Alter entsprach, unerschütterlich und nützlich auf eine Art, die über mein rein physisches Vermögen weit hinausging. Mutter wäre nicht mehr müde. Rudi wäre nicht mehr zornig. Und Ligita. Sie würde ihr Kind bekommen, ein gesundes Kind, das Mutter zu ihr sagen und sie mit Augen voller Liebe ansehen würde. Und du hättest endlich eine Welt, die es wert war, dass man ihr zuhörte.

Als hättest du meine Gedanken gehört, meine innigsten Hoffnungen, tauchtest du ein Ohr ins Wasser. Hast du gehört, wie Herrn Zetsches Hengste über das Flussbett donnerten? Vielleicht horchtest du auf seine schönen Autos, die, mit Wasser vollgelaufen, im weichen Grund des Flusses versanken. Veltas Flügel wurde nun von Hechten und Aalen gespielt, die über die Saiten glitten, vielleicht hörtest du auch das. Leichtere Gegenstände – einzelne Schuhe, Schachfiguren, Mobiltelefone – gaben keine Geräusche von sich, während sie fröhlich stromabwärts strudelten.

Ligita saß neben Rudi. Sie nahm seine Hand und drückte sie fest. Eine Wehe. In diesem Augenblick rumpelte das Floß unsanft gegen den Gemeindesaal. Ligita umklammerte mit beiden Händen ihren Bauch. »Ah-oh«, sagte sie.

Was geschah im Gemeindesaal? Vielleicht ist es seltsam, dass ich dir Dinge erzähle, die du selbst miterlebt hast. Doch manchmal sehen wir etwas und wissen nicht, was wir sehen. Erinnerst du dich an die Steine, die ganze Galaxien enthalten? Es kann sein, dass wir an ihrem Entstehen beteiligt sind, ohne es zu wissen. Die Kühe, daran wirst du dich bestimmt erinnern, scharten sich draußen vor dem Saal zusammen und drückten verzweifelt ihre Nüstern gegen die Fensterscheiben, die von ihrem kollektiven Schnauben und Seufzen beschlugen. Ihre gelben Schwimmwesten sorgten für einen zusätzlichen Körperumfang, den sie sich nicht erklären und auf den sie sich auch nicht einstellen konnten. Bei jedem Versuch, sich aneinander vorbeizuschieben oder sich durch die schmale Tür zu zwängen, stießen sie auf Widerstand und schwankten auf lächerliche Weise.

Dann platzte Ligitas Fruchtblase. Ihre Schreie, scharfkantig wie Blech, zerrissen die stickige Luft im Saal. Frau Ilmyen, Jutta, der große Semjon und der kleine Semjon murmelten ihre Gebete, ein leises Säuseln am anderen Ende des Saals. Mutter und ich hielten Ligitas Hand.

Rudi flüsterte ihr ins Ohr: »Das machst du wunderbar.« Ihr Schmerz verstärkte den seinen; er schlug mit der Faust auf den Schenkel, dumpfe Schläge, die sich anhörten wie ein Weberschiffchen, das über den Webstuhl saust, schriebst du. Jeder Schlag ein Takt im Rhythmus seines tonlosen Liedes.

Herr Zetsche, der die ganze Zeit kein einziges Wort gesagt hatte, ging vorsichtig auf Rudi zu. In der Hand hielt er eine Zigarre. Er schnitt die Spitze ab. »Es ist nicht viel, aber glauben Sie mir: Sie ist alles, was ich besitze.« Herr Zetsche bot Rudi die Zigarre an. Mit zitternder Hand nahm Rudi sie entgegen, woraufhin Herr Zetsche ein Streichholz anzündete, und während Rudi die Flamme suchte, bliesen sich seine Wangen auf wie die ledernen Falten eines Blasebalgs.

Gegen elf wurden wir unruhig. Joels war hinausgegangen, um die Kühe zu melken, kein leichtes Unterfangen, da sie immer noch in ihren Schwimmwesten steckten. Die Zetsches hatten eine ganze Kanne Kaffee getrunken. Wir hatten uns gegenseitig unsere Gesichter eingeprägt. Es gab keinen Strom, nur die Karbidlampen mit ihrem stechenden Geruch und grellen Licht.

»Was sollen wir machen, wenn das Wasser weiter steigt?«, fragte Frau Ilmyen laut.

»Singen«, murmelte Joels, und Stanka nickte.

»Wir haben schon gesungen«, erinnerte uns der große Semjon.

»Wir könnten beten«, sagte Jutta.

»Schaden kann es nicht.« Das kam von Fräulein Dzelz.

»Na gut«, seufzte Mutter. »Aber bitte – bloß nicht eins dieser langatmigen lutheranischen Gebete.«

Und die ganze Zeit hatte uns Velta schweigend zugesehen. Der Himmel hing über ihrem Kopf, Wolken vor ihrer Brust: Himmelsmilch. Sie presste die Lippen fest zusammen. Nicht aus Zorn. Nicht aus Resignation. Sondern aus Anerkennung. *Wenn euer Leben so erfüllt war wie meins, wozu dann noch Worte?* Vater hatte das gesagt, und jetzt sagte sie es. Wir brauchten dieses neue Leben, laut, lärmend und chaotisch, so sehr, wie wir unser altes Leben brauchten, das in klare Worte oder Musik gefasst war und seine Spuren in unseren Gesichtern hinterlassen hatte. *Seht, wie schnell sich alles ändert*, sagten ihre Augen. *Seht, was ein bisschen Wasser bewirken kann.*

Ein Schrei. Leise und lang. Und dann noch einer. Hoch und schrill. Das Baby war da.

Der Fluss zog sich zurück und hinterließ eine dicke Schicht aus Geröll, Schlamm, Gras und ruinierten Erbstücken. Du halfst den Männern, das Flussbett auszubaggern, und schriebst über ihre seltsamen Funde: Mutters Schreibmaschine, ein hölzernes Spinnrad, zwei von Herrn Zetsches Hengsten. Die anderen waren in dem weichen Grund versunken, und dort würden sie auch bleiben. Wie sich herausstellte, hatte Herr Zetsche nicht gescherzt, als er behauptete, alles sei verloren. Ihr imposantes, stattliches Herrenhaus war nur noch eine stinkende, leere Hülle. Das machte eine Art Heilung möglich. Du hörtest Frau Zetsche kaum merklich schniefen und schlugst vor, ihr Haus als Erstes zu bauen. Joels stimmte zu und ging mit Rudi von Tür zu Tür, auf der Suche nach freiwilligen Helfern.

Junge Männer, alte Männer. Rudis Freunde, die Merry Afflictions. Der kleine Semjon. Sie alle versammelten sich hinter dem Gemeindesaal, an der höchstgelegenen Stelle der Stadt. Schubkarre um Schubkarre Zement – von Hand gemischt und von Hand gekarrt, inmitten von Tau, Regen und Dunst – nahm das neue Miniatur-Herrenhaus Gestalt an. Es war kleiner als ihr früheres Zuhause und hatte nicht so viele glänzende Porzellanbecken. Doch es war das, was wir bauen konnten, und es war das, was sie brauchten.

Waren unter den Helfern einige der jungen Männer, die Ziegelsteine gegen die Fenster der Zetsches geworfen und die Geschäfte an der Riviera abgefackelt hatten? Niemand fragte; niemand musste fragen. Das Wasser zog uns zur Rechenschaft und gewährte Stein um Stein Vergebung.

So viel Großmut blieb nicht unbeachtet. Frau Zetsche stand in diesen Wochen, als – Platte um Platte, Balken um Balken – ihr neues Haus entstand, oft lange neben Stanka. Es entging uns nicht, wie sich Frau Zetsche gelegentlich die Augen abtupfte – echte Tränen. Stanka bot ihr Sonnenblumenkerne oder Papiertaschentücher an. *Wie viele großzügige Menschen leben in dieser Stadt?*, fragte sich Frau Z. vermutlich. Ich kannte die Antwort: so viele wie die Kiesel am Flussufer, zu viele, als dass man sie hätte zählen können.

Der Fluss bewegte sich anders – langsamer an Stellen, an denen er zuvor schnell gewesen war, strudelnder über Felsen, wo zuvor Uferlöcher für schlafende Aale gewesen waren. Wir konnten sie nun nicht mehr fangen, um uns über das kommende Jahr zu retten. »Wasser hat einen eigenen Willen«, sagtest du eines Tages, während du einen flauschigen Rohrwischer zuerst im einen und dann im anderen Ohrkanal zwirbeltest. Der Rohrwischer war ein Geschenk von Herrn Zetsche. »Man versündigt sich an der Natur, wenn man versucht, es aufzuhalten oder zu kontrollieren.«

Und wie der Fluss hattest auch du dich verändert. In den drei Jahren nach der Flut wurdest du größer als Rudi, und wir mussten aufhören, dich den kleinen Maris zu nennen. Du wurdest einfach Maris. Deine Rücken- und Nackenmuskeln waren kräftiger, das zarte Fell auf deinen Ohren dichter. In der Annahme, du seist eine Inkarnation des Bärentöters, versuchte ein PR-Unternehmen hartnäckig, dich als Maskottchen für die Hockeynationalmannschaft zu gewinnen. Eine Illustrierte porträtierte dich sogar als Hoffnungsträger für die nächste Präsidentschaftskandidatur. Joels und ich sprachen darüber; wir hatten schon viele solcher Legenden ertragen. Wir würden auch mit dieser – und manch anderen – fertig werden.

Du sagst, dass sich um diese Zeit deine Hörfähigkeit verändert hätte. Die breite Palette von Geräuschen, die dich so viele Jahre nicht hatten schlafen lassen, schrumpfte beträchtlich. Bestimmten Klängen gegenüber wurdest du fast taub; den politischen Entwicklungen in Riga konntest du nicht mehr folgen und wolltest es auch gar nicht. Als Herr Z. dich nach den wirtschaftlichen Aussichten und den Märkten in Hongkong fragte, hast du von dem ungewöhnlichen Trend berichtet, in Kanada die Artus-Legende wieder aufzuführen, und von den Veränderungen im Polareis, dessen Stöhnen und Krachen dir zuweilen den Schlaf raubten. Auch leisere Geräusche störten jetzt deinen Schlaf.

Du hörtest verschiedene Gewässer, konntest am Klang die Farben ihrer Flussbetten unterscheiden oder wie schnell sie flossen; du hörtest, wie die Fische in den Flüssen träumten: in der Daugava, der Newa und sogar im Amazonas. Doch am häufigsten lauschtest du der Aiviekste. Im Herbst, dem Höhepunkt der Aalsaison, fingen wir keinen einzigen Fisch. Es liege an den Aalen, erklärtest du und schlugst dir mit der flachen Hand gegen die Schläfe. Sie seien in Bedrängnis, weil ein großer, fester Gegenstand ihnen den Weg versperrte. Wir gingen der Sache nach und fanden heraus, um welchen Gegenstand es sich handelte: die Stahlplatte von Veltas Flügel. Da sie sich an einer engen Stelle des Flusses verfangen hatte, bedurfte es etlicher Arbeiter, einer hydraulischen Ankerwinde und einer Sperrklinke, um sie herauszuziehen. Und das veränderte auch die Art und Weise, wie einige von uns über Aale dachten. Ihre Wünsche unterschieden sich gar nicht so sehr von den unseren. Sie wollten einfach nur ungehindert und unbeobachtet leben. Irgendwie schien es falsch zu sein, sie zu fangen und zu essen.

Ich sehe, dass die Luft eine Struktur und das Licht ein Gewicht hat. Anhand seiner klaren Ränder kann ich die Intensität eines Schattens ermessen. So gut wie du werde ich niemals hören, aber ich erkenne die Schönheit in einem Atemzug oder im Lied einer Grille, dem Jaulen der Hunde auf der Straße, das mich früher genervt hat. Und Onkel Maris. Seine Stimme ist ein schwaches Schnarren, aber ich kann sie von denen der Zikaden und Grillen unterscheiden. Sie klingt wie ein unentwegtes Rasseln, wie Vitaminpillen, die in einer Flasche geschüttelt werden. Ich verstehe, dass er mir etwas zu sagen hat. Eine Rechnung begleichen will.

»Ein Spiegel ist nicht dasselbe, ich wiederhole, nicht dasselbe wie ein Wunder.« Onkel Maris' Stimme klingt, als würde jemand über die Fensterscheibe kratzen. Jetzt verstehe ich, dass ich seinen Übergang verhindert habe; ich war seine Heimsuchung.

Ich habe die weißen Handschuhe angezogen und in Oskars' Bibel vor und zurück geblättert. Ich bin keine Theologin, bloß eine einfache praktizierende Gläubige. Trotzdem muss ich glauben, dass die Antwort Ja lautet. Ich brauche Vergebung. Es dauerte eine Weile, bis ich es begriffen hatte, aber mein Zorn auf Onkel Maris fesselte mich an ihn, und deshalb brauche ich seine Vergebung und er die meine. Unser gegenseitiger Zorn hat uns aneinandergekettet. Dass er mit der Bibel bestattet wurde … Ich bekenne mich schuldig, doch ich bereue es nicht. Zwar war das ein Fluch, eine

Strafe, aber es ist auch ein Segen für ihn. Die Psalmen hörten nicht auf, ihn zu verletzen; sie bohrten Löcher in seine Hüften. Aber, so schriebst du in deinem *Buch der Wunder*, ist ein Segen nicht wie ein Schlag auf die Wunde, ist er nicht der Schmerz der Erlösung, ist er nicht das, was uns auf wunderbare Weise heilt?

Die Zeit bewegt sich in eine Richtung, unser Körper verzeichnet, wie sie verstreicht. Nach der Flut hieltest du jede Bewegung des Flusses fest, jede Verlagerung des Schlamms, jedes Hindernis, jede vertiefte Stelle im dunklen Wasser. Dein Onkel Rudi brauchte zwei Jahre, doch dann hatte er gelernt, den Bagger mit einem Bein zu bedienen. Deine Tante Ligita erlangte jene Berühmtheit, die sie sich so gewünscht hatte; sie arbeitete als Handmodell und fuhr oft mit dem Bus nach Riga zu Fotoaufnahmen.

Du bist ein guter Cousin für ihre kleine Biruta. Sie zieht dich an den Ohren, und du verlierst nie die Geduld. Sie wurde nach deiner Großmutter benannt, der ganz gewiss nichts größere Freude machte, als diese Füßchen im Flur auf und ab laufen zu hören.

Obwohl die kleine Biruta damals noch viel zu klein war, um es wirklich zu verstehen, erklärte deine Großmutter ihr, wie wichtig Kartoffeln sind und wie man am besten Rote Bete raspelt. Da wurde mir bewusst, dass deine Großmutter krank war: als sie begann, die Familienrezepte preiszugeben.

Sie sagte, sie sei müde, nichts weiter, aber ein Anruf bei Dr. Netsulis und einige Tests im Krankenhaus brachten Klarheit: Sie hatte eine Reihe von kleinen und großen Herzinfarkten erlitten. »Aber hast du denn nichts gemerkt?«, fragte ich ungläubig. »Wie konntest du das nicht spüren?« Und sie lächelte, wie so oft in jenen letzten Tagen, ein müdes, hilfloses Lächeln. »Ich dachte, ich hätte einen Stein verschluckt. Ha.«

Frau Ilmyen brachte ihre geliebten Stöckelschuhe und bestand darauf, dass deine Großmutter sie wenigstens anprobierte. Nie zuvor hatte man so ein Theater um sie gemacht. Nie zuvor hätte sie es zugelassen. Und jetzt machte unser unbeholfenes Übermaß an Aufmerksamkeit – Rudi brachte ihr Tee auf einem Tablett! – sie erst recht auf den Ernst der Lage aufmerksam. »Ich sterbe also wirklich«, sagte sie zu mir. »Ja«, antwortete ich.

Eines Abends im Juli, als das Licht von draußen die Wände lilafarben fleckte, lag Mutter im Bett. Ich legte meine rauen Hände auf ihre. »Ich habe Angst«, murmelte sie. »Ich weiß, dass ich keine haben muss. Alles Gute ist auf der anderen Seite. Warum also habe ich so viel Angst vor dem Guten?«

Ich wusste nicht, was ich darauf antworten sollte. Ich bin mir nicht sicher, ob ich darauf jemals eine Antwort haben werde. Stattdessen sang ich für sie, mit heiserer, dünner und unsicherer Stimme:

> Ich bin die Erste des Liedes.
> Ich stehe in der Mitte.
> Wäre ich nicht die Erste
> des Liedes,
> stünde ich nicht in der Mitte.

Ich summte Mutter das Lied vor, der Ersten meines Liedes, jener, die in der Mitte steht.

Mutter lächelte. »Etwas verändert sich in mir. Früher konnte ich Gott nirgendwo sehen. Jetzt sehe ich ihn überall, wohin ich auch schaue.« Ihr Blick blieb an einer Ecke hängen, in der sich die Schatten sammelten.

Ich kniff die Augen zusammen, um zu sehen, was sie in der wachsenden Dunkelheit ahnte.

In dieser Nacht starb sie. Wir zündeten eine Kerze an, stellten sie neben ihr Bett. Du hast über die Flamme gewacht, während Rudi und Joels den Sarg hereintrugen, Mutters kleinen Körper vom Bett hoben und ihn sanft hineinlegten. Für die Totenwache machten wir *rasols,* dieses Mal mit Schinken, Zwiebeln und Kartoffeln. Die ganze Zeit über hörte ich Mutters Stimme. *Kommt ja nicht auf die Idee, sie ohne Dill aufzutischen!* Stanka brachte uns ein Daunenkissen, ein traditionelles Trauergeschenk der Roma. Wären wir Roma gewesen, hätten wir siebenundzwanzig Kissen bekommen. Warum siebenundzwanzig und nicht achtundzwanzig oder sechsundzwanzig, das verriet uns Stanka nicht. Aber es waren echte Daunen – sie hatte die Gänse selbst gerupft.

Ich weiß, dass du dich daran erinnerst, wie wir zum Friedhof gingen. Wie wir den Sarg anhoben, ein Stück gingen, ihn wieder absetzten. So tragen wir zusammen eine Last. Wir verteilen das Gewicht; wir erlauben unseren Händen, zu Atem zu kommen; wir wechseln die Position. Zusammen bücken wir uns, ergreifen die Gurte, heben die Last an und schlurfen ein Stück weiter.

Auf dem Friedhof gingen wir zu der Grube neben Vaters Grab. Du, der kleine Semjon, Rudi und Joels ließt den Sarg an den Seilen hinunter. Dann schaufelten Rudi und Joels die Erde in das Loch und schütteten sie zu einem Haufen auf. Wir bedeckten ihn mit Eichenzweigen und roten Rosen. Wir bedeckten ihn mit Dainas: *Ich werde ein Kästchen voller Lieder öffnen und Freude hervorbringen.*

Der grüne Zauber des Frühlings ist zurück. Gelbes Licht klettert an der Wand hoch. Setzt das Grün auf die zitternden Birken. Ein feiner Goldschimmer aus Licht bedeckt den Boden. Ich höre etwas summen. Die Bienen sind zurück. Die Bienen haben ein Nest in meinem Kopf gebaut. Wie emsig sie sind, unermüdlich arbeiten sie an ihrem Heim, zwischen meinen lose geflochtenen Gedanken. Wie Nadeln schießen sie hin und her, um Licht und Geräusche zu verknüpfen. Stanka sagt, dass Gott im Himmel kein Licht braucht und auch keine Lampen, weil die Bienen den ganzen Himmel voller Licht und Klee summen. Wir werden vor Honig triefen. Das sagt sie, während sie neben mir sitzt und mit ihren langen Stricknadeln klappert.

Ich bin hin und her gerissen, was das Geräusch des Strickens angeht. Einerseits mag ich dieses rhythmische Klicken. Andererseits verbinde ich es mit dem Ticken eines Zeigers, der über das Zifferblatt einer Uhr wandert. Jedes Ticken sagt: *Jetzt*. Ich höre, wie meine letzten Atemzüge gezählt werden.

Das habe ich gedacht und mir gewünscht, du säßest auf dem blauen Stuhl. Ich wollte, dass du mich daran erinnerst, dass Asteroiden aus den Überbleibseln von Planeten bestehen, oder mir noch einmal von der Geduld und Bescheidenheit erzählst, mit der ein arabischer Astronom, dein Held, dreißig Jahre lang den ruhigen Weg eines fernen Sterns beobachtet hatte. Oder dass du mir die Theorie erläuterst, der zufolge Kugelsternenhaufen in ihrem Innern schwarze Löcher haben. Knoten und Spitze. Ich wollte irgendetwas hören, egal was, als Stanka mit dem Kinn auf die Ecke deutete. Dort stand der in einen Harnisch gerahmte Spiegel und warf unsere erstaunten Spiegelbilder zurück. Wer hatte ihn dorthin gestellt? Ich habe keine Ahnung. Unter dem Spiegel sammelte sich die Dunkelheit. Das Glas wurde flüssig und summte. Sah Stanka die lange weiße Hand, die mir winkte? Sah sie, was ich sah: eine Kralle, die mich an dem packen wollte, was von meinem Haar übrig war, um mich in den Spiegel hineinzuziehen? Ich weiß es nicht. Trotzdem sprang sie auf und ging mit den Stricknadeln darauf los. Sie stieß ein Loch in das Glas, das mit einem sanften Klirren zersprang. Als die Splitter zu Boden fielen, fingen sie das letzte Licht ein und warfen es unendlich vervielfacht zurück. Ich saß, von Licht überflutet, auf der Bettkante.

Wovon träume ich in meinem fiebrigen Schlaf? Von weißen Handschuhen, dem Herd im Gemeindesaal, Mutters dunklem Haar, Onkel Maris' schiefem, zahnlückigem Grinsen. Gelegentlich denke ich an David. Der Schlaf setzt ungebetene, ausgefallene, detaillierte Erinnerungen frei. Im Schlaf bin ich eine andere Frau, leicht wie Luft, werde von besserem, weiserem Wasser getragen. Verrücktes Gerede, ich weiß, aber ich habe mich verpflichtet, die Wahrheit zu sagen, so seltsam sie auch sein mag. Deshalb werde ich sie dir sagen. In meinem Traum setzte sich eine Krähe auf meine Handfläche. *Rede*, sagte ich, *deine Dienerin hört*. Spitz wie ein Stachel, schnell wie ein Gedanke, durchbohrte sie mein Herz. Ich hörte, wie jemand meinen Namen über das Wasser rief. Was als Nächstes geschehen wird, kann ich nicht aufhalten. Der Tod ist eine Taufe in einem Fluss, der rasch und kühl dahinrauscht. Ich stehe mit einem Fuß im Fluss und mit dem anderen im Schlamm. Ich bereue nichts. Ich fürchte mich nicht.

Sie fehlen mir alle sehr. Vater, Mutter, Joels. Joels ging schnell; seinet- und deinetwegen war ich froh darüber. Du hast recht. Das Leben ist nicht fair, aber es ist gerecht. Wir werden alle sterben, manche von uns eher als andere, und niemand weiß das besser als unsere Familie. Ich werde nicht vergessen, wie du über Joels' Grab gemurmelt hast: *Ich will nie wieder ein Grab ausheben.* Und hier sitzt du nun, auf deinem Stuhl, mit rissigen Händen und gekrümmten Fingern. Nur wegen meines Grabes. Du könntest verbittert sein. Gott hassen. Dieses Leben hassen. Aber du hast dir stets einen unermesslichen Weitblick bewahrt, den wachen Glauben an alle möglichen Möglichkeiten, ein ungeniertes Streben nach Wundern, und das ist eine seltene Gnade.

Du liest aus deinem *Buch der Wunder:* Teerwasser und Bremsstaub werden die Toten abschotten. Wer in einem Fluss steht, wird keinesfalls spüren, dass ihn dasselbe Wasser zweimal berührt. Eine Geschichte wird nie genauso wiedergegeben wie beim ersten Mal. Obwohl die Worte wie Knoten sind, die aus dem Nichts eine Form erschaffen, sind zwei Formen niemals gleich. Bei jedem Hören wirken die Worte anders auf uns. Ich vermute, das ist der Grund, weshalb wir Dainas singen und Psalmen rezitieren. So vertraut sie uns auch sind, sie werden niemals alt. Wir stehen in diesen vertrauten Gewässern und spüren, wie wir aufs Neue verwandelt werden.

Das ist die Macht des Wortes, das den Körper erfahren hat. Deshalb müssen wir unsere Geschichten erzählen, unsere Lieder singen. So vergeben wir und wird uns vergeben. *Ist es genug?*, fragst du mich oft. Welchen Nutzen hat unser Leben, haben unsere Geschichten? Wozu sie erzählen in einer ertaubenden Welt? Nun, ich habe dich immer für einen Propheten gehalten. Also rufe. Erzähl die unerzählbare Geschichte. Du stehst in der Mitte, Sänger und Lied. Du hältst das Stoffband, das uns zusammenhält, unsere Wunden verbindet.

Ich wollte dir noch so vieles sagen. Über den Schmerz, dem unser Körper ausgesetzt ist. Fürchte dich nicht vor dem Kummer. Viele haben daran mitgewirkt. Ich will dir erzählen, warum wir an Neujahr knusprige gelbe Erbsen essen oder Fischgräten zählen. Warum manche Menschen alte Schuhe und kaputte Gegenstände aus dem Fenster werfen. Warum wir am Janitag übers Feuer springen.

Du hast mich um Rat gebeten, hier ist er. Weben wir unsere dunklen Gleichnisse; vergraben wir sie tief und dauerhaft, drücken wir sie in ein unerschütterliches Fundament, in einen Sockel der Wahrheit. Bauen wir darauf. Erzählen wir uns unsere Geschichten, und singen wir unsere Lieder. Taufen wir unsere Welt mit Wörtern.

Danksagung

Aufrichtiger Dank gebührt meinen Eltern, die mir ihre Geschichten erzählten und mich zu meiner ermunterten. Ich danke meinem Mann und meinen Kindern für ihren unerschütterlichen Glauben an mich. Ich danke Julie Barer, die das Schiff ans Ufer steuerte, sowie Jenna Johnson und Pilar Garcia-Brown für ihre kühnen Visionen und gütigen Herzen.

Vielen Dank an die zahlreichen Freunde und Leser, die mir beim Lesen des Manuskripts und all seinen Versionen unzählige Stunden ihrer Zeit schenkten. Insbesondere danke ich William Boggess, Don Comfort, Colleen Jefferey, David Mehler, Bernie Meyer, Lynn Otto, Geronimo Tagatac, Collette Tennant, den Mitgliedern der Chrysostom Society sowie den Mitstreitern an der Corban University und des Seattle Pacific University's Low Residency MFA Program.

Für die Hilfe bei der Recherche danke ich dem freundlichen Team der YWAM-Stiftung in Talsi, Al und Carolyn Akimoff, Judite Dzelzs, Ilga, Lev, Inara, Kristina und Ivo sowie Peter und Emma Samoylitsch. Für ihre Beratung und Unterstützung bei der Recherche danke ich allen Mitarbeitern bei Bridge Builders International, vor allem Charles und Nancy Kelley, Inete Zale, Katie und Dan Roth, Dustin und Kristine Peterson sowie Paula Hewitt. Ein besonderes Dankeschön für ihre Hilfe geht an Ilze Gulans, Juris Kronbergs und Knuts Skujenieks.

Die Recherche für diesen Roman wurde mithilfe einer großzügigen Förderung durch die Howard Foundation und die Oregon Literary Arts, Inc., ermöglicht.